2013年度教育部专业综合改革试点
——社会学专业建设项目资助

普通史诗学导论

傲东白力格 著

中国社会科学出版社

图书在版编目（CIP）数据

普通史诗学导论／傲东白力格著．—北京：中国社会科学出版社，2015.3
ISBN 978-7-5161-6035-0

Ⅰ.①普… Ⅱ.①傲… Ⅲ.①史诗—文学研究—中国 Ⅳ.①I207.2

中国版本图书馆CIP数据核字(2015)第084829号

出版人 赵剑英
责任编辑 田 文
特约编辑 胡新芳
责任校对 董晓月
责任印制 王 超

出 版 中国社会科学出版社
社 址 北京鼓楼西大街甲158号
邮 编 100720
网 址 http://www.csspw.cn
发行部 010-84083685
门市部 010-84029450
经 销 新华书店及其他书店

印刷装订 三河市君旺印务有限公司
版 次 2015年3月第1版
印 次 2015年3月第1次印刷

开 本 710×1000 1/16
印 张 18
插 页 2
字 数 309千字
定 价 66.00元

此书献给良师益友约翰·迈尔斯·弗里教授

前　言

2010年3月，笔者很荣幸地邀请到美国密苏里大学口头传统中心的主任约翰·迈尔斯·弗里教授，在西北民族大学（兰州）做为期三个星期的学术讲座。其中，去西宁做为期七天的田野调查，采访格萨尔神授艺人（传奇歌手）是我们学术计划的一个重要组成部分。后来，我和弗里教授，还有人类学专业的两位硕士研究生吴林花、万玛措等一起赴西宁，采访了三位史诗歌手：演唱《格斯尔王传》的青海海西的神授艺人才让旺堆、青海果洛的神授艺人格日尖参和青海玉树的神授艺人达哇扎巴，他们都是当地甚至全中国有名的史诗歌手。田野调查结束后回到兰州，有一次我们一起吃饭时弗里教授深有体会地说道：古希腊《荷马史诗》的演唱者在开始演唱史诗时要举行一些祭祀仪式。那么，这个共性意味着什么？遗憾的是他回国后因为重病缠身，不久就与世长辞了。我们也就没有来得及深入讨论这个祭祀仪式对于史诗歌手的口头表演究竟有什么实际的或隐蔽的作用。之前我们约定分别写出田野调查报告并寄给对方，后来也没能实现。但是这次的田野调查激发了我继续探索这个神奇的史诗世界的勇气。

为什么有一些人会演唱神奇的口头史诗，而另一些人不会呢？这些问题一直吸引着无数民间文学搜集者、研究者和一般听众的好奇心。我们同样关心：古希腊的史诗《伊利亚特》、《奥德赛》和古巴比伦史诗《吉尔伽美什》、《埃努玛·埃里什》是如何形成的？卫拉特蒙古人的史诗《江格尔》、《汗青格勒》是如何表演的？柯尔克孜（吉尔吉斯）族《玛纳斯》和藏族的《格萨尔王传》之间究竟有什么联系？我们究竟应该如何比较研究《荷马史诗》与《江格尔》呢？史诗传统在全世界的各大洲是如何分布的？全世界各地史诗之间的相似关系是如何分裂为谱系体系的？

等等。我们把全世界史诗传统当成一个集合整体时发现：这个集合构成的要素就是每一个“这首歌”；也就是全世界各大洲分布和还在传承着的每一个“这首歌”构成了世界史诗集合。早在20世纪30年代，帕里和洛德在南斯拉夫做田野调查和研究时，就发现“这首歌”既是个别的歌，又是一般的歌。所以，普遍意义上，这首歌的自身节奏、口头诗行、口头程式、口头语域、主题、故事范型以及它的地理分布、谱系分类、歌手、观众、变异和比赛等构成普通史诗学导论的研究主题。这首歌是每一次口头表演的《江格尔》、《汗青格勒》、《格萨尔王传》或《奥德赛》等，所以从此之后，我们不再把这些史诗传统当做分开存在的孤立现象，而是当做一个普遍的“这首歌”之世界现象。笛卡儿曾经说过：“谁要是决心认真探索事物的真理，他就必须不选择某一特殊科学：因为，事物都是相互联系、彼此依存的；他必须仅仅着眼于如何发扬理性的光芒——并不是为了解决这个或那个学派的纷争，而是为了人生的各个场合，让悟性指引意志何去何从。这样的话，不用多久，他就会惊奇地发现自己取得的进步，远远超过那些研究特殊事物的人，发现自己不仅达到了他们期望达到的成就，而且超过他们可能达到的成就。”

帕里、洛德开创口头程式理论之后，世界不同地方的史诗学学者都在研究当地的口头史诗究竟是如何被创造出来的问题，于是他们通过田野调查来归纳研究口头史诗传统成为一个基本的研究范式。当然，结构主义学者研究史诗传统时也强调经验研究的重要性，并提倡比较研究。但是，他们只把自己的研究建立在文本史诗的基础上，而非口头表演经验的考察。比如，德国学者瓦·海希西用世界民间故事研究中常用的“AT分类法”把蒙古英雄史诗的情节结构分为十四个大类型、三百多个母题和事项，第一次系统地建立了蒙古英雄史诗的情节结构和母题类型分类体系。帕里提出口头程式理论后，洛德继续沿着通过田野调查来研究口头史诗的新路子，开创了比较史诗学，这是一个非常重要的研究方向。之后，约翰·迈尔斯·弗里继承和发扬了洛德的比较史诗学研究传统，把史诗学的经验归纳研究方法和比较史诗学理念推到了一个新的高度。他还创办了《口头传统》学术杂志和“通道项目：口头传统与互联网”，为全世界的史诗学学界提供了一个沟通和交流的基本平台。在1988年出版的《帕里——洛德口头传统理论》一书里，他回顾了口头传统学科的发展历史并确立特殊的学科定位。此外，他编写《口头传统教程》教材，主持国际史诗学研究暑期班，发起口头传统研究国际学会等。

但是史诗学研究仍然处在各自为政的“战国时代”，没有统一的普通史诗学理论来指导世界各地史诗学者的研究工作。为此，笔者结合十几年的史诗学概论课程的教学经验与科研工作成果，撰写本书，试图构建一种普遍有效而且可检验的史诗学理论，以全面反映当今世界前沿的史诗学理论的研究成果、研究领域和统一的研究方法。帕里开创口传传统理论之后，洛德仍然沿着帕里开创的方向继续开拓世界各地的口头传统的比较研究。但洛德的研究仍然是一种朴素的归纳研究，所以无法解释世界各地观察到的源源不断搜集到的口头传统。加拿大学者诺思洛普·弗莱研究文学批评时，指出了朴素归纳研究致命的缺点：“批评家与数学家处于同一地位，后者面对源源不断而来的庞大数字，即使仅仅用传统的整数形式来写，直写到下一个冰河期，也不一定写得完。批评家和数学家一样，将在某一程度上不得不发明一种不那么笨重的概念。”所以这里唯一的出路是以大家可观察到的有限数量的样本为基础，从基本假设推导出的结论并可以用未来搜集无限数量的作品来检验它。于是，诺思洛普·弗莱提出了不同于朴素归纳方法的“一个中心的假说方法”。诺思洛普·弗莱“一个中心的假说方法”继承了亚里士多德的第一原理方法。同样，奇迹到处都有。企业家、工程师埃隆·马斯克（Elon Musk）把第一原理理念用到商业创业领域获得巨大的成功。埃隆·马斯克接受美国著名电视主持人采访时说：“我认为根据第一性原理，而非类比来进行推论非常重要。我们在生活中经常通过类比的方式来进行推论。这样做的原因是之前有类似的事情发生，或者有其他人在做类似的事情。这只是一个主题的微小的迭代。”他还说：“比较思维只能带来细小的迭代发展，而‘第一原理’将带来颠覆性创新。”

我们也不是把从世界各地观察到的口头传统进行归纳并以“一个主题的微小的迭代”来获得更好的口头传统理论，而是迫使世界各地的研究者通过观察到的口头传统经验数据来证伪和指出已有的口头传统理论的某一些缺陷，并构建一种普遍有效而且可检验的史诗学理论。这样就像康德说的那样：“理性必须一手执着自己的原则，另一手执着它按着这些原则设想出来的实验，而走向自然，虽然是为了受教育于她，但不是以小学生的身份复述老师想要提供的一切教诲，而是以受任命的法官的身份迫使证人们回答他向他们提出的问题。”这种可证伪的理论是一切科学的最基本的原则，正如我在《史诗演唱与史诗理论——从亚里士多德到洛德的史诗学简史》一书中提出的那样："科学理论既不是空洞的解释体系，也不是特殊经验的概括，它是以大家可观察到的事实为根据建立起来的解释体系。"该书主要总结西方史诗学学术思想的发展过程及其主要概念。那么，这一次出版的《普通史诗学导论》是以大家可观察到的当代中国蒙古族、藏族、柯尔克孜族的史诗歌手们的史诗演唱活动的经验数据为基础，试图构建一种普遍有效而且可检验的史诗学理论。当然，这个普通史诗学理论本身也是可以随着发现新的经验数据而得到修正、发展甚至被完全推翻的。我也真心希望大家一起来完善它。

最后，我对书中所引用文献的所有学者表示衷心的感谢！我在撰写《普通史诗学导论》时，查阅了中华人民共和国成立后中国学者对于中国史诗传统的田野调查和研究的专著和论文。没有他们积累的学术研究成果，本人是无法完成这部著作的；虽然对书中引用的文献都做了注释，这里仍然需要对那些前辈学者在田野调查中的辛勤劳作和精辟的学术研究表示深深的感谢。另外，本书初稿是以本人在西北民族大学民俗学专业的2012级和2013级硕士研究生上《史诗学概论》课程时用的讲稿为基础写成的。所以，还要感谢参与讨论《史诗学概论》课程的民俗学专业2012级和2013级硕士研究生，尤其是2013级的侯兆洁、王倩、常雅慧、马凌君等同学，她们帮我校对了初稿，在这里向她们表示衷心的感谢！

最后，感谢所有无私地帮助过我的好心人。

傲东白力格

西北民族大学民族学与社会学学院

2015年2月10日

目　　录

第一篇　史诗学观点

第二篇　史诗演唱与分析

第三篇　史诗演唱与全球分布

第四篇　史诗歌手

第五篇　史诗演唱的竞赛、演变与调查

第一篇

史诗学观点

第一章

认识史诗学

一 何谓史诗学

史诗学是研究史诗歌手如何完成一部或多部史诗作品的口头表演活动的学科。歌手们在完成某一史诗作品的口头表演行为时使用一种史诗演唱能力，而这种史诗演唱能力是非歌手们所缺乏的一种能力。有些人以顿悟的方式获得这种能力，而有些人逐渐地学会这种能力。史诗学可以帮助你了解这些史诗歌手工作、成长和学艺的各种秘密。

当然，这部书中不可能一劳永逸地解决你的一切困惑。这里仅仅是打基础，为以后深入了解史诗表演活动、史诗表演能力和歌手生活特点等提供一个简便的理论框架。史诗学不仅介绍一些史诗理论和研究方法，还会介绍史诗表演的各种要素——即这首歌之程式、主题、故事范型、场景、语域、分布、歌手、观众等史诗演唱现象。我们可以用史诗学来研究荷马史诗是如何形成的，卫拉特蒙古人的史诗《江格尔》是如何表演的，《玛纳斯》和《格萨尔》之间究竟有什么联系，史诗在全世界是如何分布的，全世界各地史诗之间的相似关系又是如何分裂的，等等问题。

（一）史诗学想象力

为了更好地了解史诗表演行为，史诗学专家依赖一种独特的创造性思维方式。这种独特的思维方式，在物理学当中叫数学推导方法，在经济学中叫模型分析方法，在文学中叫诗学原理方法。

史诗学的诗学原理或想象力是一种对歌手的史诗表演行为的观察能力。这种思考方式是一种摆脱对对象的朴素归纳方法，它一开始就用自由自在的创造性思维或史诗学想象力来获得某种大家直接观察到的公理性质的原理，由此推导出全部的结论；而且大家就会使用大量的经验材料去检验这种结论是否成立。史诗学专家的想象力能帮助我们超越个人经验和观察，进一步去了解更宽广的、普遍意义的主题。亚里士多德说："正如有人用色彩和形态模仿、展现许多事物形象，而另一些人则借助声音来达到同样的目的。"（陈忠梅，1996：27）这种用声音来模仿的艺术——戏剧和史诗，如同画家用色彩一样，用声音来塑造艺术形象，让观众从逼真的模仿中获得快感。所以，对史诗学专家来说，想象力是一种个人使用的分析工具。史诗学专家的想象力或史诗学的想象力，可以用来协助我们更加正确地了解日常生活中接触到的史诗表演行为。

（二）史诗与戏剧

史诗与戏剧是否从属于同一门科学？由于古希腊没有共同的名称，于是亚里士多德用"诗"艺术这个名称统一了起来，在比较荷马史诗和古希腊戏剧的过程中，他找到一种用声音来模仿的特点，并建立了区别于历史学叙事和自然科学叙事的一种独立学科——诗的叙事诗学。现在诗学不仅包括牧羊颂、史诗与戏剧，还包括诗歌、散文、小说、电影、电视剧、动漫、手法字体等。

目前，在全世界的史诗与戏剧两个领域中，仍然没有统一的专门的称呼。大家用"诗歌"等词语来泛泛地指称作家创造的诗歌、民间歌曲和史诗。当然，史诗和戏剧之间存在极大的差异。在亚里士多德之后，再没有人对史诗和戏剧的共性进行专门的研究。加拿大学者诺斯罗普·弗莱在《批评的剖析》中，第一次对各种语言艺术形式做出统一的解释，但是没有直接分析史诗和戏剧构成的共同要素。

口头传统这个学科名称能帮助我们重新反思民间文学的理论与方法。它是用一种非进化论的观点来重新讨论民间文学即非作家创造的口头表演的口头传统学科的性质。这个学科与民俗学、口述史构成一种天然的联盟，于是成为一种更大的学科，并且正在发展、成熟之中。

在日常生活中，我们经常依赖常识来解释以前从未遭遇过的现象——神授艺人、重复性程式、故事情节类型等。然而，我们的常识，虽然有时候是正确的，但往往是不可靠的，因为它所凭依的是一般信念，而非建立在系统的事实分析之上。

二 何谓史诗学理论

史诗学专家感兴趣的并不是某一部史诗出现的个别原因，而是所有的史诗出现的普遍原因。史诗学专家在系统的田野调查和深入分析的基础上讨论各种史诗作品或各地方的史诗表演行为的普遍原因，并把对它做出统一的解释作为自己的使命。为了研究这个普遍意义的问题，亚里士多德第一次提出了一套解释史诗和戏剧的一般理论——模仿的诗学理论。

当然，一个好的史诗理论不会是人类史诗表演行为的终极理论。亚里士多德和洛德的口头创造理论也不例外，它们必然存在需要修正和补充的地方，甚至有可能完全被推翻。比如，早期口头传统理论认为口头表演与书写文本是对立的存在，但是到了后期就不那样看待两者之间的关系了，它们两个的关系更像一个谱系或连续统。

三 史诗学的发展

史诗是一部或多部叙述英雄传说或重大历史事件的口头叙事长诗，在全世界各大洲都有分布。关于史诗的研究已经经历了几千年，早期的史诗观念是建立在古希腊荷马史诗的案例基础上，亚里士多德把史诗当作古典诗学的基本范式。一般认为史诗与抒情诗、戏剧并称为文学的三个基本类型。在16世纪亚里士多德《诗学》被重新发现，人们才开始对现代史诗进行理论上的讨论，于是欧洲的古典学在史诗研究领域积累了深厚的学术传统。对此尹虎彬（2008）做了很好的陈述，他发现：18世纪欧洲浪漫主义运动开启了搜集和研究民间史诗的热潮，促进了人们对史诗的起源、流传和创作等问题的探索。从17世纪晚期一直到18世纪出现了对口传史诗的搜集和研究的热潮。沃尔夫（T. A. Wolf）的《荷马引论》（1795）试图表现出人们对荷马史诗产生背景的重新认识。这个时期甚至出现了所谓重新发现的古代史诗——《芬戈尔》六卷古史诗，它归于凯尔特的民歌手莪相（Ossian）名下，可是它实际上是由麦克弗森（James Macpherson，1736－1796）撰写的。这个事件反映出当时人们对研究民间诗歌的兴趣。人们开始在苏格兰、威尔士、爱尔兰搜集凯尔特人的史诗。在芬兰，诗人兼学者埃利亚斯·隆洛德（Elias LÊnnrot，1802—1888）为他的民族找到了史诗《凯莱瓦拉》。19 世纪中叶英国实现产业革命，世界历史迈向现代工业社会。18、19 世纪之交，浪漫主义和民族主义席卷欧洲大陆，知识界形成颂扬民间文化、发掘民族精神的新思潮。浪漫主义和民族主义作为一种意识形态，改变了整个欧洲的艺术、政治、社会生活和思想。在中欧、东欧社会欠发达地区，民族与国家不重合。斯拉夫民族和北欧诸民族将民俗学与独立民族国家建设的历史正当性结合起来。民族主义者认为民族的精神存在于民众的诗歌之中，因此，对原始口头文化的发现，开始于欧洲的浪漫主义运动，从此人们开始对口传的、半口传的以及源于口传的文化予以重视。如德国的格林兄弟（Jacob Grimm，1785 - 1863；William Grimm，1786 - 1859）便是典型的一个例子。在芬兰，《凯莱瓦拉》搜集史诗开始于 18 世纪，真正意义上的搜集 19 世纪已经展开。从此，散见各地的史诗开始被搜集起来。1850—1860 年史诗搜集在芬兰步入了新阶段。民俗学研究的介入是 1870 年以后。芬兰学者在 150 年的历史进程里搜集了许多的异文，资料汇集于芬兰文学协会的民俗学档案馆，形成壮观的史诗集成，它们被陆续以芬兰语出版。19 世纪中叶欧洲民俗学兴起，史诗作为民俗学的一种样式，又一次进入了现代学者的视野，在方法论上开辟了史诗研究的新时代。

德国在 18—19 世纪这一时期关于史诗理论的探讨，以歌德、席勒、谢林和黑格尔等人的成就和影响最为突出。歌德和席勒合作撰写了《论史诗和戏剧诗》（1797）。受谢林《艺术哲学》（1802）的影响，黑格尔则在《美学》（1835）等著述中，对史诗有比较深入的阐释。

在对 20 世纪中国史诗理论不多的思考中，往往能看到对黑格尔的引述。有些研究，更是建立在他所奠定的理论基石上。20 世纪史诗研究者从鲍勒（C. M. Bowra）开始，他注意到原生形态（口传）的史诗与拟制之作（书面文学）的区别，扩大了英雄史诗的范围。帕里（Milman Parry）和洛德（A. B. Lord）把 19 世纪以来的民族志学方法纳入了古典诗学的领域，他们在南斯拉夫发现了荷马史诗的类似物，创立了口头史诗的诗学。

（一）早期的思考

柏拉图——诗神理论

最早对史诗表演行为进行科学思考的人就是柏拉图。柏拉图认为事物的本质是理念，而理念的模仿产生事物，艺术就是这种事物的再次模仿而产生的。所以，柏拉图认为理念是第一位存在，对它的模仿产生了各种感性事物，而艺术就是这些感性事物再模仿的产物。

亚里士多德——编织理论

到亚里士多德时代，关于诗歌的思考进一步发展并取得了辉煌的成就。亚里士多德认为史诗和戏剧是通过艺术家的构思来获得，而非一时的灵感的产物，所以，史诗、戏剧的创造和编织毛衣一样，是一种稳定的技艺，而非天才的天赋。这种创造史诗和戏剧的技艺就是艺术家通过用声音和色彩等媒介来模仿我们的行动变化而获得的，而非诗神的恩赐。

黑格尔——进化理论

黑格尔认为一切知识和历史都是某绝对精神之自我生成、自我运动的显现活动。美学是这个绝对精神（或理念）的直观显现活动，同时也是一种不断的进化的显现。他的主要观点是“美是理念的感性显现”，而美除了自然美之外还有艺术美。这个艺术美的发展经历了象征型、古典型、浪漫型三种形态，相应的史诗也经历了三个阶段。

（二）当代的思考

帕里——口头程式论

20 世纪 30 年代初，当哈佛大学的米尔曼·帕里开始研究荷马史诗时，关于荷马史诗的创作问题有两种说法：一是所谓的“分解派”，他们认为荷马史诗是由各个时代的歌手创作的作品汇集而成，我们见到的文本是由许多短小的诗作汇编而成；二是“统一派”，他们坚信是有一位大师级的歌手独自创作了这两部荷马史诗，他们力图无视分解派指出的史诗中在语言上和情节上的前后矛盾之处。这两种观点都没有获胜，在“若干荷马”和“一个荷马”之间的学术探索长久徘徊不前时，米尔曼·帕里走进了历史舞台。帕里从荷马文本中重新发现的程式和口头传统的本质特点，不过这是一种大胆的推测，它完全是建立在文字文本之上的一种解释。帕里还意识到为了检验一种吸引人的理论效用，他必须到活态的口头史诗传统的实验场上去测试它。

为此，他和他的同道艾伯特·洛德不久后便奔赴南斯拉夫。那里史诗传统依然盛行，他们可以亲自考察一个真正的故事歌手（gusiar）是怎样在演唱中创作他的诗作的。

1933 年到 1935 年，他们遍访这个国家，用一种特制的录音装置记录这类史诗演唱。他们在南斯拉夫的 6 个地区工作——多数就在黑塞格维纳的中心——测试了数以百计的文盲歌手。通过当地译员尼古拉·伏日诺维奇的安排，他们返回美国时携带了数以千计的吟诵史诗的表演录音，这些是南斯拉夫口头史诗传统的珍贵样本，为将其与从古希腊流传至今的那两部诗作进行比较打下了坚实的基础。

洛德——口头传统论

米尔曼·帕里在返回哈佛大学后不久因心脏病于 1935 年去世。洛德继续了他们共同的工作，完成了一长串的文章、专著，以及编纂成果，其中最有影响力的是 1960 年出版的《故事的歌手》一书，被后人称为口头传统理论的圣经。他从口头理论的角度去比较两大史诗传统——来自南斯拉夫的活态史诗与来自古希腊的荷可史诗，建立了口头传统学科。后来，他把这种比较研究方法推广到全世界范围内超过 100 种语言的口头传统之中。目前，口头理论的影响已进入非洲、亚洲、美洲印第安地区、澳洲的土著、中亚（突厥）、蒙古高原、南太平洋，以及其他一些语言区域。

弗里——口头表演论

约翰·迈尔斯·弗里是国际著名的史诗学者、古典学者和口头传统比较研究专家。他的代表性专著有《口头诗学：帕里—洛德理论》（1988）、《传统口头史诗：〈奥德赛〉〈贝奥武甫〉及〈塞尔维亚—克罗地亚归来歌〉》（1990）、《内在的艺术：传统口头史诗的结构与意义》（1991）、《表演中的歌手》（1995）、《荷马的传统艺术》（1999），以及《怎样解读口头诗歌》（2002），等等。

弗里创办的美国密苏里大学口头传统研究中心已成为全球口头传统研究的前沿阵地。他主编的学术刊物《口头传统》，于 1986 年创刊，该刊长期致力于扩大国际交流，建立学者之间的沟通渠道。

图1—1 本书作者和弗里教授一起采访神授艺人——才让旺堆

（三）最近的发展

鲍曼——表演理论

表演理论，又称“美国表演学”（American Performance-school），是当代美国民俗学界乃至世界民俗学领域最富影响和活力的理论方法之一。它兴起于20世纪60年代末70年代初，是在存在主义哲学、人类学、乔姆斯基（Noam Chomsky）语言学理论等的影响下，随着民俗学自身从单纯关注文本到注重语境的方法论的转向而逐渐发展起来的。表演理论又称鲍曼的表演理论。鲍曼在其著作《作为表演的语言艺术》中提出一种以表演为中心的（performance-centered）民俗学理论，克服以文本为中心的民俗学理论。鲍曼认为这种表演民俗学理论是通过表演自身来研究口头艺术的。在这一方法中，对语言特征在形式上的巧妙操纵让位于表演的本质，而表演在本质上可被视为一种交流的方式（a mode of communication）。

理查德·鲍曼（Richard Bauman）是美国印第安纳大学的“杰出教授”，曾任民俗学与民族音乐学系主任、传播与文化系主任，兼任人类学系、美国研究、文化研究等专业教授。主要著作有《作为表演的口头艺术》(1977)、《故事、表演和事件：从语境研究口头叙事》(1986)、《现代性之声：语言意识形态与不平等政治》(2003) 等。下面是北京师范大学教授杨丽慧采访鲍曼的片段：

杨：你是说，表演只是交流模式的一种？

鲍曼：是的。“表演”这个词，有更广泛的含义，我们在课上讨论过。在最广泛的意义上，也就是文学中常用的，“表演”指的是一种用以实践的东西，是一种用以将外在形式加以抽象的语言实践——就像语法。但我所说的“表演”，主要是指一种交流的框架、交流的模式、交流的途径。这些都是从别人那里借用来的观点。而我自己的特点是，用戈夫曼关于表演框架、表演设定等他在《言语民族志》里谈到的概念，来考察表演者打算做什么。在任何一种积极有效的交流行为中，什么构成了它的交流阐释框架？(杨丽慧，2003)

劳里·航柯——史诗认同论

劳里·航柯 (Lauri Honko) 从文化功能的角度阐述了史诗的一般性质。他认为史诗是某社区居民所表达认同的故事，正是由于有了这样的功能，它才作为某社区中文化群体自我辨识的寄托而成为一种超级故事。一般用母题、口传内容、类型、诗歌风格及一些相似的东西来进行史诗比较研究，显然忽视了对活态口头史诗的经验探索，这种方法代表了史诗研究的简单化倾向。

劳里·航柯教授试图在如何对史诗类型进行分类，如何在一般意义上界定史诗问题在活态史诗传统调查经验之上开拓一条新的思路，这种新思路将社区听众的认同表达与史诗歌手表演相联系来研究口头史诗。这是个非常有潜力的研究方向。

四　主要的理论范式

如果把所有的史诗演唱放在一起，对我们而言它便成为一个整体现实环境。这时我们考虑的就是已有的史诗理论是否拟合于这个史诗演唱的现实环境，若是拟合史诗演唱的现实环境，那么这种史诗理论是正确的；若不符合史诗演唱的现实环境，那么这种理论就是不正确的，应该修正或淘汰。这样我们的史诗理论就符合波普的科学理论的可证伪原则，才能成为一种科学的、开放的史诗理论。所以，这些史诗理论拟合于我们现实生活中的史诗演唱经验本身的程度——我们鉴别和评估现有的史诗理论的解释能力。对我们来说，史诗演唱与史诗理论是一个相辅相成的整体单位，我们根据已有史诗理论拟合于可观察到的现实生活中的史诗演唱经验的程度来获得史诗理论的三种范式：第一种是语文学史诗理论范式，也可以叫传统的史诗理论；第二种是结构主义史诗理论范式；第三种是口头程式史诗理论范式。

（一）语文学史诗理论范式

亚里士多德开创的这种语文学史诗理论认为，歌手们是以某一虚构主人公之行动变化为单位进行构思某一部史诗故事情节的。所以，某史诗故事由开头、中间和结尾三部分组成；歌手们口头表演时，他们按从头到尾的顺序构思和创造史诗作品。目前，有很多史诗学专家是用这种理论范式来分析中国史诗作品或史诗演唱的经验。

（二）结构主义史诗理论范式

结构主义史诗理论认为，歌手们在口头表演不同的史诗作品时，重复使用相同的结构成分——母题要素或基本情节类型来衍生成无数个口头史诗。歌手们在每一次口头表演时，用增减或改变主人公之行动变化的顺序等方法来创造和表演出不同的口头史诗，从而形成多样的口头史诗世界。这种结构主义史诗理论是从普洛普（Vladimir Propp，1895－1970）关于俄国童话故事形态的研究理论中引进而来的。

有很多学者在研究蒙古史诗时都使用这种结构成分分析法，丰富和深化了蒙古史诗的研究。其中，最著名的有德国学者海西希（Waltber Heissig，1913－2005）和中国学者仁青道尔吉。目前，在中国很多年轻学者开始使用这种结构成分分析方法来研究哈萨克族史诗或南方的史诗，拓宽了中国史诗的研究领域。

（三）口头程式史诗理论范式

口头程式史诗理论是20世纪30年代开始发展起来的一种最新的史诗

研究范式。美国学者帕里研究荷马史诗的文本时，遇到一种经常重复出现的程式。后来，他在南斯拉夫做田野调查时在口头史诗表演本身中也发现了类似程式，于是称为“口头程式”。所以帕里和洛德认为，荷马史诗的表演者和南斯拉夫的歌手们都是使用已有口头程式传统来完成自己的史诗演唱活动。他们不是拿即兴表演来完成史诗演唱；也不是背诵文本来完成史诗演唱；而是使用已有的口头程式、主题和故事范型等口头传统来完成自己的史诗演唱活动。这样，史诗学研究的不仅是史诗演唱活动，而且也是研究歌手完成史诗演唱活动的能力。

（四）新方向：表演观点

口头史诗是如何创造出来的？史诗歌手是如何工作的？这些问题一直是口头程式理论的核心。但是，听众是如何接受歌手的史诗表演？史诗歌手为什么能不辞辛劳地表演？听众如何分享史诗演唱的艺术魅力？他们的快乐来自哪里？这些问题在口头程式理论中，似乎成为一个被遗忘的角落。当然，说被彻底忘记是不公平的。

鲍曼虽然发现了口头艺术的表演行为，但是似乎没有区别这些模仿所需要的媒介差异。所以我们把史诗表演仅仅是当成一种交流事件是不够的，我们必须进一步确认歌手究竟是如何表演的——他们拿什么媒介来完成表演的？这是目前我们需要深化的工作目标，也是一种有待开拓的新领域。

五　保护口头史诗工作与应用史诗学

史诗学专家不仅关心口头史诗的口头表演的本质特点，而且也关心如何帮助地方政府和民间团体保护某史诗歌手的口头传统的问题。他们帮助世界各地的地方政府和民众建立了传承人的保护工作和很多大大小小的口头史诗表演保护区。

史诗学已经分化为两种史诗学：一是应用史诗学；二是理论史诗学。应用史诗学关注的是政府和民众如何保护他们的优秀歌手和史诗表演优势项目问题；而理论史诗学思考的是歌手们如何工作、听众是如何喜欢和欣赏史诗表演的理论问题。

第二章

何谓史诗研究方法

一　研究主题与流程

口头史诗研究的第一步是确定考察对象。这些研究对象或主题主要包括史诗歌手之口头表演活动、口头传统形态、地理分布、歌手的生活等。具体包括这首史诗（这首歌）的程式、诗行、文类、格律、节奏、故事范型、典型场景、语域、曲调等；还有史诗的修辞、记忆、大纲、思想、人物、对话、歌曲、仪式及史诗歌手、乐器、学艺经历等。此外，还有口头史诗的地理分布、亲属关系、传播区域、观众期盼、认同表达、传承方式、年代分析、社区功能等。

（一）科学研究方法的流程

任何研究者都遵循一种基本的研究流程，它包括定义问题—文献回顾—建立假设—搜集材料—形成结论—致谢等几个部分。

（1）定义问题——清楚地理解和陈述你所研究的主题即操作定义。

（2）相关主题的文献搜索和陈述。

（3）建立假设——比如歌手构想民歌“花儿”或“汗青格勒”史诗时用了什么样的口头部件？它们之间关系如何？

（4）搜集与分析资料——确定研究材料的取样与总体关系。

（5）形成结论——通过数据分析支持假设或反驳某一理论观点。

（二）定义问题

怎么确定这首史诗？如何定义口头程式？什么叫诗行或节奏单位？

任何研究计划的第一步，都是清楚地理解和陈述你所要研究的问题。

研究主题是通过问题来呈现的，所以定义主题就是定义问题。主动地定义问题活动我们一般叫“问题意识”。如果没有问题意识或定义问题，大家对主题的陈述只能通过罗列一堆材料来陈述，你就不知道拿这些材料来讨论什么问题。所以在研究材料成堆时就会出现盲人摸象的现象。大家在确定某个研究主题时，遇到的最大的问题是定义问题或定义主题。他们只知道存在这个问题，但是不知道如何进一步定义这个问题或主题。出现这个现象的主要原因是他们还没有掌握操作定义方法。一个主题概念的真正定义不能用对象固有属性，而只能用大家可重复的实际操作来给出定义。史诗学上的名词或概念，如果要想避免暧昧不清，最好能以我们“所采用的测量它的操作方法”来界定它。

操作性定义（operational definition），又称操作定义，是根据可观察、可测量、可操作的特征来界定变量含义的一种方法。对史诗演唱的具体行为、特征进行操作描述，将抽象的概念转换成可观测、可检验的指标。从本质上说，下操作性定义就是详细描述研究变量的操作程序和测量指标。

比如，朝戈金和约翰·迈尔斯·弗里在论文《口头史诗的五个基本问题》的开头这样写道：“在这篇文章中，我们将关注口头史诗的几个基本问题。我们的考察将跨越四个彼此在时间和空间上距离遥远的史诗传统。其中的两个即蒙古和南斯拉夫，现在依然是或者直到相当晚近都曾经是活形态的史诗传统，因而得以通过田野作业直接观察。另外的两个，古希腊和古英语传统，只以手稿形态遗存。诚然，任何比较研究皆难以包罗万象或到处适用，但我们相信这四个传统代表了相当的差异性，从而为我们提供了一个难得的机会，使我们有条件就口头史诗的可能模式给出接近事实的推断。特别欢迎来自其他领域的学者对我们的研究做出回应，因为在寻求理解作为世界现象的口头史诗上，我们的目标是一致的。”这里，朝戈金和约翰·迈尔斯·弗里以田野调查中可观察到的史诗演唱材料为基础，讨论或定义一首史诗、典型场景或者题旨、诗行、程式、语域等口头史诗的五个基本问题。此外，他们讨论其中的典型场景或者题旨主题时，首先定义问题，然后用世界各地的史诗演唱材料来讨论这个理论问题。

朝戈金和约翰·迈尔斯·弗里在论文《口头史诗的五个基本问题》中的“问题二：什么是口传史诗传统中的典型场景或者题旨？”进行讨论时先从定义问题开始。他们写道：“艾伯特·洛德将‘题旨’或‘典型场景’（typical scene or theme）界定为具有多种形态的叙事单元，亦即‘经常以传统歌的程式风格讲述一个故事时所运用的观念组’。”（洛德，1960：68）以口头程式理论的观点来看，这些是建构故事的构件，可伸缩变形，可重新塑造以适应具体的叙事环境的要求。于是，相同的题旨就可以服务于许多歌手，就像口传史诗现场表演词汇表中的某种“词”（“words”）或单元一样。确实，正像我们将要看到的那样，南斯拉夫史诗歌手和其他传统中的口头表演者一样，都认为“词”是这种完整的单元，而不是辞典中逐个列出的单个词汇。简而言之，题旨就是“故事—字节”（story-byte），是故事讲述中的“增量”（increment）。

许多蒙古史诗遵循大体固定的事件排列顺序，最常见的是开头提到时间——通常是古老的黄金年代，以及某个美好的地方，作为故事发生的时空场所。接着叙述英雄、他的无与伦比的骏马，以及他的助手或伙伴。然后，威胁降临，如恶魔袭击、敌人进犯等。依据特定的故事范型，可能会出现某女子，她可能是英雄的妹妹。一旦这个女子被掠，英雄的家园遭到毁坏，则英雄一定要前往营救，并重建旧有秩序。与某个恶魔格斗，或者与其他英雄争雄，战胜对手。故事可能会伴随着这个对手的归顺而进入结尾。婚礼有时会出现，并以英雄返回家园结束故事。（朝戈金、弗里，2003）

（三）文献回顾

文献回顾也称文献考察或是文献评论。根据自己已确定的研究主题进行查阅相关文献，是帮助研究人员改良自己的研究问题、厘清思路、减少或消除重复和错误的一种好方法，也是自己论文思考进入学术市场的前提条件。

任何人的研究工作都建立在巨人肩上。文献回顾是对自己研究的问题相关的各种文献进行系统的查阅分析，以了解该领域研究现状的一种活动。这就需要我们在一个学术期刊或电子期刊中寻找与你的研究主题或问题类似的文献。你可以登录美国密苏里大学口头传统中心的“口头传统”电子期刊，从中找到历史上的和现有的史诗学文献，这是一个很方便的渠道。当然，获得文献的渠道很多。文献回顾是建立在这些文献的搜索、整理和分析基础上的一种学术性的综述行为，它帮助你进一步确定你要研究的问题、思路和变量因素。

也有人喜欢建立假设后，再去搜索相关文献。他们一旦确立假设就进一步查明自己的研究假设——前人是否已做过研究，研究的程度如何，哪些问题已经解决，哪些问题还没有解决。如果别人已有很好的研究成果，那自己只能是进一步验证，如果别人尚未很好地解决，自己就吸取他们成功、失败的经验和教训，把研究引向深入。

比如，朝戈金和约翰·迈尔斯·弗里在论文《口头史诗的五个基本问题》中提到讨论问题时所用的田野调查文献及书写文献。他们写道："背景材料及说明——让我们首先对引述的口头史诗材料来源做出说明，这些材料将用来分析和论证我们所涉及的四个史诗传统，从而构成本文的随后五个部分。"（朝戈金、弗里，2003）

他们在"背景材料及说明"这个文献回顾部分主要回顾有关口头史诗的田野调查文献及书写文献。他们的蒙古口头史诗的材料主要来源于已经出版的冉皮勒（1923—1994）所演唱的《江格尔》（D. 塔亚记音及整理）。他们描述穆斯林口头史诗的规模最大和最详尽的搜集成果，是由米尔曼·帕里（Milman Parry）通过其田野调查来完成的。关于这一部分穆斯林史诗的例子，都来自哈佛大学著名的"帕里口头文学特藏"档案材料。他们的例证将引自牛津版的《伊利亚特》《奥德赛》和其他相关作品，他们还将使用 Thesaurus Linguae Graecae，这是可搜索的数据光盘，包含有古希腊作品的原始语言文本，以作为解析荷马的修辞和叙事模型的工具。他们也会引用《贝奥武甫》和标准版本的《盎格鲁—撒克逊诗录》中的其他相关诗作。

（四）建立假设

在回顾先前的研究并采用某种史诗学理论范式或理论观点后，接下来的工作就是建立假设。假设指的是针对两个或两个以上的变量之间存在的关系所做的推断性陈述命题。当然，这种变量之间的推断性陈述命题可以运用推理来获得，也可以用运用类比、想象来获得。它是对所研究事物的变量之间的初步设想或推测，是对所研究的主题提出的可能的答案或尝试性理解。它是一种大胆的猜想，但是否真的成立就需要小心地求证才行。

比如，朝戈金和约翰·迈尔斯·弗里在论文《口头史诗的五个基本问题》中说："我们的考察将跨越四个彼此在时间和空间上距离遥远的史诗传统。其中的两个，蒙古和南斯拉夫……另外的两个，古希腊和古英语传统……我们相信这四个传统代表了相当的差异性，从而为我们提供了一个难得的机会，使我们有条件就口头史诗的可能模式给出切近事实的推断。特别欢迎来自其他领域的学者对我们的研究做出回应，因为在寻求理解作为世界现象的口头史诗上，我们的目标是一致的。”（朝戈金、弗里，2003），这就是一种推断性陈述命题，也是朝戈金和弗里研究讨论的核心目标。

在我们研究的过程中，除了理论假设之外，有时候还存在“工作假设”。它是出于写作或其他具体的目的而假设的猜想。在朝戈金和弗里上述论文中就有几个工作假设。例如：“什么是口头史诗传统中的一首诗?”学者们从不同的角度出发，对大型口头史诗的组合方式提出过各种各样的见解，于是他们两个根据这四个口头史诗传统的田野调查或文献材料来重新讨论什么是“一首歌”的理论问题。

（五）搜集与分析资料

建立假设之后就去搜集资料并通过分析材料来验证假设。但是你必须通过研究设计来搜集材料，因为没有纯粹的观察，观察活动必然渗透着各种猜想。资料的来源有信息来源和渠道，在史诗学研究中获得资料的信息源有四个：田野调查、文献资料、实验方法和使用现存材料。

搜集资料时必然涉及使用哪种资料的问题。这也就是搜集资料中的选择样本问题。因为研究者用的史诗学理论范式不同，对于搜集材料的要求和操作规范也不一样。口头程式理论对于每一次的口头表演都感兴趣，但是结构主义史诗理论没有这么严格，他们认为以一定数量的样本资料，就可以进行分析和讨论。所以，不同的史诗学理论范式，对于自己的材料的效度和信度都有不同的理解。

分析材料是史诗学研究的一个重要环节。获得足够的原始资料之后，就对它进行分类和编码并存档。这种分类和编码不仅仅是整理原始材料的手段，也是科学研究的过程。

目前，世界各地正在兴起建立口头史诗的电子档案，这对于搜集和分析材料提供了很多方便。比如，朝戈金和约翰·迈尔斯·弗里在撰写论文《口头史诗的五个基本问题》时，主要以现存资料为基础讨论口头史诗研究中的五个基本问题。他们采用四个口头史诗传统区的现存资料，这些现存资料是中国学者 D. 塔亚记音及整理的冉皮勒（1923—1994）所演唱的蒙古口头史诗《江格尔》；来自哈佛大学著名的“帕里口头文学特藏”的档案材料中的穆斯林口头史诗和欧洲书写史诗文献资料。欧洲书写史诗文献引用自牛津版的《伊利亚特》、《奥德赛》和《贝奥武甫》，还有标准版本的《盎格鲁—撒克逊诗录》中的其他相关诗作。（朝戈金、弗里，2003）

（六）形成结论与致谢

科学研究不是回答关于某一主题的所有问题。因此，研究的结论是阶段性的结论。它不仅代表这一次研究的结束，也是预示下一次研究的开始。当然，这次研究获得了什么具体的结论是我们史诗学研究论文中最受关注的部分。很多学术论文中还有一个部分，那就是展望。这个展望部分里，我们简要地提出自己的研究结论以及它可能会引发的下一个研究的预期。

有些研究者，喜欢把致谢放在专著的前言中。这是充分尊敬在完成课题研究的过程中帮助过你的与本课题没有直接联系或无关的其他人员。在中国，很多人把致谢放在专著的后记里，也有人把致谢放在专著的第一页，当然也有人把致谢放在专著的参考文献前面或结尾处。

朝戈金和约翰·迈尔斯·弗里在论文《口头史诗的五个基本问题》结论中明确地指出作为世界性现象的史诗演唱中存在多样性的口头传统。他们写道：“这四个史诗传统——蒙古、南斯拉夫、古希腊和古英语——呈现出了差异所造成的巨大跨度。它们在地域上相隔遥远，从北亚到西欧，在时间上的跨度也有 3000 年之久。我们通过对这四个传统进行解析，在尝试回答五个问题的过程中，对其间的差异性有了更深入的赞赏”，而这个口头史诗的多样性传统是对什么是一首歌、程式、主题、故事范型等问题作出回答和描述，并且作者进一步地指出自己的展望——认为有必要“编纂每个传统的‘词’（如程式、典型场景和故事范型）的语汇表”等。他们写道：“在结束本文的时候，我们希望这里所进行的关于蒙古、南斯拉夫、古希腊和古英语口传史诗的比较研究，能够对不同领域的学者有所助益。我们还需要做许多，包括应当透彻地理解这些表演的结构，以便能够按照它们自身的规则解读它们；我们还需要编纂每个传统的‘词’（如程式、典型场景和故事范型）的语汇表，还需要格外注意到这个事实，即无论我们在不同的传统中发现了多少相似性现象，那些差异仍然具有关键性的意义。简而言之，我们真诚希望自己能够成为更好的、更在行的史诗演唱的听众。”（朝戈金、弗里，2003）

二　主要的研究设计

决定所需要的资料该怎么搜集，是史诗学研究工作中相当重要的一个环节。研究方法是史诗学研究工作的执行的流程，研究设计是指以符合科学规范的标准来搜集资料的详细的计划或方法。对史诗学研究而言选择和确定研究设计是很重要的一步，需要我们发挥自己的创造力进行巧妙的构思，这样做我们的工作就会变得事半功倍。不然，我们每一次的史诗学研究工作会变成一种低效率的工作，甚至可能成为无效的工作。史诗学专家一般利用田野调查、比较分析、实验以及现存资料的获取来研究资料，完成自己的研究工作。

（一）田野调查

通过田野调查获得口头史诗的资料做法很早就有。在古希腊，亚里士多德就发现在古希腊的史诗演唱和戏剧演出之间存在很大的差异，前者是在严肃的场合举行祭祀后表演，观众都是有身份的人；而后者是在街头表演，观众都是贫民。

但是，在田野调查中把每一次口头表演都当成一次有效而完整的这首诗的口头表演来获得口头史诗资料的方法是从帕里和洛德开始运用。现在对某史诗演唱田野调查活动是一种非常规范的诗学民族志方法（史诗民族志方法）。关于口头史诗的田野调查的传统方法已经获得提升和升级，研究者必须在参与观察某一歌手的史诗演唱活动的过程中，获得关于口头史诗的田野调查资料并撰写田野笔记和史诗民族志（诗学民族志）。这种史诗民族志从帕里和洛德开始运用，后来发展成为一种表演理论的基础——演述民族志方法。

在田野调查的过程中一般采用参与观察、深入访谈和记录文本等方式。因为，田野调查是互动性很强的工作，所以互动的气氛或访谈人员的特质会对调查中获得资料产生积极或消极的影响。

改变史诗学的田野调查的个案有：美国学者帕里对于南斯拉夫口头史

诗的田野调查和洛德对于南斯拉夫故事的歌手的研究；美国学者弗里对于神授艺人的田野调查；中国学者塔亚对于《江格尔》的田野调查等。

（二）田野调查的发现

关于苗族史诗《亚鲁王》的发现的过程，2012 年冯骥才先生回忆："前年初夏，身居贵阳的文化学者和作家余未人在电话里激动地告诉我，她那里发现了苗族的长篇英雄史诗，一时我感到她的声音兴奋得闪闪发光。但我的脑袋里还是响着一个疑问：这可能吗？始自上世纪初，中国文学和文化界的有识之士发动的一轮又一轮民间口头文学的调查中，不断有收获涌现，我们数千年古老的中华大地文学蕴藏之深厚真是无法估量，然而自《格萨尔王传》《伊玛堪》《江格尔》和《黑暗传》等搜集整理完成之后，很难想象还有不曾知晓的一个民族的长篇英雄史诗会横空出世。特别是在现代化和城市化高速推进的今天，随着传统生活的骤变、农耕聚落的瓦解和现代传播方式革命性的强力入侵，无形地依附于口头的文学比任何文化遗产都消失得快，而且像风吹去一般无声无息。怎么还会存在一部体量巨大的史诗？"（冯骥才，2012）

经过长期的田野调查，在非洲大陆发现了很多口头史诗传统的存在。目前，非洲史诗大致可分为七大板块——中非史诗、猎人传统与史诗、索宁克传统、松迪亚塔与曼顿传统、赛格与巴拿马史诗、福拉传统和近百年来出现的传统。（曾梅，2006）

（三）文本观察与比较分析

对史诗的书写文本进行分析是一种常见的研究设计。口头程式理论出现之前，大家都采用这种史诗的书写文本进行分析来设计自己的研究工作。古希腊时期，柏拉图、亚里士多德经常采用这种对于史诗的书写文本进行分析的研究设计。直到当代，史诗学专家的经常采用这种文本观察和文本分析方法。德国学者瓦·海希西在研究蒙古史诗的故事情节类型时，也采用这种文本观察和文本分析方法。在口头程式史诗理论范式出现之前，这种文本观察和文本分析方法是最主要的研究设计。比如，美国学者帕里对于荷马文本的分析；法国学者列维·斯特劳斯（Claude Lévi - Strauss，1908 - 2009）对于神话文本的比较分析；俄国学者普罗普对于 100 多个童话的比较分析；汤普森（Thompson）和阿尔奈（Aarne）对于世界故事的分类分析等都是改变史诗学的文本观察分析的典范。

（四）比较实验

美国学者帕里和洛德在南斯拉夫做史诗学田野调查时，除了采用参与观察和访谈方法之外，还采用实验方法。研究者对干预史诗歌手和不干预史诗歌手在不同的条件下，把某一位或几位史诗歌手的史诗演唱活动进行比较，从而获得自己的研究结论。这是一种实验组与参考组的比较分析方法，帕里和洛德在对南斯拉夫史诗歌手的研究中也经常使用这种方法。

（五）使用现存材料

朝戈金和约翰·迈尔斯·弗里在撰写论文《口头史诗的五个基本问题》时，他们采用使用现存材料的研究设计。它是一种非常高效的研究设计。研究者通过自己田野调查获得史诗演唱资料的研究设计有一个非常大的优势，那就是田野调查可以获得比较可靠的史诗演唱资料，但是个人的能力和时间是有限的，所以不可能对来自世界各地的史诗演唱活动都进行田野调查。这时候，他必须依赖别人的田野调查获得史诗演唱资料——即使用现存材料。

一般史诗演唱的现存材料很多，有泥版的、纸质的、电子的；也有音频或视频的史诗演唱资料。著名的古巴比伦史诗《吉尔伽美什》是通过泥版资料形式保留下来的。现在在很多专业网站上都有世界各地的史诗演唱的视频和音频资料。

（六）翻译出版的史诗作品

1949年中华人民共和国成立之后，中国学者在翻译和整理世界各地的史诗作品方面已经获得巨大成绩。这些现存材料大家都可以利用和分析。中国人整理、翻译的这些世界各地的现存材料可以分为以下两种：（1）中国少数民族史诗丛书。第一，《蒙古史诗大系》（共4卷，包括全世界的短篇蒙古史诗）；第二，《格萨尔文库》（包括藏族《格萨尔》8册、蒙古族《格萨尔》5册、土族《格萨尔》5册、裕固族《格萨尔》1册、《格萨尔音乐曲谱》1册，共5卷20册），此外，还有格萨尔译丛——角巴东主主编的《格萨尔王传》汉译本系列丛书，2011年6月由高等教育出版社出版，具体包括：丹玛青稞宗、辛丹内讧、大食财宝宗、卡切玉宗、象雄穆德宗、歇日珊瑚宗、雪山水晶宗、阿达拉姆十八部等；第三，《云南少数民族古典史诗全集》，上、中、下三卷。（2）国外史诗翻译丛书。第一，欧洲史诗译丛，比如世界英雄史诗译丛，共有9本；第二，印度史诗丛书，包括摩诃婆罗多、罗摩衍那等；第三，阿拉伯语史诗译丛，《安塔拉传奇》是一部与《荷马史诗》《熙德之歌》《奥德赛》齐名的世界名著，在西方被比作“阿拉伯人的《伊利亚特》”。该书的阿拉伯语原版虽已问世近千年，但由于翻译难度极大（仅诗歌便有1万余行），故在此汉译本之前，无任何一个国家的翻译者将其全本译为另外一种文字。李唯中先生翻译《安塔拉传奇》8年始成，是第一个汉文译本，也是世界唯一的全译本，还是国家“十一五”规划的重点图书，不仅是中国翻译界与出版界的盛举，而且填补了世界翻译史的空白。《安塔拉传奇》汉译本，共10卷，600余万字。

三　研究伦理

在史诗演唱活动的田野调查和公开自己研究成果的过程中，研究者和搜集者的工作可能会涉及史诗歌手和相关他人的隐私、利益或基本权利，这就必然会出现很多伦理问题。所以研究者和搜集者一定要尊重歌手的各种自然权利，将自己与歌手之间的互动契约作为基本伦理原则，完成自己的田野调查或公开自己的研究成果。这里包括致谢、伦理规范、调查权与隐私权、保密等问题。

（一）致谢与伦理规约

人类学的研究者研究口头艺术时必须事先确定其信息拥有人（信息提供者）是否愿意保持匿名或得到特别鸣谢，并尽其所能遵从这些意愿，否则就是不道德，甚至可能是违法行为；生物化学家不能将未经彻底检测的血清注入人体里，否则既是不道德，也是违法行为。同样，史诗学专家在搜集整理口头史诗时，必须征求史诗歌手是否愿意公开出版或进行商业性质的版权交易的意见，否则既是不道德，也是违法行为。史诗民族志学者必须遵守一些研究规范，我们称之为伦理规约和非遗保护法。

美国人类学协会于2009年2月通过的《美国人类学会伦理准则》

中“对公众的责任”提出以下基本原则：

（1）人类学研究者应以恰当方式使其研究结果能为资助者、学生、决策者和其他非人类学家所用。他们在为此准备材料时必须忠实：即不仅要对其所陈述事实的内容负责，还必须谨慎考虑其公布信息的社会和政治含义。他们必须在力所能及的范围内竭尽全力保证这些信息的语境清楚，能被人确切理解和恰当使用。他们应使其报告所据的各种经验基础明确，必须坦言其学术资质和哲学或政治倾向，必须承认并澄清人类学专家知识的局限性。他们同时必须提防其信息对与其一道工作的人们或同事可能造成的伤害。

（2）人类学家在处理其自身与本国政府、东道国政府或研究资助人的关系时，应诚实率直。人类学家不得把学科伦理作为妥协条件，亦不得同意那些不正当地改变其研究目的、关注点或预期结果的条件。

（3）人类学家可以选择在公布研究成果的同时，是否进而采取倡导者的立场。此为个人决定而非伦理责任。比如，美国社会学协会于1971年首次出版专业的社会学规范《伦理规约》，1997年做了修改，提出了以下的基本原则：

□维持研究的客观性与完整性。

□尊重被研究对象的隐私与尊严。

□保护被研究对象，使之不受到人身伤害。

□研究必须保密。

□参与研究或研究的行为涉及隐私时，需获得被研究对象的同意。

□要说明所获得的合作与协助。

□公开所有研究资金的来源。

（二）调查权与隐私权

口头史诗的传奇歌手（神授艺人）有一些特殊的仪式传承是不能公开的。他们相信公开一些秘密规矩会对歌手的传奇能力有负面的影响。所以传奇歌手由于自己传承的一些秘密规矩，不能给研究者讲授学艺过程的所有细节，这时就出现一些调查权与隐私权的冲突。这也是传奇歌手的一个特点。实际上，一般的史诗歌手也有隐私，这包括其在学艺过程中遇到的一些不愉快的经历或事件，等等。

（三）保密、有偿采访与非遗著作权的纠纷

保护被调查者的隐私权和经济收益权是在田野调查过程中必须遵守的一个基本原则，不然研究者就成为为了自己利益而损坏他人权利的不道德者。比如，蒙古族某歌手向北京市东城区人民法院起诉某博士是个典型案例。蒙古族歌手请求判令被告某博士支付其报酬50余万元并归还《格萨尔传》原稿，北京市东城区人民法院受理了该起案件。（范诗蒙，2009）

（四）研究中中立和政治考虑

史诗学专家的道德考虑不仅在于研究的方法，成果的公开带来的名誉、经济和隐私方面的道德问题，还在于他们对资料解释中的道德问题。社会学家韦伯承认，个人的价值观对社会学家选取所研究的问题会有一定的影响。所以研究者必须尽量地保持中立。

史诗歌手在表演史诗演唱的过程中，也会很聪明地保护自己或保持中立。卡尔·赖希尔（Karl Reichl）在1981年访问了乌兹别克斯坦歌手卡里夏伊尔。卡里夏伊尔出生在1927年，卡尔·赖希尔见到他时，卡里夏伊尔答应晚上去他下榻的布卡集体农场的客房，于是晚上在那里开始了自己的史诗演唱。“他用很典型的方式以一个名为‘我的冬不拉’的‘贴尔蔑’开始了自己的演唱，然后又加了歌颂一个共产党的‘贴尔蔑’，最后才转入演唱史诗。”（卡尔·赖希尔，2011：104）对此事件，卡尔·赖希尔也保持价值中立，没有过度或极端地认为政治对于史诗演唱有什么负面的影响，而是尽量客观地描述自己观察到的事件。

四 记录技术与口头史诗研究

科技的进步一直在影响口头史诗的传播和表演传承。最早是文字记述技术的出现将史诗演唱中的声音文本记录下来，使得将其传播到未来成为可能。古巴比伦阿卡德语楔形文字为我们提供了遥远的古巴比伦的史诗《吉尔伽美什》传播到今天的技术保障。当然，早期使用文字记述技术来书写口头史诗时他们早已预期到这个结果。比如，在古巴比伦阿卡德人著名史诗《埃奴玛·埃立什》最后一段中演唱道：

愿这些（话）得以保留下来，倍提兰好交给（人们）。
聪明伶俐者，博学多识者同样可以相互（教）互助。
父亲可以反复讲述传授给儿子，
让牧羊的、看守家畜的耳朵灵童，
向诸神（恩利尔）最高神马尔杜克唱起歌。
他的土地繁荣，他（诸事）成功。
他的话坚定，他的命令无可变更。
他的话语任何神都不能歪曲。
他要看时不许转过他的头去。
他激怒时转过身去，任何神也经受不起。
他的心胸海量，他的同情宽厚深广。
罪人和背德者在他面前，都讲羞愧（难当）。
倍提兰将在他（书吏）面前所说的话，
为了让后世的人听（到），他才记录下来的。（赵乐生，1999：226）

（一）文字记述技术

把史诗演唱的口头文本记录成书写文字是一种划时代的发明，可以与互联网技术媲美。从古代的某一个时代开始，这种文字记述技术在世界各地广泛应用，被用来记录历史事件、宗教仪式和史诗演唱。现在在世界各地的史诗演唱活动中，几乎大家都用这种文字记述技术。但是，在无文字民族（比如中国的裕固人）中，他们更多的是采用口头表演的方式传承自己的史诗作品，但是有时也用其他民族的文字来记述自己的史诗传统，其中有一些是外民族学者和探险者用自己的文字记录他们的史诗作品。20世纪40年代，一位名叫施劳德的德国人，深入中国青海互助土族自治县威远镇东木拉霍其尼，从土族民间说唱艺人官布希加那里用拉丁字母和一些特殊记号搜集记录了一部计1.6万多行、46万字的说唱形式的格赛尔英雄史诗，题名为《阿克隆格赛尔》。后来经过瓦尔特·海希西整理后以德文出版，这也许就是关于土族英雄史诗的最早文字记载。从版本学的角度来说，这部珍贵的土族古籍具有第一手资料的权威性和可信性，用拉丁文记录下来，又增加了这部资料的科学性。（祁万强、刘星海，2005）

在蒙古史诗传统中，除存在大量的某具体史诗的口头传统之外，还有这些史诗的很多书写传统。这些书写的史诗传统也是与古巴比伦时代的史诗书写传统的目的一样，不仅仅是为了歌手自己参阅和保存自己的作品，也是提供给将来歌手使用的一种传播工具。他们以此保证这首神圣的史诗演唱传统得以保存。

（二）录音记录技术

帕里 1935 年在南斯拉夫做田野调查时，使用录音记录技术来记录南斯拉夫史诗歌手史诗演唱中的声音文本，而且注意到很多技术和技巧方面的问题。他们注意到了录音技术所带来的局限性。比如为了摆脱发动机的干扰，取得高质量录音，用 300 伏的电池代替以前使用的发动机作为能源；他们委托专业的音响公司制作了配备肘节开关的转盘，使得正常情况下在 12 英寸录音盘上只能录制几分钟的时间限制得以无限扩大，这样歌手就可以持续地演唱，不会干扰口头演唱者的情绪。这种设备，奇妙地照顾到了史诗在长度、停顿及创作的表演层面的各种特点，使保存活态史诗的演唱实况成为可能。这些南斯拉夫的口头史诗演唱的声音文本，目前还可以在美国密苏里大学的口头传统专业网上试听欣赏和下载。

在中亚以及从里海沿岸到西伯利亚东部尽头的辽阔地区，以蒙古—突厥为中心的各游牧民族中，自古流传着吟诵英雄史诗的传统。比如蒙古史诗、突厥史诗等口头史诗传统。在 2001 年新发行的 MP3 音乐《中亚与西伯利亚：史诗及泛音演唱》比较全面而简要地反映了这些地区史诗演唱的声音文本全貌。唱片的曲目选自 1983 年（Tuva）、1989 年（Tajik）、1991 年（Kalmukia/Chor）、1995 年（Kalmukia）这 4 次在当地的田野录音。前三首图瓦史诗曾选入 1985 年发行的唱片，而该唱片于 1996 年初版发行。这里还采用 MP3 技术，在互联网上可以欣赏播放和下载，大大拓展了口头史诗的传播范围。

这张唱片记录了苏联中北亚地区 4 个加盟共和国——图瓦（Tuva）、塔吉克（Tajikistan）、喀尔玛克（Kalmukia）、乔尔（Chor）史诗歌手的声音文本。除了塔吉克，另外 3 个至今仍都是非常小的游牧民族，却保持着相当传统的文化状态。

（三）视频记录技术、互联网技术与史诗演唱的传播

目前，视频记录技术和互联网技术的组合成为史诗演唱传播的一个重要渠道。帕里和洛德在史诗演唱活动的田野调查工作中大量地使用录音技术，开创史诗演唱中声音文本的录音记录技术时代。从 1933 年到 1935 年，帕里和洛德遍访南斯拉夫各地区，用一种特制的录音装置记录史诗演唱中的声音文本。他们主要在黑塞格维纳的中心测试了数以百计的文盲歌手。通过当地译员尼古拉·伏日诺维奇（Nikola Vujnovic）的安排，他们记录了数以千计的吟诵史诗的表演录音。

后来，弗里采用互联网技术和视频技术，发明“口头传统与因特网：通道项目”，开创了史诗演唱活动的视频记录时代。这个技术能够全面呈现史诗演唱活动，超越了所有的史诗记录技术。弗里认为电子信息的浏览方式的链接“节点”和信息之间通过“通道”流动的关系，与口头传统的信息组织方式、传递方式乃至存在方式极为相似。以电子方式呈现口头传统，有着难以比拟的优势和便捷。这一洞见，对方兴未艾的互联网技术的成长有重大的意义。目前，中国社会科学院民族文学研究所的“少数民族音影图文档案库”项目与密苏里大学的“通道项目”，已经开始了基于弗里学术理念的跨国合作。在三方合作的框架性文件中，弗里关于知识组织方式的哲学化思考，构成了核心观念。（朝戈金，2012）

五　田野调查与准备工作

在口头史诗流传地区，研究者通过亲自参与观察某一个歌手史诗演唱活动、深入访谈的方式获得歌手的学艺过程和生活细节。这种在实地现场的参与观察和记录工作，大家称为“田野调查”。这是一种调查和研究某歌手的史诗演唱活动的最基本的方法。

在田野调查的过程中，研究者去参与当地人的生活，在具体社区中体验史诗歌手的日常生活与史诗表演，通过记录歌手的史诗演唱和学艺、生活的方方面面来展示歌手是如何工作、听众是如何欣赏口头史诗等问题。但是要完成这个田野调查，他必须做好各种准备工作。其中包括准备录音和摄像设备等记录工具，选择一个较好的调查地点、勘察路线和适当的交

通工具。如果在异民族或与自己的语言不相同的地方，还必须找一个翻译和助手。

（一）记录工具与调查提纲

在进入田野之前要对所要做的工作和田野必须有一个清晰的认识和了解。对于田野调查来讲，最主要的准备工作首先是项目的选择；其次是田野点的选择，之后才进入到田野的各种准备工作；最后是合适的记录工具的选择，比如摄像机、录音机、笔记本和笔的选择，为在将来的田野调查中使用这些记录工具，储存田野调查中获得的各种信息做好准备。

携带什么装备和物品，应根据调查时间长短及调查地区条件而定。除个人衣物及文具、书籍外，下列物件是一般调查者必须置备的。

（1）地图：所去地区及其附近地区的较新且较详明的行政区划图、交通图、地形图等。

（2）摄影设备：一个附有摄远镜头和广角镜头的照相机及足够多的胶卷（或者数码相机记忆卡）是必不可少的。如带两个相机更佳。如有条件，带一个摄像机，对记录活动场面大为方便。

（3）录音设备：假如无特殊的专业要求，一个小型录音机就足够了，而不必携带笨重的录音设备。但不要忘记多带录音磁带。

（4）记录表格：根据要调查的问卷设计一系列表格并事先印好，调查中以填表方式来记录材料，将比一般的笔录大大节省时间。除人口调查表、亲属称谓表等常用表格外，还可根据自己的调查需要并参考前人调查设计其他表格。

（5）药品：根据调查者身体状况及调查地区有何疾病流行，携带一些药品是必要的（必要时事先做防疫注射）。有了这些药品，还可给予当地人民以简单的医药帮助。预防有害昆虫及净化用水的药物，有时也是必不可少的。

（6）个人证件：即旅行或长期居留所必需的身份证明或文件；在中国边疆地区调查，还应备好边境通行证。

田野调查中调查提纲也是很重要的工具。拟订一个好的调查方案非常有必要，这不仅为了明确自己调查工作的目的性和计划性，而且为了申请经费，在今后调查工作中有所帮助。

调查方案中要包括以下内容：调查地点，调查日期和预计的时间长度，调查课题及其理论意义或现实意义，你自己具备的条件及准备如何进行调查。这就是西方人拟订计划时常说的四个“W”和一个“H”(Where，When，What，Why，How)。其中既包括了必要性，也包括了可行性。

史诗学田野调查中可以参考马林诺斯基《文化表格》中的艺术部分表格。马林诺斯基《文化表格》（收入作者的《地方性知识与主体人类学》）列举了文化三个因素和八种功能，包括经济、政治、教育、法律和秩序、巫术宗教、艺术、民间知识，等等。当然，事先拟订的田野调查提纲，无论考虑得如何周全细致，总不免闭门造车的后果，总有脱离实际之处。调查者在田野工作中可随时加以修改和补充。

（二）调查地点、成员和交通

与史诗学课题的选择相结合，在田野调查点的选择上，应以学者的志趣和能力相适应，选择与所选主题相关的，有可进入性的和有一定典型性或者代表性的调查点。

主要的准备工作有以下几项：第一，了解与调查点相关的地理、历史、现状和前人研究知识。这里包括对当地一些特殊的情况的了解，如有无地方流行病、社会治安和进入后的食宿安排等。第二，调查队伍的组成。田野调查者常是深入边缘地区或不熟悉的地区，进行长期的居住观察和体验。参与和协助田野调查的人员，可能是助教、学生或同事。最后，调查者要检查自己的身体状况。在出发前要看调查者的身体情况是否适合调查地的天气、气候状况等，良好的身体素质是进行长期田野调查的基本条件。

在选择项目时首先要明确自己所做的是一次全面调查，还是一个专题调查，抑或是二者结合的调查。全面调查（Holistic Investigation）是对一个群体或社区所做的全面详细的调查，调查的范围包括群体或社区的口头艺术与社区居民的关系等，最后是以演述民族志的撰写为目的的。专题调查（Problem-Oriented Investigation）是对一个或者几个群体和社区所做的有专门目标的调查，其目的是为了验证某一理论或者就某一问题进行专题的探讨。20 世纪 30 年代，帕里和洛德做的田野调查是一种专题调查。

不管是全面调查，还是专题调查，都需要解决交通问题。因为田野调查工作是一种工作地点到调查目的地的迁入调查活动。这两个地方，一般都是分开的，有一定的距离，有的距离还很遥远，甚至在地球的另一边。这就需要考虑交通、时间和费用问题。

（三）方言、语言与翻译员

在田野调查的过程中，找到合适的向导、翻译员和报道人也是很重要的环节。有的学者可能会讲当地语言，有的学者可能学过当地语言或方言；但是很多学者都不懂当地语言或方言，这就需要找合适的翻译员帮助学者完成自己的田野调查工作。

（四）建立关系和沟通

在田野调查工作中，与当地人沟通也很重要。一个陌生人到一个社区中做田野调查时，可能会遇到很多问题，包括当地人过于冷淡或过于热情的交往，还有可能受到当地人的欺骗、抢劫和人身攻击。关于学者与当地人之间的沟通，美国人类学家格尔茨有一个精辟的论述。他说：“在巴厘岛，被取笑就意味着被接受。那是我们与该社区的关系的一个转折点，我们的确已经‘身在其中了’（in）。整个村子都对我们开放了。”（格尔茨，1999：476）

第二篇

史诗演唱与分析

第三章

史诗演唱

一 史诗演唱与戏剧演出

史诗与戏剧都是模仿表演某个行动者的各种行动变化的艺术活动。它们的区别在于一个是某表演者来完成口头表演，而另一个是一群表演者来对白和互动表演；一个是单个歌手的口头表演，而另一个是一群演员的集体的对白表演。当然，在史诗演唱中，也可以采用多个史诗歌手集体表演，但是这个不改变史诗表演的独白性质，他们一个人的口头表演变成多个人的口头独白表演时，只是以合唱的形式完成口头独白表演，而戏剧是集体演员之间的对话和互动表演。在史诗演唱中，虽然有人物对白、场景描述，但都通过歌手一个人自己独自口头表演来完成；在戏剧演出中，就有很多演员和歌手一起表演和演出。亚里士多德在《诗学》中对戏剧本质就有了明确的认识。他认为：一切艺术都是模仿，戏剧是对各种人物行动的模仿，而且戏剧的结构必须分为头、中、尾这样的三段式，在有限的时间中完成自己的表演；而史诗演唱就没有这样的时间上的限制。后来，印度的第一部戏剧理论著作《舞论》也指明："戏剧就是模仿。"

西方戏剧起源于古希腊悲剧，而古希腊悲剧则是源于古希腊城邦的蒂厄尼索斯（Dionysus）的崇拜仪式。在祭典中，人们扮演蒂厄尼索斯，唱"戴神颂"，跳"羊人舞"（羊是代表蒂厄尼索斯的动物）。古希腊悲剧都是诗剧，严谨古雅、庄重大气。表演时有歌队伴唱，史实表明歌队先于演员存在。关于这个起源，也可以参考德国哲学家尼采的早期哲学著作《悲剧的诞生》。

最早的中国古代戏剧剧本是元代的《张协状元》，由元代温州九山书会才人编撰，载于明《永乐大典》第13991卷，今存全本。元杂剧是一种包含有“唱”、“念”、“做”的戏剧样式，剧本所描写的人物故事则主要通过歌唱和念白。另外，元代戏剧中有很多蒙古语词汇。

乔吉，又名乔吉甫，字梦符，号鹤笙。乔吉是一位戏曲理论家，他提出了“凤头、猪肚、豹尾”之说，“起要美丽，中要浩荡，结要响亮”，乔吉的戏剧理论在中国古代戏曲理论史上具有很大的影响。

藏戏的藏语名叫“阿吉拉姆”，意思是“仙女姐妹”。据传藏戏最早由七姐妹演出，剧目内容又多是佛经中的神话故事，故而得名。（王沂暖，1988：121）藏戏演出一般分为三个部分，第一部分为“顿”，主要是开场表演祭神歌舞；第二部分为“雄”，主要表演正戏传奇；第三部分称为“扎西”，意为祝福迎祥。藏戏的服装从头到尾只有一套，演员也不化妆，主要是戴面具表演。藏戏有白面具戏、蓝面具戏之分。但是和戏剧演出不同，史诗演唱主要是单个歌手的表演，这对歌手的要求很高，他不仅需要惊人的记忆力，还要会唱、会说、会模仿一些动作。就像亚里士多德说的那样：“既可像荷马那样，时而用叙述方法，时而叫人物出场。”（罗念生，1962：9）

二　史诗演唱长度、表演单位与题目

在中国藏区的史诗歌手中流行这样一种说法，“格萨尔是一部唱不完的史诗”。实际上，从口头史诗理论的角度看，任何一首歌的口头表演都是唱不完的，都是不断地口头表演，在这种口头表演中创造新的一首歌。所以，洛德说：“每一次表演都是有效的。”这样，每一次的史诗演唱中都存在可重复出现的一组故事范型，它就是史诗演唱活动中的口头表演单位。

一般情况下，一首歌大约以一到两个小时的时间长度为一个表演单位。但是有一些集群史诗的口头表演可能延续一晚上，即七八个小时的表演长度，这样，歌手在史诗演唱的过程中可以喝茶或者休息几分钟。但是，有一些史诗演唱，时间会很长，据说有一天一夜和三天三夜。的确，史诗演唱的长度比戏剧要长，所以，亚里士多德说：“如果一首史诗比古史诗短，约等于一次听完的一连串悲剧，就合乎这个条件，但是史诗有一个特殊的方便，可以是长度分外增加。”（罗念生，1962：83）

南斯拉夫的文盲歌手阿多夫在记忆中储存了58首史诗作品，其中，《斯麦拉季齐·梅霍的婚礼》有12323诗行，《奥斯曼别格·跌里别格维齐与帕维切维齐·卢卡》有13331诗行，都与《奥德赛》长度相仿。帕里一次让他出席另一位歌手姆敏的演唱，那首歌是阿多夫从未听过的。“当演唱完毕，帕里转向阿多夫，问他是能否立即唱出这一首歌，或者甚至比姆敏唱得还好。先前演唱的姆敏则善意地接受了这个比试，轮到他坐下来听唱了。阿多夫当真就对着他的同行演唱起刚学起来的歌了。最后，这个故事的临时学生的口头表演版本，也就是阿多夫的首次演唱达到6313诗句长度，竟然是老师‘原作’长度的三倍。”（弗里，1988：94）某一歌手的史诗演唱活动，原则上是可以无限拉长；但是某一次史诗演唱是由有限的表演单位构成；而且这个表演单位是可以拉长表演长度，也可以简化故事情节而缩短它的表演长度。根据故事范型的集群范型或单篇范型特点，某史诗演唱的表演单位形成两种形态：一种是周而复始的表演单位长度，构成集群史诗；另一种是一次性表演单位长度，构成单篇史诗。

《江格尔》、《玛纳斯》、《格萨尔》都是集群史诗；而《汗青格勒》、《三岁的古那干·乌兰巴特尔》、《祖乐阿拉达尔罕传》等是单篇或简单史诗。从以上的比较中很容易发现，《荷马史诗》、《亚鲁王》都是一种集群史诗，只是文本固定了它们的长度。只要是口头表演存在，某个史诗演唱的表演长度就会经常变动。每一次表演的某首口头史诗（作品）都有专门的题目。有时候由几次表演单位来完成一部口头史诗，有时一次表演单位来完成一部口头史诗。

三　史诗演唱中的乐器与伴奏

史诗演唱活动中，存在有伴奏和无伴奏两种表演形式。有些歌手使用乐器，自己或别人演奏，以保持优美的节奏感和间隙时间。这些乐器有马头琴（格斯尔）、陶布舒尔琴（江格尔）、七弦竖琴（荷马史诗）、维纳琴（罗摩衍那和摩诃婆罗多）、库姆孜（玛纳斯）、格萨尔（龙头琴和八弦琴）、三弦琴或四弦琴（玛卡梅）、彝族大四弦（查姆）、彝族小三弦（梅葛）、堪特雷（芬兰史诗卡列瓦拉）、古斯莱（南斯拉夫史诗歌手）等。

四 史诗演唱中的表演与曲调

在史诗演唱的过程中还有很多身体语言即歌手的表演动作。2010年3月，笔者和弗里教授在青海西宁市的一个宾馆里，采访青海玉树藏族自治州的格萨尔歌手达瓦扎巴时，看到歌手在演唱格萨尔的过程中频繁地使用祈祷、格斗、砍头等各种动作。芬兰的歌手在史诗演唱中也经常使用身体语言。第一个注意到芬兰歌手演述史诗时身体动作的学者是波奇（Henrik Gabriel Porthan），他对歌手演唱的描绘："歌手们并排坐着，或者面对面坐着，一个歌手抓住另一个歌手的右手，膝盖也是挨着的，一个膝盖挨着右边的，另一个膝盖挨着左边的，他们把手臂放在膝盖上。当演唱时，他们慢慢摇晃着身体，好像每一个歌手都想用自己的头去靠着另一个人，他们的脸部表情是严肃而虔诚的。当他们站起来时，几乎不演唱。要是偶尔这样做了，那么仿佛是在受缪斯的驱动，开始站起来唱歌。但是随着演唱继续，他们互相抓住右手，坐下来，以惯有的方式继续演唱。"（Henrik Gabriel Porthan，1983：80）

中国柯尔克孜族的玛纳斯歌手居素甫·玛玛依表演史诗演唱时也经常使用身体语言："他（居素甫·玛玛依）当时年富力强，声音也十分洪亮，音调也不断地变化着，身体随着演唱声调的变化而不停地晃动，两个手一会儿做出劈砍的架势，一会儿又做出用矛枪刺杀的姿态，随着史诗歌词内容的变化不停地晃动着。唱了一会儿之后，他更是激情高涨，就像发情的公驼一样晃动，口中不停地喷出白沫。我当时正好坐在他的对面，只见他眼睛不停地闪动，那目光犹如猎隼的一样，再加上他不停晃动的双手，那架势就像一个猎鹰要把我当成猎物捕获而去。"（阿地里·居玛吐尔地，2006：99）

在《格萨尔》史诗演唱中，歌手会用很多不同的曲调，每一次不同的人物出场，配上不同的调子。

五 语速、呼吸与停顿

在史诗演唱活动中史诗歌手拥有很多表演技巧。歌手们通过控制自己的口头表演的语速、呼吸与停顿来完成他的史诗演唱活动。其中，语速是歌手控制表演时间最好的方法。史诗歌手需要快速结束一个很长的一段史诗演唱诗章时，除了采用简化故事情节之外，还有一种便捷的方法就是控制语速。

在史诗演唱的过程中换气也是一个歌手需要处理的难题。新手口头表演一段较长的程式时可能会遇到呼吸或换气的问题。老歌手对此非常熟练，他在演唱的过程中很自然地呼吸。一般史诗歌手在史诗演唱活动中的停顿有两种情况：一种是喝茶或想休息，就把正在进行的口头表演停下来。尤其是歌手想休息时，一般歌手找准故事的自然分解点，以便下一次很自然地接下去。另一种是诗行和诗句之间短暂的停顿。这就是歌手在每一诗行中或诗句里，如何准确地分配节奏单位（诗行）和词汇的问题。因为具体节奏单位一样的，词汇可以有长有短，必须合理分配在相同的步格框架之中。

当然，歌手不仅把词汇合理地分配在相同的步格框架之中，而且这个节奏单位会衍生出更多的节奏单位。因此，在节奏的单位周期之外，还有更重要的是节奏的启动叙事功能。所以，苏珊·朗格说：“节奏的本质并不在于周期性，而在于连续进行的事件所具有的机能性。”（苏珊·朗格，1988：75）

第四章

这首史诗与大词

每一次表演的某首口头史诗都有一个专门的曲目。有时由几次表演单位来完成一部口头史诗，有时一次表演单位来完成一部口头史诗。这一部史诗和这首歌（the song）是同一个概念。汉语口语当中“一部史诗”这个词用的多一些，在朝戈金翻译弗里的《帕里—洛德的口头程式理论》之后，大家使用这首歌（the song）或一首歌多一些，但意思都一样，是指每一次口头表演的某一首完整的口头作品。在这里，这首史诗、这部史诗和这首诗歌（the song）意思是相同的。但这首歌（the song）是口头表演单位，所以口头表演的过程中它的长度经常变动，即同一个口头作品，有时较长，有时较短。

一 表演与模仿

史诗演唱不仅仅是口头表演，而且更是一种模仿性质的口头表演。但是这首史诗不是一种历史事件的模仿表演，也不是一种现实生活的模仿表演，而是虚构的某角色行动变化的模仿表演。这样，史诗演唱活动中充满着表演的气氛和模仿的举止。

在古希腊，亚里士多德第一次完整地发现了史诗演唱中的这种模仿的特点，于是他把这种模仿性质规定为悲剧与史诗的共同的本质或艺术性特点。他以荷马史诗与希腊悲剧的这种模仿特点为基础，写出了一种普遍的诗歌理论，叫《诗学》。在这部著作里，亚里士多德写道：“诗人的职责不在于描述已经发生的事，而在于可能发生的事，即按照可然律或必然律可能发生的事。历史学家与诗人的区别不在于是否用格律写作，而在于前者记述已经发生的事，后者描述可能发生的事。所以，诗是一种比历史更

富于哲学性更为严肃的艺术；因为诗倾向于表现带有普遍的事，而历史却倾向于记载具体事件。”（陈忠梅，1996：28）

两千年之后，在欧洲诞生了一种新的语言艺术——小说。对这种小说的共性，欧洲的诺贝尔文学奖获得者捷克小说家昆德拉说：“小说审视的不是现实，而是存在。而存在并非已经发生的，存在属于人类可能的领域，所有的人类可能成为的，所有人类做得出来的。”（昆德拉，2004：54）不仅是古希腊的悲剧和史诗有描述可能发生的事，两千年后出现的新的语言艺术——小说也有审视可能的存在。我们把这种艺术叫虚构艺术，以此区别于比较真实的历史记载。所以，某主人公可能出现的行动变化构成了这些虚构艺术作品的本质特点。

一个歌手是通过口头表演完成这首史诗或几首史诗的。那么，这种口头史诗的故事情节来自哪里？是现实生活的模仿或想象力，还是历史事件的追忆和描述？根据亚里士多德的观点都不是！这首史诗本身就是虚构的某英雄主人公可能出现的各种行动变化的一种恰当的模仿表演。一首史诗内容，自然来自模仿表演，这是千年不变的规律。

二 这首史诗与史诗剧目

某一歌手的史诗演唱活动本身，在原则上是可以无限延长表演的。但是现实生活中，某歌手的一次史诗演唱不可能无限延长，即使几天、几个月或几年唱某一剧目的史诗演唱活动，它也有最终结束的时候。口头表演每一次都是新的口头创造，所以，口头表演没有极限，但是有剧目。史诗演唱活动中剧目起到控制歌手口头表演的长度和种类的作用。

歌手的每一次史诗演唱活动都有一个固定剧目。于是每一次的史诗演唱活动构成这首史诗或这首史诗的某种诗章（BOLOG）。这首史诗，一般有一个主要英雄，所以一般就用这个主人公的名字起这首诗的剧目。比如，《奥德赛》（古希腊史诗）、《江格尔》（蒙古史诗）、《格萨尔》（藏族史诗）、《玛纳斯》（吉尔吉斯史诗）、《奥斯曼别格·跌里别格维齐与帕维切维齐·卢卡》（南斯拉夫史诗）、《罗摩衍那》（古印度史诗）等。一般，还会添加一些形容词修饰英雄的名字，展现他独一无二的气质和特点。有时候，在这个主人公的名字或英雄的名字后面加一个爵位——王或将军、巴特尔、男儿、台吉。比如，在蒙古史诗《汗青格勒台吉》中的英雄名字“汗青格勒”后面加了“台吉”；在苗族史诗《亚鲁王》中英雄名字“亚鲁”后面加了“王”等。此外，一些史诗的剧目，用双方的打仗事件或创世事件本身来起名。比如，《霍岭之战》、《创世纪》、《伊格尔远征记》、《勒包斋娃》等。有的在英雄的名字后面加一些“传”或“之歌”、“之婚礼”、“之战役”等词语来起名。比如卫拉特蒙古人史诗《祖乐阿拉达尔罕传》、法国史诗《罗兰之歌》、南斯拉夫史诗《斯麦拉季齐·梅霍的婚礼》等。有的这首史诗剧目是用年龄或居住地来修饰英雄的名字，如《老年劳莫尔根汗》、《住在一棵树下的嘎拉珠乌兰巴特尔》、《三岁的古那干·乌兰巴特尔》等。

一般，以一个剧目为原则，我们可以对歌手的史诗演唱划分表演单位。一个剧目下的史诗演唱就是这首史诗，虽然在各地区有不同的变体史诗，但是系列性质的集群史诗（epic cycle）有一个总剧目，然后其中的每一首史诗（口头诗章），都有自己的子剧目。单个诗章的史诗剧目也遵循以上规则。在一些史诗的口头传统比较丰富的地方，不仅有丰富的集群史诗，还有很多单篇的变体史诗，这些单篇的变体史诗都有自己一个剧目。在这个剧目之下，歌手们以这首史诗为单位完成自己的口头表演。

这种单篇的变体史诗的口头表演会有很多地域风格——从而很容易形成语域。不仅单篇史诗有语域差异，集群史诗也有语域差异。同一部史诗，在不同的地方就有不同的史诗剧目，但是这并不影响它们作为一部史诗的特点。比如，在蒙古卫拉特史诗当中，歌手们流传和传唱比较活跃的短篇史诗《汗青格勒》，有的地方叫《汗青格勒台吉》，而有的地方叫《呼德尔阿拉泰汗》等。

这首史诗不仅有一个统一的剧目，还必须有一个固定的主人公名字，而且主人公的名字发音一般不会有太大的变化。即使有变化，我们也能辨认它们都是一个词语转化而来的。在亚洲流传的比较活跃的这首史诗——在西藏地区叫《格萨尔》（Gesar），在蒙古地区叫《格斯尔》（Geser），而青海土族地区叫《格赛尔》（Gesair）。在不同的流传地区，大家对于主人公名字称呼的发音变异了，由此出现了这首史诗不同的口头传统，它们彼此拥有多种不同风格的口头作品。于是研究者在田野调查中，也会关注这一特点，试图发现不同差异的特点或发现新情节。

在集群史诗的史诗学研究中，究竟“什么是口头史诗传统中的一首诗”问题，很多学者从不同的角度出发，提出过各种各样的见解。例如有些学者认为那些较短小的故事应看作某个较大故事的局部故事，就像那些玲珑的切割面最终属于整块的宝石；有些学者认为它们只是一些独立的叙事，是收集者按照书面文学的规范将它们汇集为了一个“文集”。

三　主人公的行动变化

一般这首史诗的主人公的名字是固定的，即使他们的名字发音发生变化，主人公也不会变化。听众都能辨认这些主人公的名字发音并能确认它们都来自同一个词语。某一口头史诗在不同的地方有不同的曲目，但这并不影响它们是属于这首史诗的口头传统。我们可以根据主人公的行动变化模式来辨认它们是否属于这首史诗的口头传统。这首史诗不仅主人公一样，他的行动变化模式也相似。在不同史诗演唱活动中所用的剧目不同，但是听众可以辨认出史诗主人公的行动变化模式之间存在很多相似点，所以很容易辨认它们。如果听众难以辨认，那么它们就从属于不同的口头史诗，曲目也不一样。在史诗学中很多人研究关于某史诗演唱中的主人公的行动变化模式。在早期的研究中，亚里士多德对此研究得比较彻底。

亚里士多德主要研究某史诗演唱中主人公是如何行动的问题。于是提出史诗演唱必须完整地模仿完整的行动变化——有开头、中间和结尾。这样听众能感受到它是个整体，而且完整的行动变化比较容易引起听众的怜悯和同情，于是歌手的史诗演唱会强烈地吸引观众。听众能感受到主人公的行动变化和听众自己的代替象征时，怜悯和同情之情就比较容易产生。

在这首史诗，尤其是单篇史诗的史诗演唱，歌手可以延长表演，也可以缩短表演。但是主人公行动变化，必须有起因、发展和结尾。这一点是在这首史诗尤其是这首单篇史诗所必需的。这种单篇史诗中的主人公的行动变化或有突转、发现和主人公经历苦难等几种变化，这些行动变化必然引起听众的怜悯和同情，这也是史诗演唱的魅力所在。亚里士多德说：“史诗里也必须有冲突、发现和苦难。”（陈忠梅，1996：

82）

田野调查中经常发现在口头史诗中主人公之间发生冲突、相互发现某一个意图和苦难的经历。在口头史诗中有很多的行动变化模式。这些不同的行动变化模式引起不同的情感波动。在口头史诗中的回归行动会引起听众的惊喜和感动；主人公的迎战行动会使听众产生恐惧和兴奋；主人公的迷失行动会激发听众的惋惜；主人公的创世行动会引起听众的惊奇；主人公的迁徙行动会引起听众的智慧和勇气；主人公的苦难行动会引起听众的同情等。比如《奥德赛》中主人公的回家行动而引起听众的惊喜和感动。《伊利亚特》中主人公的迎战行动和格斗引起听众的恐惧和兴奋。

德国学者瓦·海希西对蒙古口头史诗的行动变化模式做了专门的研究。他根据60多部蒙古史诗材料来专门分析各种各样主人公的行动变化模式。瓦·海希西是以史诗主人公的行动变化模式为基础，整理出了整个蒙古史诗的情节类型。一首蒙古史诗就主人公的行动变化模式而言有14种故事情节类型。瓦·海希西用这种情节类型尽量地囊括可能出现的各种主人公的行动变化模式。比如，（1）时间，（2）英雄的出身，（3）英雄的家乡，（4）英雄（外貌性格及财产），（5）英雄的马同他的特殊关系，（6）启程远征，（7）助手及朋友，（8）受到威胁，（9）仇敌，（10）遇敌、战斗，（11）英雄的计策、魔力，（12）求婚，（13）婚礼，（14）返回家乡。（仁钦道尔吉，2007：32）在蒙古史诗中有很多不同的行动变化模式：有引起听众恐惧和兴奋的主人公的迎战行动变化模式；引起听众同情的主人公的苦难行动变化模式等。这一点与突厥史诗传统相类似。但是，在中国南方史诗传统中，可能更多的是引起听众惊奇的主人公的创世行动变化模式和引起听众智慧和勇气的主人公的迁徙行动变化模式。

瓦·海希西首先把蒙古史诗的基本情节结构分为14大类型，即14种主人公的行动变化模式，然后进一步深入讨论更小的叙事单位母题，每一个情节类型由很多小母题单位构成，于是14大类基本情节结构就含有300多个基本母题。（仁钦道尔吉，2007：32）

吉尔吉斯史诗的《玛纳斯》有主人公的行动突然转化模式。在《玛纳斯》史诗的“伟大的远征”诗章中，为了根除后患、追剿东逃的卡勒玛克人，玛纳斯率领大军浩浩荡荡地开始远征。他们翻山越岭，长途跋涉，与独眼巨人搏斗，与卡勒玛克强敌交锋。经过激烈的浴血搏斗，玛纳斯大获全胜，登上了卡勒玛克首领昆吾尔的宝座。但他忘记了妻子卡妮凯“远征胜利应立即班师返乡，否则必有大祸”的劝诫、把妻子的警告置于脑后，乐而忘返，结果被败将昆吾尔的毒斧砍中头部，不幸身亡。

我们发现在这首史诗中就出现很多种主人公的行动突然转化模式。比如，在蒙古单篇史诗中，英雄或他的妻子通过一次梦境预兆发现来敌的侵犯，于是准备迎战。但是在这个迎战的过程中主人公的行动发生突然变化，被敌人袭击后方，敌人抢走了英雄的妻子、父母和家产。

苦难情节在口头史诗中也经常出现，尤其是英雄史诗的开端部分。英雄的成长经历一般都会经历一场苦难和战争。蒙古格斯尔史诗中，经常遇到这样的故事情节。因为敌人抢走家产，杀死父母，于是小英雄会经历多次磨难，才成为大家认可的大英雄。

四 主题和典型场景

这首史诗不仅有固定的主人公，还要介绍主人公的名字、性格、宫殿、坐骑的固定口头程式。歌手使用固定口头程式来表演主人公的起程和远征、与对手的对白和格斗。此外，介绍英雄的妻子、兄弟、父母等时也经常用固定的口头程式。主题是一种静态的叙事要素或叙事词语，而典型场景是完整的行动变化范围。

这首史诗有很多主题。这些主题都是通过程式化方式来讲述人物形象、性格、动作、宫殿、战场等。但是史诗的故事情节不是静态要素的堆积，而是正在展开的动态过程。所以这种动态过程成为一种叙事单元，比如英雄的一次远征过程、回家的路程、三次比赛、战胜敌人、快速成长等。这种完整的故事情节在口头程式理论中称为“典型场景”。与主题不同，典型场景是某主人公行动变化或一个动态的过程，它是一个叙事单元，几个主题构成一个完整的故事。普罗普在他的《故事形态学》中描述了俄国童话中的“典型场景”，它是童话中某主人公行动变化范围或“行动范围”。（特伦斯·霍克斯，1987：68）

这种行动的典型场景是一切口头史诗的基本叙事要素。与程式化的主题相比，典型场景的主要任务是展开故事情节，而非描述主人公某一种行动细节。歌手保证和驱动史诗演唱会活动中的故事一段又一段地连续出现是典型场景的功能。在口头表演中歌手把各种不同的典型场景组装为一种反复出现的行动变化模式，演变成故事范型。归来歌就是在世界各地的史诗演唱中反复出现的一种故事范型。

五　故事范型

一个或很多典型场景构成一个独立的叙事单位，即一个完整的主人公的行动变化模式构成一种故事范型。在古希腊，亚里士多德第一次对这种完整的叙事单位功能做了清晰的描述。他在《诗学》中写道："史诗诗人也应编制戏剧化情节，即着意于一个完整划一有起始、中段和结尾的行动。这样它就像一个完整的动物个体一样，给人一种应该有它引发的快感。"（陈忠梅，1996：163）

口头程式理论出现以前，很多结构主义史诗理论使用"母题序列"这个概念来讨论，不同的这首史诗中有着共同因素，即相似的故事情节。但是结构主义史诗理论没有明确区别口头表演和文本史诗，所以，没有把这个共同的要素当成口头传统，而是当作无意识的结构要素，于是陷入抽象结构与具体作品的悖论。

口头程式理论一开始明确地区分口头表演和文本作品，于是把主人公的行动变化模式也当成一种口头表演的单位或口头传统。弗里还准备使用"大词"这个口头单位来统一表示口头程式、主题、典型场景和故事范型等一系列口头诗学概念。这是一个非常具有创意的建设性想法，这样，这首史诗是由口头大词来完成口头表演的。这些"大词"包括口头程式、典型场景、主题和故事范型等一系列的口头单位。

六　大词（bigger words）

这首史诗是一种口头演唱单位。这种口头演唱活动，必须有一个有限单位，才能让大家完整地欣赏，这种欣赏单位就是这首史诗。但是，这首史诗是通过多种口头单位来表演的，而这些口头单位就是弗里说的"大词"。

实际上，大词不同于文字词语，它是一种口头单位，以便于口头记忆和口头表演。这样便于口头记忆和口头表演的“大词”包括在史诗演唱中歌手经常使用的“砖块”和“框架结构”之中，它们包括口头程式、主题、典型场景和故事范型等一系列的口头表演单位。大词概念很好地简化了口头程式理论的内在逻辑结构，弗里用口头表演单位来统一口头程式和主题、典型场景、故事范型等概念，构建了口头传统理论大厦。此外，弗里还提出“演述场域”、“史诗语域”、“传统性指涉”、“传奇歌手”等富有创意的概念。

大词主要涉及口头表演活动的一个基本的口头单位，它包括口头程式和主题、典型场景、故事范型等概念。这首史诗是主要涉及口头演唱活动的一个基本单位；它构成单篇史诗、集群史诗的基本计数单位，主要通过剧目来识别。当然剧目也是一种口头剧目传统。一个剧目的这首史诗是通过文本互涉来形成一个体系的，从而构成“演述场域”、“史诗语域”等领域。

正如朝戈金所说：“从汤普森的母题索引，到奥利克的史诗法则，到普罗普31个功能，再到帕里—洛德的‘程式—主题—故事范型’概念，最后来到弗里的‘大词’，从故事海中提炼叙事中‘要素’的努力，从来就没有停止过。”（朝戈金，2013：2）弗里说：“更为重要的是，这些短语、诗行和场景都是传统的。也就是说，它们不是由某个歌手创造，而是代代相传的，类似某种语言的学习。在这个意义上，全部有声音节都是分散和循环的单元，具有自己的生命力，独立于任何特定的歌或演述的限定之外。说白了，库库鲁佐维奇的‘词’（reci）就是‘大词’（bigger words）。他，以及其他的歌手，通过‘大词’来讲述故事，‘大词’构成了其共享的史诗词汇、短语和叙事范型（shared epic vocabulary，the phrases and narrative patterns）。正是对这些惯用表达形式的使用，歌手们传达着自己的诗歌传统。在二人的谈话中，库库鲁佐维奇还用‘我们的语言’来回答武依诺维奇提的很多问题——或用来在市场砍价，或与朋友们说笑。但在谈及史诗演述时，他转向了那种符码——只有大词（bigger words）才行。”（弗里，2006）弗里还认为：“帕里和洛德著述的核心，是关于结构的观念。这一点我已经从guslar（南斯拉夫史诗歌手）的观点出发给出了解释，即在口头传统创作过程中无处不在的rei或‘词’的系统。于是帕里—洛德的程式（修辞学层面的‘词’）、主题（典型场景层面的‘词’）和故事型式（整个故事层面的‘词’）是歌手的组构部件和发表单元，演唱中的特殊化语言便是由它们构成的。这些单元——不是我们观念和术语中的词——正是荷马和他的其他传统中的同道们所赖以建构他们诗作的东西。”（弗里、朝戈金，2003）

总之，这首歌本身存在，我们才能讨论这首歌之性质、数量、构成要素、种类、分布和它的创造者——史诗歌手等。

第五章

史诗演唱中的口头程式

一　计算单位、节奏感与诗行

口头表演活动中最基本的单位是“这首歌”，它们都有一个自己的剧目，书写文本史诗叫题名。这首歌是循环出现在口头表演活动之中，所以，歌手和听众经常用它来计算史诗演唱的数量，并评价歌手的演唱能力。这样，作为计算单位的“这首歌”是由很多大小不相同的部件“大词”构成，这些大词就是口头程式、典型场景、主题、故事范型等诸多的口头单位。

歌手和听众计算这首歌的数量也可以用时钟来计算，当然，这首歌可以较长，也可以较短，但必须是一个完整的故事单位。最早亚里士多德发现了这一点，他说：“情节既然是行动的模仿，它所模仿的就是只限于一个完整的行动。”（陈忠梅，1996：27）作为计算单位的“这首歌”，每一次完整的表演有一定的时间长度：较长的这首歌，有1—2.5小时的长度；而较短的这首歌是0.5—1小时的长度。这与重量单位中的市斤和公斤的概念相似。但是我们用市斤还是用公斤，单位重量没有变化。歌手和听众通过计算单位来计算他们的史诗数量，以此评价或测量歌手的史诗演唱的能力。这首歌也是史诗研究者关注的分析单位。洛德说：“一部特定的歌，在不同的人的嘴里是不同的。”（洛德，2004：143）

歌手在完成“这首歌”的每一次口头表演时，不仅仅是口头表演，而且采用很多现成的口头程式和主题来表演。其中口头程式受节奏感的控制，而主题却没有。所以，节奏感是很重要的循环单位，在史诗书写文本中以诗行的形式来表现。在口头表演时，眼睛看不到“诗行”，只能感受到重复出现的节奏感，史诗学中叫“步格”或“格律”。帕里曾说：“领悟口头诗歌的则是用耳朵而不是眼睛。”（弗里，2000：53）“诗行”是一种书写文本的概念，用眼睛看到的概念；而“步格”才是一种耳朵听到的概念，是重复出现的节奏感。这首歌最小的单位应该是步格，它在书写史诗中变成被我们看见的“诗行”。在不同地方的口头史诗中，某节奏感重复出现的形式不一样，这就导致不同的“步格”。荷马史诗中常用的节奏感是六音步步格。

在古希腊，亚里士多德发现了各种不同的格律，即不同的步格模式。他说：“古代诗人有的写英雄格（六音步格短短格）的诗，有的写讽刺格（四双音步长短格）的诗。悲剧抛弃了四双音步长短格而采取短长格（六音步格短长格）。它们起初是采用四双音步长短格，是因为那种诗体跟萨提洛斯剧（羊人剧）相似，并且和舞蹈更容易配合，但加进了对话之后，悲剧的性质就发现了适当的格律；因为在各种格律里，短长格最合乎谈话的腔调；证据是我们相互谈话时多半用短长格的调子，我们很少用六音步格（六音步格短长格），除非抛弃了说话的腔调。”（陈忠梅，1996：12—14）这里存在几种不同的格律：第一种是表达较为严肃的主题的英雄格（六音步短短格），包括荷马史诗经常使用史诗格，或六音步短格或短长格（三双音步短长格）；第二种是表达较为轻浮的主题的讽刺格（四双音步短长格），讽刺诗、赞美诗和颂神诗经常使用它；第三种是悲剧格，它可分两种：起初是用四双音步长短格，是与舞蹈节奏配合而出现，舞蹈用长短格；后来使用四双音步长短格，是因为加进了人物对白。说话腔调一般用短长格。悲剧使用这种短长格是因为悲剧有对白，所以加进了说话步格。

在蒙古史诗演唱传统中，每一步格（诗行）单位的音串长度为1.5—4.5分钟，歌手可以通过放慢或加快语速来调节这个时间长度。但是步格不会变化。这里，“步格（诗行）”是一种循环出现的音串或口头单位，从而形成强烈的节奏感。这种节奏感是保持和延续史诗演唱活动的内在动力。

在史诗演唱活动中，乐器的伴奏可以强化节奏感，从而把史诗演唱变得更有活力和优美。当然，史诗演唱活动中，存在大量的散文类插入叙述，甚至整个史诗演唱活动是采用散文类叙述方式来完成史诗表演。这里，没有系统的节奏感，但是能看到很多节奏残留。

二　从步格到口头程式

在史诗演唱中，循环出现的某音串或步格单位，形成强烈的节奏感，启动、保持和延续着史诗演唱活动。这种单位节奏感不仅有步格单位，而且还有一定的意义。单位节奏感在循环出现的过程中表达一个相对固定的意义时，这时步格就变成了一种口头程式。这好比语音和音位，前者是语音串中重复出现的单位语音，后者是有一定的区别意义的单位语音。最早，米尔曼·帕里和阿尔伯特·贝茨·洛德提出了这个概念，他们认为程式是“在相同的步格条件下，经常用来表达一个特定基本观念的一组词汇”。（弗里，2000：98）

早期，帕里在哈佛大学研究《荷马史诗》时，在《荷马史诗》书写文本中经常重复出现大量的“特性形容词”，而且与一般的词典词语不同，所以称它为“程式”。后来，他在南斯拉夫的活态史诗做田野调查时也发现了口头程式，并做了详细的论证研究，定义程式、主题等概念，创立了口头程式理论。他的继承者洛德，沿着帕里发现的路子，开创了更广泛的口头传统领域——比较世界各地的口头史诗，同时改进了程式、主题和故事范型等概念的定义。

后来，弗里总结帕里和洛德的工作并提出了“大词”这个概念。他认为大词是不同于词典词语的口头词或单位，这样故事范型和主题与口头程式一样都是一种大词或口头单位。弗里在他的论文《口头程式理论：口头传统研究概述》一文中写道：“口头传统之中的任何‘词’——程式、主题、故事型式——其含义远远超出了一部辞书或字典所能提供的。这一传统之中的片语、场景或诗歌的文字，已被赋予了某些惯用的含义。”（弗里，1997）

弗里在南斯拉夫的田野调查中发现：“对一位歌手而言，‘词’可以意味着全部演唱，或是其中任何有意味的部分。从单行的诗行，经各种较大尺度的单元，直至整个故事型式（story-pattern）。这一观念表明，我们的存在于文本中的、印刷物中的‘词’与之有着怎样决定性的差别。”（弗里，1997）

那么，超出“一部辞书或字典所能提供”的“大词”究竟是什么样的东西呢？在字典中的词语是拼写单位，而史诗演唱会中的大词是一种口头单位。下面，我们先看看“不同于字典中的词”的一种“大词单位”——口头程式。在史诗演唱中，具有单位节奏感的一部分音串，经常重复出现，这种音串长度可能 1.5—4.5 分钟，我们叫步格，它是一种节奏感的单位，在书写史诗中它体现为“诗行”。当这种单位节奏感不仅有步格形式，还有一定的固定意义时，它就构成相同步格形式，从此有了一个完整而固定的意义，这就是程式。弗里认为程式与他的“大词”概念对应。

弗里和朝戈金认为：史诗演唱中的程式是“帕里用这个定义想要代表的，是一个演述的、或曰表达的合成单元，一个比我们所谓‘词语’范围更大的单元。他所关注的其实是我们可能应当叫做‘大词’（‘large word’）的、以歌手的创作能力为基础的单元。这样一来，古希腊那些被反复用来称呼英雄的就是‘名词性特性修饰语’程式（noun-epithet formula），例如‘飞毛腿阿喀琉斯’或者‘灰眼睛的雅典娜女神’”。（弗里、朝戈金，2003）

跟据朝戈金的研究，在蒙古史诗演唱中存在很多类似的程式。比如，《江格尔》中英雄洪古尔的形容程式：

asar ulagan honggor	巨大的红色洪古尔

在史诗演唱的过程中，它也可以扩展为两行程式和五行程式。

aguu yehe hüchütei	拥有伟大力量的
asar ulagan honggor	巨大的红色洪古尔

若扩展为五行程式就变成如下程式：

agchim un jagura du	眨眼的刹那之间
arban gurba hubilgad	就会十三般变化的
amin beye düni ügei	灵魂不在身体上的
aguu yehe hüchütei	拥有伟大力量的
asar ulagan honggor	巨大的红色洪古尔

这种程式变换是根据歌手的表演需求来调节和完成的，但是节奏感即诗行步格是不会变化的。跟据弗里和朝戈金的研究，像蒙古史诗一样，南斯拉夫史诗也有“大词”，是一些复合的片语和一定的范式，歌手将其作为完整单元运用。南斯拉夫史诗中的许多程式，都可以归类到“名词性特性形容词”（noun-epithet）片语中，也就是某英雄的名字加上某些形容词或名词，以传统上惯用的方式帮助说明他或者她的身份特性。

a. Rano rani Mustajbe že li čki　Mustajbey of the Lika arose early

里卡的穆斯塔伊贝起身早

b. I besjeda Mustajbe že li žki：　And Mustajbey of the Lika addressed (them)：于是里卡的穆斯塔伊贝向（他们）致词：

c. Posle toga Mustajbe že li žki　After him Mustajbey of the Lika

在他之后里卡的穆斯塔伊贝

d. “Pobratime Mustajbe že li žki”　“Oh blood-brother Mustajbey of the Lika”

“啊血亲兄弟里卡的穆斯塔伊贝”

这几个例子都是按照相同的方式组合的：即由第一个四音节的“考伦”和第二个六音节的“考伦”结合，从而产生一个诗行。但是把它们放在一起看，就显示出这种结合过程具有的宽泛的变通可能性，从简单地陈述某个事实（a)，到引入讲话（b)，再到交代人物座次（c)，然后是其他人物的直接讲话（d)。

古希腊荷马史诗中的程式：

πολ ύτλας δ ῖος　'Οδυσσε ύ

B2 > end much-suffering divine Odysseus

饱受磨难的奥德修斯神

θε ἀγλαυκ ῶπις　'Αθ ήνη

B2 > end goddess bright-eyed Athena

明亮眼睛的雅典娜女神

μ έγας κορυθα ίολος Ἕκτωρ

B2 > end great flashing-helmeted Hektor

伟大的头盔闪亮的赫克托尔

ἄναξ ἀνδρ ῶν　'Αγαμ έμνων

B2 > end king of men Agamemnon

万众之王阿伽门农

Γερ ήνιος ίππ ότα Ν έστωρ

· B2 > end Gerenian horseman Nestor

马人涅斯托尔

三 程式类型和特点

在《江格尔》的演唱中经常出现大量的口头程式。对此第一次做研究的学者是中国学者朝戈金。他在代表作《口传史诗诗学——冉皮勒江格尔程式句法研究》中，对新疆的蒙古族史歌手冉皮勒版《江格尔》中的剧目名为《铁臂萨布尔》的口头诗章做了系统的分析，并认为“大到若干诗句合成的单元，小到一个词组，都可能是程式”，同时指出了大量重复出现和系统化运用的特点。（朝戈金，2000：139）他把冉皮勒版史诗《江格尔》演唱活动中的口头程式，根据它的表达内容分为五种类型：

（1）特性修饰语程式

（2）马匹的程式

（3）器物和场所的程式

（4）数目和方位的程式

（5）动作的程式

（一）特性修饰语程式

这是冉皮勒版江格尔演唱中最常见的程式类型。它与人物描写一起出现，经常描述人物时出现的程式。

aldar noyan janggar	英名盖世的诺谚江格尔
dogsin sira manggus hagan	残暴的希拉·蟒古思可汗
asar ulagan honggor	阿萨尔·乌兰·洪古尔
hündü gartai sabar	铁臂的萨布尔
dogsin hara sanal	凶暴的哈尔·萨纳拉
altan chegeji babai abaga	阿拉谭策吉大叔

agai shabdala gerel hatun　　阿盖·莎卜达拉·格日勒哈敦［夫人］

（朝戈金，2000：141）。

（二）马匹的程式

歌手冉皮勒除描述人物性格和特点时使用程式之外，他们描述英雄的坐骑时也经常使用固定的程式。

tonjir ud un üre	猛禽的后裔
tonggag gegüü ni unagan	骒马的头胎马驹
naiman minggan aranjal jegerde	八千匹阿兰扎尔枣红骏马的
adugun dotora yabugsan	马群里生活过的
agula bügdüreme manggus	力能驮山的蟒古思（马）
ugchi gi ergime hurdun	飞快转过山丘的
ochin hühe haljan hülüg ni	火星灰色的白额骏马

（三）关于器物和场所的程式

在江格尔史诗演唱中，出现了大量的武器、宫殿和宴会场所，这种器物和场所的描述经常采用固定程式。（朝戈金，2000：159）此外，还有打仗场所，也用固定的程式。

malai darhan dabtan higsen	马来铁匠反复锻造的
hügsin darhan	老年铁匠
güichin chohin higsen	千锤百炼做的
shagjamoni lama ni arimiyalagsan	释迦牟尼喇嘛开光的
sira in naiman minggan	希拉（黄色）的八千
bagatur ud ni irügegsen	勇士们祝福过的
ir ni yaguman du	利刃将东西
hürchü üjeged ügei	碰过也没有的
gilagai sira bolod üldü	闪闪发光的钢刀

（四）数目和方位的程式

江格尔史诗演唱中出现的对于宫殿、格斗和战争的次数和数量的描述都是采用程式，还有很多有关身体的对称结构，歌手自然也采用程式。例如，在我们的样例中，可以反复听到关于时间和数字的词汇，它们也有着某种固定的组合方式：

gurba dahigad	反复三次
gurba dahigad doliyaju ögbe	反复三次舔给了
gurban dologa/horin nige honog… ［4 次］	三个七/二十一天……
dologan naran nu gereltei ［3 次］	七个太阳的光芒
arban chagan himusu ban önggiged	十个指甲搓刮着
arban chagan üye bolgan du ni	十个骨节的每个里面
arban honog un gajar i	十天的路程
arban luu in chahilgan gilbaljan baiba	十个龙的闪电有着
arban luu in dagun garugad	十个龙的声音发出了
arban üjüg eche	十个方向上（从）
arban üjüg un sholom un hagad	十个方向的精怪可汗们
arban hoyar alta esitei	十二庹长的柄
arban gurba hubildag	十三般变化的
arban gurban soyoga ni tachihinagad	十三颗牙齿格格作响
arban taban bal gal i	十五“巴勒”的火焰
arban taban dabhur ［2 次］	十五层的
guchin gurban lata esitei ［2 次］	三十三庹长柄的
nayan nigen esitei ［5 次］	八十一庹长柄的
sira in maiman minggan ［2 次］	“希拉”的八千

（朝戈金，2000：162）。

（五）动作的程式

英雄的动作也是史诗演唱中突出描述的主题。它包括英雄和其他主人公的目光、笑容、说话声音、走路姿势、格斗动作、睡觉姿态，还有他们的射箭、骑马、下马、摔跤、预兆、眺望、出征、见面和对白等。关于英雄的“听”动作的程式有（朝戈金，2000：166）：

chihi ber mini orogad	耳朵（我的）进来
chüngginen garba geged	轰响着出来
baragun chihi ber ni orogad	右边耳朵进入
jegün chihi ber ni	左边耳朵
chüngginen odba	轰响着出去
baragun chihi ber ni orogad	从右边的耳朵进来
jegün chihi ber mini	从左边的耳朵（我的）
chüngginen garba	轰响着出来

还有，关于英雄的睡觉姿态程式有：

suhai metü ulaigad	像红柳那样通红
sur metü sunugad	像皮条那样舒展（朝戈金，2000：168）

这个程式经常出现在江格尔和洪古尔的长途旅行之后，中途休息时，他们都睡很长时间，可能是几天或几个月，这时他们的睡觉姿态用以上的程式。朝戈金把冉皮勒版江格尔演唱中的程式，根据它的语音形式分为片语程式、整句程式、对句程式、复合多行程式等几种类型。此外，还根据程式的作用来分为核心程式和附属程式、专用程式和通用程式等。

关于突厥史诗的程式，德国学者卡尔·赖希尔做过专门的研究。他在专著《突厥语民族口头史诗：传统、形式和诗歌结构》一书中对迪瓦耶夫版哈萨克史诗《康巴尔》和萨帕依·卡勒曼别托夫版《阔布兰德》史诗中的程式做了简短而精辟的讨论。此外，还提到在雅库特奥龙霍（史诗）《库尔拜·汗纳赫的库伦·库里斯图尔》中出现了一个23诗行超长程式——关于马匹的特性形容词。（卡尔·赖希尔，2011：213—214）超长的马匹程式如下：

Bilirgi d il bidan mindaatigar,	在那遥远古代的制高点，
Uru d il qulan uoratigar,	在那过去的日子的高高的山脊上，
Tuort saxa uoruu iligine,	当四个雅库特人还没有降生，
us saxa uoskuu iligine,	当三个雅库特人还没有来到人间，
ikki saxa iitille iligine,	当两个雅库特人还不曾出世，
qulgaagar quragaci qiillaax,	有一匹骏马耳朵上有麻雀，
keteger kege qiillaax,	它的脖颈上有布谷鸟，
sannigar sar qiillaax,	在它肩膀上有鹞鹰，
koxsugerkogon qiillaax,	在它的背上有野鸭，
ottuger oton qiillaax,	在它的大腿上有西伯利亚班鸭，
bobuyugar borcuq quobaxtaax,	在它的膝盖上有灰色野兔，
uohe siburge aattammit aata,	它在高空中呼叫，
tobotunen oonnyuur,	闪光的栗色骏马，
cineci qugas attaax,	猛地晃动着头颅；
allaraa doyduga aattammit aata	在地下世界名叫
ataginanconnyuur,	喧嚣不羁的栗色骏马，
aydaar qugas attaax,	不停地用蹄子刨着地面；
orto doyduga aattmmit aata	它在中间世界吼叫，
quturugunan oonnyuur	野性十足的褐色骏马，
[qunnyaliq] quyaar qugas attax	摆动着它的长尾巴，
quruubay xaannaax	那里住着一位英雄，
qulun qullustuur dien	他的名字叫库仑·库里斯图尔
buxatiir uoskeebite ebite uhu,	他的性格暴躁十分凶狠。

四 程式系统及其变换

考察完整的这首歌时我们发现，这首歌从头到尾用了很多程式，尤其是韵文类史诗演唱几乎全都是程式单位来创造的。它们一方面与平行式、步格相关，另一方面与典型场景和主题相关。于是程式和程式之间构成一个体系或系统。

洛德在《故事的歌手》中沿用了帕里的定义：“在相同的步格条件

下，经常用来表达特定基本观念的一组词汇。”但是对于这个界定洛德又做了补充，例如，他指出，程式是“思想和被唱出的诗句彼此密切结合的产物”；同时，他还举很多来自南斯拉夫史诗的例证。洛德将程式的武库视作口头诗歌语言的一种类型，并着重强调了节奏和韵律的构形功能。

zasednu
zasednm
zasede
zasedi
zaseo

djogata
kociju
dorata
paripa
hajvana
maljinna
binjeka
mrkova
vranina
menzila
sturika
zekana
ezdralja

这样把程式当作一个动态系统，指明了一个动态考察的方向。例如，“这个系统是由动词 zasediti（向着山）的不同形式加上 13 个关于‘马’的词语中的任意一个来组合构成的”。（弗里，2000：99）这样，“在编制诗句的过程中，歌手并不会受到程式的限制。程式技巧被发展以后也会反过来使他成为一名巧匠，而不是束缚于程式。”所以，他还说：“所有的证据表明‘口头史诗的诗歌语法’是建立在程式之上的，而且也必须建立在程式之上。”（弗里，2000：99）

帕里把程式系统定义为：“一组具有相同的韵律作用的短语，其意义与文字非常相似，诗人不仅知道它们是单一的套语，而且把它们当作某一类型的套语来运用。”程式（formula）、主题或典型场景（theme or typical scene），以及故事范型或故事类型（story-pattern or tale-type），王靖献在他的专著《钟与鼓——诗经中的套语及其创造方式》中对《诗经》中的套语系统做了定义。他认为：“一组通常在韵律与语义上无甚关系的诗句，因其中的两个成分位置相同而构成形式上的关联，其中一成分是恒定

不变的词组，另一个是可变的词或词组，以完成押韵的句型。”（王靖献，1989：63）

五　程式频密度

这一首歌中出现很多不同类型的程式，但有很多是重复出现的。于是研究程式的时候，大家还关注程式频密度。米尔曼·帕里研究荷马史诗的书写文本时发现“没有什么不是程式的”，他从《伊利亚特》和《奥德赛》开始处各截取25个诗句，将其中的词组画线，然后检验它们在荷马史诗中反复出现的频率。洛德在《贝奥武夫》中发现全句套语占该诗的19.2%。（洛德，2004：54）其结果是，截取自《伊利亚特》的诗句，在荷马史诗中原样出现了29次，而截取《奥德赛》的诗句，原样出现了34次！（朝戈金，2000：223）朝戈金研究冉皮勒版《江格尔》中的题名为“铁臂萨布尔”的诗章时发现，出现频度最高的程式是“阿萨尔·乌兰·洪古尔”短语程式，它在这部652个诗句的文本中出现了33次。（朝戈金，2000：211）王靖献在他的专著《钟与鼓——〈诗经〉中的套语及其创造方式》中发现，《诗经》诗句总数是7284行，而全句是套语的诗句有1531行，即占《诗经》总句数的21%。

六　歌手与程式运用

一位歌手完成一首歌的时候，他必然使用大量的程式，并把它们迅速地串起来。这就需要歌手在史诗演唱活动中具备一定的口头表演能力和记忆力，而这种口头程式，为他们提供了这个便利和手段。朝戈金发现歌手“冉皮勒是高度依赖传统的歌手，他建筑他的诗句和故事的最基本的部件，就是这些程式——程式的诗句、程式的诗段，等等”。（朝戈金，2000：222）

总之，歌手学习口头程式，如同儿童学习单词一样，为完整的口头表述做准备。

第六章

这首歌的主题与典型场景

一　这首歌中的主题及其定义

在欣赏这首歌时，这首歌是有很多相似的口头表演文本或口头表演单位。在不同时间完成表演的——这些口头单位之间存在很多叙事差异，但仍然感觉到它是一种类型的口头史诗作品。一般，它们用同一个史诗的剧目，但可以有很多异文。洛德说：“每一次表演都是具体的歌，与此同时它又是一般的歌。我们正在听的歌是‘特定的歌’（the song）；每一次表演的意义不限于表演本身；每一次表演都是一次再创造。”（洛德，2004：145）所以，这一次的“这首歌”与下一次的“这首歌”的口头表演之间，必然存在叙事差异，这是史诗演唱中的口头创造的本质特点。但是，存在这些差异的同时，它们之间还存在一些相似的“固定的情节模式”，这就是主题或主题群。

主题概念最早由帕里提出，后来洛德发展了它。帕里在《科尔·胡索》这个田野笔记中，第一次提出歌手在口头表演的过程中存在一种“固定的情节模式和固定的程式，当然是彼此相互存在的一个每一次都以新的形式出现的具体情节，必会要求新的词汇，与此相同的是，只有当歌手尽可能地将程式运用到他们可以保存的创造图式中时，程式才会产生作用”。（弗里，2000：77）这里指出一个非常重要的口头表演规律——口头歌手在史诗演唱活动中，用一系列的程式来填充某个固定的情节模式，从而形成“这首歌”；而不同时间或不同的“这首歌”，也可能是不同的程式来填充相同性的某个固定的情节模式而产生的。这个固定的情节模式后来洛德叫做主题。对于这种“固定的情节模式”，洛德在田野调查中发现：“假如读者先读一下某一歌手全套作品中的史诗歌，然后再读一下同一个小地方多个歌手的多部作品的话，那么，这位读者对重复的现象的感受，将会与歌手本人和歌手的听众取得比较接近的经验。”（洛德，2004：96）

洛德在田野调查中，观察到某歌手史诗演唱活动中以“重复的现象”经验为基础来定义主题，而非以书写史诗材料为基础定义主题。这一点和阿尔奈与汤普森对于母题的定义不同。阿尔奈和汤普森是以书写文本故事为基础，定义“重复的出现”母题，而洛德是根据田野调查中可观察到的——在史诗演唱活动中“重复出现”来定义主题。

所以，阿尔奈和汤普森以文本作品中的“重复的现象”经验为基础，去定义主题，而帕里、洛德以口头表演活动中的“重复的现象”经验为基础，去定义主题，它们具有较大的差异，他们的出发点也不一样。他们一个是以口头诗歌的田野经验为基础，定义故事中的“重复的现象”；另一个是以书写文本故事为基础，定义故事中的“重复的现象”。

洛德说：“主题是用词语来表达的，但是它并非是一套固定的词，而是一组意义。”所以，“对于一个正在学习如何构建诗行的人来说，他要一个场景一个场景地想象着故事，或一个主题一个主题地在脑海里过幕”。（洛德，2004：101）

这首歌是由一群主题构成。这些主题与主题之间，不仅独立地存在，而且相互依赖而出现。比如，在史诗中常见的伪装到说谎，再到相认等主题群。这里，一个主题启动另一个主题，从而形成一个主题群。洛德说：“一个主题牵动着另一个主题，从而组成一支歌，这支歌在歌手的脑海里是作为整体而存在的，具备亚里士多德的开头、中间和结尾，在这一整体中叙事单元，主题群则具有他们自己的半独立性。口头诗歌中的主题，它的存在尤其本身的理由，同时又是为整个作品而存在的。”（洛德，2004：136）

在南斯拉夫口头史诗的田野调查的经验基础上，洛德分析出这样的新结论：“这些主题群的组合，是由叙事的逻辑和约定俗成的联系力量，内聚到一起的。……然而主题之间的习惯性联系没有必要仅仅是线性的，即主题 b 必须接着主题 a，主题 c 必须接着主题 a，主题 c 必须接着主题 b。”（洛德，2004：139）以前，德国学者瓦·海希西以 60 多部蒙古史诗作品为基础，总结出蒙古史诗的故事情节，分析并获得 14 种故事情节类型，它非常类似于洛德主题。

但是他们的学术概念也有很多本质的区别：第一，瓦·海希西以书写文本史诗为基础总结，而洛德以口头文本史诗为基础总结；第二，瓦·海希西认为在蒙古史诗中重复出现的情节类型之间的关系是一种逻辑的或线性的排列关系，而洛德清楚地指出主题之间是约定俗成而且是非线性的内聚关系；第三，瓦·海希西是以自己或别人整理的“书写文本史诗”为基础，总结出来的情节类型概念，而洛德是以史诗歌手的“口头表演”经验为基础，总结出来的主题群概念。

所以它们是两个不同的理论范式之中学术的概念，一个是属于结构主义史诗理论范式，另一个是口头传统史诗理论范式。洛德把南斯拉夫史诗《斯马伊拉吉奇·梅霍》的主题分为五个部分主题：（1）集会；（2）前往布达佩斯之旅、回归；（3）结集军队；（4）出征、战斗、回归；（5）婚礼。（洛德，2004：138）

青海蒙古族史诗《汗青格勒》（乌泽尔版）的口头故事可以分为以下几个主题：（1）一个国家、祖先、孩子和奇异成长；（2）集会的缘由、商量、召唤坐骑、准备、出门；（3）前往邻国之娶亲远征，遇见玛德乌兰、考验比赛、婚礼、回归；（4）父母失踪、信息、出征、战斗、降服敌人、回归；（5）联盟仪式。（傲东白力格，2012：87）

二　主要主题与装饰主题

主题是以一组意义为基础形成的一个叙事单元，而主题群是以很多主题组装一个或几个主题群单位来形成。这首歌是一个完整的叙事单元，如同亚里士多德讲的那样的整体，洛德认为这种整体是由一个或多个主题群构成，而这些主题群在整体叙事单元中的作用不同而就有不同的功能。在整体叙事单元中，有一些主题群起着主要作用，而另一些主题群起着辅助功能。

所以，洛德把主题群分为“主要主题”和“装饰主题”两种主题群类型。洛德说：“《奥德赛》中长期失踪后的回归故事包含着：伪装、说谎故事、相认。南斯拉夫的回归故事中有着同样的组成成分……这一主题群（旧战、伪装、说谎故事、相认）具有其本身的特异质。虽然这一主题群并不是故事的主要的主题。其实，这个故事的主要主题是德尔德兹·阿利亚攻占博格达。”（洛德，2004：140—141）

实际上，史诗学研究很早就关注到这种装饰主题。在语文学史诗理论中把这个装饰主题叫“插入成分”或“子情节”。在史诗作品中，这种“子情节”虽然不是主要的故事情节，却起着丰富和扩展故事情节的作用。我们这里定义的装饰主题是口头传统史诗理论范式中的一个概念。

洛德说：“歌手不会轻易地删除任何一个主题，从而破坏整个主题群。”（洛德，2004：141）但是“歌手是在主题的灵活多变的排列组合这个意义上来唱歌的，这些主题有一些是核心的，有一些则不是。我们将这种歌视为特定的文本，它经历了一次又一次吟诵过程的变异……歌本身是故事本身，歌是不能改变的”。（洛德，2004：143）

他还说：“在歌手的观念中，他专注的稳定性并不包含词语，对他来说，词语从来没有固定过。他把自己的表演或我们所认为的歌，建构在稳定的叙述框架上，这就是歌手感觉到的歌。”这种特定的歌，还有专门的剧目或称呼。这种“特定的歌”——这首歌是我们研究的起点。它经历了一次又一次吟诵过程中发生变异，成为一遍又一遍的“特定的歌”。

歌本身是故事本身，歌是不能改变的。这首歌本身是由主要主题与装饰主题构成。所以洛德说：“歌手不会轻易地删除任何一个主题，从而破坏整个主题群。”（洛德，2004：141）这个主题群是包括主要主题与装饰主题。在中国青海、甘肃德都蒙古人的《汗青格勒》史诗中，汗青格勒外出娶亲结婚是主要主题，而汗青格勒提前回来时，父母被莽古思抓走是装饰主题。这首《汗青格勒》史诗，在不断的口头表演中，发生变异，成为一遍又一遍的“特定的汗青格勒歌”。

三　典型场景、主题与程式关系

洛德用“典型场景”概念来讨论口头史诗中的某一个描述段落。那么，典型场景和主题究竟有什么区别呢？早期的文献中，帕里和洛德对这个问题的讨论很含糊。1980 年，洛德在《荷马和其他口头史诗传统中的记忆、意义与神话》一文中把“典型场景”和“主题”做了明确的区别。他重新对二者再定义：“典型场景并不包括任何程度的词汇对应；然而主题在很大程度上要求词语搭配。”（弗里，2000：124）

这样，洛德修正了他早期的观点（早期洛德说“主题是用词语来表达的，但是它并非是一套固定的词，而是一组意义”），1980 年修正为“主题在很大程度上要求词语搭配”（洛德，2004：124）。洛德早期在《故事的歌手》中认为：“对于一个正在学习如何构建诗行的人来说，他要一个场景一个场景地想象着故事，或一个主题一个主题地在脑海里过幕。”（洛德，2004：101）

现在，他把这个早期观点改写为——歌手是通过“一个场景一个场景地想象着故事”的同时，“一个主题一个主题地在脑海里过幕”，并把主题与程式对应起来。

这个问题引出了口头史诗中的一个很重要的问题——程式与主题之间是如何对接的？1980 年，洛德在《荷马和其他口头史诗传统中的记忆、意义与神话》一文中明确地指出，主题是与程式对接的叙述单元，而典型场景不是，典型场景只是个叙事单元，它与故事范型有关，与词语搭配无关。这样我们把主题群概念理解为典型场景，而单个的主题理解为洛德后期的主题概念。这是很自然的理解，因为我们必须处理程式与主题、主题群的关系，它也符合于瓦尔特·艾兰德和弗赖开拓的研究领域和成果。

早在 1933 年，学者瓦尔特·艾兰德也曾经做过类似研究，并试图区分“典型场景”和“主题”概念。（弗里，2000：124）1968 年弗赖针对“叙事的多重形式问题”发表的《古英语诗歌的程式化主题与典型场景》一文中，把典型场景定义为“一种反复出现的、套用成规的陈述方式，由已成惯例的细节构成，常常用以描述一个确知的叙事事件，它既不需要逐字逐句地重复，也不需要某种指定的程式内容”。（弗里，2000：177）

弗里认为主题是“一个反复出现的、串联着细节与观念的序列，它不受某一特殊事件、某种逐字逐句的重复或某已确知的程式的限制，它为某个情节或某种描写构筑了基础的结构”。（弗里，2000：177）对此弗里进一步解释说：“按照他的设想，前者是一种行动化的情节模式，而后者则是一种意象和细节的静态联想。”（弗里，2000：177）这样，我们看到弗里（1968）关于主题的定义，与 1980 年洛德关于主题与典型场景的定义变得很相似了。朝戈金（2000）在《口传史诗学：冉皮勒江格尔程式句法研究》中混淆了典型场景和主题概念，它是根据字面意义来理解典型场景；或者洛德早期的理解主题与主题群定义来理解这个概念。当然，朝戈金在专著中，主要讨论的问题不是主题，而是程式，也没有讨论二者的关系。

后来，朝戈金和弗里（2008）在《口头史诗的五个基本问题》论文中把“典型场景”理解为“主题”或“主题群”：“‘备马’也与此相似，具体描述英雄怎样备马以准备他或她行程的场景，不仅出现在归来歌中，也出现在其他种类的穆斯林史诗中。这里，动作往往要从英雄到马厩里把马牵至庭院里开始，然后是一番彻底的清洁和梳理打扮。”

这很明显，他们应用洛德（1960）早期的定义，而没有应用洛德（1980）晚期的主题定义。我们根据洛德晚期定义看典型场景与主题是有区别的。同样，我们根据可观察的蒙古史诗演唱中的经验来重新确认“典型场景”这个概念时，也非常符合蒙古史诗的田野调查经验材料。但是朝戈金没有注意到，很可能是由于他不熟悉蒙古语的缘故——因为他没有看到蒙古史诗演唱中程式与主题之间的依存关系。

在西方口头传统研究中，为什么关于典型场景与主题的关系争论时间较长呢？这也很可能是因为西方学者不熟练使用当地语言的问题，他们很多人是通过翻译的帮助来研究当地口头史诗导致的。

所以，没有彻底弄明白史诗演唱中程式与主题之间的依存关系。实际上，口头传统理论中，程式与主题的关系是一个很重要的学术问题。在蒙古史诗《江格尔》、突厥史诗《玛纳斯》和藏族史诗《格萨尔》中有很多宴会、宫殿、国度和英雄出征的描述段落，而且这些描述段落都使用固定的程式来表达。这样，主题不可能与程式无关。我们以上介绍的蒙古史诗《江格尔》的宫殿描述段落中发现，这“描述段落”是类似于洛德（1980）晚期的主题定义，一方面与程式相关；另一方面表达固定的一组意义——江格尔的宫殿。

所以，根据洛德（1980）晚期的定义，它不是“典型场景”，因为，《江格尔》中关于江格尔的宫殿描述本身采用了固定的程式。这些描述段落本身不仅采用固定的程式，而且构成一个完整的意义表达体系。这在蒙古史诗《江格尔》演唱中经常地重复出现。

这个“描述段落”就是洛德（1980）说的“主题在很大程度上要求词语搭配”定义对应。它也符合弗里的主题定义：主题是“一个反复出现的、串联着细节与观念的序列，它不受某一特殊事件、某种逐字逐句的重复或某已确知的程式的限制，它为某个情节或某种描写构筑了基础的结

构”。(弗里，2000：177)

这个描述段落“是一种意象和细节的静态联想”，而非“是一种行动化的情节模式”。(弗里，2000：177)前者是主题，后者是典型场景。

四　典型场景的定义

弗里(1968)认为典型场景是“一种反复出现的、套用成规的陈述方式，由已成惯例的细节构成，常常用以描述一个确知的叙事事件，它既不需要逐字逐句的重复，也不需要某种指定的程式内容”。(弗里，2000：177)

洛德(1980)晚期定义似乎继承了弗里定义的精髓。他认为典型场景与主题不同：“典型场景并不包括任何程度的词汇对应；然而主题在很大程度上要求词语搭配。”

但是早期洛德(1960)把主题定义为：“歌手经常应用的一个题旨单元，一组意义观念，不仅用于某一特定的诗作中，而且用于整个诗歌创作之中。”(弗里，2000：89)后来，他在《荷马与南斯拉夫叙事诗中的主题创作》一文中，清晰地区别了程式单元和主题单元，对于主题提出了第二个定义：“在传统口头诗歌中，一个反复出现的叙事的或描写的要素，它不受限制，不像程式那样要受到考虑步格的约束。”(弗里，2000：90)这个理解和他晚期(1980)的典型场景定义相似，晚期洛德把与程式相关的描述段落称为主题，无关的叙事框架称为典型场景。

但是早期洛德常常混淆这两个概念。这种倾向一直延续到现在。朝戈金和弗里(2003)在《口头史诗的五个基本问题》中写道：“至于‘什么是口传史诗传统中的典型场景或者题旨’的问题，也具有相似的答案。在每一个传统中都将叙述的单元用作建构故事的板块，于是典型场景就在每一次表演中依据个人方言和传统而发生变异。典型场景在蒙古史诗传统中是由不同的诗歌所共享的，只是在不同的歌手唇间在形态上有所差别。于是，蒙古史诗中的典型场景就在某些方面与古希腊、古英语和南斯拉夫的传统有明显的不同。每一个传统都有它自己的用来创编和接受的语言。”

这意味着，在南斯拉夫、古希腊、古英语和蒙古史诗等不同的史诗演唱传统中，对于这首诗的故事叙事单元——单位典型场景是分别完成的，所以没有统一的“建构故事的板块”。实际上，只要承认这首歌的存在，它必然存在着一个“建构故事的板块”，这就是典型场景。但是它不能直接与程式发生联系，必须通过主题来变成一种带着特定史诗音步的口头史诗。

所以，他们在《口头史诗的五个基本问题》中非常正确地写道：“在歌手的个人曲目清单中，特定的典型场景总是与特定故事范型相联系的。举例来说，关于英雄变形为乞丐，英雄的骏马变形为长疥疮的二岁马的题旨，往往与求婚的故事范型相联系。这个典型场景于是就有了预示后面将要发生的事件的功能，它为史诗旅程提供了某种‘地图’。”我们是根据典型场景这个“地图”来完成这首歌，但这仅仅是叙事单位，要把它变成史诗演唱，还需要主题和程式的帮助。

目前，我们研究的主要问题是这首歌中的程式、主题与典型场景的关系。对典型场景的正确定义，为这个方向迈出了第一步。以前，我们把主题定义为：“‘传统的口头诗歌中反复出现的叙事与描写的成分……但它们并不是像程式那样必须受达到严格的步格条件的限制’，也不是拘泥于逐字逐句的准确无误的重复。还有，大家经常应用的洛德主题定义：‘一个主题单元，一组意念，它不仅仅是在某一首给定的诗歌中，而是在整个诗歌创作中，被歌手经常加以运用。’”（朝戈金、弗里，2003）

现在看，这些都是典型场景的定义，而非主题的定义。主题必定是与程式相关的小叙事单位。洛德在《故事的歌手》中，提出了一种修饰主题，他说：“这种‘修饰’主题的长度、描绘不能说仅仅依赖于歌手的随意想象……与梅霍的服饰、武装相类似的描写，可以从中世纪希腊史诗《迪杰尼斯·阿克里塔斯》中找到……关于阿喀琉斯的武装，其开头的几行诗一直到上述引文中的地方6行诗为止，与描绘亚历克山德罗斯和帕特洛克罗斯的武装的诗行是相同的。”（洛德，2004：127—129）

他还说：“这种修饰铺张的主题便是英雄的作用的一种标志，即是仪式性的，也是艺术的……在建构一个较大的主题时，诗人的脑海里便有了一个计划，这个主题计划不仅仅限于叙事的必要要素。在主题群之中，有一些涉及顺序和平衡的因素。例如，对于集会这一主题的描绘，遵循着一种顺序，即从集会的头目，他的贴身护卫，到世袭贵族，再到斟酒的人，他是集会中最年轻的人，因此他要服侍这些年长的人。而终点是故事中主角。”（洛德，2004：132）这些都是洛德晚期定义的受程式控制的主题，而非典型场景。早期的是为了区别这个差异，洛德引入了主题群概念。

五　典型场景、题名与“新文本”

如果我们把典型场景定义为这首歌的与程式无关的叙事单元，那么，它与普罗普的故事形态学中的“故事形态”非常相似。当然，也有区别。典型场景是在田野调查中直接可观察到的某些这首歌的口头表演中重复出现的叙事单元；而普罗普的“故事形态”是以书写文本为基础，总结出来的叙事单元。

我们以口头史诗的田野调查为基础，讨论某一“这首歌”中的叙事单元时，发现口头表演的特点，即每一次的口头表演都是有效的这首歌。所以，这首歌的典型场景（口头叙事单元）也是在每一次口头表演中才能存在。

这首歌，每一次在空气中烟消云散时，典型场景也随着这首歌的解体而烟消云散。但是主题因为受到程式的控制，不会马上随着这首歌的解体而烟消云散。那么，这首歌的典型场景是如何存在的？虽然这首歌在每一次口头表演中出现而又消失，但是它的史诗题名——成为一种口头传统，从此把这首歌保存和传播着。这种“某史诗题名”的口头传统和程式等与其他口头传统一样在口头表演中保存和流传着，从此也成了一种大词。但是典型场景如何在口头表演中保存和流传的？它是如何成为大词的？这个秘密还存在于“某史诗题名”的口头传统之中。

我们发现史诗题名有很多种。其中有一种是复合题名，它已经含有故事情节或典型场景的潜在信息。比如，中国青海、甘肃的德都蒙古人史诗《居住在卜日图山洞中的白发老太婆的九个儿子》中，老太婆有九个儿子，后来九个儿子去九个地方学会九种本领。有一次可汗下旨，让他们完成一个重要任务。这时，九个儿子发挥各自的本领，齐心协力完成了这个重要任务，从此他们就过着幸福的生活。

这里史诗题名《居住在卜日图山洞中的白发老太婆的九个儿子》中已经提示了该史诗的故事情节或典型场景的潜在信息。但是有一些史诗只有一个名字或修饰词的名称，无法直接暗示这首诗的故事情节或典型场景的潜在信息。我们说的大词和生活中用的词典词语不同，有着特定的意义。所以，史诗题名作为口头传统的口头名称时，已经是一种大词了，含有特定的口头信息。所以，歌手要演唱什么题名的史诗的时候，大家便知道关于这首诗的这些潜在的“公用知识”，即这首歌的故事情节或典型场景的压缩信息。

有一些史诗题名暗示着这首歌的故事情节或典型场景的信息。所以，每一个这首歌，都有独特的史诗题名，有的题名比较长，有的题名比较短；有的题名是复合题名，有的是简单题名。总之，题名本身就是一种特定的口头传统，所以它比较稳定，有一定的程式限制。这些题名，指的就是这首歌的特定的故事情节或典型场景的信息。所以，题名如同高度压缩的文件包，通过歌手的“解压”，从而成为这首歌。

歌手是对某史诗题名口头传统进行解压者，而听众与歌手共享这个史诗题名的口头传统。那么，不同的故事情节或典型场景是如何形成的？我们对书写史诗的文本进行比较时，很容易发现这些不同的故事情节或典型场景。但是在口头表演之中，正如洛德说的那样：“每一次表演都是有效的，都是具体的这首歌。”所以，这一次的“这首歌”的故事情节或典型场景与另一次的“这首歌”的故事情节或典型场景，相对而言都是全新的口头表演。所以，只能说这首歌，存在于以前的某一这首歌及其它们的每一次口头表演之中，也存在于以后的每一次口头表演之中。这首歌本身，独立于另一个这首歌，但是含着每一次口头表演中的差异和种类。

如果，我们把它转写为文字文本，它们之间必然存在叙事差异。但是在史诗演唱中，每一次的口头表演中出现这首歌，又因史诗演唱结束而消失；但是下一次的口头表演中又出现这首歌。这就是口头创造的本质特点。歌手每一次“解压”或展开某史诗题名而口头表演中不断地创造出“这首歌”，在歌手的口头表演中，每一次的“这首歌”之间是完全分开的。这里口头史诗是时间的孩子，而非空间的印迹。所以，洛德认为：“实际情况是，在从这一次演唱到那一次演唱中，歌手根本不去记诵某个‘文本’，无论演唱本身当时的情形可能多么不同寻常和值得记忆。他们只是记住‘故事’的要素。每一次讲述故事时他们都创造了一个新文本。”（弗里，2000：138）

歌手是解压或展开某史诗题名而口头表演中不断地创造出“这首歌”，但是，有时候歌手会创造出不同的题名传统的这首歌。这是为什么？歌手是如何在不同的这首歌之中使用相同的或相似的典型场景呢？这首歌的故事情节或典型场景不仅出现在这首歌当中，也可以出现在其他的这首歌中。所以，这首歌的典型场景更像一种现成的工具或大词。那么，歌手是如何用在不同的这首歌之中的？

史诗歌手是口头歌手。所以，他不能记住每一次口头表演的这首歌的故事情节或典型场景，于是自然而然地在两次或多次口头表演中出现相似的或相同的故事情节或典型场景。同样，歌手在口头表演的过程中，他的听众也在不断地变换或转移注意力，所以，这些重复出现的故事情节或典型场景，不会影响或妨碍听众的欣赏和关注。弗里和朝戈金在《口头史诗的五个基本问题》中指出，典型场景有"重要的一点是，该典型场景可以用在各类彼此极为不同的人物身上，如'船员'或'漂泊者'的主角，两首抒情诗中，以及《贝奥武甫》中的格伦德尔等。像有口头来源的盎格鲁—撒克逊诗歌中那许许多多的传统结构一样，'放逐'的典型场景也跨越了不同样式间的樊篱，既出现在史诗中，也出现在非史诗类样式中"。

六　口头史诗的故事形态学

以前，对于世界各国民间故事的故事类型与故事形态研究并不考虑口头表演活动，而是把它当作书写文本的构思来研究。从洛德出版他的《故事的歌手》开始，这个传统的研究范式彻底地发生了变化。大家从口头表演的角度开始研究口头叙事语法。

所以，这首歌的"故事形态"，实际上是这首歌的口头"故事形态"。对于某歌手的这首歌而言，口头"故事形态"不断地出现，又不断地消失。这一点不像普罗普的故事形态学中的空间化故事形态印迹。这里，史诗的故事形态学，纯粹是一种时间性的故事形态。如果某口头史诗就像洛德讲的那样彼此分开的独立表演，它们之间的联系也是口头的，说它们是一个口头作品，是因为它们有共同的口头题名或人物名称。但是我们每一次的口头表演都是有效的口头作品，所以，史诗的故事形态学，不是一种线性的故事形态，而完全是一种非线性的多维故事形态。它是一种歌手彼此分开的独立表演之中，受到本地口头传统的吸引力而形成非线性的多维故事形态。这种并列存在的口头传统通过它的某一题名或人物串起来，虽然相互之间存在差异和竞争，但是都不影响独立的口头表演。它也不同于集群史诗。集群史诗是在一个主要人物的名称之下延伸出很多种口头表演，这些口头作品之间可能存在变异，但是以一个总的口头“序诗”为连接，获得统一的叙事属性。

主题的多样性是属于口头表演，而主题的统一性是属于史诗题名的“口头传统”。以前的研究忽略了口头叙述语法特点。他们认为故事形态就是与口头表演无关的叙事，这样，他们把它当作泛泛的概念。

第七章

故事范型、变体史诗与集群史诗

一 某故事范型的重复出现

故事范型是这首歌的最基本的叙事单位。在某歌手去完成史诗演唱时，这些故事范型经常重复出现。但是重复出现的方式不一样，有些重复出现的时候，原样出现或变异出现。这些变异形式出现的故事范型和上一次的史诗演唱比较，发生了很多甚至较大的变化，但是我们还是能辨认出这两次（部）史诗演唱之间的相似或同构联系。

这样，当某一个歌手的两次或多次史诗演唱中出现不同的故事范型时，这些故事范型之间就存在两种关系：一种是同构相似关系，另一种是互涉相似关系。前者叫变体史诗，后者叫集群史诗。这种变体史诗在世界各民族中普遍存在。蒙古族的很多史诗作品是这种变体史诗。观察变体史诗时，我们发现故事范型之间，要么完全一样，要么出现变异。这种变异的两个或多个故事范型之间存在相同的主题群，整个故事范型也存在相似，但是不存在互涉关系。

这些重复出现的故事范型，有很多种相似的口头形式。比如，娶亲型故事范型、打仗型故事范型、创始型故事范型、迁徙型故事范型等。当然也有混合型故事范型。这些重复出现的某一类型的故事范型之中存在很多主题群，这些主题群类聚形成相同的故事范型。例如，《汗青格勒》史诗之中重复出现娶亲型故事范型，同时还有打仗型故事范型。这两个典型场景之间存在互涉关系。所以，它是一种互涉关系的故事范型。《江格尔》史诗中重复出现的各种故事范型也有这种互涉关系，这种互涉关系故事范型构成《江格尔》这个集群史诗。

二 变体史诗与故事范型

在史诗演唱活动中，重复出现的故事范型，有很多种相似的口头表演形式：娶亲型故事范型、打仗型故事范型、回归型故事范型、创始型故事范型、迁徙型故事范型，等等。比如，古希腊史诗《奥德赛》主要是回归型故事范型；《玛纳斯》和《伊利亚特》主要是打仗型故事范型；裕固族《尧熬尔来自西至哈至》主要是迁徙型故事范型，等等。

古巴比伦史诗《吉尔伽美什》由打仗型故事范型和回归型故事范型构成，而德都蒙古人的史诗《汗青格勒》由娶亲型故事范型和打仗型故事范型构成。当然，也有很多史诗演唱会使用混合型故事范型。比如中国苗族的《亚鲁王》史诗和古巴比伦的《埃奴玛·埃立什》等史诗。这些口头史诗中娶亲型典型场景、打仗型典型场景、创始型典型场景是混合出现的。

朝戈金非常准确地判断了《亚鲁王》混合型故事范型性质。他认为："基于《亚鲁王》的演述文本和相关调查报告，笔者认为，从口头文类进行界定，《亚鲁王》当属史诗。至于可否径直将其称作'英雄史诗'，则需要深入研究；个别媒体称其为苗族'唯一的英雄史诗'，亦难成定论。因为从史诗内容上看，《亚鲁王》具有在中国境内流布的创世史诗、迁徙史诗和英雄史诗三个亚类型的特征，其中'创世纪'部分用大量篇幅讲述宇宙起源、日月星辰形成等内容，其后又生动叙述了亚鲁王为避免兄弟之间手足相残而率众远走他乡的筚路蓝缕，其间伴随着艰苦卓绝的战争杀伐，故而兼具迁徙史诗和英雄史诗的叙事特征。"（朝戈金，2012）

我们根据现有的史诗演唱传统把史诗的故事范型分为六种类型即：（1）娶亲型故事范型；（2）打仗型故事范型；（3）回归型故事范型；（4）创始型故事范型；（5）迁徙型故事范型；（6）混合型故事范型。

朝戈金根据中国南方史诗的特性总结出了混合型故事范型性质。他说："在中国多民族、活形态的史诗长廊中，南方若干少数民族的叙事传统都兼具'创世'、'迁徙'和'英雄'这三个基本主题和传统程式，彼此间难分畛域。如彝族的《勒俄》、土家族的《摆手歌》、壮族的《布洛陀》等具有极大的时空维度，以贯古通今的气势和纷繁披覆的铺陈，高度集中地映射着一个民族探索人生、寄托理想的精神世界和历史观，生动折射出人类口头文化及其表达形式的纵深光谱。《亚鲁王》的面世，为我们思考‘复合型史诗’（跨亚文类）提供了一个鲜活的当代案例。也正由于这种叙事上的混融性，使《亚鲁王》同时集纳了神话、传说、故事等口头遗产的精粹。”（朝戈金，2012）

三 简单集群史诗与复杂集群史诗

当某一个歌手的两次或多次史诗演唱中重复出现的故事范型之间存在互涉相似关系时，这些故事范型不是一种变体史诗，而是一种集群史诗。

这种歌手的两次或多次史诗演唱中重复出现的故事范型之间指涉关系，有的学者叫“传统性指涉”（traditional referentiality）。但是他们追问的是：“在口头史诗传统中的每一个‘词’——从最小的片语到整个表演的‘传统性指涉’究竟是怎样的？”我们看到这个如同美国学者奎因说的那样，格子画的太小了。指涉单位是都以故事范型形式出现，并且必然把程式和主题带进来，而非相反。

这时，这些故事范型之间就存在一种互涉相似关系。两次或多次的史诗演唱活动中重复出现的故事范型是相互指涉，在前一次故事范型中出现的某人物和行动的主题群，在后一次史诗演唱中出现时，成为另一个人物和行动的主题群的一部分。这样两次史诗演唱中的故事范型之间就相互指涉了。最简单的互涉就是汗青格勒史诗，前后由两个部分组成，前一个是娶亲型故事范型，而后一个是打仗型故事范型。以前，学者叫“复合型史诗”。（昭日格图，2001）

比较典型的集群史诗是《江格尔》。某一个歌手的《江格尔》史诗演唱会由很多故事范型（口头诗章）组成，有的歌手会唱的可能多一些，有的歌手可能少一些。这些歌手每完成一次史诗演唱，歌手就拿一个小石头做记录，储存起来，最后看看这首《江格尔》史诗自己能够会唱多少BULOG口头诗章（故事范型）。后来学者用文字记录下来时，变成一种叙写诗章，这样的史诗选集叫“分章本史诗”。如在中国青海贵德找到的史诗《格萨尔》是一种分章本。

中国史诗《玛纳斯》、《格萨尔》和《亚鲁王》，古希腊史诗《伊利亚特》、《奥德赛》都是常见的集群史诗。这些集群史诗中，重复出现的故事范型都是相互指涉，从而形成一种集群史诗。这样，像史诗《汗青格勒》由两个故事范型组合而成这首歌，并且两个故事范型之间有相互指涉关系，我们可以称它为“简单集群史诗”；而由很多故事范型组成，并且多个故事范型之间存有相互指涉关系时，这些史诗叫“复杂集群史诗”。以前，学者管前者叫“复合型史诗”；（昭日格图，2001）而后者叫“史诗集群”（epic cycle）。（朝戈金，2000：80）

某一个歌手在两次或多次史诗演唱中，重复出现的故事范型没有指涉关系，我们叫“变体史诗”。以前学者叫“单篇史诗”（仁钦道尔吉，2007：52）。在整个藏族史诗传统里，没有这一类口头传统，只有《格萨尔》的集群史诗传统。这可能再次证明法国学者石太安认为《格萨尔》从中国北方传入的观点。当然这个问题需要细致的研究。因为世界其他口头史诗传统比较发达的地区都有非常丰富的“变体史诗”传统。非洲、中亚、南斯拉夫的口头史诗传统都有这样的特点。

在全世界的史诗传统中，由歌手来完成的作为口头传统的史诗传统，有集群传承和变异传承。但是书写者完成的作为书写传承的史诗传统，好像也存在两种形式：一种是集群史诗，另一种是变体史诗。比如，《伊利亚特》、《奥德赛》等荷马史诗作为集群史诗的书写本传承下来；而古巴比伦的《吉尔伽美什》、《埃奴玛·埃立什》等史诗，以泥版书写本分别传承下来。这里，我们似乎看到口头的和书写的两种史诗传统中都存在集群传承和变体传承。

在《吉尔伽美什》和《埃奴玛·埃立什》的泥版书写传承中，我们也看到泥版变体，发现多种不同版本的《吉尔伽美什》和《埃奴玛·埃立什》史诗。这个变体史诗，很像目前活态史诗中的变体史诗。

同样，荷马史诗传统中，也看到类似情况。弗里和朝戈金的研究发现：“将各方面的证据综合起来就可以看出，从至少公元前1200年开始，到《伊利亚特》和《奥德赛》被用文字形式记录下来——也就是不早于希腊字母表在公元前775年创制出来——这个阶段里，史诗传统相当兴旺。有证据表明，还有其他诗歌涉及特洛伊战争，涉及众英雄参与该战争等。在古典作家的引述中，例如Cypria，the Aethiopis，the Nostoi等，还有这些诗作的片段摘引留存下来。这些遗失的诗作，就构成了所谓的‘史诗集群’（Epic Cycle）。”（弗里、朝戈金，2003）

四　故事范型与书写传统

作为口头传统的史诗和作为书写传统的史诗是有区别的，但是也有着密切的关系。帕里和洛德发现了作为口头传统的史诗特点，并且通过这些活态史诗中做的田野调查经验来还原作为书写传统的荷马史诗及古英语史诗的口头表演特点。

后来，弗里研究这些作为口头传统的史诗和作为书写传统的史诗的关系时，发现他们之间并不是完全隔离的两个传统。很多地方作为口头传统的史诗和作为书写传统的史诗之间存在相互依存的谱系关系。（弗里，2000：274）上面，我们以歌手和听众感觉到的故事范型为基础，讨论这些故事范型是在史诗演唱中如何重复出现的，某故事范型是在歌手的史诗演唱活动中如何指涉和变异的，它们是如何相互依赖的，又如何相互独立地传承下来等问题。

下面，讨论这些故事范型是如何成为书写传统的问题。我们在前面的讨论中，也看到书写版的荷马史诗和泥版的古巴比伦史诗的特点。现在根据我们田野调查中可观察到的书写传统与口头传统的关系来讨论两者的关系。

我们在田野调查中可观察到关于《江格尔》和《格萨尔》的很多书写传统。比如，《江格尔》《格萨尔》的转述本、口述记录本、手抄本、现场录音整理本、印刷文本。（朝戈金，2000：57—68）这些关于某个口头史诗的转述本、口述记录本、手抄本、现场录音整理本、印刷文本和加工文学本等书写传统在歌手学艺期起到什么作用？它是如何影响着年轻的一代人或一个新歌手的？这是一个全新的问题。

过去，我们对于口头史诗的记录整理和加工出版做了大量的工作，积累了很多经验。现在我们从普通史诗学的角度去重现评估我们的这些原初的记录整理和加工出版经验。它为我们提供了一种全新的传播渠道——除了个别的歌手口头表演和他的手写本《江格尔》传统之外，还有，出版社印刷的《江格尔》的书籍；音像出版社出版的《江格尔》音频书籍和网络视频中《江格尔》视频都成为传播的渠道。这些渠道不仅促进了新歌手的学艺和出现，也促使出现很多非传承者——即大量爱好史诗的听众和观众的出现。

五　书写史诗的分析与相关概念

因为出现大量书写史诗，很多听众和学者很自然地把这些书写史诗当作口头史诗本身，于是大家像阅读其他书籍或长篇小说一样阅读某一部书写史诗，分析书写史诗。这样，出现了很多书写史诗的分析概念。比如，诗行、诗章、文学欣赏本、科学研究本、翻译介绍本、整理加工方法、编码方法、阅读方法、词语注释等。

用这些书写史诗为基础总结出来的概念来研究口头史诗时，出现很多误解。比如诗行、诗章这些概念，应用到口头史诗上时，出现很多错误。

诗行是一种书写史诗的格式，它是因表达口头史诗的音步节奏感而出现的书写形式。但是很多学者把它当成口头史诗的一个基本要素。比如，“相对而言，尾韵，或者说是诗行末尾连续押韵的特点，也具有标志诗行的特质”。（朝戈金、弗里，2003）这样，朝戈金的意思是蒙古史诗歌手通过每一个诗行的头音的头韵方法来标示诗行单位。实际上，听过《江格尔》史诗演唱的听众知道，所谓的诗行就是重复出现的单位节奏感，头韵方法是把重复出现的几个单位节奏感——即音步联系起来形成更大的单位——口头程式的手段。但是如果学者用书写史诗的诗行来理解这个单位节奏感——即音步，他就必然把头韵方法当成“诗行”的标示。实际上，这个“诗行”的标示是口头程式中重复出现的某单位节奏感——即音步连接手段。蒙古史诗歌手通过这些头韵方法来连接一个或几个重复出现的某单位节奏感——即音步连接成一个口头程式。所以，朝戈金、弗里说：“对于我们中的那些被训练成将诗歌和诗行理解为文本现象，认为‘文字是第一位的’的人来说，这是既难以理解又陌生的一课，可是在表演中，诗行的那些非文本的方面却常常起到不容忽视的作用。”（朝戈金、弗里，2003）

诗章这个概念是以书写史诗的分析为基础提出的概念。所以，相应地出现很多相关概念。比如，分章本、诗章、诗章顺序等。实际上，口头江格尔的史诗演唱中诗章顺序没有同书写《江格尔》那样有固定的第一章、第二章等线性诗章顺序。

在史诗演唱中重复出现的各故事范型之间的关系，即使在集群史诗中也是非线性的。在变体史诗的史诗演唱中，各故事范型之间的关系必然是非线性的。以前，学者把它叫做并列关系。（仁钦道尔吉，2007：53）

普罗普的《故事形态学》中讨论的故事形态是基于书写故事总结出的故事形态，所以有固定的线性排列和功能要素。所以瓦·海希西必然以书写史诗为基础讨论蒙古史诗的故事形态或故事情节类型，得出 14 种情节基本类型。以口头史诗为基础时，将会看到史诗演唱中重复出现的故事范型（口头故事形态）存在很多种，其中经常出现的故事形态有娶亲型故事范型、打仗型故事范型、回归型故事范型、创始型故事范型、迁徙型故事范型等。当然，这些故事范型也有混合性质的故事范型。但是在史诗演唱活动中，歌手每一次的口头表演都是有效的，所以，重复出现的某“故事形态”即故事范型无法有统一的故事形态，只能有相异的故事形态。

放弃了绝对故事形态观，剩下的相互区别的故事形态或故事范型。这就是口头史诗的主要特点。

六　故事范型、大词与口头传统

我们彻底放弃了绝对故事形态观，剩下的就是歌手去完成的史诗演唱只是相互区别或互涉的故事范型。所以歌手通过史诗演唱活动来完成口头史诗作品，而这些口头史诗作品，只存在于作为口头传统的程式、主题和故事范型之中，绝不存在于书写史诗本之中。当然在歌手学艺的过程中，书写史诗——包括手写本或印刷本也会起到辅助的作用。

因为就算被称为“神授艺人”的传奇史诗歌手，完成他的史诗演唱时，也是依靠的一些白纸或简短的书写提纲。比如，格日坚赞在完成自己的史诗演唱时，经常用文字的史诗提纲。而另外一个格萨尔歌手桑杰完成演唱史诗时，还要看一张白纸作为道具，然后表演史诗演唱。

史诗歌手们在完成自己的一次或多次史诗演唱活动时，它就重复使用各种口头传统，比如口头程式、主题和故事范型等口头传统。所以，弗里把这些口头表演单位统一称为“大词”。他说：“帕里和洛德著述的核心，是关于结构的观念。这一点我已经从 Guslar（南斯拉夫史诗歌手）的观点出发给出了解释，即在口头传统创作过程中无处不在的 rei 或‘词’的系统。于是帕里—洛德的程式（修辞学层面的‘词’）、主题（典型场景层面的‘词’）和故事型式（整个故事层面的‘词’）是歌手的组构部件和发表单元，演唱中的特殊化语言便是由它们构成的。这些单元——不是我们观念和术语中的词——正是荷马和他的其他传统中的同道们所赖以建构他们诗作的东西。”（弗里，1997）

第八章

演述场域与史诗语域

一 史诗演唱中的演述场域

演述场域这个概念是弗里为口头传统增添的一块砖。弗里去世后，朝戈金在纪念他的文章《远行的“故事歌手”》中评价弗里学术贡献时说：“弗里提出了‘演述场域’、‘大词’、‘史诗语域’、‘传统性指涉’、‘传奇歌手’等多个基于‘内在性艺术’的学术性概括。弗里的史诗研究，是从语文学和古典学出发，广泛引入人类学、民俗学和其他学科的方法，从而营造出一种眼界开阔、气度宏大的研究风范；西方古典史诗与当代活态传承的口头史诗，都得到了深湛的解析和阐述。”（朝戈金，2012）

一个歌手的史诗演唱是在具体的一定“演述场域”（巴莫曲布嫫，2004）中完成的，不管这位歌手演唱的是什么样的故事范型。在中国南方的史诗演唱传统中，很多歌手在丧礼聚会上表演自己的史诗演唱；他们的史诗演唱很多是祖先的创造世界、万物形成、制定秩序和迁徙的故事范型；但是中国北方的史诗演唱传统中，歌手大多是在喜庆的场合，婚礼、祭祀和休闲场合完成自己的史诗演唱。

他们的史诗演唱大多数是英雄的打仗、回归、娶亲等故事范型。古希腊的史诗《伊利亚特》和《奥德赛》是以英雄打仗和回归的故事范型为主；而古巴比伦的史诗《吉尔伽美什》中既有英雄的打仗故事范型，也有英雄回归的故事范型。

我们在中国苗族史诗《亚鲁王》和古巴比伦的史诗《埃奴玛·埃立什》中都看到一种混合型故事范型。它们既有创造世界、万物形成、制定秩序的故事范型，也有英雄打仗和迁徙的故事范型。这些故事范型出现的演述场域一般都存在区别。歌手在丧礼和祖先祭祀场合，演唱一些创造世界、万物形成、制定秩序的故事范型；而在婚礼、神灵的祭祀和休闲场合，演唱一些英雄的打仗、回归、娶亲等故事范型。

早在1778年，波奇（Henrik Gabriel Porthan）描绘芬兰歌手完成某一次史诗演唱的演唱场域，他说："歌手们并排坐着，或者面对面坐着，一个歌手抓住另一个歌手的右手，膝盖也是挨着的，一个膝盖挨着右边的，另一个膝盖挨着左边的，他们把手臂放在膝盖上。当演唱时，他们慢慢摇晃着身体，好像每一个歌手都想用自己的头去靠着另一个人，他们的脸部表情是严肃而虔诚的。当他们站起来时，几乎不演唱。要是偶尔这样做了，那么仿佛是受缪斯的驱动，开始站起来唱歌。但是随着演唱继续，他们互相抓住右手，坐下来，以惯有的方式继续演唱。"（Henrik Gabriel Porthan，1983：80）现在中国柯尔克孜族的歌手们（达斯坦）演唱《玛纳斯》史诗时，也是这样。歌手们（达斯坦）膝盖挨着并排坐着，其中一个歌手慢慢摇晃着身体演唱《玛纳斯》史诗。他们的脸部表情或是严肃而虔诚，或是情绪激动而声音急促。

二　演述场域的定义

这里，歌手们在一定的演唱场域之中完成自己的史诗演唱。这个演述场域本身，既是个别的，又是一般的演唱场域。所以，弗里认为："演述场域是指歌手和受众演述和聆听史诗的场所，这个场所通常是一个特定的空间。与其说它是一个地理上的界定，毋宁说它是特定行为反复出现的空间，更为重要的是它是一个设定史诗演述的框架。"（弗里，1995：47—48）

歌手在特定场域中完成自己史诗演唱剧目，而且这种反复出现的演唱场域也是一种口头传统，而非单纯的表演舞台。比如，在蒙古人的史诗演唱传统中，歌手不会在丧礼上表演史诗演唱剧目。

在藏族人的史诗《格萨尔》表演的过程中，首先献给神灵一些小米或青稞，然后才开始演唱史诗剧目。在这里，演唱场域是个神圣的空间，有守护神看护歌手，还有听故事的山水精灵。所以，歌手是很虔诚而富有激情地表演自己的史诗剧目，并且结束表演时，也献供物。

三 演述场域的类型

歌手根据演述场域不同来选择自己的故事范型及其史诗剧目。有史诗演唱传统的各民族人在生活中的婚礼、丧礼和休闲等场合，邀请歌手表演和欣赏特定的史诗剧目。一般在一个民族生活的社区中，我们感觉不到这些史诗剧目与演述场域之间的联系，但是比较不同民族社区的史诗演唱及其剧目时却能发现存在很大的差异。学者在田野调查中发现：彝族歌手完成史诗演唱时，很重视演唱场域的差异和剧目的差异。

巴莫曲布嫫博士研究彝族歌手的演述场域时发现：彝族史诗“《勒俄》（hnewo）尽管有许多异文及异文变体，但最基本的文本类型是按照彝族传统的‘万物雌雄观’来加以界定的，有着不同的仪式演述功能和叙事界域，而无视史诗传承的文化规定性，将主要用于丧葬和送灵仪式的‘公本’与只能在婚礼上演述的‘母本’整合到一体，则是现行汉译本最大的症结所在”。（巴莫曲布嫫，2004）这种“公本”、“母本”是属于两个不同的演述场域，但是汉译《勒俄》（*hnewo*），却忽略掉这个演述场域差异，合成一种《勒俄》演唱剧目。根据不同的日常生活场合，我们把史诗演唱的演述场域分为六种类型：（1）婚礼中的演述场域；（2）王宫的演述场域；（3）休闲型的演述场域；（4）比赛型的演述场域；（5）采访型的演述场域；（6）丧礼型的演述场域。

四 表演时间与表演风格

歌手完成史诗演唱的场域是一种舞台，同时也是一种表演传统。在这种传统性质的演唱场域中，歌手们完成史诗演唱时，他们表演的时段、表演形式、表演的长度、表演的讲究和表演的风格等都不一样。

（一）表演的时段

蒙古史诗的表演一般选择在秋季或冬季。一般在这个时段，比较清闲的秋季和漫长的冬夜，牧民们需要歌手演唱史诗来消磨时间。春季和夏季，牧民接羊羔和剪羊毛，比较忙，所以，在这个时段很少有家庭邀请歌手表演史诗剧目。

（二）表演形式

蒙古史诗歌手主要采用单独表演，但是有时候也用多人合唱表演。这种合唱表演形式，似乎是一种现代的创新形式。

目前，在新疆的蒙古族歌手表演史诗《江格尔》时，经常采用合唱的史诗表演。当然，单独表演是最主要的表演形式。在青海的蒙古族歌手表演史诗《汗青格勒》时主要采用单独表演，但是也有一些组合乐队，采用合唱表演形式。

（三）表演的长度

一般休闲表演时，歌手表演的时间比较长，可能一夜或几天甚至七天。当然，歌手表演的时间也有几个月的记载。

歌手在舞台上表演史诗的时间比较短。这主要是因为现代舞台的多样化要求和舞台表演的时间压力，歌手有时候有意地把史诗演唱的节奏加快，在几十分钟或半个小时中完成剧目。歌手在舞台上表演《汗青格勒》史诗时经常这样。

歌手面对记者采访时表演也是这样。记者有时更关注歌手的神奇经历和学艺经历，所以记者的注意力主要集中在采访和去体验史诗演唱的魅力与歌手的风采。因此，记者有时希望歌手在短时间中完成史诗演唱的表演。比赛表演也是要求在规定时间内完成史诗演唱的表演。但是录音表演，可能时间很长，有的是一天或几天，甚至几个月时间，连续录音歌手的史诗演唱。

（四）表演的讲究

在史诗演唱的表演中，有的地方讲究多一些，有的地方讲究少一些。但是总会有一些明显和秘密的讲究。如歌手演唱的技巧、服饰打扮等。

（五）表演的风格

把各地史诗演唱的表演视频进行比较时，我们很容易发现歌手表演的不同风格。有一些歌手慢慢地起步，然后保持一个节奏，完成史诗演唱。

在演唱期间，根据故事情节的紧张度和突出情感而采用不同的声高和节奏，但是总体上保持平稳。中国青海的蒙古族歌手完成史诗《汗青格勒》表演时经常用这样的风格。但是柯尔克孜族歌手完成史诗《玛纳斯》表演时，比青海的蒙古族歌手完成史诗《汗青格勒》表演时节奏快，情绪更为激烈。

我们在青海西宁做田野调查时，发现藏族歌手达瓦扎巴完成史诗《格萨尔》表演时，史诗演唱节奏快，情绪更为激烈；歌手还会用两只手模仿英雄劈砍的架势和矛枪刺杀姿态的动作。这个动作在演唱《玛纳斯》时也经常被歌手使用。玛纳斯奇在演唱英雄时，歌手们经常用两只手模仿英雄劈砍的架势和矛枪刺杀的姿态。

19世纪末20世纪初期的著名玛纳斯奇居素甫阿洪·阿帕依表演史诗时："他（居素甫阿洪·阿帕依）演唱时声音洪亮，音调也不断地有变化和起伏，在演唱时不停地配以手势、动作和表情，十分吸引听众。人们为他的演唱所陶醉。他演唱到高潮时，身体不停地晃动，手舞足蹈，口吐白沫，从毡房的上席位置移动到火塘边，然后又慢慢回到原位置去。"（阿地里·居玛吐尔地，2006：127）

五　语域与史诗语域

语域（Register）是语言使用的场合或领域的总称。英国语言学家韩礼德（M. A. K. Halliday）将语域定义为，语言变体可以按照使用的情况划分为语域。语言使用的领域种类很多，例如：新闻广播、演说语言、广告语言、课堂用语、办公用语、家常谈话、与幼童谈话、与外国人谈话、口头自述等。在不同的领域使用的语言会有不同的语体。人类学家戴尔·海默斯（Dell Hymes）也认为，语域就是"与反复出现的情境类型相联系的主要讲述风格"。

那么，歌手在史诗演唱中反复出现的讲授风格是什么？他在与听众进行交流时，在字面的、以字典为基准的意义之外，还传达了什么？

（一）史诗语域定义

歌手"荷马的'讲述方式'就传达出了远比字面含意多得多的内涵。无论是个别的片语还是典型场景，其内涵都与传统的观念系统相牵连，因而其含义必定要比我们能够从字典辞典上所找到的要宽广得多也深入得多。这也是《伊利亚特》和《奥德赛》何以能够以这种特殊化了的语言或者语域来流畅地讲述的缘由”。（弗里、朝戈金，2003）这样，歌手的“语域”成为他完成史诗演唱时使用的一种“特定语言”或“史诗语言”风格，这种史诗语言与日常生活中的语言有着很大的差别。“尽管如此，任何熟知史诗语域——而不仅是日常语言——的人，都能够领悟这个符码的意思。”（弗里，1997）因为，就像物理学家用物理概念来交流、化学家用化学概念来交流一样，史诗歌手是用史诗语域来交流的。史诗演唱中的程式、主题和故事范型等口头单位都带有某个史诗语域特点。“比程式大很多的叙事单元，也能够协助构造史诗语域，或确定讲述方式，并将个别的、显然是独一无二的场景与故事讲述的整个世界联系起来。”（朝戈金、弗里，2003）

在蒙古史诗歌手的演唱史诗活动中也存在这种语域的差异，喀尔喀—巴尔虎史诗传统和卫拉特史诗传统在程式、主题和故事范型方面存在着很大的语域风格差别。比如，在喀尔喀—巴尔虎史诗传统和卫拉特史诗传统中，前者的程式比较简短，后者的程式比较富长；前者中的抢婚故事范型比较多见；后者中的娶亲故事范型比较多见。前者中常见英雄妻子与莽古思密谋害死英雄的典型场景；后者中常见英雄妻子与英雄密谋杀死莽古思。所以，仁青道尔吉、陈岗龙的巴尔虎史诗与其他地方史诗的比较研究更像蒙古史诗的语域类型研究。

英国语言学家韩礼德（M. A. K. Halliday）认为，语域有三个社会变量：语场（field）、语旨（tenor）和语式（mode）。具有某种具体用途的语言变体，它与社会或区域（因说话者的不同而异）相对。使语言行为适应于某一特定活动类型、正式程度等的一种倾向。语域是由多种情境特征特别是指语篇语场、语篇方式和语篇基调相联系的语言特征构成的。语域是语篇针对特定的交际场合，为达到某一交际目的而产生的一种功能变体，它是多种参数语篇语场、方式和基调的综合体现，不只是一种单纯的语篇方式变体。

（二）史诗语域要素：语场、语旨与语式

史诗语域也由三个要素组成。语场指语言发生的环境，包括谈话话题以及讲话者和其他参与者所参加的整个活动，可分为专业性的和非专业性的。史诗演唱中交流的史诗语言属于后者。在史诗演唱的虚拟语境中使史诗歌手既不能用日常语言交流，也无法借助具体的日常情景信息去补充、

完善史诗语言所传递的信息量的不足。

歌手通过表达主人公的喜怒哀乐，来模拟我们自己可能的存在情态。因此，他们就使用特殊程式、特殊主题、典型场景和故事范型来表演主人公的喜怒哀乐，当然，有时候直接表达自己的情感。比如，蒙古歌手演唱整部《江格尔》或《格斯尔》时，先唱短小而固定的一段“序诗”；而乌兹别克歌手先唱经过自己编的“帖尔篌”，启动听众情绪后开始史诗演唱。（卡尔·赖希尔，2010：104）

语旨指语言的正式程度，即有关参加者之间的角色关系。英国社会语言家勒帕热（Le Page）曾经指出，语言混合能使说话人同时表明两种身份。在史诗演唱的过程中有两种身份使用史诗语言，第一种是自己的身份使用史诗语言，这里主要通过假设句来完成。比如《江格尔》的歌手经常使用“假如你问我英雄的坐骑，我就告诉你”的口头程式。第二种是主人公的身份叙事故事事件。比如英雄远征的途中遇到对手，他们的对白是一种固定的程式问对方：“你出来的目的和事情有哪些？”等。当然，有时候混合使用两种身份。

语式主要有口语和书面语两类。每个人都可根据自己的需要选择口语体或书面语体。在史诗语域中的语式还有韵文和散文两种；其中韵文是精致的典型的史诗语式，而散文是简便的语式。

每一位歌手都有自己的韵文语式，但是根据自己的实际来决定究竟使用哪一种语式。一般在正规场合使用韵文语式，但是随便的非正式场合就使用散文语式。口语体和书面语体也是一种很重要的史诗语式。前者是史诗演唱的主要语式，而后者是帮助歌手学会史诗演唱技能的辅助手段。它也是储存史诗作品的最好的形式。因为歌手的口头传承，在史诗作品的传承和储存方面是具有局限性的，因此，史诗演唱出现的时候书写史诗作品也诞生了。

第三篇

史诗演唱与全球分布

第九章

史诗演唱的世界分布体系

一　史诗传统的全球地理分布

尽管世界上有5000多种语言，但是人类还是保持了相当的凝聚力。所以可以根据各种语言之间的相似度即亲属关系来划分语系。目前，在非洲、亚洲、欧洲、拉丁美洲等各大洲的各大语系中都发现了史诗演唱传统。人类学家马林诺斯基在赤道附近西太平洋特罗布里恩德岛做田野调查时看到一种叫“库夸乃布”的口头表演。它很像中亚哈萨克或者雅库特人的史诗演唱。（卡尔·赖希尔，2010：125）同样，分布全球各大洲的口头传统的史诗演唱，根据各地的史诗演唱之间的相似度即亲属关系来可以划分为九大史诗演唱体系，它们分布在亚洲、大洋洲、欧洲、非洲等地方。

非洲人口较多的几十个民族都有自己的史诗，如在中非的刚果、喀麦隆和加蓬的沿海地区，有蒙高人的利安加史诗、杜阿拉人的杰喀拉·恩扎姆贝以及芳族人的配乐诗朗诵（芳族人的史诗）。这些史诗中都有复杂的神话世界，叙述了发生在具有魔力的非洲大地上“普通人与永生的部族之间的无休止的争斗”。

在西非，除了马里的关于松迪亚塔的史诗，瓦加杜族的松尼恩克传奇也久负盛名，这组史诗广泛流传于巴马纳地区的赛格一带，叙述了福拉族英雄哈姆伯德底奥和斯拉马卡的冒险经历。在冈比亚，有一部史诗讲述了背运的科拉法·萨恩所遭遇的困境：他要么在战斗中与死神相遇，要么与对手决一死战。这些史诗风格各异，展示了各民族的习俗，重构了历史，展望了未来。正是这种多样性使非洲史诗独具魅力。但由于地域间的相对独立性，非洲史诗与非洲之外的其他民族的史诗在概念或叙述上很少有参照和联系。

非洲史诗多叙述帝国与民族、英雄与猎人、国王与武士的故事。例如，根据13世纪马里帝国的创始者松迪亚塔（Sunjata）的经历创作的史诗，在古代的马里帝国，现在的西非国家，如马里、几内亚、冈比亚、塞内加尔等，广为流传。1960年，由几内亚历史学家德吉伯里尔·塔姆斯热·尼阿讷用法语创作的关于松迪亚塔国王的散文产生了很大影响，大家认为正是它的传播使得松迪亚塔在世界范围内成为西非口头史诗的原型人物。姆温都（Mwindo）是非洲史诗中另一个著名的原型人物，是一个超自然的、生下来就会走路的小不点儿，他生活在东非刚果，是巴恩颜加部族人。他们是一个基本上以狩猎、采集果实、捕鱼为生的小部落。但史诗《姆温都》中的故事却深刻地表现了人与人、人与环境之间的关系等复杂问题。

二 史诗传统的亲属关系定义

在对全世界史诗演唱传统进行比较时，我们发现它们存在各种各样的相似或相同关系。这些相同或相似关系是通过各种口头史诗之间的语言、题名、程式、主题和故事范型等多个大词（口头单位）来体现的。每一次口头表演中重复出现的语言、题名、程式、主题和故事范型之间存在的相似或相同关系可以定义“史诗传统的亲属关系”。

对全世界不同的史诗演唱传统进行全面的分类是个重要而繁重的工作。我们是以田野调查中观察到的史诗演唱传统本身为基础，而且参照史诗语言、史诗题名、程式、主题和故事范型等多个分类标准，对全球史诗演唱传统进行全面分类。它不是一种单一的地理分布或主题（母题）分布，而是一种全新的分类方法。它与以前的AT分类方法不同，也不同于普罗普的故事形态学的分类法。这种方法从世界各地的口头史诗之间的史诗语言、史诗题名、程式、主题和故事范型等几个方面的相似度入手，讨论和划分世界各地的史诗的相似或亲属关系。

我们根据世界各地史诗演唱传统之中的史诗的相似或亲属关系，把全世界的史诗演唱传统划分为汉藏语系史诗传统、印欧语系史诗传统、阿尔泰语系史诗传统、闪—含语系诗传统、尼日尔—刚果语系史诗传统、乌拉尔语系史诗传统、南亚语系史诗传统、南岛语系史诗传统、达罗毗荼语系史诗传统等九大模块史诗传统。

这个九大模块史诗传统，可以基本概括全世界的史诗演唱传统。这些史诗传统，有的是口头史诗传统，有的是口头和书写史诗传统，有的只是书写史诗传统。但是都有口头诗学的本质特点。比如，学者的研究已证明《伊利亚特》和《奥德赛》都具有口头史诗的特点，中古英语史诗传统也具有口头史诗的特点。（洛德，2004：286）

三　史诗演唱体系的五种亲属关系

在世界各地每一个模块的史诗演唱传统中都存在相似的史诗传统。这些史诗传统的相似或亲属关系体现在以下几个方面：第一，歌手们在史诗演唱中使用的史诗语言相同或相似；第二，歌手们共同拥有相同或相似的史诗题名；第三，歌手们共同拥有相同或相似的程式化主题；第四，歌手们共同拥有相同或相似的典型场景；第五，歌手们共同拥有相同或相似的故事范型。

在世界各地的史诗演唱中都存在这些相似或亲属关系“大词”传统。这种相似或亲属关系“大词”传统导致了不同的史诗演唱传统传承特点和体系。

（一）史诗语言中的亲属关系

史诗歌手完成史诗演唱的表演语言是确定史诗传统之间的亲属关系的最基本的要素和划分指标。在所有的史诗演唱传统中都存在这个现象。歌手们都是用某一种语言来完成每次的史诗演唱。当然，史诗语言不是唯一的划分指标。藏族史诗《格萨尔》和蒙古族史诗《格斯尔》之间存在相似关系，但不属于同一个史诗传统模块，前者属于汉藏语系史诗传统；后者属于阿尔泰语系史诗传统。

为什么出现这样的跨两个史诗传统模块的情况呢？可以肯定，这里存在从A区传入B区的传播现象。那么从哪个史诗传统模块传入另一个史诗传统模块？目前，存在两种观点，一种是从蒙古族那里传入藏族；（石泰安，1954）另一种是从藏族传入蒙古族。当然，这还需要翔实、可靠的实证研究。翻译的书写史诗和口头学艺都可能导致某口头史诗的传播现象。

（二）史诗题名中的亲属关系

史诗题名也是划分识别史诗之间亲属关系的重要标准。比如，古希腊人的《伊利亚特》和《奥德赛》都以相同的史诗题名来认同和传承下来。还有，蒙古语的《格斯尔》、藏族的《格萨尔》和吉尔吉斯斯坦（柯尔克孜）的《玛纳斯》都由相同的发音题名传承下来的。

史诗题名一般是口头史诗中英雄的名字，有时候，歌手们在这个英雄的名字前面加特性形容词程式。所以，一般史诗题名是一个词，也可以是一个程式。

（三）程式化主题中的亲属关系

世界各地史诗演唱之间的区别也可以通过各种相同或相似的程式来体现。这种相似关系在口头传统的田野调查中，由帕里首次发现。他在荷马史诗的文本中发现这种相同的或相似的重复出现的表达一组意义的程式。后来，他在南斯拉夫的史诗传统的田野调查中，又发现这种重复出现的“口头程式”。

在各种程式中，史诗人物特性程式和国度程式是区别不同地方的史诗演唱体系的重要标准。

（四）典型场景中的亲属关系

典型场景早期时又叫“主题群”。典型场景也是找出史诗传统之间亲属关系很重要的指标，在找相似关系并区别各地方的史诗传统差异时，我们必须参考典型场景的特点。

在南斯拉夫史诗《斯马伊拉吉奇·梅霍》中，洛德发现五个主题群或典型场景：（1）集会；（2）前往布达佩斯之旅、回归；（3）结集军队；（4）出征、战斗、回归；（5）婚礼。这些主题群或典型场景在古希腊史诗中也存在。（洛德，2004：138）我们在青海蒙古族史诗《汗青格勒》（乌泽尔版）中也发现了类似的主题群或典型场景。比如乌泽尔版《汗青格勒》史诗中存在如下的主题群或典型场景：（1）集会的缘由、商量、召唤坐骑、准备、出门；（2）前往邻国之娶亲远征、遇见玛德乌兰、考验比赛、婚礼、回归；（3）父母失踪、信息、出征、战斗、降服敌人、回归；（4）联盟仪式。

可是在这个表面的相似中存在着巨大的差异。在阿尔泰语系史诗传统中的史诗《汗青格勒》主题群或典型场景是由一种娶亲回归型和寻亲打仗型典型场景的组合构成；而在印欧语系史诗传统中的史诗《奥德赛》主题群或典型场景是一种征战回家型典型场景。

在汉藏语系史诗传统中的典型场景是回归天界型典型场景。这些不同的典型场景都隐含或代表着他们的宇宙观和生命观。在闪—含语史诗系史诗传统中的史诗《吉尔伽美什》是由一种迎战取胜型典型场景和寻找宝物回归型典型场景构成。

（五）故事范型中的亲属关系

故事范型是我们识别各史诗传统亲属关系的重要分类指标。很多时候，故事范型在世界的史诗演唱体系中重复出现，并且该故事范型在这个史诗演唱传统模块中出现的频率比较高。

我们在比较中国汉藏语系史诗传统（南方史诗）和阿尔泰语系史诗传统（北方史诗）时，发现它们之间存在巨大的差异：在汉藏语系史诗传统中频频出现创世故事范型（创世史诗）；而在阿尔泰语系史诗传统中，常常出现的是英雄娶亲或打仗故事范型（英雄史诗）。

以前，我们没有统一的史诗演唱传统分类指标和分类体系，所以，中国史诗分为南方史诗和北方史诗两种类型，而且也没有统一的分类指标。

仁钦道尔吉、黄忠祥等研究蒙古史诗传统和突厥史诗传统时，发现这些史诗传统的主题和典型场景之间存在相似的关系，但是没有追究这个相似现象的本质。

实际上，这种相似现象的本质是世界各地区的史诗演唱传统中普遍存在的亲属关系和分类体系。当然，史诗演唱传统之间还存在相互影响的传播关系。在印欧语系史诗传统和南亚语系史诗传统之间存在相互影响的传播关系。

我们还发现，在印欧语系史诗传统（古希腊和古英语史诗）中主导的是英雄娶亲或打仗故事范型；而在闪—含语史诗系史诗传统（古巴比伦史诗）中，除了英雄娶亲或打仗故事范型，还经常有创世故事范型。我们还发现南亚语系史诗传统明显地受到印度史诗的影响。

在乌拉尔语系史诗传统、南亚语系史诗传统和达罗毗荼语系史诗传统中的故事范型也有自己的特点。

四　世界史诗演唱谱系分类体系

全世界的史诗演唱传统可以被划分为一个完整而开放的谱系分类体系。由于世界各地的演唱活动使用了不同的史诗语言、程式化主题、典型场景和故事范型，从而形成一个个完整而开放的谱系分类体系。这个谱系分类体系，不仅可以帮助我们深入了解史诗演唱传统的性质和特点，还可以帮助我们去发现新的口头史诗和讨论它的分类归属。我们的研究发现，全球的史诗演唱传统，根据它们的史诗语言、史诗题名、程式、主题和故事范型等指标特点，可以分为汉藏语系史诗传统、印欧语系史诗传统、阿尔泰语系史诗传统、闪—含语史诗系史诗传统、尼日尔—刚果语系史诗传统、乌拉尔语系史诗传统、南亚语系史诗传统、南岛语系史诗传统、达罗毗荼语系史诗传统等九大史诗传统。

（一）汉藏语系史诗传统

汉藏语系主要分布在亚洲东南部，使用人口在10亿以上，包括汉语语族、壮侗语族、苗瑶语族、藏缅语族四个语族。（中国大百科全书语言文字委员会，1988：192）使用汉藏语系的人中流传着大量的口头史诗传统，主要包括以下四个模块：

1. 汉语方言史诗传统

汉语又称中文，是中国汉民族的语言，也是世界上使用人数最多的语言，主要分布于中国（大陆地区及港、澳、台地区）、新加坡、马来西亚以及海外华人社区。汉语口语分为吴方言（江苏南部，浙江大部，上海等地）、闽方言（福建，台湾，广东的潮州、揭阳、汕头、汕尾，海南），湘方言（湖南大部，广西壮族自治区北部）、粤方言（广东大部，广西壮族自治区东南部）、客家方言（广东省东部和北部，福建西部，江西南部，台湾），赣方言（江西大部，湖南东部，福建西北部，湖北东南部，安徽西南部、浙江西部）和普通话（东北、北京、河北、河南）等。

（1）湘方言《大黑传》史诗传统，这部长达3000多行的史诗唱本，记录着汉民族的远古创世神话，被中国神话学专家袁珂判定为汉民族广义的神话史诗，是极为珍贵的历史资料。

（2）吴方言《华抱山》史诗传统，中国无锡《华抱山》一书 2007 年出版，全书共三集二万余行，为太湖民间长篇叙事吴歌，讲述的是明朝末年太湖、无锡地区以华氏三英雄为代表的贫苦农民与朝廷、官府、地主等封建势力展开的反暴力、反压迫的斗争故事。该故事诞生于明末，以吴歌的形式传唱了近 400 年，后慢慢消亡。

（3）北方方言《王宝川下关东》史诗传统，是迄今发现的中国汉族最长的一部民间史诗，是口头文学的重要文化遗产。李鸷鹏等民间文艺研究者本着尊重刘海源讲述的原则，进行了一些文字上的处理，加强了故事的吸引力和作品的可读性，最后形成近 9000 行的史诗《王宝川下关东》。

2. 壮侗语族史诗传统

壮侗语族主要分为三个语支，即壮傣语支（包括壮语、布依语、傣语）；侗水语支（包括侗语、水语、仫佬语、毛南语、拉珈语、佯黄语、莫语）；黎语支（包括黎语和仡佬语）。使用壮侗语族语言的人群约 5000 多万，主要分布在中国的广西壮族自治区、云南、贵州、广东、海南岛和湖南南部等，以及泰国、老挝、缅甸、越南北方和印度东北部的阿萨姆邦等地区。（中国大百科全书语言文字委员会，1988：543－544）根据壮侗语族三个语支的分布与他们的史诗传统，我们将其分为壮傣语史诗传统、侗水语史诗传统和黎语—仡佬语史诗传统三个子模块：

（1）壮傣语史诗传统包括中国壮族的《布洛陀》、《姆六甲》、《莫一大王》，布依族的《安王与祖王》、《赛胡细妹造人烟》和《十二层天·十二层海》，傣族的《洪水泛滥》、《厘俸》、《兰嘎西贺》、《粘响》、《巴塔麻嘎捧尚罗》等史诗传统。此外，还有泰国泰语的史诗《拉玛坚》。

（2）侗水语史诗传统包括中国侗族的《侗族祖先哪里来》、《起源之歌》（《侗族远祖歌》），水族的《开天立地》，毛南族的《创世歌》等史诗传统。其中仫佬族没有史诗。

（3）黎语—仡佬语史诗传统包括中国黎族史诗《五指山传》、《追念祖先歌》，仡佬族史诗《十二段经》（又称《叙根由》）等史诗传统。

3. 苗瑶语族史诗传统

苗瑶语族主要分为三个语支，即苗语支（包括苗语及一部分瑶族说的布努语），瑶语支（包括大部分瑶族说的瑶语或勉语）和畲语语支（畲语）。但畲族语言的属性不确定，大体属于该体系。使用苗瑶语族语言的人群约 600 多万，主要分布在中国的贵州、广西、云南、湖南、广东、四川等地，以及越南、老挝、泰国、缅甸等靠近中国的地区。（中国大百科全书语言文字委员会，1988：289）根据苗瑶语族三个语支的分布与他们的史诗传统，我们可将其分为苗语史诗传统、瑶语史诗传统和畲语史诗传统等三个子模块：

（1）苗语史诗传统包括中国苗族的《苗族古歌》、《金银歌》、《枫木歌》、《蝴蝶歌》、《洪水滔天歌》、《亚鲁王》等史诗传统。

（2）瑶语史诗传统包括中国瑶族的《密洛陀》、《盘王大歌》等史诗传统。

（3）畲语史诗传统包括中国畲族的《盘瓠歌》、《高皇歌》等史诗传统。

4. 藏缅语族史诗传统

藏缅语族主要分为四个语支，即藏语支（包括藏语、嘉绒语和门巴语），景颇语支（景颇语），彝语支（包括彝语、傈僳语、哈尼语、拉祜语、纳西语、基诺语），缅语支（包括载佤语、阿昌语）等四种，而该地区分布的珞巴语、僜语、独龙语、怒语、土家语、白语、羌语和普米语的语支属性尚未确定。有人认为土家语、怒语属于彝语支；独龙语、珞巴语、僜语属于景颇语支，羌语是独立语支。藏缅语族语言主要分布在中国的西藏、四川、云南、贵州、青海、甘肃等地以及缅甸、不丹、锡金、尼泊尔、印度、泰国等国境内。（中国大百科全书语言文字委员会，1988：509）

（1）藏语史诗传统主要包括中国藏族的《格萨尔王传》和门巴族的《太波嘎列》等。藏族的《格萨尔王传》主要流传于青海、四川、甘肃和西藏地区的藏族当中，可以分为安多、康巴和那曲等三种口头传统。此外，门巴族当中也有格萨尔史诗传统。

（2）景颇语史诗传统包括中国景颇族的《勒包斋娃》又称《穆瑙斋瓦》等。

（3）彝语史诗传统包括彝族的《查姆》、《梅葛》、《阿细的先基》、《铜鼓王》、《勒俄特依》，《阿黑西尼摩》、《尼苏夺节》、《阿鲁举热》、《戈阿楼》、《谱牒志》，傈僳族的《创世纪》、《古战歌》，哈尼族的《十二奴局》、《奥色密色》、《窝果策尼果》（古歌十二调），拉祜族的《牡帕密帕》、《盘古盘根》，纳西族的《黑白之战》、《哈斯争战》、《崇搬图》，基诺族的《大鼓和葫芦》、《阿嫫尧白》等中国的史诗传统。

（4）缅语史诗传统包括中国佤族的《司岗里》、《葫芦的传说》和阿昌族的《遮帕麻与遮米麻》等史诗传统。

（5）独龙－土家史诗传统，包括独龙族的《创世纪》，怒族的《创世歌》，土家族的《摆手歌》，白族的《创世纪》、《人类和万物的来源》，羌族的《羌戈大战》、《泽基格布》，普米族的《帕米查哩》、《金锦祖》、《支萨·甲布》等中国的史诗传统。

（二）印欧语系史诗传统

印欧语系是当代世界上分布区域最广的一种语系，使用者几乎遍及整个欧洲、美洲、澳大利亚、新西兰，以及非洲、亚洲的部分地区。它包括日耳曼语族、罗曼语族、凯尔特语族、希腊语族、波罗的语族、斯拉夫语族、印度－伊朗语族、阿尔巴尼亚语族、亚美尼西亚语族、安纳托利亚语族和吐火罗语族等十一个语族和若干语言，使用人群达 15 亿以上。（中国大百科全书语言文字委员会，1988：456）使用印欧语系的这群人中流传着大量的史诗传统，主要包括以下六个模块：

1. 印度—伊朗语族史诗传统

印度—伊朗语族是最东部的一个语族，所包含的语言比印欧语系中任何别的语族多，约有 60 多种；内部分为印度语支和伊朗语支。印度语支中，使用人数超过 1000 万的语言至少有 9 种：印地语、乌尔都语、孟加拉语、旁遮普语、马拉提语、古吉拉特语、比哈尔语、奥里亚语和拉贾斯坦语。伊朗语支包括波斯语、普什图语、俾路支语、塔吉克语、库尔德语、奥塞梯语等。（中国大百科全书语言文字委员会，1988：457）根据语支的分布与他们的史诗传统，我们可将其分为印度语族史诗传统和伊朗语族史诗传统等两个子模块。

（1）印度语族史诗传统，主要包括斯里兰卡语、尼泊尔语、克什米尔语等中流传着史诗传统。《摩诃婆罗多》和《罗摩衍那》并称为印度两大史诗，是印度传统文化的两个基石。罗摩衍那故事在印度家喻户晓。在古代印度文化圈内，北到克什米尔、尼泊尔，南到泰米尔地区、斯里兰卡和印度尼西亚，东到孟加拉和独立后才成为印度一部分的玛尼堡（Manipur），西到拉贾斯坦，无处没有用各种语言演唱着的《罗摩衍那》。

《摩诃婆罗多》被用各种方言广泛传唱和改写，其中著名的有泰卢固语、马拉雅拉姆语、奥里萨语、阿萨姆语和孟加拉语的多个版本。在信伊斯兰教的莫卧儿王朝，阿克巴大帝曾经赞助将《摩诃婆罗多》译成官方语言——波斯语。16世纪西方殖民者侵入印度，特别是英国将印度变为殖民地之后，西方学者开始研究和译介《摩诃婆罗多》，其中的重点是它的插话。它们被译成多种欧洲语言，深深影响了西方思想和文学。

（2）伊朗语族史诗传统，主要包括在阿富汗语和波斯语、塔吉克语等中流传着史诗传统。在伊朗历史名城设拉子有一座凯利姆可汗古堡，是由赞德王朝（1736—1796）国王凯利姆所建。古堡门口的城墙上方有一副瓷贴画，画上的故事来自《列王记》的故事内容。这是一部波斯语史诗巨集，由菲尔多西（Ferdowsi）在1010年左右完成。中国塔吉克人中流传甚广的叙事史诗，如《勇敢的秦公主》、《尼格尔与麦吉侬》、《杜赫苔尔·扎琳》和《五兄弟》等史诗传统。

此外，中国维吾尔人的一部英雄史诗《艾米尔古尔乌古里》（又称《古尔乌古里苏丹》）主人公出生于坟园，“古尔乌古里”意译为“坟墓之子”。它在伊朗与阿富汗则叫《科尔乌古里》。它的版本分为三大类型：第一类，高加索、阿塞拜疆、艾日曼、古鲁宗、伊朗、阿富汗等地的版本；第二类，乌兹别克、哈萨克、卡拉卡勒帕克、土库曼、塔吉克人的版本；第三类，维吾尔文版本。可惜汉译力量有限，因此新疆诸民族的此类作品，鲜为人知。（阿地里·居玛吐尔地，2010（3）：12）

2. 斯拉夫语族史诗传统

斯拉夫语族主要分布于东欧洲、巴尔干半岛和亚洲西部，使用人口超过2.5亿，分为东斯拉夫语支（包括俄语、乌克兰语和白俄罗斯语）、西斯拉夫语支（包括捷克语、斯洛法尼亚语、波兰语等）和南斯拉夫语支（包括保加利亚语、马其顿语、塞尔维亚-克罗地亚语和斯洛文尼亚语）三个语支。（中国大百科全书语言文字委员会，1988：369）其中只有在俄语和马其顿语、塞尔维亚—克罗地亚语当中有史诗传统。比如，在古俄罗斯和现在的南斯拉夫地区都有书写的或口头的史诗传统。

（1）俄罗斯史诗传统，只有以书写形式流传下来的古代俄罗斯史诗《伊戈尔远征记》。《伊戈尔远征记》的发现较晚，并不是从中古一直流传下来的，而是在18世纪末才被偶然发现的。当时，莫斯科的收藏家A. И. 穆辛—普希金在斯巴斯—雅罗斯拉夫尔修道院的一位司祭那里发现了一批16世纪的古代文献，其中就有一份《伊戈尔远征记》的抄本，1796年，这份抄本的抄本被呈献给叶卡捷琳娜二世，1800年，抄本公开发表。可是，那份抄本的原件却在1812年的莫斯科大火中被焚毁。偶然的发现过程，抄本原件的缺失，以及这部史诗在当时俄国文学史中的突出地位等，使得有人对这部史诗的真实性产生了怀疑，关于它的真伪的争论也从它面世时一直持续到现在。

（2）南斯拉夫史诗传统，主要包括塞尔维亚—克罗地亚史诗传统。帕里和洛德（1935）把塞尔维亚—克罗地亚史诗传统分为马其顿、新帕扎尔、比热罗波勒若、库拉辛、加斯库、斯托拉奇和比哈奇等七个中心区域。（弗里，2000：74）关于这些史诗传统的特点弗里和朝戈金发现：南斯拉夫的“穆斯林传统的史诗通常篇幅较大，可以达到一万行甚至更多，它们生存于由神话和故事构造出来的系统中。同样地，人物的塑造和事件的过程也超越了具体的‘表演—文本’。如果我们忽略了那个更为阔大的未曾说出的语境，那么我们就同样不能完整地理解南斯拉夫的史诗传统，因为其他因素也参与其中发挥作用。在穆斯林史诗传统中，史诗歌不那么像一部未印行的书中的章节，这些书又在书架子上按照主题分类存放。穆斯林诗歌更加独立自足，而且遵循特定的故事范型（story - pattern），例如归来、营救、婚礼和攻城等”。（朝戈金、弗里，2003：33 - 97）

3. 日耳曼语族史诗传统

日耳曼语族使用者主要分布在北欧（丹麦、瑞典、挪威、芬兰、冰岛）、中欧（德国、奥德利、卢森堡）、西欧（英国、比利时、荷兰）以及北美（美国、加拿大）、澳大利亚、新西兰等地区。（中国大百科全书语言文字委员会，1988：328）在芬兰语、丹麦语、挪威语、冰岛语、英语、德语中都留存书写史诗传统，但是口头史诗传统已失传。

（1）北欧史诗传统，有古芬兰语的《卡勒瓦拉》、冰岛的《埃达》等。“埃达”中的诗歌可以分为三类：神话诗、教谕诗和英雄史诗。《埃达》有诗体和散文体两种，前者又叫“老埃达”，后者又叫“新埃达”，后者是对前者的解说。芬兰史诗《卡勒瓦拉》由芬兰医生艾里阿斯·隆洛特结集芬兰的古代传说、抒情诗和谚语结集而成，于1835年完成初版，并于1849年出版最后定本。故事主角名叫万奈摩宁，他是充满智慧的魔法师，书中讲述他在一次魔法歌唱比赛中击败敌人的经过。

（2）中欧史诗传统，有古德语的史诗《尼伯龙根之歌》（约1200）共9516行，分为上下两部，上部名《西格夫里特之死》，下部名《克里姆希尔特的复仇》。这篇史诗的故事导源于民族大迁移后期匈奴人和布尔艮特人的相互斗争，又穿插了许多其他历史传说。

（3）西欧史诗传统，有古英语的《贝奥武甫》，全诗长三千余行，其中所记的历史事件属于6世纪，反映盎格鲁撒克逊人在欧洲大陆的生活，他们定居不列颠后，在8世纪以古英语写定，它成为英格兰民族第一部史诗，现存唯一手抄本属于10世纪。史诗故事发生在相当于现在的丹麦和瑞典南部——当时盎格鲁—撒克逊人居住的地方。

4. 罗曼语族史诗传统

罗曼语族又称拉丁语族，使用者近5亿人口，主要分布在法国、意大利、比利时、西班牙、葡萄牙、瑞士部分地区、罗马尼亚及加拿大东南部等国家和地区。罗曼语族通常分为东支和西支。东支包括巴尔干罗曼语、罗马尼西亚语等；而西支包括拉丁语、意大利语、法语、西班牙语、葡萄牙语、撒丁语等。（中国大百科全书语言文字委员会，1988：456）该语族的西支语言中保存和流传着书写和口头史诗传统。

（1）法语史诗传统，《罗兰之歌》流传着许多抄本，其中以牛津大学收藏的抄本最为完善。全诗长4002行，分291节，是用当时民间语言罗曼语写成。诗的结构大致可分为三个部分：第一部分写加奈隆投敌叛卖，是序幕；第二部分写骑士罗兰率领的两万骑兵遇上敌人伏击，全军覆没，是全诗的高潮；第三部分写对叛徒加奈隆的惩罚，是尾声。

（2）西班牙语史诗传统，《熙德之歌》是西班牙最古老的著名史诗。现存的手抄本中数1307年佩德罗·阿瓦德的最全。全诗3700余行，开头散佚。史诗根据西班牙民族英雄罗德里戈·地亚斯·德比瓦尔（1040？-1099）的传说写成，表现了西班牙人民反抗摩尔人入侵的英勇斗争。

（3）撒丁语史诗传统，撒丁岛，又称撒丁尼亚岛，位于意大利半岛的西南方，是地中海的第二大岛，仅次于西西里。其地理位置在科西嘉岛南面，西班牙、突尼斯、意大利之间的地中海西部。在撒丁岛流传着撒丁语的一些口头史诗演唱传统。

5. 凯尔特语族史诗传统

凯尔特语族分为大陆凯尔特语和海岛凯尔特语，前者已消亡，后者主要分布于不列颠群岛以及法国的布列塔尼地区，包括爱尔兰语、苏格兰盖尔语和威尔士语、布列塔尼语等。该语族中的史诗传统已退化，现存少量的书写传统。

爱尔兰语史诗传统，其中爱尔兰语保存和流传的有《夺牛长征记》等书写史诗传统。

6. 希腊语史诗传统

希腊语、亚美尼亚和阿尔巴尼亚各语构成印欧语系中的单独的一个语族，此外还有吐火罗语。（中国大百科全书语言文字委员会，1988：457）其中只有古希腊语有史诗传统。

（1）古希腊史诗传统，著名的《荷马史诗》是以古希腊语的伊奥尼方言和爱奥利方言为基础创作的一种书写史诗传统。

（2）亚美尼亚史诗传统，9 至 10 世纪时出现的史诗《萨逊的大卫》被认为是古代亚美尼亚民间文学创作的高峰。

（3）阿尔巴尼亚史诗传统，在古老的民间诗歌基础上编写成史诗《斯坎德培》（1873）的史诗。

（三）阿尔泰语系史诗传统

阿尔泰语系包括突厥、蒙古、满洲—通古斯三个语族。主要分布在中国、土耳其、蒙古、俄罗斯、伊朗、阿富汗以及东欧的一些国家。（中国大百科全书语言文字委员会，1988：1）该语系起源于蒙古西部的阿尔泰山脉，故称阿尔泰语系，使用人口约八千余万。以语族分布和史诗传统分布为基础，可以把阿尔泰语系史诗传统分为突厥语族史诗传统、蒙古语族史诗传统和满洲—通古斯语族史诗传统等三大模块。

1. 突厥语族史诗传统

突厥语族语言主要分布在俄罗斯、土耳其、伊朗、阿富汗、伊拉克、塞浦路斯、南斯拉夫、保加利亚、罗马尼亚、蒙古国、哈萨克斯坦、土库曼斯坦、吉尔吉斯斯坦、乌兹别克斯坦、塔吉克斯坦和中国新疆、甘肃、青海一带。（中国大百科全书语言文字委员会，1988：386）德国学者卡尔·赖希尔在《突厥民族口头史诗》一书中，分析突厥语分布和史诗传统分布特点认为，突厥民族口头史诗主要有“4 个传统（卡拉卡尔帕克、乌兹别克、哈萨克和吉尔吉斯）”（卡尔·赖希尔，2010：95），并对此作了较为详细而专业的介绍。根据前人的研究成果和综合考虑，我们发现如下 5 个子模块：

（1）哈萨克语史诗传统，主要史诗传统有《阿勒帕米斯》、《阔布兰德》、《英雄康巴尔》、《英雄塔尔根》和《阿尔卡勒克》等。早在 1899

年，《阿勒帕米斯》这部史诗的哈萨克文整理本，在喀山以《叙事诗阿勒帕米斯》的题目首次出版。哈萨克族民间还有一种“连环长诗”，一部接一部，内容前后贯通，《克热木的四十名勇士》便是由40篇相连贯的英雄传奇所组成，第一代、第二代、第三代……直至第40代，代代是英雄。每一部的主人公分别为各代的英雄，从公元13世纪始，一直到19世纪止。结构与《玛纳斯》非常相似。此外，还有史诗《七个可汗》等。

（2）吉尔吉斯语史诗传统，主要有《玛纳斯》、《考交加什》、《库尔曼别克》、《艾尔塔毕勒迪》、《英雄托什吐克》、《阿勒帕玛沙》等。《玛纳斯》是吉尔吉斯语史诗传统的核心，乔坎·瓦利哈诺夫于1856年搜集的“阔阔托依的祭典”这个诗章是《玛纳斯》史诗到目前为止已知的世界上最早的正式记录文本。维·维·拉德洛夫（B. B. Radloff，1837—1918）曾于1862年和1869年在中亚吉尔吉斯地区进行了田野调查，记录《玛纳斯》史诗部分章节共计12454行，并于1885年在圣彼得堡编入自己的系列丛书《北方诸突厥语民族民间文学典范》第五卷。（阿地里·居玛吐尔地，2010（3））卡尔·赖希尔发现：吉尔吉斯语史诗传统还可以进一步分为楚河谷地流派、伊塞克湖地区流派、天山地区流派、南部吉尔吉斯流派四种不同风格的歌手表演。（卡尔·赖希尔，2010：87）

（3）乌兹别克语史诗传统，有《阿勒帕米斯》、《阔尔奥格里》、《呙尔奥格里》、《阿瓦兹汗》等乌兹别克语史诗传统。（卡尔·赖希尔，2010：75）卡尔·赖希尔发现，这些乌兹别克语史诗传统进一步分为萨马尔罕省努拉塔地区的努拉塔流派、萨马尔罕省内的布隆古尔流派、布哈拉省的斯坦撒马尔罕省的阔尔甘流派、喀什卡达里亚省的卡玛依流派、乌兹别克斯坦南部的谢尔巴流派等不同风格的歌手表演。（卡尔·赖希尔，2010：74－80）

（4）卡拉卡尔帕克史诗传统，目前，大部分卡拉卡尔帕克人生活在乌兹别克斯坦境内，分为两个分支，即弘吉剌惕和十四部落，俄罗斯文献称他们为“乌古斯突厥人”。（卡尔·赖希尔，2010：21）他们把歌手分为“吉绕”和“巴合西”两种类型，广义上，“吉绕”是擅长演唱英雄史诗的歌手，而“巴合西”则主要演唱爱情叙事诗。有一位“吉绕”会演唱《阔布兰》、《夏伊亚尔》、《耶迪盖》、《肖拉》的史诗。（卡尔·赖希尔，2010：70）

（5）维吾尔语史诗传统，中国维吾尔语史诗中最有名的是《乌古斯传》，亦称《乌古斯可汗的传说》。它是一种书写史诗传统，早在11世纪的《突厥语辞典》一书中，就曾采撷其中的若干英雄史诗的片断。此外，《艾米尔古尔乌古里》亦称《古尔乌古里苏丹》是一部散韵体史诗，叙述主人公坟墓之子成长为英雄的过程以及他的九次婚姻。“这部史诗不但流传于中亚的乌兹别克、土库曼、塔吉克、卡拉卡勒帕克、塔塔尔人中间，而且流传于阿富汗、伊朗人之中，被称为《科尔乌古里》”。（张宏超，1984（1）：34）

2. 蒙古语族史诗传统

蒙古语族主要分布在蒙古国，中国内蒙古、新疆、青海、甘肃，俄罗斯的布里亚特共和国、卡尔梅克共和国和阿富汗等地区。蒙古语族包括蒙古语、布里亚特语、卡尔梅克语、达斡尔语、莫戈勒语、东部裕固语、土族语、东乡语、保安语。（中国大百科全书语言文字委员会，1988：283）仁钦道尔吉在《蒙古英雄史诗论》一书中把蒙古史诗传统分为布里亚特史诗传统、卫拉特史诗传统、巴尔虎－喀尔喀史诗传统等三大传统。（仁钦道尔吉，2007：49）我们根据蒙古语族分布、蒙古方言分布和史诗分布特点综合考虑发现，除了上述史诗传统之外，还存在鄂尔多斯—察哈尔史诗传统、裕固语史诗传统、达斡尔语史诗传统、土族语史诗传统等6个子模块。

（1）布里亚特语史诗传统，主要包括俄罗斯布里亚特共和国史诗传统和中国布里亚特史诗传统两种类型。

①俄罗斯布里亚特共和国史诗传统，主要有《阿拜格斯尔》、《阿拉坦沙盖胡布恩》、《阿拉木吉莫尔根和阿贵高罕杜海》、《双豪岱莫尔根胡布恩》、《布赫哈尔胡布恩》、《哈日亚切莫尔根胡布恩》、《赛达尔和宝亦达尔》、《奥草道尔莫尔根》等。（仁钦道尔吉、朝戈金、旦布尔加甫、斯钦巴图等，2007：663－1265）

②中国布里亚特史诗传统，主要有《十五岁的阿斯拉格桑汗》、《十三岁的阿布拉尔·德都博克多夫》、《阿尔泰孙布阿拜夫》、《哈尔勒岱莫尔根夫》、《阿拉坦乃和胡日叶勒岱》、《阿拉坦沙盖》、《聪明的宝日乐岱夫》等。（仁钦道尔吉，2007：57－58）

（2）卫拉特语史诗传统，主要包括卡尔梅克语史诗传统、新疆卫拉特史诗传统和青海—甘肃古卫拉特史诗传统三部分，著名的《江格尔》史诗主要流传于中国新疆、蒙古国西部、俄罗斯三国卫拉特蒙古人之中。

①卡尔梅克语史诗传统，有史诗《占加尔》（《江格尔》）主要流传于俄罗斯卡尔梅克地区。俄罗斯先后出版和发表的卡尔梅克文《江格尔》长诗31部，共36000行诗。（旦布尔加甫，2002：1）

②新疆卫拉特史诗传统，有《江格尔》、《汗哈冉贵》、《那仁汗传》、《钢哈日特伯赫》、《额尔古因古南哈日》、《准布尔达赖汗》（斯钦巴图，2006）。其中，在中国、蒙古和俄罗斯三国境内近200年来记录出版了《江格尔》的200多种不同故事，其中的绝大多数都是韵文体作品（长诗），计20多万行诗。（仁钦道尔吉，2002）

③青海—甘肃卫拉特史诗传统，有《汗青格勒》、《东吉毛勒姆额尔德尼》、《艾尔色尔巴托尔》、《那仁赞丹台吉》、《征服七方敌人的道利精海巴托尔》、《道格欣哈日巴特尔》、《古南布赫吉日嘎拉》和丰富的《青海蒙古格斯尔》传统等。（仁钦道尔吉，2002）

（3）巴尔虎—喀尔喀语史诗传统，主要包括喀尔喀史诗传统、巴尔虎史诗传统、扎鲁特—科尔沁史诗传统。

①喀尔喀史诗传统，主要包括《格萨尔》、《巴拉丹缇宾莫尔根》、《巴彦巴拉丹老人》、《四岁的胡鲁格巴托尔》、《老年劳莫尔根》、《胡日勒汗》等。（仁钦道尔吉、朝戈金、旦布尔加甫、斯钦巴图等，2007：303－272）

②巴尔虎史诗传统，有《阿拉坦嘎鲁》、《珠盖米吉德夫》、《巴彦宝力德老人》、《阿布拉尔图汗》、《希林嘎拉珠巴托尔》、《陶干希尔门汗》、《阿拉坦曾布莫尔根夫》、《三岁的古纳罕乌兰巴托尔》和《喜热图莫尔根汗》、《勇士布拉岱汗与卷鬃马》、《那仁汗史诗》等10多部，40多种译文。（仁钦道尔吉，2007：55）

③扎鲁特—科尔沁史诗传统，有《阿拉坦格日勒图汗的勇士阿布拉古朝伦》、《杰出的好汉·阿日亚夫》、《阿斯尔查干海青》、《道喜巴拉图》、《宝迪嘎拉巴汗》、《希林嘎拉珠巴特尔》等。（仁钦道尔吉，2007：55）

（4）鄂尔多斯—察哈尔史诗传统，学者在中国内蒙古西部的察哈尔、鄂尔多斯做田野作业时也发现了不少的史诗传统。这些史诗基本上都是短篇史诗。（陈岗龙，1999（2））

①鄂尔多斯史诗传统，中国鄂尔多斯有《好汉温迪》、《阿如印德格都·阿日亚夫》、《珠盖莫尔根》、《十八岁的阿拉坦嘎鲁海汗》、《博格多

额真宝亦吉汗》、《阿拉坦舒胡尔图汗》等。（仁钦道尔吉，2007：55）

②乌拉特史诗传统，中国乌拉特有《昂苏米尔的故事》、《十岁的阿勒莫尔格勒岱的故事》、《阿斯尔莫尔根汗》、《阿拉坦沙盖的故事》等。（仁钦道尔吉，2007：64）

③察哈尔史诗传统，中国察哈尔有《统治东洲的四岁的阿日亚图·诺门汗》、《勇士江格德》、《勇士都林海》、《巴特尔·莫日根·巴图斯钦》和《西热图·莫日根汗的儿子》等。（陈岗龙，2013）

（5）裕固语史诗传统，中国甘肃的裕固族，人口有 14378 人（2010 年），其中，东部裕固族中有 20 多篇散文体《格斯尔》史诗，内容比较丰富。西部裕固族中，至今仍然流传着迁徙史诗《尧乎尔来自至哈至》。（王军涛，2013（3）：28）

（6）达斡尔语史诗传统，中国达斡尔族有《绰凯莫日根》、《阿勒坦噶乐布日特》和《少郎和岱夫》等。（吴刚，2010（1））

（7）土族语史诗传统，中国甘肃—青海的土族当中有歌手关保嘉版《土族格斯尔》，歌手更登什加版《土族格赛尔》、《祁家延西》、《福羊之歌》等。

3. 满洲—通古斯语族史诗传统

满洲—通古斯语族分布在中国的东北、西北及其与俄罗斯毗邻的地区，使用人口约 445 万。中国学者孙进己等（1985）把满洲—通古斯语分类为满语支（满语、锡伯语）、赫哲语支（罗奇语、乌利奇语、奥罗克语、乌德盖语、赫哲语）和鄂温克语支（温克语、鄂伦春语、埃文语、涅基达尔语）三个语支。（中国大百科全书语言文字委员会，1988：274）

（1）满语支史诗传统，中国满族有《天宫大战》、《乌布西奔妈妈》、《尼山萨满》、《窝车库乌勒本》、《恩切布库》、《东海沉冤录》等。

（2）锡伯语史诗传统，中国锡伯族有《喜利妈妈西征传奇》、《马神海尔堪传奇》和《西迁之歌》等。（江帆、陈维彪，2010（3））

（3）赫哲语支史诗传统，中国赫哲族有《满都莫日根》、《安徒莫日根》、《松香德都》、《希尔达日莫日根》、《爱珠力莫日根》等。

（4）鄂温克—鄂伦春语支史诗传统，中国鄂温克族有《创世萨满》、《伊达堪》、《尼桑萨满》和鄂伦春语英雄复仇故事《英雄格帕欠》等。

（四）闪—含语系史诗传统

闪—含语系又称阿非罗—亚细亚语系，是主要分布于北非和西南亚的一个主要语系，包括阿拉伯语、希伯来语、豪萨语和阿姆哈拉语等主要语言。使用人口近2亿。通常分为以下5个语族：闪语族、埃及—科普特语族、柏柏尔语族、库施特语族和咋得语族。美国学者史蒂芬·贝尔彻把非洲史诗传统分为中非史诗、猎人传统与史诗、索宁克传统、松迪亚塔与曼顿传统、赛格与巴马拿史诗、福拉传统和近百年来形成的传统七大板块。（曾梅，2006（5））其中，闪语族主要包括阿拉伯语、希伯来语、阿拉米语（亚拉姆语）、马耳他语、阿姆哈拉语和提格雷语等六种语言。（中国大百科全书语言文字委员会，1988：5）在该闪语族史诗传统中仍然保存和流传着史诗传统。

（1）阿拉伯语史诗传统，《安塔拉传奇》作为一部散韵结合的史诗，是9世纪阿拉伯说书人艾绥迈伊据民间传说整理而成，后至10世纪由尤素福·本·易司马仪加工增补成书。中国学者李唯中翻译的《安塔拉传奇》中译本，2010年4月出版，有共10卷，600余万字。（李唯中，2009）

（2）阿卡德语—苏美尔语史诗传统，著名的《吉尔伽美什》便属于这个传统，是由已消亡的古阿卡德语和苏美尔语书写或演唱古巴比伦史诗之一。公元1786年，法国人米肖发现了带有楔形文字的石块后，引起欧洲人对于苏美尔—巴比伦文化研究的兴趣。P. 浩普特从1884年起到1891年，将当时所知道的有关这部史诗的全文出版了，这是最早编纂的出土泥版的《吉尔伽美什》。（赵乐甡，1999：20）《埃努玛·埃利什》也是阿卡德语史诗，是古巴比伦的创世史诗。

（五）尼日尔—刚果语系史诗传统

尼日尔－刚果语系又称尼日尔—科尔多瓦语系，非洲最大语系，分布地区从非洲南部的塞内加尔，穿过上几内亚高原地区到东部的肯尼亚，然后向南直到大陆南端好望角，约有900种语言，使用人口有2亿多。（中国大百科全书语言文字卷，1988：303）主要包括西大西洋语支、曼迪语支、古尔语支、库阿语支、阿达马瓦—东部语支、贝努埃—刚果语支等。

（1）西大西洋语支史诗传统，分布于塞内加尔、几内亚和塞拉里昂。

最终的语言有弗拉尼语和沃洛夫语。弗拉尼语是游牧民族使用的语言，使用人口多达600万。（中国大百科全书语言文字委员会，1988：303）弗拉尼语又称富拉尼语。

（2）福拉尼语史诗传统，富拉尼人，亦称“菲拉尼人”、“富拉人”，聚居于索科托、包奇、戈比尔等地。史蒂芬·贝尔彻认为非洲史诗的“第六板块是福拉史诗传统福拉人的史诗传统”（曾梅，2006（5）），它主要来自尼日尔河畔的马斯那，塞内加尔河流域的福塔·图罗地区，以及几内亚河流域的福塔·加龙地区。福拉史诗的演唱艺人分为“maabo”（宫廷艺人）和“gawlo”（普通艺人）。宫廷艺人演唱时是自弹自唱，演唱速度快，用四弦琴伴奏。至今还没有集体演唱和女艺人表演的纪录。福拉史诗的代表作有：《红人哈马》、《斯拉马卡·普罗里》、《撒姆巴·盖拉蒂奥》（曾梅，2006（5））、《凯卡拉》等。（李永彩，2003：7）

（3）曼迪语支史诗传统，是尼日利亚—刚果语族中最小的语支，分布于马里、尼日尔、塞拉利昂和利比亚等国。主要语言有班马拉语、门德语、马林凯语和克培列语马。（中国大百科全书语言文字委员会，1988：303）

（4）班马拉语史诗传统，班马有约20个不同的民族，其中人数最多的是班巴拉人。班马拉语与马林卡语非常相近，史蒂芬·贝尔彻认为“非洲史诗的第五板块是赛格和巴马拿史诗”。（曾梅，2006（5））赛格王国于1700年左右崛起，塞格帝国也称为班巴拉帝国。史诗具有如喝酒、用人做祭品等强烈的反伊斯兰教的异教色彩主题。表演史诗时艺人边演奏乐器边演唱，不管演唱哪一段，都从比顿·库里巴里唱起。主要作品有：《比顿·库里巴里》、《尼可罗·蒂阿拉的继位》、《达·芒宗的战争》。史诗《比顿·库里巴里》讲述了比顿·库里巴里个人和建立王国的经历。

（5）马林凯语史诗传统，有马林卡人的《松迪亚塔》史诗传统。史蒂芬·贝尔彻认为非洲史诗的第四板块是松迪亚塔和曼顿史诗传统。“这部史诗至少已出版37个版本”。《坎比利史诗》歌颂了萨摩里·杜尔的传奇世界，萨摩里·杜尔是曼丁哥人的英雄。（李永彩，2003：8）在地域上曼丁是指尼日尔的河源地区及其流域，马里西部地区和几内亚东部地区，马林卡人现居住在这里。（曾梅，2006（5））

（6）索宁克语史诗传统，索宁克人是西非中世纪加纳王国的缔造者。索宁克人，遭到来自北方的柏柏尔人的侵袭，被迫南迁。史蒂芬·贝尔彻认为“非洲史诗的第三板块是索宁克史诗传统”。（曾梅，2006（5））索宁克人现多居住在以下地区：加纳、冈比亚、马里、尼日尔河沿河地带和贝宁北部的波尔古地区。现存的关于索宁克的历史材料基本上来自殖民早期当地名人的手稿，一些旅行者和管理者搜集并发表了其中一部分。索宁克史诗的代表作品有《瓦加杜的传说》、《盖西瑞的诗琴》、《马雷恩·加杜》和《库撒人的离散》。其中《瓦加杜的传说》最广为人知，讲述了瓦加杜王国的兴衰。（曾梅，2006（5））

（7）索尔科—鲍佐语史诗传统，在尼日尔河流域居住着索尔科人（Sorko）、博左尼日尔河中游的鲍佐人（Bozo）和高等民族，其地域包括自象牙海岸北部，经马里、几内亚到冈比亚一带。曼德猎人史诗是曼德人文化的核心。史蒂芬·贝尔彻认为“非洲史诗的第二板块是猎人传统与史诗”。（曾梅，2006（5））索尔科—鲍佐语史诗传统代表作有：《法拉·马卡和弗诺》、《姆撒和希拉》等。生活在塞内加尔河流域的图科罗和哈尔·普拉雷恩一带的居民都有演唱史诗的传统，代表作品是《派卡尼》，这是一首庆祝鳄鱼节的史诗。此外，还有《斯拉莫里》、《法莫里》、《马哥翰·简》和《马姆比和鳄鱼》等是曼德猎人史诗作品。（曾梅，2006（5））

（8）贝努埃—刚果语支史诗传统，从西海岸的尼日利亚到东海岸的坦桑尼亚，远至南部非洲，都有人使用贝努埃—刚果语言。班图诸语言是贝努埃—刚果语支最重要的分支，使用人口1亿左右。其中，斯瓦希里语是最重要的班图诸语，也是东非大部分地区使用的交际语。此外，还有祖鲁语、柯萨语、绍纳语、卢旺达语和刚果语等。（中国大百科全书语言文字卷，1988：303）

（9）斯瓦希里语史诗传统，有史诗《李昂戈·富莫的传说》，李昂戈是斯瓦希里人的民族英雄，史诗《姆比盖的传说》是斯瓦希里人的文化超人的故事等。（李永彩，2003：9）此外，还有斯瓦希里人的三大史诗《哈姆齐牙史诗》、《赫列卡利史诗》和《英基沙非》。（李永彩，2003：11）

（10）祖鲁—伊卓语史诗传统，有祖鲁人的《恰卡大帝：祖鲁史诗》（李永彩，14）；尼日利亚南部伊卓族史诗《奥兹迪》，亦称《奥兹蒂·撒嘎》，它每隔几年在社区中唱一次。（李永彩，2003：22）

（11）刚果语史诗传统，刚果东部伊昂加人的史诗《姆温都》，又称

《姆温都史诗》，巴恩颜加人的《哈吉·奥马尔史诗》，描写了西非对伊斯兰圣战做出的反应。（李永彩，2003：21）

（12）杜阿拉—蒙戈人语史诗传统，有《恩松加·利安加》、《杰克》。杜阿拉人亦称“迪瓦拉人”、“德维拉人”，有史诗《杰克》；蒙戈人的史诗《恩松加·利安加》。

（六）乌拉尔语史诗系史诗传统

乌拉尔语系是主要分布于从斯堪的纳维亚往东，越过乌拉尔山脉，直到亚洲西北部广大地区的一组语言。分为芬兰—乌戈尔语族和萨莫耶德语族。使用人口约2000万。（中国大百科全书语言文字委员会，1988：407）根据语系分布和史诗分布特点，可以把乌拉尔语史诗系史诗传统分为芬兰—乌戈尔语族史诗传统和萨莫耶德语族史诗传统。

1. 芬兰—乌戈尔语族史诗传统

芬兰—乌戈尔语族包括芬兰语、莫尔多瓦语、匈牙利语等。其中芬兰史诗《卡勒瓦拉》比较有名，包括50首古代民歌，长达23000余行，由19世纪诗人伦罗特润色汇编而成，1835年初出版。卡勒瓦拉，意即卡勒瓦人定居的地方，也就是今天的芬兰。

2. 萨莫耶德语族史诗传统

萨莫耶德语族分布在俄罗斯的极北地区，有涅涅茨语、塞尔库普语、牙纳桑语等。目前，尚未发现史诗传统，但是有很多灵性歌曲，这些叙事歌曲保留了史诗传统的一些特点。

（七）南亚语系史诗传统

南亚语系主要分布在南亚和东南亚，如中南半岛、马来半岛、印度中部、东北部和尼科巴群岛，以及中国云南西南部。使用人口约4000万，南亚语系通常分为4个语族：孟—高棉语族、蒙达语族、马六甲语族和尼科巴语族。其中，孟—高棉语族使用人口最多，约3500万，主要语言有越南语、高棉语、孟语、巴拿语、帕科语、克木语、佤语、德昂（原称为独龙语）、塞当语、奇劳语、比尔语、布朗语等。（中国大百科全书语言文字委员会，1988：301）其中，在孟—高棉语族语言中发现了很多史诗传统。尤其是在越南西原地区的平福、得乐、德依、嘉莱、昆嵩、宁顺、富燕等省搜集到大量的史诗作品，在2007年越南出版的《西原史诗宝库》丛书中收录了 75 篇西原史诗作品，全书分 62 集，共 60400 页。2005 年，越南国家主席为攀登日教授主持的《埃第族的史诗》（1991 年）和《西原史诗区域》（1999 年）等科研项目授予了国家荣誉奖。（阮春径，2008）

（1）高棉语族史诗传统，高棉语族包括东支（高棉语、芒语）、北支（德昂语、布朗语、佤语、克木语）、南支（孟语）三部分。

（2）巴那语史诗传统，越南巴拿族亦称巴那族。巴那族《贫穷少年 Giông 的八个妻子》、《Tre V ất Giông》、《Đ ãm Noi》、《Xing Chi Ôn》、《Diôông》等都是史诗作品。2000 年，越南嘉莱省文化通信厅出版了《Dyöng Dư—巴那族的史诗》。目前，巴那族史诗歌手还有 A Lưu、A Đ en、A Hon、A Bek、A Đ en、AHon、A Bek、Bok Pãh、Yã Hơt、Bok Pơ nh、Bok Anep、Y Nheo 等。（阮春径，2008）

（3）墨侬语史诗传统，越南墨侬族有《Ot ndrong》等。1996 年，得乐省文化通信厅出版了由Đi ểu Kâu、迅永搜集编纂的墨侬族史诗《Tiãng 山寨的种植期》，同年，由杜红旗、Đi ểu Kâu、Nơ Yu、Đãm Pơ Tiêu 搜集编译的《墨侬族的神话史诗》在河内出版问世（附有墨侬族拼音版）。目前，墨侬族史诗歌手有Đi ểuKlung、Đi ểuKl ứt、ĐểuMpiơih、ĐểuGlơi、Để uPlang、Me Luynh、Me Jéch 等。（阮春径，2008）

（4）傣语史诗传统，有越南傣族《Chương Han》、《Ẫm ệt luông》、《Ẫ m ệt luông》等史诗传统。（阮春径，2008）

（5）芒语史诗传统，越南芒—越族的《生地生水》属于创世史诗；1992 年出版了张仕雄撰写的《芒族神话史诗》一书，比较集中地反映了芒语史诗传统的全貌。此外，越南西原地区的麻族、舍登族、斯丁族、嘉莱族等也有史诗传统。比如，舍登族的 A Ar 艺人。（阮春径，2008）

（6）德昂语史诗传统，有中国德昂族的《达古达楞格莱标》等史诗作品。

（7）布朗语史诗传统，中国独龙族的史诗有《开天辟地歌》和《苦情调》、《新年调》、《艾崂》、《砍柴的依拉》等叙事歌曲传统。

（8）佤语史诗传统，有中国佤族的《司岗里》、《葫芦的传说》等史诗传统。

（八）南岛语系史诗传统

南岛语系，也叫马来—波利尼西亚语系，它主要分布于西起马达加斯加，东到复活节岛，北起台湾岛和夏威夷群岛，南抵新西兰的广阔海域内的岛屿上。主要包括印度尼西亚语族、波利尼西亚语族、美拉尼西亚语族、密克罗尼西亚语族4大语族。已知包括1200多种语言，使用人口超过了2.5亿。（中国大百科全书语言文字委员会，1988：299）根据史诗分布和语言分布特点，可以分为以下两种史诗传统：

（1）印度尼西亚语族史诗传统，印度尼西亚语族分布在中国台湾（高山族语言）、菲律宾（他加禄语、比萨杨语等）、中南半岛（占语、马来语等）、南洋群岛（印尼语、爪哇语等）、马达加斯加（马达加斯加语）。其中，菲律宾的他加禄语、比萨扬语、伊洛卡诺语、比科尔语、邦板牙语、邦阿西楠语、伊戈罗特语、马罗瑙语当中保留和传承着比较丰富的史诗传统。菲律宾大学在1999年出版并于2001年再版的《菲律宾史诗》中收录23部史诗作品。（吴伟杰、石阳，2013：2）

（2）伊洛戈语史诗传统，菲律宾伊洛戈人有史诗《拉姆昂传奇》，在这篇爱情史诗中，有的男主人公只追求一位女子，如兰昂只对卡诺扬（Cannoyan）表达自己的爱意；有的男主人公则同时或先后与多名女子产生爱情，如拉保东公先后追求过三名女子，并最终娶她们为妻。（吴伟杰、石阳，2013：355）

（3）伊富高语史诗传统，菲律宾伊富高人有史诗“呼德呼德”，亦称哈德哈德圣歌。《呼德呼德》史诗包括两百多个故事，全部吟唱下来需要三到四天，也有人类学家在田野作业中发现，连续唱一两天就可以唱完。吟唱分为领唱和合唱两个部分。（吴伟杰、石阳，2013：21）伊富高人在播种、收获稻谷、守丧日或其他仪式上，都会举行隆重的仪式，吟诵“呼德呼德”史诗。《呼德呼德》讲述了阿里古荣带领汉那卡（Hannanga）族人和达利格迪干（Daligdigan）族人进行战斗的故事，战争持续了三年，最终和平解决，两族的首领也互相联姻。（吴伟杰、石阳，2013：347）

（4）苏洛德族史诗传统，菲律宾苏洛德族有《希尼拉沃德》、《呼玛达能》等史诗传统。（吴伟杰、石阳，2013：6）

（5）马拉瑙族史诗传统，菲律宾马拉瑙族有《达冉根》等史诗。它是关于马拉瑙族祖先、英雄班杜干及其子孙历险经历、婚姻传奇的一系列史诗构成的史诗集群。至今发现并记录下来的共有17部，合计72000多行，可分为25章，要花8天时间才能唱完。每一部史诗讲述的都是完成的事件，可以单独成篇和单独吟唱。（吴伟杰、石阳，2013：199）

（6）马诺伯族史诗传统，菲律宾马诺伯族有《阿戈尤》、《杜瓦昂》和系列史诗《杜瓦昂参加婚礼》等史诗传统。（吴伟杰、石阳，2013：374）此外，还有《马达帕格》史诗，这是菲律宾已知的唯一一部主要讲述女英雄的史诗，讲述了马达帕格为了拯救自己的部族，不惜以身相许，嫁给掌管宝物的神，最后偷得宝物、拯救部族的故事。（吴伟杰、石阳，2013：347）

（7）苏巴农语史诗传统，菲律宾苏巴农族有《科波拉甘》、《科波拉甘的王国》、《桑达尤的传奇》、《督玛利瑙的英雄古曼》等史诗传统。（吴伟杰、石阳，2013：356）

（8）卡林加语史诗传统，菲律宾卡林加亦称卡林延人，他们有《乌拉林》等史诗，该史诗中有典型的史诗情节：英雄班纳的母亲吃了一个漂在河上的槟榔果后怀孕并生下儿子班纳。（吴伟杰、石阳，2013：357）

（9）加当语史诗传统，菲律宾加当亦称加登人，他们有《鲁马林道》等史诗传统。加当英雄鲁马林道娶了五个妻子生了七个孩子，反映一夫多妻制生活。在苏巴农史诗《科波拉甘的王国》、巴拉望语史诗《库大曼》、比萨杨语史诗《拉保东公》中等都有这个主题。（吴伟杰、石阳，2013：347）

（10）巴拉望语史诗传统，菲律宾巴拉望族居住在巴拉望岛，他们有《库达曼》等史诗传统。（吴伟杰、石阳，2013：347）史诗《库达曼》中数字“七”有着特别的象征意义。比如，英雄库达曼的妻子普特丽穿着7层裙子，一位喝醉了的女生扭动他的身体7次，库达曼7天不食米饭，库达曼睡在7层蚊帐下，等等。（吴伟杰、石阳，2013：369）

（11）比萨杨语史诗传统，比萨杨人是菲律宾人口最多的民族，主要居住在菲中部的米沙鄢群岛以及棉兰老岛的部分地区，又称米沙鄢人。他们有《西尼拉乌德》等史诗传统。《西尼拉乌德》主要由两部分组成：《拉保东公》和《呼玛达普能》。第一部分讲述了拉保东公、呼玛达普能和杜马拉达普的历险经历，他们后来都成为统治者。第二部分主要叙述英雄呼玛达普能历险的故事。（吴伟杰、石阳，2013：155）

（12）波利尼西亚语族史诗传统，波利尼西亚语族主要分布于太平洋中部和东部的新西兰、萨摩亚、库克、夏威夷、复活节岛等岛屿上。包括毛利语、萨摩亚语、汤加语、夏威夷语等100多种语言。波利尼西亚语族有12873人（1999年），分布在中部偏南的平定、富安等省，另一部分分布在南部的同奈省、胡志明市等地。（中国大百科全书语言文字委员会，1988：300）

（13）占语史诗传统，越南占婆族有史诗《Deva M ủno》、《因拉帕特拉》（Inra Patra）等史诗传统，它以占文和马来文形式保留下来，但仍有口头史诗传统，占婆族人常常晚上祈祷吟唱。（蒲达摩，2010（6））占族史诗歌手有Ma Mơ Lan、Oi Sãng等。（阮春径，2008）

（14）嘉莱语史诗传统，越南嘉莱族的史诗有《Hđiêu》、《Chin chiêng》、《Jông》等。（阮春径，2008）

（15）拉格莱语史诗传统，越南拉格莱族的史诗歌手有Pinãng Thị Thanh、Chamaliaq Thị Jiêng、Katơr Thị Sính、Katơr Thị Cu ống、Pô Pâr Thị Ría、Chamaliaq C ưỡng等。具体作品名称不详。（阮春径，2008）

（16）埃第语史诗传统，越南埃第族亦称埃地族。埃第族的史诗有《Đam Xãn》、《Chil ơ'kok》、《Khinh Dú》、《Đ ãm Đơ'roãn》、《Y Prao》、《Mhiêng》等史诗传统。目前，埃第族的史诗歌手有Y Nuh Niê、Oi Chun、Y Ju Niê、Y Djao Niê、Ma Oi、Oi Đức等艺人。（阮春径，2008）

此外，在越南西原地区的林同省曾经有格贺族、朱鲁族的史诗，但至今无人能够完整地回忆任何一部史诗的内容。（阮春径，2008）

（17）美拉尼西亚语族史诗传统，美拉尼西亚语族分布在印尼以东、赤道以南的新几内亚、俾斯麦、所罗门、圣克鲁斯、新赫布里底斯、新喀里多尼亚、斐济等地。该语族中史诗传统比较少。（中国大百科全书语言文字委员会，1988：300）

（18）巴布亚新几内亚史诗传统，是人类学家马林诺斯基在西太平洋特罗布里恩德岛做田野调查（1922）时看到的“库夸乃布”史诗表演，属于美拉尼西亚语族史诗传统。德国史诗学专家卡尔·赖希尔后来发现它与雅库特人的史诗演唱很相似。

（九）达罗毗荼语史诗系史诗传统

达罗毗荼语系又称南印度语系，主要分布于印度的东南部和斯里兰卡的北部地区，使用人口约1.3亿。该语系中，最重要的语言有泰米尔语、马拉雅拉姆语、坎纳达语、泰卢固语。这4种语言分别为印度泰米尔纳德邦、喀拉拉邦、卡纳塔克邦和安得拉邦的官方语言。（中国大百科全书语言文字委员会，1988：45）

泰米尔语史诗传统。比如，泰米尔人《西拉帕蒂卡拉姆》史诗。对于当代的口头传统也有人做过专门研究。K. 凯拉萨帕惕在1968出版的《泰米尔英雄史诗》一书中，专门探讨了泰米尔史诗的程式结构和主题。（弗里，2000：217）

五　田野调查中新发现与科学分类

从迷茫的田野调查到科学的田野调查必须依靠科学的史诗演唱分类体系。而这种史诗演唱分类体系是建立在相对完整而开放的分类指标的基础上的，这一点对于今后的世界史诗演唱体系的比较研究具有非常重要的意义。它也是帕里—洛德开创的通过田野调查来比较研究口头史诗方法的必然结果。

（一）田野调查与发现新史诗

有了科学的分类指标和系谱，我们的田野调查工作就有了方向，在田野调查工作中不会感到迷茫。我们去做有关史诗演唱传统的田野调查时，不能盲目地去调查某个口头史诗，而是科学地分类这首歌和讨论这首歌的具体性质。

以前，我们还没有建立这样的科学分类体系，所以在比较研究不同史诗演唱传统体系或田野调查中发现新的口头史诗时，我们就无法科学地完成田野调查，于是提出种种猜测和夸大其词的表述。比如，中国学者在发现苗族史诗《亚鲁王》时，就出现过种种猜测和夸大其词的表述。

所以，制定一种客观的参考指标和史诗演唱传统分类体系是一个很重要的工作。有了科学的、比较客观的史诗演唱传统分类体系，田野调查中发现新口头史诗时，就用这个分类体系作为指南，对其进行调查整理和深入分析。迷茫的田野调查变成科学的田野调查的一种有效的工具就是这种科学分类体系。

（二）分类史诗演唱体系的科学指标

世界史诗演唱传统的分类指标主要有史诗语言、史诗题名、程式化主题、典型场景和故事范型等五种指标。

我们在田野调查中发现一部口头史诗时，根据这些分类体系和指标来衡量它的类型特点和具体性质。上一节我们主要以语言指标为基础对全世界史诗演唱体系进行分类，同时还参考其他分类指标，这些分类指标本身是很重要的。下面简要介绍世界史诗演唱传统的五种指标。

1. 史诗语言指标

史诗演唱活动是通过具体的语言来完成的，而这种具体语言在形成史诗语言中起着独一无二的作用。歌手在史诗演唱中使用的语言基本上都是母语。

我们在田野调查中发现一首歌时，首先看看这首歌是用什么语言来完成史诗演唱的？歌手的母语是确定这首歌所用“史诗语言”的主要参考系。一般，这种歌手母语是完成该史诗演唱的史诗语言。歌手的母语自然属于不同的语言——包括蒙古语、藏语、印度语、斯里兰卡语等。

这些不同的语言都有自己的语系和语族。所以，我们根据这些歌手在史诗演唱中所使用的母语来划分史诗演唱的谱系是很可靠也很方便的方法。但是，这里史诗语言和歌手母语之间存在很多差异，史诗语言本身不是歌手使用的日常语言，该史诗语言的基础必须是歌手的母语。我们使用世界语言谱系表格来确定歌手的母语，然后确定该歌手的史诗语言及其史诗题名。

一般在田野调查中发现的一首新史诗所用的史诗语言属于哪一种语系，这首歌大体上就属于哪个语系史诗传统。所以，在我们划分史诗演唱传统谱系时，这是一个很重要的指标。

2. 史诗题名指标

我们根据这首歌所用的史诗语言的语言学语系属性来确定它属于哪个语系史诗演唱传统之后，进一步确定史诗题名传统。史诗题名虽然有很多变化并且起名具有随机性特点，但是一旦形成，它便成为一种比较稳定的口头传统，某歌手的史诗演唱实践是围绕着某一个或几个史诗题名来形成的。

所以，世界各地存在各种不同的“这首歌”，而这首歌也有自己独有的史诗题名传统。史诗题名传统是一种重要的识别史诗亲属关系的划分标准。很多地方的歌手都是以某一史诗题名为基础，来完成他自己的史诗演唱活动。所以地方之间地理距离虽然遥远，但这首口头史诗在不同地方的歌手中，传承的是相同的或相似的口头史诗传统。昭日格图、格日勒研究发现卫拉特蒙古人《汗青格勒》是这样的一部这首歌。

3. 程式化主题指标

朝戈金和弗里的论文《口头诗学五题：四大传统的比较研究》采用在田野中观察到的史诗演唱会中重复出现的口头程式、主题和故事范型等方法来讨论史诗传统的多样性特点。这是第一次根据田野调查材料来讨论口头史诗的多样特点。他们在对世界各地调查到的口头史诗材料进行比较时，发现这些史诗在传统的程式、主题和故事范型等方面存在很多不同的差异。实际上，程式在史诗演唱会体系的分类中也起着很重要的作用。

任何一个地方或语域的史诗传统，都拥有相同或相似的程式化主题。这些程式化主题是歌手以某节奏感为基础单位，然后以相同的该节奏感（步格）为条件，编造一种固定意义的口头叙事单位。这种口头叙事单位有很多相同或不同的形式在这首歌中重复出现。比如，蒙古人的史诗《江格尔》中经常出现一些宫殿主题、出征主题、装备主题，等等。它们都是一种程式化主题。

这些宫殿主题、出征主题、装备主题等在突厥史诗传统中也会出现，但是与《江格尔》史诗中的宫殿主题、出征主题、装备主题不一样。比如，在田野调查中发现一首歌时，我们不仅看它的史诗语言属性，还要看它的程式化主题。相同模块的史诗演唱传统中，存在很多类似的程式化主题（结构主义叙事诗学中所说的母题）。所以，它是寻找不同地方的口头史诗演唱传统之间的联系或亲属关系的很好工具。

4. 典型场景指标

典型场景是口头史诗中最容易接触到的部分，它就是我们一般说的“故事情节”，它是与程式无关的口头叙事单位。以前，大家用“母题”来概括这部分内容。虽然与母题相似，但也有很大的区别。

第一，典型场景不是泛泛叙事单位，而是这首歌中的一个口头叙事单位。以前把“母题”当成很多“这首歌”中的一个单位，而非当成这首歌整体中的一个口头单位。

第二，典型场景是这首歌的基本单位，而非固定的孤立单位。

第三，典型场景是动态的主题群，但与程式无关。我们在田野调查中发现一部这首歌时，必须把它的典型场景与另一个这首歌中的典型场景比较，从而进一步确定这首歌的具体属性。

在世界各地方这首歌的典型场景的比较中，我们可以发现这些口头史诗演唱传统中的亲属关系或接触传播关系。我们比较世界各地方的史诗演唱传统时，不仅要发现它们共同的形式特点，还要发现它们之间的亲属关系及其差异。

5. 故事范型指标

研究在田野调查中发现的这首歌时，我们不仅研究它们的程式化主题、典型场景；还要研究这首歌的故事范型与其他这首歌的故事范型之间的亲属关系。

这样，我们就充分地研究了这首歌的所有的属性和具体性质。当然，我们也可以研究这首歌的故事范型与其他艺术类口头传统——如与神话或民间故事的故事范型之间的关系。

确定故事范型的性质之后，剩下的就是这首歌本身。它是歌手通过史诗题名来标志和记住的口头表演单位。这种口头表演单位在不同的地区以相似的史诗题名、典型场景和故事范型来重复出现。

第十章

史诗曲调、学艺期与传奇歌手

一　史诗曲调

作为一种有意味的口头传统——史诗演唱也是通过节奏展开自己的故事。对这个特点，亚里士多德在他的《诗学》中做了最中肯的评价：“正如有人（有的凭技艺，有的靠实践）用色彩和形态模仿，展现许多事物的形象，而另一些人则借助声音来达到同样的目的一样，上文提及的艺术都凭借节奏、话语和音调进行模仿——或用其中的一种，或用一种以上的混合。……不过，人们通常把诗人一词附在格律名称之后，从而成作者为对句格诗人或史诗诗人——称其为诗人，不是因为他们是否用作品进行模仿，而是根据一个笼统的标志，即他们都使用了格律文。”（陈忠梅，1996：27）他于是明确地指出诗人是用有节奏的语言来模仿行动的人，而非仅仅是在使用有节奏的语言。洛德在他的《故事的歌手》中也提到：“对于诗人——歌手而言，故事是以歌的形式来讲述的。……我们知道故事本身必须有特别的形式，这种形式只有在以诗的形式来讲述它时它才存在。”（洛德，2004：143）

实际上，这种有节奏的语言形式就是口头程式。它是一种重复出现的某节奏单位，在史诗演唱的过程中形成一种语音节奏范式，而这种节奏范式与某主题结合就成为某一种口头程式。这种口头程式，不仅仅是一种节奏范式，还有旋律和调子。这些音乐要素就构成了这首歌的史诗曲调。歌手在每一次完成这首歌的史诗演唱时，都用一种或多种基本的史诗曲调。当然，歌手们还用一些插入的小调子或歌曲。比如，在这首歌的史诗演唱中出现不同的人物时，他们可能会使用不同的史诗曲调。歌手们有了这个史诗曲调，这首歌的史诗演唱才能活起来，从此就变成一种动听而富于表现力的一部口头史诗。

史诗曲调在歌手完成史诗演唱活动中占着非常重要的作用。没有史诗曲调，口头史诗就成为一种史诗朗读或诗歌朗诵。洛德说："如果他仅仅是从其前人那里学得一些词语和诗行，获得全套词语，把它们机械地堆到一起，成为必能改变的、固定的单元，那么，我以为，他永远也成不了一位歌手。他必须对于诗行的模式化有感觉，鉴于演唱的必要性，它会依照这些模式，学会调整自己所听到的和所要说的诗行。"（洛德，2004：50）这里讲的"演唱的必要性"说的就是歌手在史诗演唱中使用的史诗曲调。

在史诗演唱中，口头程式与史诗曲调是两个既有区别又有联系的基本概念。关于史诗演唱活动中的曲调与唱词关系藏族学者边多有个精辟的观点。他认为："如果说《格萨尔》的基本内容是该艺术的灵魂，那么音乐就是它的躯体或血肉，因此它们间存在着不可分割的关系。"（边多，2002）

欣赏一位歌手的史诗演唱表演片段时，我们会非常直观感受到史诗演唱的节奏、旋律和曲调等。尤其是史诗观众听一位歌手用陌生的异民族语言来表演某史诗演唱片段时，这些史诗歌手的史诗演唱就变成一种纯粹的声音美感和音乐旋律，而这些美感通过节奏、旋律和曲调来体现，它们都是某史诗演唱中的非词语要素。如果没有史诗曲调，歌手的口头表演就成为史诗朗诵，而非史诗演唱。史诗曲调与史诗演唱中故事范型一样，各地方都有自己独特的史诗曲调传承，但是相互之间差异比较少。因为它在史诗演唱中非常重要，它的变化也比较少。我们很容易看到具有地方特色的史诗曲调，而且一个地方史诗曲调传承大致相似，虽然，史诗歌手的个人特色不明显，但也有自己的风格。

当史诗歌手使用某一曲调的时候，可能具有自己的风格，而且这个风格有时候与年龄有关。比如年轻歌手，精力充沛，语速较快，而老一些的歌手使用某一调子的时候，可能缓慢而更稳健。史诗曲调本身不是表达人物的性格或性别，而是表达故事情节的变化——即主人公的行动变化的一种手段。瓦·海希西说："蒙古尔的格斯尔叙事作品也是有类似的形式。在讲唱的插入段中人们用代表角色个性和某些叙事主题特征的不同曲调演唱：有哀调、哭调，有的调专唱主人公的武装、出征，等等。"（谢·尤·涅克留多夫，161）在中国西藏格萨尔曲调也一样是主人公行动变化的表达工具。杨恩洪教授描述一位中国甘肃夏河一带的格萨尔歌手贡却才旦使用的曲调特色："久而久之，贡却才旦在夏河一带出了名。当时他可以完整地说唱15部。年轻时，他的嗓子特别好，会用各种曲调说唱，如珠姆的'古桑六变调'，乃琼的'百灵鸟六变调'，以及格萨尔的'英雄凶猛虎怒吼调'等曲调，至今他还记忆犹新。由于他掌握的曲调丰富，嗓子好，需要刚劲的地方，他就唱得高亢激越；需要柔顺处，便唱得委婉缠绵。感情真实投入，曲调的刚柔相济，使他的说唱具有鲜明的个性，受到夏河一带人们的欢迎。"（杨恩洪，1995：240）

二　民歌曲调与史诗曲调

史诗曲调是史诗演唱的主要组成部分。不管是异民族人还是当地人，对歌手的史诗演唱的曲调感知和对史诗演唱的直观认识都是开始于史诗节奏和史诗曲调。西藏著名格萨尔歌手桑珠回忆说："他认识《格萨尔》是从音乐上开始的，或许他根本不知道什么音乐形象，可当外祖父说唱的调子变得雄壮激昂时，他便知道是英雄格萨尔王要出征了；听到欢庆悠扬的曲调，他知道是格萨尔大王得胜凯旋了。小桑珠就这样随着音乐的起伏、跌宕而兴奋、激动。史诗惟妙惟肖的旋律构成了他唯一的音乐世界，《格萨尔》于不知不觉中在他小小的心灵里扎下了根。"（杨恩洪，1995：212）

目前，有很多搜集者和研究者记录了非常丰富的史诗故事文本。所以研究史诗演唱的故事范型相对方便，但是学者研究史诗曲调并不那么幸运，虽然有很多搜集者和研究者也记录了丰富多样的史诗曲调，但是它与史诗故事文本比较还是很不完整和系统。但是与史诗曲调的研究比较，对于民歌曲调的研究已经有一段历史，而且也有了较好的理论基础。

音乐家巴托克在1924年出版的名著《匈牙利民歌：试论匈牙利农民曲调的体系化》中对匈牙利的民歌曲调做了系统的分析。他指出匈牙利民歌中存在一种可以被称为"农民风格"的民歌曲调，它与城市风格不一样，但是受到它的影响。他说："总之，曲调若具有农民风格（许多相同结构的曲调+相同的结构唱词），那么，唱词专门去适应单首曲调的可能性就越小；估计曲调受城市（民间风格）艺术歌曲的影响越大，那么，词与曲之间有机结合在一起的程度就越高。"（巴托克，2004：120）这个

“农民风格”指的就是匈牙利亚民歌中的古老因素。他发现这是一种古老的五声音阶。这种曲调类型非常古老，而且很可能与东方的蒙古族民歌有关。这种曲调的结构形式在音乐学上被称为“五度结构”。他说：“在讨论古老风格究竟出自何处这一问题时，我们不妨考虑一下这种假定：其中显露的五声音阶难道没有一点儿亚洲血源？我认为不能排除其中的某种联系，甚至不能排除与鞑靼人和切雷米森人的五声音阶有共同渊源的可能。”（巴托克，2004：39）这一点表明，民歌曲调是一种非常稳固的口头传统，即使发生变化，经过很长时间的演变之后，我们还能辨认出它的起源和出处。

在史诗学研究中，史诗曲调研究是一个比较薄弱的环节。大家对世界各地歌手史诗演唱中的史诗曲调的比较研究相对较少。在中国史诗学中对于藏族史诗《格萨尔》曲调研究比较多。中国四川省《格萨尔》工作领导小组办公室 1988 年 10 月编印的内部资料《格萨尔曲调》和藏族学者扎西达杰写的《〈格萨尔〉说唱音乐研究——论曲调类型和音乐特点》（1989 年 11 月，油印本），都是中华人民共和国成立后早期的研究成果。他们主要介绍和讨论中国藏区各地《格萨尔》曲谱和曲调的特点。扎西达杰在他的《藏蒙〈格萨尔〉音乐比较研究》（扎西达杰，1995）一文中对蒙古人的《格斯尔》和藏族人的《格萨尔》的曲调特点做了比较研究。他发现：流传在内蒙古、外蒙、新疆、布里亚特等地区的《格斯尔》，除史诗内容外，从语言、曲调、演唱形式等方面很少受到藏族的影响，音乐上实属自己的创造。

西藏的史诗曲调形成似乎也受到民歌曲调的影响。西藏著名学者边多（2002）研究发现：在藏民族丰富多彩的民族民间音乐中，虽没有见到标题音乐作品，但以种种专用标题作为歌曲特定名称，并用它来说明歌曲旋律所包含内容的声乐作品非常多。比如，在《格萨尔》说唱音乐中将《大海盘绕古尔鲁曲》和《金刚古尔鲁曲》等唱腔都作为格萨尔王所特有的唱腔。（边多，2002）

所谓标题音乐（program music），是用文字、标题来展示情节性乐思（表现文学性内容）或通过模仿、象征、暗示等手段模拟自然音响（表现绘画性内容）的乐曲，产生于早期浪漫主义音乐。最早出现于 19 世纪西方音乐大师李斯特的作品中。这些音乐家作品的每个乐章有一个小标题，而这些标题就是为了提供或引导听众理解它们的内在含义。比如以贝多芬的《第六交响曲》《到达乡间而引起的快感》为第一乐章、《溪边景色》为第二乐章、《大雷雨》为第四乐章等。标题音乐是音乐与其他姊妹艺术有机结合的产物，音乐与文学、美术等非音乐因素相融合不但提高了音乐艺术的表现力，而且对演奏、欣赏等实践环节有积极的作用和影响。标题音乐与之相对应的是纯音乐，也称为绝对音乐或无标题音乐，17—18 世纪以前的作品大多为无标题音乐。

但是受西方近代音乐影响较少的西藏音乐中也存在类似于标题音乐的“标题化”传统。学者边多对此做过专门的研究。他发现：《格萨尔》说唱音乐就有这种与众不同的“标题化”传统，而且藏族《格萨尔》曲调中有很多曲调受到藏族民歌曲调的影响。

如以昌都民歌《美酒献给好头人》为例，它的曲调有如下特点：

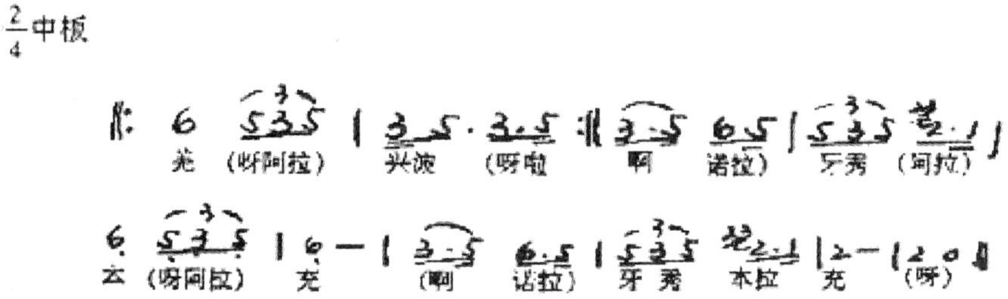

下面是一首《达岭大战》中一个名叫阿滚的牧羊人所唱的人物专用唱腔为《牧羊随风悦耳曲》，它的曲调特点如下：

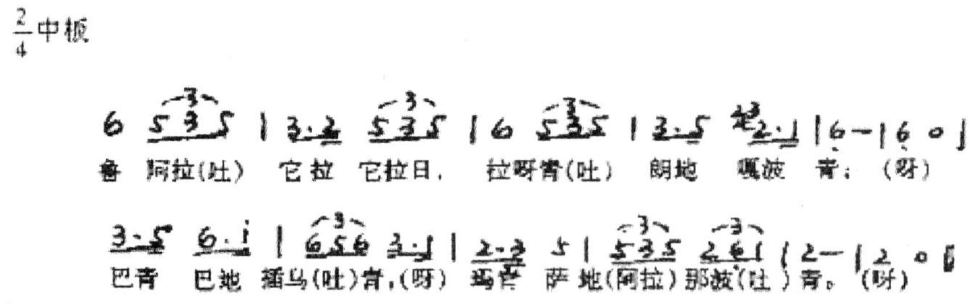

假如我们对以上两首歌曲的基本艺术风格、音阶旋律、调式调性和节奏形态等进行比较研究，从中能够清楚地认识到，这两部作品不仅有同一个地区的“姐妹”关系，而且还可看出它们在艺术实践中相互借鉴或吸

收的渊源关系。这两首歌曲虽然在结构形式上存在着较大的差异，如《美酒献给好头人》是八字一句，一句一首的较为原始的歌曲，而《牧羊随风悦耳曲》是八字一句，四句一首的结构趋于完整的唱腔。

边多还发现：这首民歌曲调之间的这种差别正好反映了它们是各自产生后，在历史发展过程中两者彼此吸收、借鉴而形成了现在这种情况。在音阶旋律和节奏形态等方面，它们也存在着共同特征，这一点是我们稍微做一些分析就能清晰可见，一目了然；特别是调式、调性方面，它们两者极其相似。在《格萨尔》说唱音乐的旋律中，诸如此类的情形比比皆是（边多，2002）。西北民族大学的李晓玲在论文“藏族史诗《格萨尔》音乐研究”中专门讨论《格萨尔》音乐的传承、音乐的唱词、唱腔的分类和唱腔的特点等（李晓玲，2005）。也有人运用数码音频波形分析法来分析藏族史诗《格萨尔》的一个诗章——《辛丹内江》的三大曲调中的频率变化、时间特性和音响动态特点。乔迁（2004）发现《辛丹内讧》的词曲并作的创作方法、重复原则、无高潮的音乐创作观念等特点。（乔迁，2004）

国外对格萨尔史诗的曲调研究比较早的学者是法国的 M. 艾尔费女士，1977 年她在巴黎出版了专著《〈藏族格萨尔王传·赛马篇〉歌曲研究》一书。该书分上、下两卷，共 573 页；上卷为翻译和注释，下卷则为歌曲研究部分。她是以研究《格萨尔》的诗句双音节词组构成为起点，再谈七音节诗句的构成，以及如何配以“专用曲调”、“套曲”、“通用调”等，引人深入理解（格萨尔）诗词和曲调特点。（王建民、黎阳，1995）

国内博特乐图和哈斯巴特尔合写的《蒙古族英雄史诗音乐研究》（2012）一书比较系统地研究了史诗音乐的历史形成、区域风格、音乐文本、唱词段落、乐器唱腔、抢救保护等问题。

三　史诗曲调的地方特色

歌手和听众一般都没有机会认真地听世界各地各种不同歌手的史诗演唱活动。他们只是喜欢、认同自己社区的歌手的史诗演唱传统。当然，这些观众有的听过的史诗曲目可能很多，也有的听过一两部史诗演唱曲目。这样，歌手在实际生活中面对的观众是单一的一个民族或族群的观众。他们习惯于听一种史诗演唱口头传统。当然，有一些民族和族群中存在非常丰富的史诗演唱口头传统，剧目非常多；但是在有的民族和族群中，史诗演唱口头传统剧目非常少；也有的社区根本就没有口头史诗传统。

中国汉族中从古代到现在几乎找不到比较典型的史诗传统。对此有两种看法。一种观点认为汉族没有史诗。黑格尔说："中国人是没有民族史诗的。"胡适也曾断言汉民族没有神话史诗。目前，还有很多在讨论汉族为什么没有史诗出现的问题。李小庆、高莉（2009）等认为被教化的神话和政治化的宗教导致汉族中没有史诗传统；在汉族文化中贫乏的战争形态与平庸的英雄形象而且早期的文字发明阻碍了诗性的思维和口头的传诵，于是导致了汉族史诗"缺位"现象。（李小庆、高莉，2009：116—117）

另一种观点认为汉族有史诗。1983 年 8 月编印的《神农架民间歌谣集》中作为"长篇神话历史叙事诗"收录的《黑暗传》就是汉族的神话史诗。（刘守华，2003）这部作品是湖北民间一个叫胡崇峻的人搜集整理并在近期被列入国家级非物质文化遗产保护名录。学者刘守华发现《黑暗传》的张忠臣藏本、刘定乡藏本与明代周游的《开辟演义》及署名钟惺编撰的《盘古至唐虞传》有着密切关联，其中关于佛祖差遣盘古来东土开天辟地的重要情节和一些关键词语即来自该小说。（刘守华，2012）

在中国西部的格萨尔史诗演唱传统的流传地区，藏族观众可能只听过格萨尔歌手们演唱的诗史《格萨尔》中某一部分或某几个部分。史诗《格萨尔》的史诗演唱传统是个宏篇的口头传统。歌手表演和观众欣赏的部分是这个宏篇口头传统中的一小部分。这些一部或几部分就是歌手口头表演的单元，也是观众有时间和机会观赏的单元，一般称章或部。我们从未听说过哪一位藏族观众有听过史诗《格萨尔》的全部史诗演唱。所以，章和部不仅是歌手口头表演的一种计算单位，也是观众欣赏口头史诗的接受单位。这个章和部在不同的民族当中有不同的称呼，但是功能都是一样的。

在某种意义上，史诗歌手自己是听自己的史诗演唱最多的听众。在不同的场合，不同的时间表演史诗演唱时，只有歌手才有机会听自己讲的这些口头表演的所有的章和部。忠实的史诗观众主要是自己社区的听众，当然学者和采集者也会成为歌手的忠实听众。这些观众中听过两种不同民族的史诗演唱传统的人很少，如果有这样的观众，那他就是研究者或搜集整理者，而非欣赏者和演唱者。所以，某一歌手的史诗演唱传统是很容易形成自己的地方特色的。这些地方特色主要体现在这首歌的史诗曲调和故事范型之上。因为这些都是在口头传统中非常直观也是非常综合的一种总体特征。

歌手是如何学会曲调并命名的呢？“一次，从甘孜来了一个叫空桑白姆的女艺人，布特尕跑去听她唱。当他听到她唱了一个从来没有听过的曲调时，便马上跑回家给外祖父学着唱，外祖父听了以后很高兴地说：‘这的确是个好听的曲子，我们就叫它空桑白姆调吧！’”（杨恩洪，1995：336）

很早柏拉图区分了个别诗人的吟诵和作为一个整体的（关于诗的）技艺。前者是一种盲目的行为，后者是一种技术；前者是一种单一具体的活动，后者是一门成熟的和含有包容规则的学问。接着，柏拉图推而广之，将是否掌握技术作为一条评价艺术的标准。（陈忠梅，1999：25）这个评价艺术的标准对我们现代人一样有效。所有史诗演唱的口头表演放在一起做统一的解释时，我们发现有一种普遍史诗学理论。这才是去讨论个别的学艺表演和口头表演的评价标准。对于个别的传奇歌手之学艺表演和口头表演的评价也是这样。

四　老师、学生与学艺期

全世界的所有口头史诗流传地区都存在一种比较固定的师傅和徒弟的传承关系。这种传承关系中，师傅的表演即史诗演唱活动很重要，是我们史诗学描述和分析的主要主题。这种为观众而表演的史诗演唱活动也为年轻人提供了学习史诗演唱技能的机会。所以，徒弟的学艺过程也是理论史诗学中的一个重要的研究领域。

但是有的史诗歌手，似乎“超越”了这种史诗演唱中的师徒传承关系，他似乎天生就具备一些天才能力。他能在较短的时间内学会史诗演唱的基本技能，并出色地表演自己的史诗演唱活动。这就是所谓的“传奇歌手”。在中国史诗学界经常用“神授艺人”来表达这些“传奇歌手”具备的所有特点。

在中国的史诗演唱传统中，存在大量的传奇歌手和他们的口头史诗表演传统。在藏族史诗《格萨尔》演唱传统中，有很多歌手不是通过常规的师傅和徒弟的传承关系中获得自己的史诗演唱能力，而是从一场生病的经历或做梦的梦境中获得启发，开始自己的史诗演唱。之后，他们有的到附近寺院的喇嘛那里才知道自己演唱的是《格萨尔》史诗演唱。当然，这种说法可能夸大了学艺的某一些环节和经历。因为这些孩子从小就生活在《格萨尔》史诗演唱传统浓郁的地方。他们的祖辈和附近的人中有很多是著名的格萨尔歌手。所以他们没有特定师傅引导和传授，在一次偶然的机会中突然获得了一种史诗演唱的能力。但是这种偶然的机会是以社区中史诗演唱传统为背景的。这些年轻人成为史诗歌手时，虽然没有到特定老师那里学习史诗演唱技能，但是整个社区中的氛围已经深深地感染了这位年轻人。所以，我们看不到从不说格萨尔史诗的社区中出现一位“传奇歌手”的案例。这反而证明了年轻歌手还是从社区中格萨尔史诗演唱传统中学到了什么。不管怎么样，中国是学者研究这种“传奇歌手”非常适合的地方。

史诗歌手的学艺期一般有两种形态：一种是通过师傅的亲自教导，年轻人就获得史诗演唱的初步能力；另一种是在没有师傅的教导下，歌手在11—13岁突然获得史诗演唱的能力。前者的学艺过程一种是通过师傅的严格的训练和教导下，逐渐地学习史诗演唱能力；而后者的学艺过程是经过偶然的梦境启示中获得一种史诗演唱能力，当然成为成熟歌手还需要长时间的磨炼。

在一个年轻人学习一种史诗演唱能力的过程中，师傅起着很重要的作用。师傅与徒弟之间的传承主要是通过师傅的教导和引导，年轻人才能完成自己的学艺过程。有些年轻人非常聪明，他们听一次或几次某一位著名歌手的史诗演唱的表演就能学会这首歌的口头表演能力。

这种师傅与徒弟传承关系及其学艺过程，很早就引起了人类学家研究和关注。人类学家乔健（1970）发现：师傅与徒弟的传承过程受到以下几个因素的影响：第一，决定学习某一种技艺；第二，开始学习的年龄；第三，师生的亲属与非亲属关系；第四，学艺的过程；第五，成为一名合格的诵唱者；第六，给师傅的付酬；第七，师生关系和义务；第八，学生进一步学习更多的祭祀仪式；第九，在后来的表演中形成个人风格差异。虽然萨满和歌手的表演很接近，但是在史诗演唱能力的传承和宗教仪轨的传承之间是存在一定的区别的。对此，乔健做了很好的陈述。他在论文《藏族的〈格萨尔〉史诗诵唱者与拿瓦侯族祭仪诵唱者的比较研究》中指出，拿瓦侯族祭仪诵唱的传承与藏族的《格萨尔》史诗诵唱传承之间存在相同的传承过程，但是存在一定的区别。他说："前者是超理性的，神秘的或神圣的；后者则是理性的，世俗的。我们不禁要问：所谓'神授'是不是真有其事？如果是，该如何解释？藏族与拿瓦侯在这方面究竟如何解释？如何比较？"（乔健，1996：112）

乔健比较研究藏族的《格萨尔》史诗诵唱者与拿瓦侯的祭仪诵唱者后，他总结出了它们的主要的区别（见表10—1）。

表10—1　拿瓦侯族祭仪诵唱与藏族《格萨尔》史诗传承过程的比较

拿瓦侯族祭仪诵唱	藏族《格萨尔》史诗
（1）有关知识的取得是通过理性的与世俗的努力	有关知识的取得是通过非理性的、神秘的或神圣的手段即所谓"梦境神"
（2）有固定的及正式的或制度化的师徒关系	无固定的及正式的或制度化的师徒关系
（3）重述获得的知识内容时不得任意更改	重述获得的知识内容时大的框架不可以改，但细节可随意增减

后者是超理性的、神秘的或神圣的；前者则是理性的、世俗的。最后他得出自己的基本结论："事实上，'梦境神授'在实际知识传承上的重要性被夸大了。笔者觉得'神授'的象征意义远大于它的实际作用。由于中肯的萨满本质，'梦境神授'最大的作用是使他把已获得的及以后会陆续获得的有关'格诗'的知识合法化，从此他（她）便可以'心安理得'地演唱了。而获取这些知识的实际有效的手段与途径仍然是世俗的。"（乔健，1996：112）

帕里—洛德也认为歌手的史诗演唱能力是世俗的、口头表演的一种能力。这个观点在《故事的歌手》一书第二章"歌手：表演与训练"中洛德讲得很清晰。他认为："对于口头诗人来说，创作的那一刻就是表演。在书面诗歌的情形中，创作与表演、阅读有一条鸿沟；在口头诗歌中，这一条鸿沟是并不存在，因为创作和表演是同一时刻的两个方面……一部口头诗歌不是为了表演，而是以表演的形式来创作的。"

（洛德，1960：17）

总之，在史诗歌手的口头表演中即使存在天才歌手和平庸歌手的区别，他们也都为传播和传承某地区的史诗演唱传统作出了自己独特的贡献。

五　传奇歌手的性质

最早研究传奇歌手的学者是柏拉图。他的《伊安篇》是西方诗学历史上第一篇广泛而完整地讨论史诗和史诗歌手的著作，其中也经常讨论诗人的特点。在《伊安篇》中，柏拉图明确地区分了个别的史诗演唱活动与普遍的理论分析。他说："伊安：这是什么原因，苏格拉底？……当别人，不管是谁，谈论任何其他诗人，我总是漠不关心，讲不出任何有见地的话语。说实话，我只能以打盹应付。然而，只要有人提及荷马，无论何时，我会顿然醒悟，聚精会神，常有许多要说的话语。苏格拉底：此谜不难解释，我的朋友。事实上，谁都明白，你之讲述《荷马》靠的不是技艺和知识。倘若你能凭借技艺讲授《荷马》，你便同样能够评说其他诗人。须知作为一个整体（toholon），诗是一种技艺——我说的对否（eou）?"（陈忠梅，1999：25）

柏拉图认为技艺是一种理论方法，而个别史诗演唱是艺术创造活动。他解释个别的史诗演唱活动本身是如何完成的问题时，说："所有出色的史诗诗人，他们之所以能讲诵动听的诗行，靠的不是技艺（ouk ek technes），而是因为受到神的摄受和感惑（all enthcoi ontes kai katechmc-nos）。同样，优秀的抒情诗人只能在神的催使下工作，像你一样……他们不凭借技艺吟诵，只是听凭神的驱怂（alla theiia dunamei）……神明夺走了心智，使他们成为自己的传声筒。"（陈忠梅，1999：29）柏拉图正确地认为：不是理论概念，而是神赋予激情是个别的史诗演唱本身的真正原因。

过了两千多年后，心理学家荣格也采用集体无意识本身喷发出来的激情来解释艺术家的艺术创造活动。荣格有一句名言："不是歌德创造了浮士德；而是浮士德创造了歌德。"在中国很多学者用荣格的集体无意识来解释《格萨尔》史诗演唱活动中神奇的驱动力。

很多格萨尔歌手认为，他们自己小时候的"梦境神授"或现在的梦境是自己史诗演唱本身的真正来源。他们认为自己的《格萨尔》的史诗演唱能力是神通过他们的梦境故事赐给他们的一种能力。所以这些歌手非常重视开始史诗演唱之前祈祷和供奉故事神，有的开始表演之前会点佛灯。这种开始仪式在很多地方的歌手的史诗演唱活动中都存在。

西藏本土的学者把藏族演唱史诗《格萨尔》传统的歌手一般分为神授说艺人、撰写艺人、圆光说艺人、吟诵艺人、闻知说艺人、传承说艺人、掘藏说艺人、唐卡说艺人，等等。这种分类最早来源于格萨尔歌手对于自己史诗演唱的一种分类知识。西藏那曲格萨尔歌手阿达尔认为："在仲肯中我是属于通仲一类。"他认为艺人可以分为三类，第一类是通仲（མཐོང་སྒྲུང་ 看得到的故事），第二类是巴仲（འབབ་སྒྲུང་ 降下的故事），第三类是洛仲（བསླབ་སྒྲུང་ 学到的故事）。其中巴仲是用嘴说格萨尔史诗，而通仲是歌手根据看到的画面说唱格萨尔史诗。洛仲是学习背会后说唱格萨尔史诗（杨恩洪，1995：184）。前两者类似于传奇歌手；后者类似于吟诵歌手。

角巴东主认为神授说艺人、撰写艺人、圆光说艺人、吟诵艺人、闻知说艺人、传承说艺人、掘藏说艺人、唐卡说艺人八种格萨尔歌手中，神授、撰写和圆光三种类型的艺人说唱史诗的本领具有神秘性，他们在说唱史诗时，均能得到神的启示，然后无师自通地说唱《格萨尔》。（角巴东主，2006）所以他们的学艺的路径与其他歌手有着很大的区别。而如吟诵、闻知、传承三种类型的《格萨尔》歌手是主要传播格萨尔史诗为任务的歌手。他们的主要目的是吟诵而不是创造全新的格萨尔故事。他们的主要目的是把已有的优秀的格萨尔故事一代一代地传承下去。当然，这种传奇歌手所创造的全新故事是他自己从未在其他歌手那里直接学习而创造出来的故事情节。它是相对于歌手自己来说的一个全新的故事，而不是别的什么非格萨尔故事。

所以，至少可以把演唱史诗《格萨尔》的藏族歌手分为两种：一种是传播歌手，比如吟诵、闻知、传承三种类型的歌手，他们是传播已有的格萨尔故事，是属于传播歌手；另一种是传奇歌手，他们是在表演中创造全新的格萨尔故事，比如神授、撰写和圆光三种类型的属于传奇歌手。叔本华认为："从个别看到普遍——这正是天才的根本特征。天才创作的作品并不出于某一目的或者人的主观随意，天才在创作作品时其实受着一种本能必然性的指引。人们所说的才思泉涌、灵光乍现、迷醉狂喜的瞬间等，其含义不是别的，而是当智力暂时获得了自由。"传奇歌手都是这种天才，他们都是从个别梦境中看到普遍，在这种天才的创造过程中受着“一种本能必然性的指引”。所以他与一般的传承歌手不同，他们是“才思泉涌、灵光乍现”的传奇歌手。

以前，我们关注的史诗歌手大多数是传播歌手，而不是传奇歌手。洛德（1960）发现：故事歌手在师徒传承中的学艺、表演训练的过程中有成长的特点。乔健（1963）研究美国印第安人拿瓦侯的诵歌传承方式时，发现了这种在师徒传承中的以很少变异的口头传播为特点的传播歌手。但是乔健在研究中没有注意洛德的研究成果。

随着世界各地田野调查的深入，我们又一次发现一种“神授艺人”现象。他们是以所谓“梦境神授”现象为共同的特征，创造出比较独立的史诗故事的一群歌手。他们相互是独立的构思和创造故事情节。但是他们使用的故事范型是类似的。这种梦境“神授”传承现象，实际上是一种天才歌手的表演中的口头创作活动。他们就像是叔本华说的那种“从个别看到普遍”的天才歌手。洛德曾经讲过：“一部特定的歌，在不同的人嘴里是不同的”，歌手是在口头表演中创作自己的故事情节，但是传播歌手不是，他们只要把优秀的史诗故事原样口头表演出来就可以了。

不仅现在，实际上古希腊时代，很多歌手也是传奇歌手。柏拉图曾说：“他在《法律篇》4.719C 几乎重复了《伊安篇》中表达的（某些）观点：当诗人坐上缪斯的三脚祭坛，顿时魂不附体（ouk emphron estin），像一口溪泉，喷涌出如注的水流。”（陈忠梅，1999：30）

六　思想与文本

史诗演唱中行动的人即主人公不仅有性格、形象，还有自己的思想。这种思想是通过真正男人的行动变化来体现的正义感。就像亚里士多德所说的人是政治的动物，类似真正男人是有正义感的男人。古代社会这种公民义务基本都是男人的事情。所以在社区中有正义感的男人也就成为所谓“真正男人”，他们不只是关注家庭和财富，更重要的是维护部落国家的正义。正是这个意义上说他是个“真正男人”。这种思想是口头史诗的基调。当然表达这种正义感可以使用史诗的诗性思维和政治哲学理性思维。

一般，大家认为哲学和诗歌是对立的或不同的思想形态。这种对立的观点是柏拉图通过苏格拉底这个角色来讨论并建立起来的，于是成为千古之谜：诗歌和哲学的古老争论。

伯纳德特（1997）认为与此相反可能也存在。智者出现之前，诗人本身也是智者。这样作为诗人的柏拉图和作为哲人的柏拉图之间的张力消失了。伯纳德特的老师施特劳斯晚年常常向他唠叨这种可能性（伯纳德特，2003：4）。后来伯纳德特真的写了一本书来专门讨论这个问题：在《奥德赛》中作为正义化身的主人公是如何行动的？他对此做了详细的解读。伯纳德特认为奥德赛回家的故事正好与苏格拉底从思考自然哲学问题转向正义政治学问题的第二次思想旅程对应。所以《奥德赛》是作为正义政治学的史诗故事。

那么，究竟什么是正义？荷马通过奥德赛回家旅程中的种种行动选择来回答这个问题。正义不只是井井有条的社会秩序，而是在很多意外的机遇中每一个人保持自己的、独立的、动态选择权。所以，奥德赛被困在洞穴中时，不是拔出利刃把刀子插进波吕斐摩斯的胸膛，这样他就无法逃出洞穴，因为他无法搬开堵在门口的那块巨石，只是一种复仇或本能。进入洞穴后奥德赛吃了波吕斐摩斯的奶酪并且向他说谎，不只是为了单纯地欺骗波吕斐摩斯，而是防止自己和同伴的生命受到独眼巨人的侵害。因为奥德赛进入洞穴时看到在洞穴中除了奶酪，还有血迹。于是奥德赛保持警惕，说了谎话。这一点和苏格拉底说的正义定义是相同的。这样，荷马通过奥德赛的行动变化的故事来处处讨论什么是正义的问题（伯纳德特，2003：88—80）。

那么，荷马如何通过《奥德赛》中的故事来体现正义的问题呢？柏拉图说这就是靠的模仿理论。陈忠梅研究指出："在《国家篇》10.596D—E 中里，柏拉图把艺术比作一面镜子。倘若有人用镜子扫描世界，他便可毫不费力地照映，或根据对原文字面理解，'产生'（poieseis）出太阳、星星、大地，以及人、动物、工具、植物和别的（或'一切'）事物。显然，这是一种制作形象（或影像）而不是实物的活动。"（陈忠梅，1999：61）柏拉图认为画家是这样的模仿者。所以他说："这一区分亦同样适用于悲剧的制作者，倘若他是模仿者（mirnetes esti），两度离异于王者与真理（apo basileoskairen alethias pephukos），和其他模仿者一样（pantes hoi alloi mimetai）。"（陈忠梅，1999：62）

所以，荷马通过奥德赛的流浪和选择来模仿一种关于正义的政治学思想。这样史诗《奥德赛》故事中的奥德赛的思想就是一种正义政治学思想。这里只是神创造的“正义世界”再次“产生”诗歌中的“正义世界”，这样诗歌就不如原来的“实物的活动”真实。所以柏拉图认为诗歌不如政治学那么真实。他说：“这一区分亦同样适用于悲剧的制作者，倘若他是模仿者（mirnetes esti），两度离异于王者与真理（apo basileoskairen alethias pephukos），和其他模仿者一样（pantes hoi alloi mimetai）。”（陈忠梅，1999：62）这就是柏拉图的模仿理论，后来亚里士多德提出诗歌的正义和哲学的正义是一样真实的观点，多少纠正了柏拉图的这个错误。

柏拉图认为荷马史诗和悲剧都是对王者之真理行动的模仿。作为王者和正义行动的思想通过模仿成为了诗歌故事。但是这种模仿与口头述诵结合才成为史诗演唱。这一点与戏剧和酒神颂不一样。所以，柏拉图在《国家篇》中说：“有一类诗歌和故事完全凭借模仿展开，那就是悲剧和戏剧。另一类借用诗人的述诵，它们的最佳典型我想应是酒神颂。还有一类兼用二者，比如在史诗和其他类似的情境中。”（陈忠梅，1999：66）

史诗歌手通过吟诵把某正义思想变换成一部口头史诗及其史诗演唱。当代的口头程式理论主要研究史诗演唱的吟诵与模仿的一面；而古典语文学更侧重于研究史诗演唱的思想和修辞一面。

总之，古典语文学与口头程式之间存在天然的联系。我们研究和描述某一口头史诗时，必须要善于将这两者结合起来讨论它们。

第十一章

地域分布、书写文本与口头表演

一　流传区域与地域分布特点

史诗演唱活动是歌手个人的口头表演。它与长调民歌的口头表演有很大区别。如果打个比喻，史诗歌手基本上属狮子，而民歌歌手就是猴子。各种这首歌通过老师和学生之间口耳相传的传承关系形成了一个流传区域。这样世界各地就会出现一定的地域分布和口头史诗组合特点。这种流传区域与地域分布又反过来影响和塑造年青一代的史诗歌手的学艺和风格。在同一个流传区域流传着不同的史诗作品，于是很容易形成一种比较固定的史诗组合分布；这种史诗组合形成的复杂聚落，包括很多不同的剧目的口头史诗。蒙古族史诗和哈萨克族史诗都是这样的一种复杂聚落。但是有一些地方的口头史诗，剧目比较单一，主要是以一个口头史诗剧目为核心，形成单一史诗聚落。中国西藏和柯尔克孜族的口头史诗就是这样的史诗聚落。同样，相同的口头史诗在不同地方必然形成不同的地域分布。

20 世纪初开始，芬兰学者对各种民间故事的地域分布进行过专门的研究。他们发现：每一个民间故事都是由一个地方流传到另一个地方，同时由简明的形式向繁细的方向演化。1907 年，芬兰学者卡尔·克伦（K. Krohn）同瑞典学者卡尔·西多夫（K. Sydow）、丹麦学者阿克塞尔·奥利克（A. Olrik）在赫尔辛基组建和组织了国际民间文学工作者协会“Folklore Fellows”（FF），1909 年开始创办不定期的机关刊物《民间文学工作者协会通报》（*Folklore Fellows Communications*），他们认为协会的重要任务之一就在于广泛地、详尽地研究这些故事情节最初的发祥地及其流传的地理途径。

1910 年《民间文学工作者协会通报》（FFC）第 3 期出版了芬兰学派

的主要代表者之一、后来成为芬兰科学院院士、赫尔辛基大学教授的安蒂·阿马图斯·阿尔奈（Antti Aarne，1867—1925）的《故事类型索引》一书。阿尔奈的索引问世之后，他本人以及他的同事很快便十分强烈地感受到，在他的索引中民间故事的情节类型遗漏较多，有必要在新材料的基础上予以补充。

在短短的十余年间，仅阿尔奈本人在 FFC 的刊物上就芬兰等地的民间故事资料做过多次重大的增补，如《民间文学工作者协会通报》（FFC）第 5 期（1911）、第 8 期（1912）、第 33 期（1920）等。但是阿尔奈索引主要以芬兰民间故事资料为基础，充其量可以概括北欧国家的一般情况。尽管他在增补的过程中力图把自己的视野扩大到欧洲，但事实上他并没有实现这种愿望，欧洲南部和西部许多民族的民间故事，包括印度、中国在内的亚洲各国的民间故事都没有被包括进去，更不用说美洲、非洲、大洋洲各民族的民间故事了。针对这一情况，美国著名民间文艺学者、印第安纳州立大学教授斯蒂斯·汤普森（Stith Thompson，1885—1976）在 1926—1927 年，在芬兰学派创始人卡尔·克伦的指导下，进行了大量细致的研究工作，对阿尔奈的索引做了重要的补充和修订，并于 1928 年出版了英文版的《民间故事类型索引》。（刘魁立，1982）但是大家对于史诗演唱的分布做系统研究的比较少，学者们做了一些初步的研究，只是对某一部史诗的地理分布或某一个地区的各种史诗分布做了粗略的描述。

二　这首歌的流传区域

某一部史诗的地域分布是史诗分布中的重要形式之一。某一部集群史诗或单篇史诗分布于一定的地理空间之中，从而形成不同的特性。某一部史诗的地域分布的典型案例是《玛纳斯》的地域分布。柯尔克孜族（或吉尔吉斯）《玛纳斯》流传的地区很广。在中国新疆维吾尔自治区柯尔克孜聚居区以外，吉尔吉斯斯坦、哈萨克斯坦、乌兹别克斯坦、阿富汗等国也有《玛纳斯》流传。目前，所搜集发现的变体中，最有影响的要属中国著名“玛纳斯奇”（演唱《玛纳斯》的歌手）居素甫·玛玛依演唱的变体，艾什玛特·玛木别特、铁木尔·吐尔是演唱的变体以及吉尔吉斯斯坦的著名“玛纳斯奇”萨额木拜·奥诺孜和萨雅克·卡拉拉耶夫的变体。

与《玛纳斯》的扩散性分布不同，《格萨尔》的流传地域呈现东西走廊型分布，它也是一个非常好的案例。从西藏社会科学院绘制的西藏《格萨尔》演唱艺人的分布图看到，在北部的唐古拉山脉到南部的念青唐古拉山脉之间的游牧走廊上（再向西延伸就是昆仑山脉和冈底斯山脉之间），广泛地分布着演唱《格萨尔》史诗的民间艺人（李连荣，2005）。

目前，据说能够完整演唱10部以上的民间艺人有40多位，其中能够演唱40部以上的著名民间艺人基本上来自昌都边坝县（扎巴）、丁青县（桑珠）和那曲索县（玉梅、曲扎）等地，这正是董东氏族从古至今最为活跃的地区。

李连荣（2002）在进入藏族主要居住区进行西藏调查、了解史诗《格萨尔》的抢救和搜集情况时，再次发现藏区的农牧业分布与《格萨尔》的地理分布有着对应关系。西藏的南北农牧业生产生活模式有明显差异，藏区主要以北纬30°为界，即北部藏区是以牧业为主的生产生活模式，而南部藏区则是以农业为主兼顾林业的生产生活模式。

李连荣发现：《格萨尔》史诗也只流传和分布在北部地带，特别是现今的昌都、那曲和阿里三个行政区。他认为："西藏的演唱传统中史诗具有北方游牧文化的典型特征，乃至于这种以北方民歌为基础形成的演唱传统，由于民族心律或文化特征的差异，在史诗向南部传播途中受到限制，无法在南部的田野上广泛普及，只能以其内容在南部悄悄地滋长，因而在传播形式上发生了变化。"（李连荣，2005）但是和《玛纳斯》《格萨尔》比较，《江格尔》的流传地域和地理分布呈现一种散落型的地理分布。目前，史诗《江格尔》在中国、俄罗斯、蒙古国等国有多重手抄文本、口传文本，还找到了正式出版的托忒文本、蒙古国新文字文本、图瓦文本、阿尔泰语文本等各种书写文本（贾木查，2007）。

三　史诗聚落的地理分布

比较蒙古史诗和西藏史诗时我们发现一个明显的特点：西藏史诗是一种单一史诗聚落；而蒙古史诗是一种多样史诗聚落。在西藏、青海流传的格萨尔史诗没有配套的其他史诗演唱种类；但是在蒙古高原流传的史诗演唱种类繁多，变异丰富；大约由500—800种史诗种类构成一个巨大史诗聚落。我们只看中国境内的蒙古史诗分布就发现，有三个流传区域，涵盖几百种史诗种类。比如，有蒙古史诗《格斯尔》、《江格尔》、《汗青格勒》《汗哈让贵》等诸多蒙古史诗和其他许多短小史诗构成一个巨大而多样的史诗聚落。但是在西藏、青海的藏族史诗《格萨尔》流传地区，没有其他种类的史诗，只有单一的格萨尔史诗的变异史诗构成一个单一的史诗聚落。

1966年，苏联学者B. Y. 符拉基米尔佐夫在其《蒙古卫拉特英雄史诗》一书中指出，蒙古英雄史诗有三大中心，即伊尔库茨克和贝加尔湖附近的布里亚特、伏尔加河的卡尔梅克（包括18世纪从俄罗斯迁徙到准噶尔、天山的卡尔梅克）和西蒙古卫拉特（包括与突厥部落有血缘关系的蒙古部落）。随后，蒙古国院士伯·仁钦通过调查分析得出蒙古英雄史诗除了上述三个流传中心以外有第四个流传中心，即喀尔喀中心。

中国学者仁钦道尔吉（2007）在把全世界蒙古史诗分布分为布里亚特体系、卫拉特体系和巴尔虎—喀尔喀体系三大传统的基础上形成七大模块体系，即俄罗斯布里亚特英雄史诗、俄国卡尔梅克英雄史诗、中国新疆卫拉特英雄史诗、蒙古国西部蒙古卫拉特英雄史诗、蒙古喀尔喀英雄史诗、中国巴尔虎英雄史诗和中国扎鲁特—科尔沁英雄史诗，等等。在中国就有巴尔虎史诗体系、卫拉特史诗体系、扎鲁特—科尔沁史诗三种体系。

中亚史诗是研究的比较早的一种领域。德国学者卡尔·赖希尔的田野调查和研究发现：中亚史诗的地理分布存在一种中心传统，这种中心传统包括乌兹别克族（维吾尔族）史诗传统、哈萨克族史诗传统、吉尔吉斯族（柯尔克孜族）史诗传统和卡拉卡尔帕克史诗传统四大模块。除了这个中心传统之外，还在阿尔泰人、图瓦人、土库曼人、土耳其阿塞拜疆等地方也流传的大量的史诗传统。（卡尔·赖希尔，2011：6，95）中亚史诗聚落的地理分布与蒙古史诗聚落的地理分布非常相似，都是一种多样的史诗聚落分布。

四　书写文本与口头表演的循环圈

世界各地的这首歌——要么是以文本为中心（text-centered）再生产着自己，要么是以口头表演为中心（performance-centered）再生产着自己，但它们不是以分开的方式再生产自己的史诗传统，而是以相互复制和相互循环的方式再生成着自己的史诗传统。其中有一些朝圣者、商队和远征者也促进了史诗传统的交叉传播和迁移传播。

我们把文本史诗、口头史诗放在一起就会发现一种复杂的交叉循环的特点。这里各种不同的这首歌的分布不仅与部落生活有关系，还与人口流动有着非常密切的关系。这种复杂分布中抄写本形成、流传和口头表演形式流传之间形成一种循环体系，而且这个相对封闭的书写——口头循环传统不断地再生成自己。

史诗演唱中口头传统和书写传统之间既有联系，也有区别。帕里和洛德发现，文本史诗与口头史诗之间是分开的两个传统，但是后来弗里发现，两者并不是简单的对立的关系，而是一种连续的谱系关系。他说："我们现在知道在同一文化或社区中，书面的东西完全可以与口头传统并肩而立，而且地道的文化人也可以从事口头的创作活动。"（弗里，1997）

我们在田野调查中也看到，"在同一部落或史诗模块中"的这首歌文本史诗与口头史诗构成为一种循环的再生成力量。在各地方史诗演唱传统中始终存在这种循环的再生成力量。降边嘉措（2007）发现《格萨尔》的口头传统和书写传统两者之间有明显的差异。他比较以岭仓土司木刻本《天界篇》与扎巴老人说唱本《天界篇》时存在以下六种较大的差异：

第一，《格萨尔》故事产生的年代有差异。木刻版格萨尔明确指出是在"法王祖孙三代"之后，即公元 9 世纪之后。而扎巴老人说唱本《天界篇》（以下简称"说唱本"）里，对产生年代的叙述比较模糊。

第二，格萨尔诞生的社会原因不同。木刻本里开篇就说"时处五浊恶世，众生横野，罪孽深重，难用因乘显教使其解脱，难用果乘密教令其成熟"为原因；而说唱本里则说"美丽的南瞻部洲，变成了妖魔横行的场所，由于赃物被投入大海，大地的元气受到损伤"。

第三，格萨尔的使命不同。木刻本说：观世音菩萨见百姓遭受苦难，心中不忍，发大悲悯，遂向西方极乐世界怙主阿弥陀佛祷告，于是神子在天界诞生。在扎巴老人的说唱本里，大梵天王说："我的 15 个神子中，有一个叫布托噶布，他早上是镇压妖魔的屠夫"，"无量光佛便将布托噶布召来"，对他说："你早上是镇压妖魔的屠夫，晚上是超度众生的上师。应该由你去担此重任。"

第四，艺术结构上存在差异。木刻本把莲花生大师放在十分突出的地位，让他来贯穿全书。而说唱本强调万物有灵观。

第五，主题思想不同。说唱本受佛教的影响要小一些，而经过僧侣文人整理加工的手抄本和木刻本，则有着浓厚的佛教的影响。

第六，语言上存在区别。木刻本增加了许多书面语的成分，尤其是宗教术语；而说唱本史诗的语言，通俗易懂，朗朗上口，生动流畅，非常优美。（降边嘉措，1997）

但是它们都在延续和再生成着藏族的格萨尔演唱传统。这里这首歌——史诗《格萨尔》的书写文本与口头表演构成一种地域性的循环圈，从此不断地循环、不断地再生成自己。

在蒙古史诗的地方传承中我们也发现这种循环圈。蒙古史诗《汗哈冉贵》是流传在中国、俄罗斯、蒙古国三国卫拉特蒙古人中的一部口头史诗。《汗哈冉贵》在蒙古史诗演唱传统中占着非常重要的地位。甚至有的学者认为“蒙古史诗从汗哈冉贵中演化而来”，它有史诗之王的美称。（热·娜仁托娅，2004：5）

这首歌也是通过口头表演与书写文本（抄本）两种形式不断的循环中再生成自己。丹布尔加甫（2006）编著出版的《汗哈冉贵——卫拉特英雄史诗文本及校注》收入了史诗《汗哈冉贵》的比较完整的变异文本。作者从蒙古国境内已经搜集了该史诗的18部长诗，从俄罗斯联邦图瓦共和国、布里亚特共和国也搜集了2篇手抄本。他还从中国新疆的蒙古族人中搜集到了《汗哈冉贵》原始文本10篇。（旦布尔加甫，2006）

蒙古国女学者热·娜仁托娅把《汗哈冉贵》口头或书写的文本分为喀尔喀、巴依特、乌梁海三种变体类型。她根据蒙古国学者们收集到的《汗哈冉贵》和其他国家公开发表的《汗哈冉贵》的各种变异文本，讨论蒙古史诗的各种口头和书写的文本变异及其对应循环关系。（热·娜仁托娅，2004：3）下面是热·娜仁托娅对于《汗哈冉贵》口头或书写对应关系即循环圈形式构成的史诗聚落的地域再生产特点的描叙。

第一，喀尔喀部族中流传的诸文本特点。

在蒙古国喀尔喀部族中仍然保留《汗哈冉贵》口头传统和书写传统。比如，阿茹杭盖省的尼玛·道尔吉苏荣、丹巴·班孜热格其；巴彦洪谷尔省的毕马巴·哈斯、明刚；戈壁阿拉泰省格仓桑吉；拖布省格纳加布、郝步图省的勒·龚古尔等史诗歌手演唱的《汗哈冉贵》主要讲授英雄汗哈冉贵为了娶亲而远征并在三次比赛中获胜，之后与他未婚妻成婚回家的故事。

这些歌手演唱的《汗哈冉贵》都是口头史诗。但是有一位叫热道布青·桑布的歌手说他在“十六七岁时，从乌力吉胡杜阁·东德布那里看着书写文本学习了这部史诗”（热·娜仁托娅，2004：24）。

第二，巴衣德—土尔扈特部族中流传的诸文本特点。

在蒙古国巴衣德—土尔扈特部族中流传的《汗哈冉贵》比较长，具有集群史诗的特点。比如，奥布苏省玛·帕尔钦、斯宗堆、祁隆·哈尔奇哈、巴格莱、哈拉·金赞马拉、任青·拉哈巴、查嘎岱·赵杜卜等歌手都会演唱《汗哈冉贵》史诗。

奥布苏省热·拉哈巴演唱的《汗哈冉贵》一共七诗章。蒙古国学者扎·楚鲁1968年搜集到了这个珍贵的口头文本，他们当中也有诸多的书写文本。

第三，乌梁海—土尔扈特部族中流传的诸文本特点。

郝步图省的乌梁海—土尔扈特人哈姆把·察汗、巴日古勒、斯·乔素荣等歌手曾经都有演唱《汗哈冉贵》的消息记录。可是现在在蒙古国的乌梁海—土尔扈特部族中没有演唱《汗哈冉贵》的人的田野报道。但是与他们接壤的中国新疆的土尔扈特、厄鲁特中有很多田野调查的报道。

中国社会科学院民族文学研究所的巴·旦布尔加甫研究员在新疆田野调查中收集到《汗哈冉贵》原始文本10篇。这些文本中编辑完整的是土尔扈特部族歌手扎巴·朱乃演唱的《汗哈冉贵》的文本。其余的文本中《哈日阿让格》以散文故事形态流传着（热·娜仁托娅，2004：1—56）。

总之，这三种史诗文本都在喀尔喀、巴依特、乌梁海等部族的迁徙与流动之中得以保持了自己的文本传承。

五　流浪歌手

史诗文本的传播不仅在部族的迁徙与流动中得以保持文本传承，而且与朝圣者、商队和远征者的流动有关。此外，还有一些史诗的传播和变异与流浪歌手有关。青海著名的史诗歌手才让旺堆是一名流浪歌手，也是一名神授歌手。1991年国家民委、文化部、中国社科院、中国文联四部委授予他“格萨尔说唱家”的称号。据说才让旺堆经历了一场梦境后，就开始说唱《格萨尔》的故事。他目不识丁，是一位神奇的《格萨尔》神授歌手。

歌手才让旺堆的原籍在西藏那曲地区安多县，全家11口人，他是9个孩子中最小的一个。在他8岁那年，一伙强盗突然闯进他的家乡，肆意抢劫，赶走了他们的牲畜。他的父亲和他的大哥奋起反击，却丧了性命。从此家破人亡，幸存者各奔生路，只剩下年老的母亲和生活不能自立的才让旺堆。更不幸的是，第二年，老母亲终因饥饿病患交相摧残离开了人世，9岁的小才让旺堆成了孤儿。极度痛苦中，他想起了母亲的遗言：“我死后，你要到冈底斯等藏区的名胜古迹去朝拜，祈求神佛、三宝指明一条生路。”于是，他毅然离开故土，开始了流浪生涯。几年时间里，他的足迹踏遍拉萨、日喀则、山南、昌都、江孜、阿里等地。他一边讨饭一边四处云游，最后，到达冈底斯。面对这座圣洁的雪山，他满怀虔诚地向它叩拜，并围绕它转了13圈。

据说，他13岁那年，云游至念青唐古拉和纳木错湖畔。在湖边看到一处从石崖飞泻的瀑布，他便情不自禁解衣洗浴。浴毕后和几个朋友闲聊至晚。就在此时，他忽然看到纳木错湖中，显出一位身披盔甲的武士，坐一匹赤红马，在七彩虹的簇拥下来到他身边，围着他转了3圈后，隐入念青唐古拉雪山。事后他连续7天昏迷不醒，等他慢慢苏醒过来后，觉得好像做了许多梦：梦里有千军万马鏖战沙场，英勇善战的武士舞刀弄棒，还有花容月貌的美女端茶敬酒等情景，他自己也觉得很奇怪。

更令人奇怪的是，通过这些离奇的梦，他变得口若悬河，经常滔滔不绝地述说着从来没有人听过的美妙故事，他周围的朋友们十分诧异，把他送进了附近一座寺庙，将这件事的原委清楚地讲给寺主听。这位寺主让他当场又说了一遍，经过仔细听辨后，寺主说，这不是鬼使神差，才让旺堆叙说的是岭·格萨尔王降伏四方妖魔的历史。这是因为他得到了岭·格萨尔王的保佑。他是岭国30员大将中尕德却江外乃亥的转世肉身，在场的群众听了无不叩首礼拜。而后，他与朋友们经过长途跋涉，又来到了黑河安多县，此时他已名震四方。当地群众无人不知他的离奇经历。

才让旺堆在寺院里住了一年之久，完整地将《格萨尔王传》中的《卡切玉宗》说唱了一遍，后来由三个僧人整理成文，留存在寺院。

从此他身背说唱道具、弓箭、“仲夏”等四处云游，一路吟唱《格萨尔王传》。他还在民间传统的赛马会、婚宴、法会上说唱《格萨尔》，赢得了“仲周加热”（穿羊皮袍的小艺人）的美誉。

西藏和平解放后的1957年，他成了家立了业，举家迁到青海省小唐古拉地区安家，从此结束了流浪生活。以后，他悠扬的歌声便传遍了唐古拉的山山水水。

目前，他已说唱录制了《阿达鹿宗》、《陀岭大战》、《犀岭大战》、《吉祥五祝福》等11部，其中《陀岭大战》和《吉祥五祝福》已正式出版，其余被记录成文字。据他自报能说120部《格萨尔》分部本。他说唱的部本，内容丰富，语言优美，具有整理出版价值（角巴东主，2013）。

第十二章

史诗的听众、认同与文物

一 史诗观众

史诗歌手如何工作的问题是从柏拉图到洛德的西方学者研究的基本问题。但是一般很少提到史诗听众是如何欣赏史诗演唱的问题。当然，说完全没有提到史诗听众欣赏史诗演唱，那也不是公道话。实际上，史诗歌手如何工作的问题是以史诗听众如何欣赏史诗演唱的问题为前提的。

亚里士多德在《诗学》第 13 章中提到："在组织情节时，诗人应该追求什么，避免什么，以及应该怎么样使悲剧产生它的功效。……悲剧不应表现好人由顺达之境转入败逆之境，因为这既不能引发恐惧，亦不能引发怜悯，倒是会使人产生反感。"（陈忠梅，1996：97）亚里士多德说的这种反感的人，应该是戏剧听众。与此同时，他还区别了悲剧的听众与史诗的听众，提出了"观众的软弱"观点。他说："奥德赛那样包容两条发展线索，到头来好人和坏人分别受到赏惩的结构。由于观众的软弱，此类结构才被当成第一位的；而诗人则被观众的喜恶所左右，为迎合后者的意愿而写作。但是，这不是悲剧所提供的快感——此种快感更像是戏剧式的。"（陈忠梅，1996：98）

亚里士多德认为史诗和戏剧的观众一般有两种：一种是喜欢喜剧快感的观众；另一种是喜欢悲剧快感的观众。所以诗人要明确地区别自己作品的第一位的结构和第二位的结构。如果诗人只是为了迎合喜欢喜剧快感的观众的意愿而写作，对于他来说可能是一种损失。

在史诗演唱的田野调查中我们发现口头史诗的听众一般都是喜欢喜剧快感的观众。它不像古希腊悲剧或莎士比亚悲剧那样让观众产生巨大的怜悯和恐惧。古巴比伦史诗《吉尔伽美什》讲述了英雄吉尔伽美什这位半人半神的国王与神灵和死亡做斗争的各种神奇的冒险经历。他为了获得永生而来到地府，寻找由神灵赐予的永生的生命草。但是种种努力都失败了，最后他明白人不可能永生。这明显带有悲剧特色。

史诗观众一般都是歌手生活的社区的常住居民和部分外地游客。在该社区都流传着一些史诗演唱传统，而且这些观众或多或少地知道一些史诗演唱剧目和片断。歌手是这些观众中最优秀的史诗演唱者。这样史诗流传区域很多，从而形成很多不同的地理分布区。这些不同的流传区域都有自己的史诗观众，他们都喜欢听关于英雄的故事。这些英雄的故事以韵文和散文两种形式存在。史诗观众就是英雄迷。他们好比现代社会的球迷、影迷一样喜欢某一英雄故事。

1968 年春天，格萨尔歌手才让旺堆从青海海西藏族自治州大柴旦回到了唐古拉乡，后来他又当了生产队小队长。“那以后不久，他又在群众中悄悄地说唱了。当夜晚闲来无事的牧民们三五成群地来到他家，再三请求他说上几段时，他长时间憋闷在心中的格萨尔故事终于冲出了紧闭的嘴巴，像开了闸的洪水般倾泻而出。他有求必应，人们爱听什么，点什么，他就说唱什么。当地牧民最喜欢听描述战争的章部，因为格萨尔每赢得一次战争的胜利，就可以取回财宝，而听一次取回财宝的说唱都被人们认为是吉祥、会带来财运的征兆。在那许许多多的征战章部中，他们最爱听的是《大食财宗》，此外，《托岭之战》、《阿达鹿宗》等亦是人们百听不厌的。”（杨恩洪，1995：199）

在社区观众里歌手表演自己的史诗演唱剧目时都会有一些重点。歌手可能把某一些史诗故事讲得多一些，而另一些史诗故事讲得少一些。只有采访和录制时歌手才全面讲授自己所知道的所有的史诗故事。比如，“1961 年，居素甫·玛码依看到政府派出专人开展对史诗的搜集、记录、翻译工作，十分激动，第一次为搜集人员演唱《玛纳斯》时，就滔滔不绝地唱了 6 个月时间，把史诗前五部的内容唱完了。史诗五部的具体规模为：第一部《玛纳斯》38000 行；第二部《赛麦台》27000 行；第三部《赛依铁克》18360 行；第四部《凯耐尼木》16000 行；第五部《赛依特》2800 行。”（阿地里·居玛吐尔地，2006：92）

二　听众邀请歌手的理由

一般，听众会邀请某一位歌手到家里来表演史诗演唱。当然路过某一家或社区开会时歌手也会被邀请表演史诗演唱。社区观众邀请史诗歌手的理由很多。在世界各地都有自己邀请歌手的理由和独特的习俗。有一些地方为了风调雨顺邀请史诗歌手完成史诗演唱，有的地方为了娱乐高兴而邀请史诗歌手，还有些地方为了祭祀祖先而邀请史诗歌手。在一个社区中可能这些理由都同时存在，所以人们会根据具体需求而邀请歌手表演他的史诗演唱剧目和诗章。当然，学艺期的年轻歌手可以在老师和家人面前练习表演史诗演唱，就不用特别邀请他，只是请他表演史诗演唱就可以了。总之，我们可以把听众的邀请理由分为七种类型。

（一）为治病消灾而邀请歌手

直到20世纪中叶，蒙古族歌手演唱《格斯尔》往往是为了消除牲畜病灾。20世纪30年代，据说德国学者瓦·海希西，有一次在内蒙古库伦旗实地考察时，借阅当地某先生的《格斯尔》，而他还没有读完，书的主人就把书要回去了，原因是牛群遭病害了。后来瓦·海希西教授不无幽默地写道："他们拿走了《格斯尔》，库伦旗的牛病大概都治好了吧。"哈萨克族的歌手（巴克思）不仅会唱求雨治病的巴克思歌，而且也是哈萨克族民间文学的说唱艺人，是古老民间文学作品的创作者和传承者。（黄中祥，2005）在中国南方的壮族巫师给人看病时，要唱史诗《布洛陀》，以达到驱邪治病的目的。在中国北方的柯尔克孜人民心中，史诗演唱者会治病、通占卜术。

（二）为风调雨顺而邀请歌手

据传20世纪初叶，新疆的蒙古族人仍保留有正月听《江格尔》演唱的习俗。每年从正月初到正月底，喇嘛、王公和官吏们聚集到王府，听江格尔歌手演唱《江格尔》，他们相信唱这部史诗可以起到驱魔消灾、以求全年平安的作用。演唱活动一定要做好充分的准备，否则会招致旋风等灾难。（萨仁格日勒，2001：287）

（三）为婚庆娱乐而邀请歌手

对逐水草而居、生活分散的柯尔克孜人来说，节日、婚庆才是欢宴和聚会的日子。所以，他们骑着高头大马，手擎猎鹰，走出森林，从四面八方会合到一起。与摔跤、狩猎、歌舞等民族文化活动一样，演唱《玛纳斯》也成了人人喜爱的节日项目。人们一边喝着奶茶，一边听着玛纳斯奇的演唱，温习着熟悉的再也不能熟悉的民族历史。为英雄的胜利而欢呼，为英雄的遇难而悲伤洒泪。对于一个缺少古代史记载的古老民族，这一习俗无疑已定格为传授和普及历史、文化的一种民族传统。（马永强，2004）

（四）为丧葬祭祖而邀请歌手

传承在贵州麻山苗族的英雄史诗《亚鲁王》，是用于苗族亡人祭祀丧葬场上演唱的祭祀词。它不仅向苗族亡人演唱苗族先人的创世、战争与迁徙的历史艰难历程，而且也告诉在世的苗人其先辈的历史和发展的历程。其仪式悲壮而严肃，当苗族歌师“东郎”演唱《亚鲁王》的时候，所有来参加苗族亡人祭祀的苗人们，都会自觉聚集在亡人家里，听着苗族歌师“东郎”的祭祀演唱，并随着歌师“东郎”在演唱过程中的悲而悲，喜而喜。《亚鲁王》的演唱，有其完整的一套仪式，并且千百年来代代相传，凡苗族成年男女，在其死亡后，都要进行祭祀，在祭祀的过程中，都要演唱《亚鲁王》。（黄元勋、黄龙、黄凤，2012）

（五）为节日或采访报道而邀请歌手

24 岁的赛尔琴是女江格尔歌手。她告诉记者，过去是不允许女子演唱的——随着对《江格尔》文化的重视和保护，这种偏见逐渐淡化。赛尔琴从 1998 年开始学习《江格尔》，同年获得该县大赛的第三名。她曾因风言风语一度中断演唱，在母亲和老师的鼓励下，又树立了信心继续钻研。她创作了适合女性演唱的曲调，已会唱五章。（欧祖艳，2006）

（六）为调查研究而邀请歌手

1978 年，重新开始的《玛纳斯》研究实际上是对“文革”损失的弥补和恢复。居素甫·玛玛依的幸存使得这一工作成为可能，被接到北京的玛纳斯奇在他乡为研究者演唱了《玛纳斯》。这一弥补工作虽然令人百感交集但却十分有效，研究者“补记了10多万行，并重新汉译了第1部的近2万行，还油印了史诗第1部的柯文资料本”，并于1979年和1980年在《新疆文艺》（哈文版、维文版）上，刊载了居素甫·玛玛依演唱的史诗第二部《赛麦台依》片断的哈文译文和第一部《玛纳斯》片断《玛纳斯的婚事》的维文译文。（马永强，2004）

（七）为比赛展示而邀请歌手

2013年8月，在内蒙古赤峰市《格斯（萨）尔》与口传史诗国际研讨会召开。来自美国、俄罗斯、日本、蒙古、土耳其、尼日利亚等国家及全国各省市以及中国台湾地区的50余位专家学者和20余位史诗艺人参加了会议。史诗“格斯尔”故事在巴林右旗的传说有60种之多，有着永恒的难以磨灭的魅力。会议期间，与会代表观摩了巴林草原的《格斯尔》史诗演唱、“格斯尔射箭比赛”等活动。（胡军，2013）

三　社区生活与史诗村

社区观众邀请歌手表演各种史诗演唱传统，解决他们自己的各种实际需求和艺术需求。在这个过程中，社区就扮演着保存和传承某一类史诗演唱传统基地的角色。所以可以用某一史诗演唱来表达和强化社区和地方社会（部落社会）甚至到民族和国家等多层认同。劳里·航柯对此讲得更清晰，他说：“我试图说明伟大的史诗是怎样在具有认同表达价值的不同层面上，即在民族/地区/集体或个人之上，表现其作用的。在认同的表达与沟通的各种层面上，史诗所发挥的功能差异似乎很小。其主要功能是为认同的表达提供可以理解的符号。集体不间断地进行认同沟通的需要，激活了那些被默认的关键符号系统的衍化，甚至有的符号解释枝杈丛生；同时它们还能够在不同的人群、地方社会、民族和国家中创造整体意识。”（劳里·航柯，2001）

以各地社区为单位传承某一个史诗演唱传统的地方很多。新疆和布克塞尔县那仁和布克牧场额木根村就是其中之一，2006年9月被自治区文联命名为“江格尔村”。那仁和布克牧场江格尔村居住着世界上演说《江格尔》最全面的加·朱乃老人和他的弟子们，演唱江格尔人数达215人。江格尔村，目前有105户381人，其中蒙古族325人，哈萨克族56人，全村土地面积2376亩，2008年、2009年、2010年牲畜存栏头数均为1.5万头（只），人均收入6800元。朱乃老人是目前世界上口头表演《江格尔》史诗故事最多的人，共能演唱史诗《江格尔》24部。和布克塞尔县另一个铁布肯乌散乡有个孟根布拉克小学，学校专为孩子们设立《江格尔》史料室和"江格尔奇培训基地"，并坚持在蒙古族儿童中传授史诗《江格尔》口头表演，培养出了很多小"江格尔奇"（史诗歌手），已为15位江格尔奇颁发资格证书，取得了优异的成绩。（苏会祖，2012）

德尔文部落也是个"格萨尔村"，它位于青海果洛藏族自治州甘德县柯曲镇。该部落现有210多户，940余人，居住地海拔4200米以上。德尔文部落成员历来深信自己与格萨尔王有着特殊的渊源关系，或同属木波董氏的后裔（有传说认为这个部落是格萨尔的部落）。因此，该部落成员非常崇拜格萨尔王，并为自己与生俱来的《格萨尔》说唱天赋而自豪。令人叫绝的是该部落除了人人会说唱《格萨尔王传》的特点外，同时还出现了影响果洛《格萨尔》文化传承的掘藏大师谢日坚措（已故）、被国家四部委命名的唱不完《格萨尔王传》说唱艺人昂仁、写不完《格萨尔王传》说唱艺人格日尖参，还有说不完《格萨尔王传》艺人德尔文·巴才（已故）等。（果洛，2010）

四　史诗演唱与地方护法神

某一史诗演唱不仅与社区观众融为一体，当地人认为还和社区观众信奉的地方保护神有着密切联系。在西藏有很多像才让旺堆一样的神授歌手。据杨恩洪教授统计，20世纪80年代能够说唱《格萨尔》的藏族艺人有150人左右，艺人中最优秀的一类——神授艺人有26人。现在26人中已有16人辞世，剩下的10位基本上是老人。（陈一鸣，2004）他们都认为自己是格萨尔故事之中的某一个大臣、将军或动物的转世肉身，或者神仙或武士要求他演唱格萨尔史诗并给他很多经卷，有的经卷塞进他的肚子里。

西藏著名格萨尔歌手阿达尔老人1911年出生在那曲县巴尔达草原上。小时候叔叔教他初识藏文，后来他便可以阅读《格萨尔》本子，于是开始演唱《格萨尔》史诗。17 岁那年他被继母赶出家门，成了一个无依无靠的流浪儿。于是有一段时间他住在荣布寺。有一天，寺主把阿达尔叫过去，让他跪在护法神百多吉吉钦模的前边。这时他看见护法神的前面摆上了供品，喇嘛不停地口诵经文。之后，寺主解释说，他把阿达拉姆的灵魂降于阿达尔的身上，这是在黑头人的长官格萨尔的授意下做的。从此之后，阿达尔说唱《格萨尔》时，阿达拉姆的灵魂就降在他身上，他就能说唱自如了。（杨恩洪，1995：177）

当杨恩洪问他会不会忘记史诗内容时他说："怎么会忘！都在我的脑子里。每当我一唱起来，脑子里就会再现画面。唱到哪位英雄时，他的身影便会出现在我的眼前，就像是见到了真人一样。他的服饰、他的战马、他的武器，都历历在目。根据这些画面，我可以毫不费力地说唱。"阿达尔自豪地说，"在仲堪中，我是属于通仲（看得到的故事）一类。"他认为艺人可分为三类，第一类是通仲，第二类是巴仲（降下的故事），第三类是洛仲（学到的故事）。阿达尔解释说，巴仲只是用嘴说，而通仲是根据画面说，这样说的就丰富得多。当然画面的出现与艺人所处的环境有关。有的人家中图像就出得好，那么讲得也好，而有的人家中图像出得很慢且不清楚，这时眼睛很累，光流泪，唱的效果也自然不好。他说，对于每个艺人来说，故事神降的地方也有不同。有的降于头上，有的降于嘴上，有的降于耳朵上。阿达尔即是降于耳朵上。所以，当说唱《格萨尔》时，有的艺人摸头，有的摸嘴，而阿达尔是摸耳朵，这样一摸，故事就降下来了。（杨恩洪，1995：177—184）

在蒙古史诗中也有很多类似的说法。其中歌手在表演史诗演唱时，他必须很认真地完成自己的表演，其中包括故事情节不能随便修改，每一次的史诗演唱必须完整而准确等。他们认为，歌手在表演史诗演唱时，不仅听众在听他的表演，还有很多山水精灵在听歌手的表演。所以，如果歌手不能完整地表演或随意修改故事情节，那么这样会招致精灵的不快和愤怒。精灵的不快和愤怒可能导致史诗歌手的生病、工作不顺利甚至死亡。

热·娜仁托娅在他的专著《蒙古英雄史诗的口头与书面文本的关系》中写道，蒙古国"郝步图省的巴日古勒表演《含》史诗演唱时因没有完整的演唱而招致他的发疯而死亡"。（热·娜仁托娅，2004：46）阿尔泰乌梁海人认为邀请歌手演唱《塔拉因·哈拉·宝东》、《布金·达瓦·汗》

两部史诗能够驱走邪恶和不幸，给人们带来吉祥；而无子女的家庭邀请歌手演唱《阿日格勒·查干·鄂布根》史诗能够孕育子嗣。当他们遇到干旱、暴风雪等自然灾害时演唱《阿尔泰颂》就能消除自然界的各种灾害；而人们上山打猎或出门远行时演唱《阿尔泰颂》能使猎人有丰厚的收获或使远行者路途平安等。

据阿尔泰乌梁海部族史诗演唱艺人 H. 斯斯尔和 A. 巴勒登多尔吉讲："2007 年夏天韩国 KBS 电视台派人邀请我们上山演唱《阿尔泰颂》，他们拍摄了演唱《阿尔泰颂》的全部过程。那一次我们在山顶上煨上桑，开始演唱《阿尔泰颂》。不到十分钟的时间，不知从哪儿飘来了几朵云彩，开始下了一场雨。"针对这一习俗，史诗演唱艺人 A. 巴勒登多尔吉回忆说"他多次在演唱《阿尔泰颂》的时候周围下了雨"。

因此，阿尔泰乌梁海部族群众认为在遇到干旱、暴风雪等自然灾害时邀请史诗演唱艺人演唱《阿尔泰颂》就能消除自然界的各种灾害。有关这些习俗，史诗演唱艺人 H. 斯斯尔说："2007 年冬天蒙古国总统恩和巴依尔乘坐直升机来到阿尔泰五峰，史诗演唱艺人 H. 斯斯尔跟总统一同爬了两天的阿尔泰五峰，那次就突然下暴风雪。这时 H. 斯斯尔在陶布舒尔琴的伴奏下高声演唱了《阿尔泰颂》，奇迹出现了，暴雪停止，灾消难祛。"阿尔泰乌梁海部群众把史诗和关于史诗英雄的叙事神圣化，认为史诗内容具有超自然的属性，能够对歌手和听众发生作用。他们认为演唱史诗是为了驱邪祈福，演唱史诗使病人能够脱离病魔恢复健康，使盲人能够复明，使猎人得到猎物等。（海英，2011）

五　歌手的服饰与意象

格萨尔歌手，藏语称"仲肯"。他们在演唱格萨尔前一般都要举行各种仪式，或焚香请神，或点灯祈祷，表演时还要头戴作为道具的帽子，帽子上插有各种羽毛、手拉牛角琴或手摇小铃鼓。有的歌手还用唐卡、一张白纸和铜镜等。

2010 年 3 月，笔者和弗里教授去西宁采访青海著名的史诗歌手才让旺堆老人时，他拿出自己珍藏的表演道具——帽子、衣服、剑刀等展示给我们欣赏，并且说这些都是根据他自己梦境中的授记来设计和制作的。

史诗歌手的服饰有两种，一种非常独特，而且有一定的讲究；另一种没有任何讲究。这个两种服饰差异主要体现在表演场合。在祭祀或比较神圣的或正式场合歌手们会注意穿着打扮；但是在帐篷、蒙古包和野外流浪时，歌手们就不会讲究自己的服饰打扮。在这两种情况下，歌手们都会轻松自如地表演自己的史诗演唱。那么，那些奇异而庄严的服饰，到底对于歌手祈祷有什么作用？新歌手表演《格萨尔》或《江格尔》时，他们会穿戴独特的帽子或在马头琴上拴蓝色的哈达，这是一种对于故事神的尊敬和邀请，但是一般不会有这些独特要求。

关于格萨尔歌手在史诗演唱中的服饰打扮，法国学者石泰安在《西藏史诗和说唱艺人》一书中做了详细的研究。他发现这种独特服饰不是一种简单的宗教意义的东西，很可能还携带格萨尔史诗的来源和原初的信息。他说："我们从一开始就发现，说唱艺人与萨满（我们使用狭义，即指蒙古、西伯利亚、中亚、满洲人中的萨满教信徒，而不是指随便一种什么巫师或通灵人）具有许多共同之处。"（石泰安，2005：409）

史诗歌手们在每一次口头演唱中用不同的主人公或不同的行动来构造不同次的史诗演唱作品，但是这些史诗演唱中出现的所有主人公能力是有差异的。这种主人公的行动能力和范围导致了与它相关的动物、植物、矿物和自然现象构成了不同的类型角色分布。同样，还有保佑主人公的神灵也形成了不同的种类。

韩伟（2009）对此作了很敏锐的分析，在研究格萨尔演唱中的原始意象时，他发现"在《格萨尔》的文本世界中，存在着大量的反复出现并被不断置换变形的原始意象——诸如复生原型、死亡原型、巫术原型、上帝原型、动物原型等，并且这些原型意象共同构成了格萨尔史诗这棵原型系统之树"。但是，口头史诗不是一种原始意象的堆积物，而是一种词语秩序。我们根据中国三大史诗中的人物角色类型（人物形象）构造出一个完整的史诗角色的词语秩序。它表明史诗角色不仅仅是一种艺术形象或原始意象的堆积，而是一种词语秩序。在史诗演唱中，人类世界中的英雄、妻子、大将、预言家（巫师）、父母、属民、奴隶等都构成一个人类的秩序——词语秩序。

相对于史诗中的原有的国王而言，更好的成为英雄，更坏的成为侵犯者（对手）。除了这些史诗英雄和恶魔之外，还有英雄的未婚妻、妻子、姐妹、父母、将领和属民以及奴隶。这些英雄的将领和妻子的行动能力仅次于英雄的行动能力，但是他们的能力比起英雄的父母行动能力大得多；

史诗演唱中出现的奴隶和属民，虽然不坏，但是谁称王，他们就跟随谁走。他们的行动能力不像恶魔特别厉害，所以，他们仅次于侵犯者——恶魔的行动能力。史诗演唱中出现的这些核心角色类型决定了他们的神灵，他们的坐骑，他们的牧场，他们的宫殿，他们的自然现象都有了——类似的性质和力量。这样，我们不仅根据人物的行动能力进行不同的角色类型划分，而且可以根据他们所使用的物品或生存的世界可以进行同样的功能分类。这就构成了一个完整的史诗世界。

傲东白力格（2005）发现：史诗演唱中出现的主人公的行动根据他们的能力来划分为英雄—将领—英雄的父母姐妹—乞丐或奴隶，并与他们对应的环境—动物、植物、矿物、自然界和神灵界等构成了一个完整的意象网络——成为史诗演唱中的意象符号系统（见图 12—1）。

图 12—1　史诗演唱中的词语秩序

类型 角色	启示意象	天真类比	理性类比	经验类比	魔幻类比
人类界	江格尔 格萨尔 玛纳斯	将领 妻子、占卜师 妃子近亲	父母 姐妹 喇嘛	属民 乞丐、 孤儿	恶魔的妻子 奴隶 坏巫师
动物界	灵魂鸟	坐骑（能说话）	黄蜂、驴 蚊子、虫子	蜘蛛、毒蛇	乌鸦、狐狸
植物界	生命之草	报春花	草木	荒原、荒漠	毒草
矿物界	手镯、佛像 帽子、铁甲	高大的宫殿 蒙古包	金银、珠宝 刑具	房舍、弓箭	毒药、污泥
自然界	日月、光明	雷电、风雨	大海、高山	烟雾、灰尘	黑暗、夜晚
神灵界	佛祖、真主	天使、护法神	人间	魔鬼、魔女	恶魔、 莽古斯

资料来源：傲东白力格：《史诗演唱与史诗理论——从亚里士多德到洛德的史诗学简史》，第 77 页。

这些原始意象本身不仅成为一种史诗演唱中的虚构世界，也构成了史诗演唱地区的文物的基础。

六 史诗故事与历史文物

荷马史诗中的特洛伊战争是否真实地在历史上出现过？这一问题一直困扰大家。同样，吉尔伽美什的城邦是否存在？德国慕尼黑大学爱扎德（Dietz Otto Edzard）教授认为："吉尔伽美什史诗是古代美索不达米亚最伟大的文学作品。史诗的主人公吉尔伽美什本是公元前3000年代初期乌鲁克城邦的国王，是一个真实的历史人物，只是后来才被演绎成为神话人物和文学作品中的人物形象。"（狄兹·奥托·爱扎德，2000）

（一）史诗《格萨尔》与格萨尔文物

关于史诗《格萨尔》中的格萨尔是否是历史人物这个问题，大家一直都在争论。蒙古国学者策·达木丁苏荣（1957）认为："把史诗、中国编年史和上述藏文著作做过比较之后，我们可以得出唃厮罗和格萨尔汗是同一历史人物的结论。"（李连荣，2005）法国学者石泰安（R. A. Stein，1959）在精深详细的资料工作和文献考证后认为"格萨尔名字最早来自恺撒大帝，后经中亚伊斯兰教地区和于阗传入西藏东北部"。（石泰安，2005：310）这样形成两种对立的观点，一种认为史诗《格萨尔》的故事来源于古代本土地方政权的头人；另一种观点认为可能是罗马皇帝"恺撒"的名字异化而成为史诗人物格萨尔的名字。在青海藏族和蒙古族地区口头传统中发现很多格萨尔遗址。这种遗址主要集中在三个方面：第一个是格萨尔使用的器物；第二个是格萨尔中其他英雄的居住遗址；第三种是现在考古挖掘中"再次认可"的文物与遗址。

1. 口头传统中认同的格萨尔器物

在青海藏区，口头传统中的格萨尔遗物随处可见。有些遗物还有文字记载。比如，"藏区六大黄教寺院之一的拉卜楞寺陈列馆中现今仍保存着格萨尔王的宝剑和马鞍。据有关资料记载，宝剑和马鞍是一位叫岭仓的活佛传下来的，他的真名叫东主嘉措，曾任拉卜楞寺第十位法台，他是岭国王室的后裔。"

藏族学者降边嘉措在他的《格萨尔初探》里说："阿里的一座寺院里，直到民主改革时，还保存着很多大刀、宝剑、长矛、马鞍，在护法神殿里，珍藏着七副铠甲，据说当年格萨尔降伏克什米尔地区后，将缴获来

的一部分战利品送给阿里国王。阿里国王非常高兴，把它们作为最珍贵的礼物，世代相传”。（角巴东主，2002：34）

2. 格萨尔将领的遗址

青海都兰县古力乡境内有雪山，当地藏族认为那就是史诗《格萨尔》中将领辛巴的保护神。当地藏族人口头传统中认为霍尔英雄辛巴原来也居住在青海海西州天峻县境内有一个叫毡木噶滩的地方。这个地方现在是天峻县政府所在地。后来被格萨尔俘获之后跟随格萨尔成为了他的一个将领。年近七旬的藏族老人嘉玛介绍道：“我们所居住的毡木噶滩是《格萨尔王传——霍岭大战》中所说的阿钦唐巴支协。后来，格萨尔大王使用武力征服霍尔国白帐王后，霍尔国的领土逐渐变小。附近已很少有人提起霍尔国的地名，以致霍尔国不少地名已经或正在发生着变化。此外，当英雄察香丹玛赶着霍尔国的马群回岭国的时候，剥下霍尔国大将辛巴梅乳泽天灵盖的地方也在这里。对此，他们虽然讲不出更多的理由，但从地形看，其山水景物还真像《格萨尔王传——霍岭大战》中所描写的那样。”（角巴东主，2002：232）在青海“海南州共和县石乃亥乡的附近有一座用石块垒成的石城，人们叫‘辛巴石城’，笔者曾多次到过此地，在阿尼玛卿山脚下”。（角巴东主，2002：37）

3. 考古挖掘中“格萨尔遗址”

在格萨尔流传地区还有很多格萨尔的“文物遗迹”。角巴东主研究发现，在青海境内有八九处地方都有自己的故事，被当地人认为是真实的格萨尔“文物遗迹”：（1）从西宁到贵德县途中的拉脊山上有一座高高矗立的石山，从远处看形状酷似藏家的拴马桩，故而人们称其为“格萨尔的拴马桩”。（2）黄南州河南县城10千米处有一块直径约1米的圆石，人们称为“格萨尔的练功石”。（3）海北州岗察县吉孟乡的夏季草场上有一座很高的四方大山，其形状如藏家的方桌，因而人们把它称为“格萨尔的饭桌”。（4）位于青海湖南边的隆保赛钦山上有三块奇特的大石，远处看去就像牧民野炊搭起的三块石，人们称其为“格萨尔的三灶石”。（5）共和县倒淌河乡的夏季草场上有两座外形与帐篷和蒙古包极为相似的山，人们称其为“珠牡的帐篷和包”。（6）尖扎县措周乡政府对面山坡上有一块巨石，上面印有一个巨大的马蹄，马蹄中间还有一个小孩的脚印，当地人们说，这马蹄印是当年格萨尔王的坐骑留下的，而那小孩子的脚印则是格萨尔大王小时候的脚印。（7）共和县石乃亥乡尕是拉村的夏季草场上有条叫哈达沟的小山沟，沟里大大小小的白石头到处都是，远处看像牧人放牧的一群羊，人们称其为“珠牡的羊群”。（8）青海都兰县有格萨尔用铁链锁住辛巴的关押地遗址。（角巴东主，2012）

总之，史诗演唱与社区生活融为一体，从此就无法分开究竟是史诗演唱创造了一些史诗遗址，还是人们使用考古文物来阐释史诗故事。

（二）史诗《江格尔》与民族历史

史诗《江格尔》是卫拉特蒙古人当中流传很广的口头史诗。很多蒙古人相信《江格尔》中英雄江格尔的原型可能是蒙古族历史上的某一个英雄人物或可汗（国王）。于是就出现过江格尔为成吉思汗之说，也有先汗之说或卫拉特历史上的历史人物的合成形象等说法。

1. 史诗《江格尔》中的准噶尔汗国历史

金峰教授《再论兀良合部落的变迁》一文及《试论〈江格尔〉的产生时代和地域》一文从历史地理的角度考证了《江格尔》的产生时代问题。他认为《江格尔》主要反映的是从1368年元朝灭亡到1758年准噶尔汗国灭亡近400年间卫拉特蒙古分散的封建社会状况。

2. 史诗《江格尔》中的乌孙人历史

有人认为史诗《江格尔》是以乌孙等其他民族历史人物为原型创造的。刘岚山在《论〈江格尔〉》一文中，首次提出了《江格尔》“乌孙起源”说。他任色·道尔吉汉译《江格尔》一书的责任编辑时曾发现“库尔门”与“昆莫”相似发音，后来提出了他的观点。他说：“《江格尔》的生活内容告诉人们，它是奴隶制国家和英雄人物的颂歌，奴隶社会生活的风俗画卷；这个事实本身说明，它不是封建社会的产物，也不可能在无阶级的原始社会产生，而只能在奴隶社会产生和发展起来。”格日勒扎布接受并发展了《江格尔》“乌孙起源”说。他在《论〈江格尔〉产生形成时代》《〈江格尔〉产生的前提与历史文化基因》两文中相继阐述了他的观点。他说：“我们似乎可以这样认为：《江格尔》记录了古代乌孙族以及有关民族的历史。它的产生大约在公元1世纪。随着历史的发展，到公元六七世纪时就已经基本形成。”

3. 史诗《江格尔》中13世纪以前的蒙古祖先历史

阿尔丁夫在论文《〈江格尔〉产生和基本形成的时代初探——兼谈〈江格尔〉创作权归属问题》中采用反证法，提出了自己的观点。他认为

《江格尔》产生和形成的时代，可以断定为13世纪以前。其依据有两点：一是《江格尔》中没有曲折地反映成吉思汗统一蒙古各部、蒙古草原的历史，没有曲折地反映成吉思汗及其继承者西征的历史，甚至连“蒙古”的名称都没有出现；二是《江格尔》中一次也没有提及万、千、百、十户制度。

4. 史诗《江格尔》中多元时代历史

仁钦道尔吉认为史诗《江格尔》不是某一个时代的产物。他的《〈江格尔〉论》是其在这一领域研究中的代表作，具有极高的学术价值，在一定程度上也代表了中国《江格尔》学术研究的最高水平。他说：“我在这本书里同样主要是探讨《江格尔》初具长篇英雄史诗（或并列复合型史诗）规模的时代，因为它的基本内容和基本形式到这一时期才形成。”从现已搜集整理出版的《江格尔》内容与形式来看，它也的确是一部并列复合型长篇英雄史诗。

5. 史诗《江格尔》中蒙古崛起历史

贾木查在1996年出版了自己的专著《史诗〈江格尔〉探渊》一书。他认为“《江格尔》所描绘的国家形式与从哈不勒汗开始的蒙古各部落大联盟和成吉思汗建立的大蒙古国的形式也很相似。从英雄史诗理论讲，正如捷克学者帕吾勒·泼海博士所说：《江格尔》应该是在蒙古强大国家建立的那个时期产生的。它的故事反映了12世纪或13世纪蒙古族英雄业绩”。他还指出《世界征服者史》（波斯文）、《安宁史》（维吾尔文）等古籍将成吉思汗称为“扎罕格尔成吉思汗”（Jihangir chingis khan），而藏文古籍中也将成吉思汗称为“江格尔扎勒布”（扎勒布，藏语意为皇帝），《蒙古秘史》中将成吉思汗称为“世界主人成吉思汗”（即delhiin ezen Chinggis Haan）。这里，《江格尔》赞颂的“达赖江格尔汗”与维吾尔古籍记载的“扎罕格尔成吉思汗”音异意同，都是对成吉思汗的尊称对应。

与史诗《格萨尔》的年代学比较，史诗《江格尔》的年代学更侧重于用历史文献和内容分析方法讨论史诗《江格尔》的形成年代。而前者更侧重使用考古学和口头传统分析方法讨论史诗《格萨尔》的形成年代。对于他们来说，不讨论这首歌的形成年代似乎是不可能的事情。

总之，《格萨尔》年代学是以文物考古学为证据讨论问题，而《江格尔》年代学是以文本内容分析为证据讨论问题。

第四篇

史诗歌手

第十三章

歌手表演的生命史

一　英雄与观众

歌手是如何让英雄活生生地出现在观众面前的？如果没有史诗歌手的史诗演唱，那么，史诗英雄只是词组名词。但是通过史诗歌手的表演，即歌手扮演某故事角色的行动变化，让史诗英雄活生生地出现在社区观众面前，这时观众才能通过口头表演看到英雄，产生快感。这里，通过歌手的声音、动作，词语、曲调，让社区观众“看”到这位英雄的魅力。歌手们通过口头表演来表现英雄的行动变化、性格、思想、形象及其命运。

在社区观众面前活生生地出现故事人物时，尤其是英雄的行为会给观众留下深刻的印象。这样，他也需要控制或管理自己给观众留下的“英雄印象”。因为史诗英雄自己就不会完成这种行动——控制“英雄印象”的行为。这需要靠史诗歌手去扮演——某史诗英雄及他们的行动变化、性格、思想及其形象，以此完成某史诗英雄在观众面前的印象管理。

这样，史诗英雄在观众面前就自然地活起来了。他和普通人一样，处处关注观众的期待，处处控制和管理自己的印象。观众的期待与英雄的印象管理是通过歌手表演来联系起来的。那么，歌手究竟如何让英雄活起来的？这是史诗歌手理论关心的核心问题。

一个人的行为都会给别人留下某一种印象。因而每一个人都有意或无意地在使用某一些技巧控制自己所给人的印象，比如我会想一想：“我怎么说呢”、“我穿哪一件衣服呢”等。这样大家需要一个具体的舞台情境，根据舞台情境来扮演自己的角色。比如某一个人在办公室、公园、医院、学校、军队等舞台情境中都表演着不同的角色。戈夫曼称这些设施为“社会设施”，它是个体表演角色的主要舞台。

故事歌手扮演故事英雄时，他也需要这样的情境舞台。他的这种“剧情舞台”，不是现实生活中的物理设施，而是某一种虚构的社会场域。这种虚构的社会场域或“剧情舞台”之中有很多故事人物，他们的行动会变化、相互碰撞和分离，于是构成歌手的史诗演唱活动本身。在这个虚构的社会场域里，有各色人物进进出出，演出自己的喜怒哀乐和命运。歌手只是通过自己表演某故事角色来表现他们的生活和情感。所以，歌手必须是个优秀的表演者。

当然，如果这个虚构社会场域中的各色人物的行动变化与观众没有联系，那么歌手也不会很热情地扮演这个故事角色。因为不管歌手怎么逼真地表演，观众都看不到自己的影子或自我象征，于是歌手与观众之间不会形成互动格局，观众也没有热情观赏史诗演唱。

为什么观众喜欢歌手的史诗演唱呢？在歌手的史诗演唱中必定有观众需要的东西——那就是观众他们的“理想自我”（拉康语）。观众的激情和快感就是来自与自己的“理想自我”对应的某故事人物的行动变化及其对应的逼真感产生共鸣。当观众的情绪与故事人物行动变化产生共鸣时，这些故事人物必然就受到了观众的认可。当地观众认为，这些故事人物就是观众心目中的理想人格，或是他们的理想自我的象征。这好比代数符号，它不仅仅是自己，而且也是代替具体数字。

史诗歌手是使用这种象征人物的行动变化来表达观众的快感的行家。所以，歌手在观众面前控制的印象不是自己的印象，而是角色的印象。歌手把观众对于英雄的期待，转化为英雄在观众面前的印象管理活动，这样歌手仅仅表演这个面对观众的英雄的印象管理就可以了。歌手消失在英雄行动的背后，才成为出色的史诗歌手。那么，出色的史诗歌手是如何诞生的？

二　歌手角色诞生

一个人要成为成功的史诗歌手需要很多因素和机缘。我们在《格萨尔》的田野调查中发现，一个歌手的诞生至少需要经历六个阶段。第一，这个人从小就生活在格萨尔口头传统的环境里。第二，这个人小时候遇到巨大的生活困境，于是不得不过流浪乞讨的日子。第三，这个人从小就对于社区的山神和水神很有期待，他常常祈祷神灵保佑自己。第四，这个人在突然生病或做梦时获得某一种独特的启示。第五，这个人到社区寺院的专职喇嘛跟前，让他再次确认他是一名格萨尔歌手。第六，这个人开始公开表演并与社区观众形成良好的互动。这几个要素是某一个人成为成功歌手的必要条件。

情境定位是歌手角色诞生的主要前提。在格萨尔口头传统的环境中长大的小孩子都有一种情趣——他们都喜欢听史诗《格萨尔》的故事，但是他们不一定都成为演唱史诗《格萨尔》故事的成功歌手。为什么这些孩子中某一些孩子突然得到启示，领悟自己的歌手角色，从此成为史诗歌手呢？

那些孩子都生活在一定社区场域当中，这一点大家都明白。喜欢故事的孩子一般都会崇拜故事中的格萨尔英雄，他们在生活中遇到困难时就想到这些英雄并祈求他们为民除害或帮助自己走出困境。孩子们幻想着或真实地祈愿英雄帮助自己、克服自己的困难。但是很少有孩子真实地、非常虔诚地把这个英雄与自己联系起来。如果孩子把自己想象成故事中的一个成员，那么就是他的情境定义形成了。这个人通过情境定位获得一种“歌手角色”，这时角色诞生了，尽管这是一种梦境或妄想症特征的想象力。

歌手角色形成本身也需要很多机缘，但是最主要的机缘是一种特殊经历或积极想象力，它使史诗歌手产生一生都忘不掉的情境意象——包括有人给他送书送物。杨恩洪记载：“扎巴在 9 岁那年到山上放羊时睡着做了梦，梦见格萨尔的大将丹玛用刀把他的肚子打开，将五脏全部取出，装上《格萨尔》的书。梦醒后他回到家里便大病了一场，其间神志不清、颠三倒四地说着格萨尔的故事。后来家人把他送到边坝寺，请甘单活佛念经祈祷，后逐渐清醒，以后便开始了说唱生涯。女艺人玉梅 16 岁时外出放牧，来到错那（黑水湖）和错嘎（白水湖）旁，睡着后做了一个梦，梦见从黑水湖中出来的妖怪与白水湖中的仙女争夺她，仙女对妖怪说：她（指玉梅）是我们格萨尔的人，我要教她一句不漏地将格萨尔的英雄业绩传播给全藏的老百姓。玉梅梦醒后大病一个月，躺在那里不吃饭，不能说话，眼前看到的全是格萨尔的故事。后来绒布区热不丹寺的永贡活佛去她家，念经并为之开启智门。四五天以后她便好起来，从此可以说唱了。那曲班戈县老艺人玉珠，自称13岁那年曾请达隆寺的活佛玛仁波切为其降神附体，打开说唱的智门，此后不断地做梦，晚上梦到什么，白天就说唱什么，以致会说唱的内容逐渐增加；那曲安多县的年轻艺人格桑多吉的父亲是比如县的格萨尔艺人，14岁时曾请热振活佛念经祈祷，以‘那曲仲堪多吉班单’著称，14岁时曾请热振活佛念经祈祷，为其广开说唱的智门；丁青县艺人桑珠也称在梦后得到了仲护寺烈丹活佛的明示后才会说唱。此外，那曲申扎县的次仁占堆，巴青县的次旺俊美、曲扎、青海唐古拉艺人才让旺堆等都称他们在童年时做过梦，梦后开始了说唱《格萨尔》的活动。看来梦与‘神授’是有着密切的关系的。”（杨恩洪，1995：86）

史诗艺人卡孜姆这样回答自己学习演唱史诗的过程：小时候村里有叫阔克斯根和博克布·扎卡特的两个人每天穿着得体的衣服，骑着马被请到各地唱史诗，不怎么参加牧业劳动。我非常羡慕他们，他们到哪里唱我就跟着去听，后来发现自己只要听一遍史诗演唱便能记住。他们也发现我具有只要听一遍或读一遍就完全能记住一部达斯坦的天赋，并且主动教我记多部达斯坦和黑萨，给我多部达斯坦和黑萨的手抄本背诵。另外，还传授给我唱史诗的节奏或音乐。两位老师都在伊斯兰教学校上过学，能读会写阿拉伯文，他们拥有多部阿拉伯文手抄本。他们让我读和背诵那些手抄本，并传授我怎么唱。他们非常严格地教我唱史诗的曲调，严格要求我必须按照他唱的韵律唱，告诉我如果改变了演唱的曲调，就变成了另外一部史诗。那时，我以背诵和唱史诗的神童远近闻名。在我15岁那年我家来了一位哈萨克斯坦的富商，他听说我具有过目不忘的超常天赋，专程来考验我。他带来了一本1932年出版的书《回族历史》，给我读一遍，并让我复述。他说如果我背诵好了就送给我茶叶和其他礼物。等他读完后我就凭借记忆复述了一遍《回族历史》的全部内容，我问他是否缺内容，他说不缺，他按照承诺把茶叶和其他礼物送给了我。（乌日古木勒，2008）

卡孜姆学习演唱史诗过程的记忆，给我们提供了以下信息：卡孜姆和他的老师都是识字的，能读会写阿拉伯文。当时史诗手抄本在哈萨克族民间广为流传，是哈萨克族史诗传承的主要形式之一，学习演唱史诗的主要途径是背诵手抄本、常听老师或他人的演唱、学习演唱史诗的曲调。超常的记忆力是成为史诗艺人的主要条件之一。史诗传承中演唱的曲调和韵律很重要，每部史诗都有固定的演唱韵律。当时，哈萨克族社会有职业史诗艺人，而且史诗艺人具有很高的社会地位和威望，他们深受广大哈萨克民众的喜爱和尊重。

蒙古族史诗歌手坡·冉皮勒（1923—1994）是土尔扈特部人，生前住在新疆维吾尔自治区和布克赛尔蒙古自治县。他是家中长子，父亲皮日来是当时王爷额日勒郭加布的固定使者。他的邻居是和布克赛尔土尔扈特部中著名的王爷专任江格尔奇（意为史诗歌手）兼王爷的风水先生胡里巴尔·巴雅尔。这两家来往密切，是结拜兄弟。所以胡里巴尔·巴雅尔经常在自己家和皮日来家演唱《江格尔》，饮酒作乐。冉皮勒白天玩踝骨，晚上听胡里巴尔·巴雅尔演唱《江格尔》。胡里巴尔·巴雅尔在当地社区以演唱《江格尔》著称。他从“有家传的”江格尔奇——也是王爷的江格尔奇西西那学的《江格尔》。西西会演唱史诗《江格尔》，其中二十几个诗章用高腔声调演唱。胡里巴尔·巴雅尔模仿他的老师也用高声在屋子里演唱，屋子外都听得很清楚。胡里巴尔·巴雅尔在王府里演唱时，冉皮勒从窗户外能听到。七八岁的冉皮勒非常敬重胡里巴尔·巴雅尔，愿意将来像他一样成为江格尔奇，所以就开始复诵有些片断。胡里巴尔·巴雅尔也知道了冉皮勒的愿望，了解了他记忆力很强的特点。冉皮勒同都古尔、阿拉卡、巴尔哈（这些人同冉皮勒同代，其中巴尔哈19岁去世）他们一起向胡里巴尔·巴雅尔学《江格尔》。（塔亚，2013：776）后来，坡·冉皮勒10岁之前想成为江格尔奇的愿望如愿实现了。

藏族年轻歌手斯塔多吉11岁时经历一次神奇的“梦之旅”。他1990年出生在西藏昌都地区边坝县沙丁乡一户普通牧民家庭。从小与目不识丁的母亲相依为命，过着简朴的游牧生活。2001年，他正在边坝县寄宿小学上二年级，有一夜在宿舍睡觉时做了一个无比奇特的梦。在梦中，他来到了一片辽阔无际的草原上，遍地是马牛羊群，鸟语花香，正当他陶醉之时，来了两位身带弓箭等武器的骑兵，说他们要找的那个小孩就是斯塔多吉，随后那两位骑兵把他拉进了一个周围都是兵马的帐篷之中。不一会儿，一位身披铠甲的威武将军拿来了很多长条书，让小斯塔吃完这些书。小斯塔震惊极了，他说他吃不了书，将军便命人强制性地把所有的书塞进他的嘴里，待他吃完那些书后便把他领到帐篷外，此时天上出现了美丽的彩虹。小斯塔欣喜地用右手拉住了彩虹的一端，右脚一并踩了上去……正在此时，学校的晨铃把他从梦中拉了回来。

那天早上小斯塔感觉脑子很不清晰，和同学们一块吃饭也没有什么胃口，上课的时候也恍惚不定。这时候小斯塔觉得自己好像快疯了，满脑子都是《格萨尔》的诗篇，好像在放映录像那样清晰可见，而且口里不停地在说唱。看到小斯塔反常的样子，同学们既觉得奇怪，又觉得害怕，就把他领到藏文老师办公室。他们的藏文老师香曲听了他的说唱，确定小斯塔说唱的正是《格萨尔》史诗！随后，香曲老师点燃了藏香，洁净了小斯塔的身体，并用录音机把他的说唱录下来了。那天之后学校便通知了小斯塔的家人，并给他的舅舅说了详细经过，于是他舅舅便把他领回了家。回到家后，家人领着他转拜藏区的圣山圣水，随后到边坝活佛跟前给他做了很多宗教仪式，让他说唱《格萨尔》史诗，得到了活佛的肯定和高度赞誉，还说他是《格萨尔》史诗里三十员大将其中之一的化身，而且是西藏著名的《格萨尔》艺人扎巴老人的继承者。此后，小艺人斯塔多吉的名声度得到广泛传播，并且他开始在边坝县乃至整个昌都地区的有关节庆上说唱《格萨尔》史诗。（恰嘎·觉如，2009）

三 开始公开表演

小孩子通过一场生病或梦境中初步获得某一歌手角色，并得到社区神职人员确认后，他自己的主要任务就是保护这个神圣的印象，即保护自己歌手的头衔和荣耀。这时候听众不会对小歌手有太苛刻的要求和过度的期望。但是随着公开表演的深入与听众形成更大的互动格局，这时听众会注意新歌手的一举一动，他们的要求、挑剔随着歌手的成长而增加。

年轻歌手斯塔多吉 2009 年参加了在拉萨召开的全国格萨尔研讨会，并在现场说唱，引起了广泛关注。昌都地区文物局长永忠达瓦说：“对于既没有直接的传承人、又只掌握小学三年级语文知识的任何人来说，仅靠超强的记忆力，就能无休止、流畅地说唱数百万字的诗歌是无法想象的。”他是斯塔多吉早期的发现者之一。著名藏学家降边嘉措也给予了高度评价说：“20 世纪 80 年代以来，中国先后发现民间说唱艺人 150 余人，录音超过 5000 小时。许多艺人生长在偏僻山村和牧区，目不识丁，他们能够讲述十几部乃至几十部史诗故事，吟诵几十万、上百万诗行，让人费解，成了文化研究领域里的斯芬克斯之谜。”（斯塔多吉，2010）如今在昌都地区边坝县文化局录制了他说唱的《格萨尔》史诗，有 30 多盘磁带，并得以保存。他现在能说唱《格萨尔》史诗 26 部，先后在西藏自治区、昌都地区、学校中获得了很多奖项，并被纳入国家级非物质文化遗产代表性传承人目录之中。

四　形成风格

开始公开表演之后歌手有意无意地也在培育自己的听众群体。他们就像企业老板很早就注意到培育顾客群的重要性。歌手通过认真地表演史诗演唱剧目来精心经营自己的听众群体。在西藏的格萨尔歌手桑珠案例中我们可以很清晰地看到这个阶段的特点。

很幸运，杨恩洪采访到了这样的细节：“拉萨人喜欢桑珠说唱的一个主要原因是他的语言十分接近拉萨话。《格萨尔》说唱艺人以藏北人昌都人居多，一般的说唱艺人的说唱带有浓重的藏北方言和康方言色彩，而桑珠由于走南闯北，又在山南地区说唱了一段时间，他十分注意学习和运用各地的语言，每到一地都尽量地采用当地的方言，变换语汇、音调，令听众听起来倍感亲切。他练就了一套驾驭语言的本领，不仅摒弃了外地听众不懂的藏北方言和康方言的生僻词汇，而且不断学习各地的民间谚语、歌谣，丰富自己的说唱内容。因此，桑珠说唱的《格萨尔王传》在语言方面便具有独到之处，备受各地听众的欢迎。他在拉萨说唱的成功正是得益于他在语言方面的积累和修养。”（杨恩洪，1995：216—217）

五　发现歌手

1980 年，内蒙古大学蒙语系教授确精扎布（语言学家）到和布克赛尔时，最先录音的就是和布克赛尔县坡·冉皮勒演唱的《江格尔》。1981 年 7 月，新疆召开阿尔泰塔城地区的《江格尔》演唱会，会上冉皮勒演唱的《江格尔》获得成功。1982 年 8 月在乌鲁木齐举行的新疆首届《江格尔》学术讨论会，他也前往参加。当年 12 月，他被接纳为中国民间文艺研究会新疆分会的会员。接着，他先后参加在和布克赛尔县涅林赫布可牧场举行的《江格尔》演唱会和卫星公社举行的演唱会，并演唱了《江格尔》。

新疆卫拉特蒙古族歌手乌龙巴依尔出生在格登山下，长在格登山下，擅长唱民歌和讲民间故事。1984 年，第一次聆听他舅舅敖奇尔吟唱《江格尔》后，开始学唱《江格尔》。他还从一个名叫巴桑的人那里借读过一部介绍江格尔十二大英雄的书，凭着自己超强的记忆力，学会了江格尔的十二大英雄赞词。1999 年 8 月 1 日，联合国教科文组织新疆《江格尔》研究会理事贾木查一行 3 人在南北疆辗转千里，在格登山下发现蒙古史诗《江格尔》的传唱者——乌龙巴依尔，并对他进行了录音专访；此事引起联合国教科文组织民族文化研究会有关专家的关注，对进一步拯救和研究民族文化遗产起到了积极的推动作用。（陈燕，2011）

西藏女歌手玉梅，她身材高大健壮、腼腆寡语，是一位典型的藏北姑娘。“1983 年，她初到拉萨时，谁也不相信这位来自藏北山沟、目不识丁的姑娘，胸中却装着几十部英雄格萨尔的故事。但是经过一番测试，人们不得不刮目相看，承认她是一个出色的史诗说唱艺人。她不仅能点到即诵，而且一周前和一周后说唱同一段落，经对比，内容、词句几乎完全一样，于是人们终于相信了，她是一个具有超凡记忆力的人。尽管她不懂藏文，脑子里却装着成千上万个诗行。这一现象人们尚无法解释，但是百闻不如一见，凡听过她说唱的人都心服口服。于是她被录用了，在西藏自治区《格萨尔》抢救办公室，作为一个专职艺人、国家的正式干部。”（杨恩洪，1995：160）

阿达尔是西藏那曲的格萨尔歌手。“在 28 岁那年，他踏上了通往拉萨的路，这是他第一次去拉萨朝佛。途经热振寺时，应邀在寺中停留了 7 天，为寺中的僧人说唱《格萨尔》，同时得到了僧人们极好的招待与照顾。朝佛回来之后，他开始出入于达官贵人之家。那曲地方的集巧（总管，一般由拉萨方面委托）拉乌拉达以及贵族强秋帕巴的家里，经常可以听到阿达尔的声音。那曲总管非常喜欢听《格萨尔》，而且对其内容了如指掌。每次叫阿达尔来家中，都是由总管亲自点部名，阿达尔说唱。每当总管沉浸在《格萨尔》的曲调之中，除了亲近的人以外，任何人不得打扰。而总管家中的其他人只能站在窗子外边偷听，一站就是一个通宵。”（杨恩洪，1995：182）

果洛州《格萨尔》办公室的诺尔德听说过关于格日坚参的传闻，却从未见过此人。当诺尔德听说格日坚参到州上来了的时候，便立即前去与他见面。这是1987年4月的一天。这次见面改变了格日坚参的人生道路，使这位孤独的浪子、年轻的才子得到了真正的归宿，受到了国家的重视。诺尔德是个很有才气的青年诗人，又是个责任心极强的人。他十分重视《格萨尔》艺人的发掘和抢救工作。为了辨明真伪，一见面诺尔德就开门见山地问格日坚参："你能写《格萨尔》吗？"得到了肯定的回答后，诺尔德接着说："那么就写一段《格萨尔》中的颂词给我看看。上午答应的，中午格日坚参就送来了写好的五页纸颂词。诺尔德看罢，觉得文字功夫还可以，于是迅速向州委领导做了汇报。"（杨恩洪，1995：252）得到了州领导同志的支持以后，诺尔德把格日坚参请到办公室来，让他写一个《格萨尔》目录，格日坚参一口气写出目录。这是迄今为止国内说唱艺人中少见的。为了进一步考察，又让他当场写了史诗中八十个英雄及三十个美女的名字，格日坚参不加踌躇地一一写了出来。最后诺尔德从他的文件包中，找出一部目前其他艺人没有提及、抄本刻本中没有发现的《米敏银宗》写好后送来……1987年8月4日，果洛州召开了《格萨尔》艺人演唱会，格日坚参作为正式代表参加了会议，并在会上说唱了自己书写的《格萨尔》，引起了人们的注意。（杨恩洪，1995：252）

大家第一次发现史诗歌手才让旺堆是在一个偶然事件。1987年，青海省《格萨尔》研究所的同志到海西州都兰县调查，从县政协主席、藏族活佛冼培礼那里第一次听到了有关才让旺堆会演唱的消息。他回忆说，在"文化大革命"期间，他遇到了因说唱《格萨尔》遭批判后的才让旺堆，他们在劳改中相识，并详细地听过才让旺堆的说唱，认为他是个出色的说唱艺人。《格萨尔》研究所的同志们顺着活佛所说的线索费尽周折，终于在唐古拉山地区找到了才让旺堆。（杨恩洪，1995：189）

六　功成名就

史诗歌手被发现之后，很多学者和记者开始关注他们。于是有一些学者开始专门研究这位史诗歌手；同时，专门机构和政府开始采访、录制和整理史诗歌手的口头作品。

阿达尔是藏北人，1911 年出生在那曲县巴尔达草原上。在阿达尔很小的时候，母亲就病故了。从此，阿达尔与父亲一起生活。有一天，在离家不远的荣布寺中当格西的叔叔给了他《格萨尔》本子，于是他就开始演唱格萨尔史诗了。后来他又跟西藏嘉黎县“一位头发全白的 60 多岁的老艺人嘎鲁”格萨尔歌手一起演唱格萨尔，得到了他的细心指导。他说：“那才是一位真正的仲堪！现在的艺人，包括我在内，只能算是一般的艺人，都无法与他相比。”（杨恩洪 1995：181）

有一年，拉萨四大林之一的达吉林派出两个秘书来到那曲，找到了阿达尔，请他说唱《霍岭之战》，由两位秘书轮流速记。大约只用了 40 多天就全部用楷书抄好了。阿达尔回忆起当时的情景时说：那两个人写起藏文快得很，我这边唱，他们在那边写，我唱完了一段，他们也写完了一段，哪里像有的人写字像刻石头一样费劲。他们先用草书记下来，再用楷书抄好。完成时上部约有 740 页，下部 770 页。（杨恩洪，1995：182）

1987 年 9 月，才让旺堆接到青海省文化厅的通知后，风尘仆仆地从唐古拉乡下来，到西宁参加青海省《格萨尔》艺人演唱会时，大会已经开幕几天了。他来不及休息即开始了演唱。他以多变的曲调，把史诗的人物勾勒得活灵活现，深深地打动了听众。为此，他荣获了演唱“一等奖”。（杨恩洪，1995：189）后来，“才让旺堆超群的艺术才华得到了国家和人民的赏识，并给予了他应得的荣誉和地位。1989 年 3 月，青海省《格萨尔》研究所的同志带他专程来北京进行汇报，得到在京专家、学者的肯定和赞扬。不久，他被接到西宁，给予副教授待遇，专门进行录音和整理工作”。（杨恩洪，1995：202）

1989 年 11 月，他应邀参加了在四川成都举行的首届《格萨尔》国际学术讨论会，第一次在国内外从事《格萨尔》研究的专家学者面前一展风采，引起了广泛的关注。1991 年 11 月，才让旺堆第二次来到北京，在中国社会科学院、国家民委、文化部、中国民间文艺家协会联合召开的说唱家命名大会上获得了《格萨尔》说唱家的称号。（杨恩洪，1995：202）

新疆卫拉特蒙古族歌手坡·冉皮勒在 1984 年 6 月和布克赛尔县第五届人民代表大会上，被选为政协委员。同年 7 月，和布克赛尔县成立 30 周年庆祝会上，他演唱了《江格尔》。

1988年8月，新疆举办了国际《江格尔》研讨会，会议组织在乌苏县萨里亨台牧场举行演唱会，他应邀参加并演唱。

1989年8月，新疆组织在北京召开的《江格尔》搜集、整理、出版展览会上，也邀请他出席，他的演唱受到国内外学者和各族听众的赞扬。在北京开幕的史诗展览上，他的照片和传略都曾陈列。

1989年9月，中国文化部给他颁发了一等奖。

1991年1月，在乌鲁木齐成立新疆“江格尔研究会”，对作出贡献的人员和单位给予奖励，他获得了一等奖。

1994年5月20日，他在和布克赛尔县镇子上病逝，终年71岁。（朝戈金，2006）

七　成为他者

史诗歌手逝世时会留下诸多的文本史诗遗产。1986年11月3日，歌手扎巴老人步行到西藏大学医务室检查身体回家。他到家后“稍事歇息，又开始了说唱。这独具特色的《巴嘎拉国王》之部，已经录了68盘磁带，马上就要收尾了。可是老人太累了，不得不停了下来。工作人员见他盘腿坐在撒满阳光的卡垫上闭目养神，便悄悄地离开了他的房间。没想到，扎巴老人就坐在他每天说唱的地方静静地离开了人世”。扎巴老人“没有给家人留下什么财产，却给这世界留下988盘磁带，他一生用心血培育的硕果，一部优秀的民族文学遗产，留下了他的慈祥、宽厚与豁达”。（杨恩洪，1995：152—155）下面是歌手扎巴老人留给后人的巨大的精神遗产——歌手扎巴老人的口头格萨尔史诗目录清单：

1. 天岭卜筮；2. 诞生史（上、下），其中包括丹玛青稞宗、打击土地神、野兽敌宗、东司门马宗、西宁马宗、木雅金子宗、西宁弹药宗；3. 赛马称王；4. 降摩魔；5. 霍岭之战（上、下）；6. 霍其巴山羊宗；7. 姜岭之战；8. 门岭之战；9. 达岭之战；10. 上索波马宗；11. 下索波机器宗；12. 阿扎玛瑙宗；13. 奇乳珊瑚宗；14 卡契松宗；15. 祝古兵器宗；16. 象雄珍珠宗；17. 雪山水晶宗；18. 百热山羊宗；19. 措米努绸缎宗；20. 牧古骡宗；21. 百波绵羊宗；22. 松巴编牛；23. 加岭；24. 阿赛铠甲宗；25. 乌斯茶宗；26. 察瓦绒箭宗；27. 材玛朱砂宗；28. 亨格铁宗；

29. 北方盐宗；30. 蒙古狗宗；31. 罗刹肉宗；32. 巴嘎拉宗，其中包括以下四个小宗：东魔长角鹿、南魔九头罗刹、西魔独角飞、北魔独角饿死鬼；33. 印度佛法宗；34. 地狱篇。（杨恩洪，1995：155）

"扎巴老人认为自己是格萨尔大王的神狗拉达江桂转世，又与格萨尔的坐骑曾经误伤的一只青蛙有着某种因缘关系，因为格萨尔曾祈祷，愿这只青蛙转世成为一个说唱艺人。"（杨恩洪，1995：151）

史诗歌手在自己生活场域中展开他的生命史。这种表演歌手角色的印象管理活动本身就是歌手的生命史。歌手在自己的生活场域中扮演角色的过程是一种戈夫曼式的"印象管理"活动，歌手诞生的过程中已经给观众留下了第一印象。这种印象本身还需要进一步的管理。所以，史诗歌手的生命史包括作为歌手角色的诞生、公开表演、被专业机构或地方政府发现、学者采访和整理他的口头史诗、多次参加史诗比赛或采访表演、记者们开始大量的报道和被专门研究，最后逝世而留下诸多的文本史诗等几个阶段。

每一位史诗歌手都是以经历或展开表演自己作为歌手的生命史。在自己的生活场域中扮演歌手角色的过程就是他的生命史本身。就像洛德说的那样："我们的故事歌手是故事的创作者"。歌手的主要工作是创造故事，所以歌手的生命史，不是为他人或观众的利他表演的过程，也不是自己如痴如醉的自恋表演过程，而是歌手去扮演某个歌手角色的印象管理活动。这时必须以当地观众的期待为前提以及歌手对管理自己的印象。

歌手们都有自己的舞台。在这个舞台上，他们扮演自己的歌手角色，演唱自己的口头作品，管理自己的前台表演中的印象。这些歌手们既有前台表演又有后台秘密。他们在前台表演时，歌手说自己是史诗故事世界中的某一个英雄或随从的化身；而自己演唱的史诗英雄就是该地方观众心目中的理想自我的代言者。歌手通过自己史诗演唱来连接了史诗故事世界和观众生存世界这两个世界。所以歌手既是史诗故事世界中的一个成员，又是生存世界中观众的歌手。

歌手把史诗故事世界中的英雄愿望投射成现实生存世界中的观众愿望。这样，听众通过歌手表演获得巨大启发、激情和力量。因为英雄或史诗故事中遇到的处境就是听众生存世界中遇到的处境，所以听众通过类比获得启发。这种"启发、激情和力量"是听众需要史诗的主要原因，也是史诗长盛不衰的秘密。歌手是启发文本的传播者，甚至是创造者。所以歌手和巫师常常是合为一体的。有了这个观众的期待，歌手必须扮演好自己的角色——扮演歌手角色的一生就是歌手的生命史。

第十四章

歌手的信仰与知识

一　歌手祈祷与故事神

柏拉图认为诗歌本质上是不属于人的而是属于神的。它不是人制作的而是神召唤的；诗人只是神的代言人，由于神凭附着，最平庸的诗人有时也能唱出最美妙的诗歌。首先诗神缪斯使一些人产生灵感，然后通过这些有了灵感的人把灵感热情地传递出去，由此形成一条长链。那些创作史诗的诗人都是非常杰出的，他们的才能绝不是来自某一门技艺，而是来自灵感，他们在拥有灵感的时候，把那些令人敬佩的诗句全都说了出来。这正是柏拉图的诗学思想。正如陈忠梅所说：古希腊“诗人有通神的本领，有神作为后台”。

几千年后的今天，西藏的格萨尔歌手“桑珠与许多说唱艺人一样，认为自己是个‘神授’艺人。他虽然听过其他艺人的说唱，却从不认为自己的说唱是从别人那儿学来的，而是故事神降于头脑之中的产物。所以在每次说唱前，他总是手拨念珠，双目微闭，静静地坐上一会儿，调整呼吸，排除杂念，然后在心中默默地祈祷，请格萨尔大王保佑自己一切顺利，尔后才全身心地进入说唱境界。这时，他旁若无人，周围的一切仿佛都与他无关。他的眼前只有一幕幕格萨尔故事中的场景。”（杨恩洪，1995：219）

格萨尔歌手阿达尔在说明自己史诗演唱经验时讲道：他表演史诗演唱时故事内容历历在目。他根据这些画面，毫不费力地表演史诗演唱。他自豪地说：“在仲肯中，我是属于通仲即看得到故事的一类”歌手。他还说：“当然画面出现与艺人所处的环境有关。有的人家中（表演时）图像出得好，那么讲得也好，而有的人家中（表演时）图像出得慢且不清楚，这时眼睛很累，光流泪，唱的效果也自然不好。对于每一个艺人来说，故事神降的地方不同。有的降于头上，有的降于嘴上，有的降于耳朵上。阿达尔即是降于耳朵上。所以，当说唱格萨尔时，有的艺人摸头，有的摸嘴，而阿达尔是摸耳朵，这样一摸，故事神就降下来了。”（杨恩洪，1995：184）

次仁占堆13岁时读过一段时间的藏文，但是时间不长，到目前为止只能勉强读懂。但对《格萨尔》的唱词他可以较为顺畅地读出来，而对于其他书、报，他阅读起来就十分吃力。也许人们很自然地想到，这或许与他会说唱史诗有关，因为会唱，所以容易读懂。然而他却说，“这与他的说唱是无关的。”他说：“我说唱时主要靠降故事神，如果故事神降下来了，那么脑中的图像就出现了。这时自己渐渐地不理会四周人的存在，而只想到头脑中出现的形象，这是说唱的最佳状态。而一停下来，头脑中的图像就消失了，再讲，图像又会出现，我就是靠眼前的图像来说唱《格萨尔》的。”有时，头脑中故事神降不下来，图像就不出现，这时讲的《格萨尔》是很平淡的。不出现画面，就需要自己努力地去想，对人物场景的描述便不够丰富详尽，唱起《格萨尔》来感到很费力。听众越多，故事神就降得快一点儿；听众少，自己也没有情绪唱好。次仁占堆说唱时，没有什么仪式或特殊的形式，他坐在那里，合上眼皮即可以开始说唱，说唱时从不抬眼皮看听众，全神贯注于说唱之中。（杨恩洪，1995：304）

有一次，次仁占堆为杨恩洪从头至尾按顺序唱了37部的目录后，他说：“其余的就是十几个从头至尾按顺序唱了小宗以及宗与宗之间的战争，属于过渡段落，不能单独成为大部，如《霍姜之战》只能唱一个半磁带，这种就不能算是独立的部。”（杨恩洪，1995：305）当时他把“37部的目录只用不到半小时便唱完了，而且唱得十分流畅。我想这是故事的纲，通过纲，可以对故事的起因、主要人物、事件的脉络以及战争的结果起到提示作用，也便于记忆。由此可以看出，次仁占堆虽声称自己说唱《格萨尔》全靠降故事神，而实际上他也有自己记忆的诀窍……1986年西藏自治区《格萨尔》抢救办公室的同志到申扎县送给他50盘磁带，请他录3部，很快他就录完了全部磁带，其中《噶岭之战》14盘磁带，《魔岭之战》15盘磁带，《祝古兵器宗》20多盘磁带（未完）。（杨恩洪，1995：305）

二 歌手的占卜与治病

一般，史诗歌手是多才多艺的人。他们是歌手的同时又是巫师。他们会表演史诗演唱，还会给人占卜，给病人看病、治病。他们不仅会史诗说唱也能够绘画，画出他说唱的内容和人物，又能够动手缝纫出史诗中人物的帽子、衣物、盔甲之类。

（一）玛纳斯歌手的占卜与治病

1998 年 9 月 16 日，笔者在阿合奇县哈拉奇乡进行田野调查时访问了当地有名望的玛纳斯奇曼别特阿勒·阿拉曼。当时，这位 59 岁的玛纳斯奇在当地不仅因自己精湛的《玛纳斯》演唱成为很多集会上的座上宾，而且还因高明的占卜术赢得了人们的青睐和尊敬。那一天，连续数天的暴雨洪水将我们前往居素甫·玛玛依故乡的唯一道路阻隔，而且气象预报说第二天还会下雨。于是我们顺便让他为我们占卜，预测一下来日天气和路途情况。他在炕上铺开一个白色毡子（据他说在其他颜色的或花毡子上占卜不灵），拿出他专门用来占卜的 41 块石子为我们占卜预测天气状况，说第二天天气晴朗让我们放心前行。第二天，果然晴空万里，我们也顺利地到达了目的地。（阿地里·居玛吐尔地，2006：54）

2000 年 8 月 20 日，阿地里·居玛吐尔地采访过一位曾经由居素甫·玛玛依用演唱《玛纳斯》救治过的一位病人。这位名叫卡妮木布比（Kanim Bubu）的病人，年龄 58 岁，她给他们讲述了她上世纪（20 世纪）70 年代患上一种奇怪的病的经历，她每天精神不振疯疯癫癫，到各地求医问药均不得治，后来她听说居素甫·玛玛依具有救治怪病的神功，便去找他求治。在病人的一再祈求下居素甫·玛玛依便开始演唱《玛纳斯》史诗。他这样演唱了将近一个多小时后才停下来，病人的状态也顿时有了好转。过了不久，她竟奇迹般地摆脱了病魔的纠缠，恢复了健康。阿地里·居玛吐尔地后来向居素甫·玛玛依询问此事，他本人也回忆说曾有过此事。

阿地里·居玛吐尔地于 1994 年 8 月 20 日在新疆乌什县一个作家朋友家中做客。他朋友的岳母是一个年过 70 岁的老人，很好奇地询问他的工作情况。当得知阿地里·居玛吐尔地是专门搞《玛纳斯》史诗研究工作，而且与中国最著名的玛纳斯奇居素甫·玛玛依老人为邻居，朝夕相处，一起工作时，她对阿地里·居玛吐尔地的工作表示赞赏，勉励他好好工作，并说了很多祝福的话，之后又说："孩子，居素甫·玛玛依可不是一位凡人，我见过他，从后面观察可以发现，他的双肩上各有一只燃烧的蜡烛，这是圣人的标志啊！你每天有机会与他相处，那可是你的福分。你一定要认真听他老人家的教诲。与他相遇时，一定要从他的侧面走，千万不要从正面迎着老人走过。这样是对圣人的不敬。你每天早上见到他时要首先向他问候早安，与他握手。这样，你就会万事顺利，福运降临。"（阿地里·居玛吐尔地，2006：60—62）

（二）格萨尔歌手的占卜与治病

在杨恩洪教授访问西藏那曲格萨尔歌手近四小时的采访中，阿达尔三次接待了来访的病人。（杨恩洪，1995：185—186）

第一个病人是40多岁的男子。"正在我们谈话的时候，进来一个脸上涂着黑炭、蓬头垢面、泪水汪汪、呼吸急促的病人，此人大约40多岁，看来病得不轻。他对阿达尔说他肚子胀得厉害，疼痛难忍。听完病人的叙述，阿达尔二话不说，从身边拿起一条哈达，一头放在病人的肚子上，一头放在嘴边啧啧地吸了几下。这时，阿达尔的孙子媳妇早已一手拿着盛了清水的铜勺，一手拿着一个装了一点儿水的瓷碗等候在旁边，只见阿达尔接过瓷碗向里边吐了一些絮状的黑黄相间的东西。他把吐出来的东西放在病人眼前展示一下说：'就是这个！'然后又一口喝了进去，待到再吐到瓷碗中时，那絮状的东西全无了，只剩下了一点水。阿达尔顺手把碗中的水泼在了地上。这一系列动作只在十几秒钟之内就完成了，我还没来得及拍照，病已经'治'好了。真是神速！阿达尔说，他得的是肿瘤病，应该开刀，并嘱咐病人不要吃羊肉，少喝茶，多喝开水，不要着凉等。"

第二个病人是一位十六七岁的姑娘。"这次是一位父亲带着他的十六七岁的女儿来求医。我想起来了，我们乘车前来阿达尔家时，途中曾见到这父女俩在路边休息。原来他们特意从那曲镇步行大约17公里来这里投医。女孩得的是肝包虫之类的病，从身上的刀口看，已经做过手术。可病人说开刀以后6个月，刀口痛，里边鼓胀胀的。阿达尔用了同样的方法吸，但这次吸出的东西不多，碗中只有一点点儿絮状物，照样拿给病人看说：‘就是这个，没关系，不要发愁。’并嘱咐姑娘慢点儿起身，慢点儿系腰带。阿达尔从跪在面前的姑娘身边站起身补充道：‘若有好转再来，若没有好转，就不用来了。’姑娘眼里噙着泪水，用感激的目光看着阿达尔连连点头，父亲献上了用哈达缠裹着的两块砖茶。于是父女俩坐在院子里休息，从背来的热水瓶中倒出酥油茶慢慢地喝着。杨恩洪教授问姑娘感觉好点儿了吗？姑娘点了点头。”

第三个病人是个16岁的小伙子，是歌手的亲戚。“给姑娘治过病后不久，又来了三个人。是父亲带着儿子来看病，还有一个陪同的。据说这三个人是阿达尔的亲戚，至于怎样的亲戚杨恩洪教授没问。在草原上，称得上‘宾加’（亲戚）的人太多了，只要是一个骨头传下来的（即一个祖宗传下来的）都是亲戚。那位父亲向阿达尔讲述了他16岁的儿子发过烧后变得痴呆的经过。阿达尔以同样的方法吸了一下，没有吸出什么东西，便从小藏桌里拿出一个捆着哈达的多吉（法器，金刚手），在两手中摆弄，口中念念有词。随后，又从人身后的被子下边拿出了一个新编的乌日多（羊毛编成的抛石器），和那法器一起拿在手中，在病者的头上摇来晃去。再看病人呢，他和他的父亲及同来的人早已虔诚地深深地低下了头。杨恩洪教授只见阿达尔仍不断地用法器、抛石器在他们的头上、肩上拍来拍去，她想这大概是把病魔从他们这里驱除了吧。一切都结束了，病人及家人满意地离开了，临行前留下了一坨新鲜的酥油和一条哈达。”

三　歌手的妻子与孩子

虽然歌手的家庭生活经常多变，但是他们也有自己的妻子和孩子。

（一）歌手扎巴老人的妻子与孩子

“扎巴的前半生有一个和谐的家庭。在昌都家乡时，一对贫苦农奴的姐妹跟了他，从此，他们便生活在一起。她们为他共生了七个孩子。然而在流浪中，三个孩子先后因冻饿而死。不久，扎巴老人的姑娘白玛的妈妈也去世了。……扎巴的晚年是在林芝道班退休后，与仅剩下的两个女儿共同度过的。女儿、女婿十分孝敬老人。1979年扎巴被接到拉萨时，他的家人也一起来到了拉萨。”（杨恩洪，1995：153）

（二）女歌手玉梅的丈夫和孩子

“玉梅曾有过一次失败的婚姻，那是她被录用之前，在家乡结识了一个当地的小伙子。她到拉萨后，他也到了拉萨。她们在一起生活了几年，生了一个女儿，但是家庭生活并不幸福。爱人是个司机，经常不回家，也不承担抚养女儿的义务。不知是他对玉梅已经厌倦了，还是另有新欢，不久便提出离婚的要求。善良钟情的玉梅每每憋足了一肚子话要与他争辩，可一见到他就什么话也说不出来了。她珍惜这次婚姻不仅因为他是家乡人、热恋之人，还因为他是女儿的爸爸。这位胸中装有格萨尔雄兵百万、导演着一幕幕人间话剧的才华横溢的女艺人，在处理个人感情纠葛时却显得那么温情脉脉。结果是爱人离她和小女儿而去，玉梅以牧民那宽广的胸怀承受了这一切。”（杨恩洪，1995：166）

（三）曲扎的妻子和孩子

热都乡不但养育了玉梅母女俩，还养育了另一位说唱艺人——曲扎。曲扎家就在离玉梅家几里远的河对岸的山坡上，曲扎的外祖父与玉梅的父亲是亲兄弟，论辈分玉梅长曲扎一辈。

曲扎出生在索县热都乡，属马，沉默寡言的他中等身材，在一双不大的炯炯有神的眼睛下边，有一个线条分明的鼻子，这是高原男子所特有的。从外表看上去他没有什么与众不同之处，是个普通的极不惹人注意的藏北青年。当杨恩洪教授1987年到索县调查时，首先找到的说唱艺人就是曲扎。他当时已离开热都乡，在巴青县高古区恰不达乡做上门女婿，与扎西措同生活。他们是1983年在那曲相识，1984年拉萨艺人演唱会前结婚的。

玉梅的老乡“曲扎的妻子扎西措，比他小两岁，不识字，却是个《格萨尔》的爱好者。或许他们的红娘就是格萨尔大王呢！有时为了让妻子高兴，曲扎在家里也说上几段。现在他们有了一个孩子，岳母与他们同住。虽然他们家牛羊不多，生活并不算富裕，但曲扎是一个温和体贴的丈夫，日子过得和和美美，《格萨尔》的曲调时常在这个幸福的小家庭中回荡”。（杨恩洪，1995：167）

（四）阿尔达的生活与婚姻

“一年之中大约有半年时间阿达尔在外边说唱。他除了自己吃饱以外，作为说唱的报酬，还可以得到一些肉、奶酪、酥油或100元藏币。阿达尔从拉萨回来后，生活有了转机。他记得强秋帕巴曾送过他鸡。后来，他和一个比他小15岁的藏北姑娘结了婚，成了家。”（杨恩洪，1995：183）

（五）桑珠的妻子和孩子

“后来，桑珠在拉萨策默林附近的一间小屋里住了下来，一边流连于拉萨的各寺院朝佛，一边说唱史诗。不久，他与一位比他小35岁的14岁农村姑娘江央卓玛相识并结婚。流浪了半辈子、遍尝人间冷暖的桑珠，终于在20世纪80年代初，有了自己的家。国家对西藏地区实行了特殊的优惠政策，牲畜和土地分到了农牧民手中，并免交农牧业税。桑珠家有16亩地、4匹马、30只羊、16头牦牛和6头奶牛。这对于有7个孩子的家庭来说或许仍不够多，但桑珠已经十分满意了。1985年，桑珠被选为墨竹工卡县和拉萨市的政协委员。他由衷地感谢政府和人民的信任，对政府的关怀充满了感激之情。”（杨恩洪，1995：217）

如今，桑珠的孩子们一个个长大了，有的已经成了家并有了第三代。鉴于桑珠艺人作出的突出贡献，1991年他被国家民委、文化部、中国文联、中国社会科学院联合授予“格萨尔说唱家”的称号，2011年2月16日病逝。

四　歌手的演唱模式与愿望

这首歌的史诗演唱模式与这首歌的故事范型是不一样的两个范畴。歌手们可以把已有的某个故事范型当作一种现成的文本或剧本，采用不同的演唱模式即采用繁杂、简单和简略三种史诗演唱来完成它。或者准确地说，歌手们面对的是社区观众，根据他们的需要来编制不同长度的故事情节。故事范型是这种口头表演中的一种叙事单位。它只表示一个完整的行动变化，仅此而已。

（一）三种演唱模式

格萨尔歌手才让旺堆认为，《格萨尔》的每一大宗都有三种说唱方法。第一种是详细说唱方法，第二种是一般说唱方法，第三种是简略说唱方法。详细说唱方法是一种比较详细的表演格萨尔史诗演唱的方法。它是把《格萨尔》某诗章从头到尾详细地说唱的方法。而一般说唱方法是去掉某诗章中的一些情节，讲授故事的脉络。简略说唱是把开头、中间和结尾提出来做大概的叙述。对于优秀的歌手来说，每一个大宗都应该能够自如地采取详细说唱方法、一般说唱方法和简略说唱方法等三种方法。（杨恩洪，1995：200）

所以，这首歌的口头表演单元与故事范型是分开存在的。这首歌的史诗演唱的长短主要由观众的时间和需求来限定，而这种繁杂说唱、简单说唱和简略说唱的技术是属于歌手的史诗演唱技巧范畴，不属于故事范型或典型场景等叙事范畴。

（二）代际传承模式

那曲的著名艺人赞古巴乌是祖传的《格萨尔》说唱艺人，延续到他已是第13代了。与赞古巴乌同一部落的多吉班单，幼年便受其影响颇深，后来成为一个职业拉巴（巫师、降神者）及《格萨尔》说唱艺人。多吉班单在这样的环境中长大而且后来也成为格萨尔歌手。他儿子格多小时曾听过他父亲说唱《格萨尔》，但由于太小，脑海中只留下了淡淡的记忆。后来，有一次生病后，喇嘛预言说他身上附有第13代仲堪赞古巴乌的灵魂，会和他的父亲一样成为巫师和歌手。

“17岁那年，他与同村的一个人再次到北方驮盐。同去的人都请求他唱《格萨尔》，并发誓绝不外传，于是格多无拘无束地讲了起来，从拉岭（天界篇）讲到冲岭（诞生篇）。几天过去后，他们回到了色如部落。可是没过两天，不知是谁说走了嘴，被村干部得知，认真地召开了一场批斗会。”（杨恩洪，1995：266）

（三）睡梦中构思情节

扎巴老人的姑娘“白玛经常听到父亲在睡梦中时而说唱，时而在与人对话，有时一声‘啦嗦’过后，又唱了起来。可见说唱史诗已成为老人生活中一个最重要的组成部分，史诗与他已融为一体，难解难分。扎巴老人认为自己是格萨尔大王的神狗拉达江桂的转世，又与格萨尔的坐骑曾经误伤的一只青蛙有着某种因缘关系，因为格萨尔曾祈祷，愿这只青蛙转世成为一个说唱艺人。为此，他将弘扬格萨尔的英雄业绩当作义不容辞的责任，这也是老人忘我工作的一个重要的心理因素。（杨恩洪，1995：151）”

（四）歌手的愿望

“老人在北京相处的情景又一幕幕浮现在眼前。1986 年 5 月，老人到北京后，悄悄地向我诉说了他的三个心愿：一是去最好的医院看眼病，二是到雍和宫去朝佛，第三是去动物园看老虎。我欣然带老人一一前往。老人笃信神灵，去朝佛我能够理解，可去动物园，我却只当是陪老人玩玩而已。当我们来到动物园后，老人才对我讲出了他要看老虎的原委。他对我说：‘格萨尔王是属虎的，我唱了一辈子《格萨尔》，却没有见过一次真老虎。我们藏族还有一种传统说法，如果一个人能同时看到三只活老虎，那么什么坎坷都挡不住他。’……当我们走到狮虎山旁，真是老天作美，三只斑斓的猛虎正在虎山下踱步。老人显得格外激动，他的心愿得到了满足，我们互相对视会心地笑了。下了虎山老人竟高兴地唱起了格萨尔的雄狮六变曲。”（杨恩洪，1995：154）

（五）歌手的母亲与愿望

玉梅的母亲是虔诚的佛教徒。为了给死去的人还愿和为自己今生和来世的幸福，她曾经来拉萨玉梅家中小住。那一段时间，她每天环绕拉萨大昭寺磕长头，中午玉梅把饭送到大昭寺附近的八角街。这样一连磕了 20 万个头后，她就回家乡去了。（杨恩洪，1995：166）

五　故事的终点与意义

亚里士多德认为：“无论是活的动物，还是任何由部分组成的整体，若要显得美，就必须符合以下两个条件，即不仅本体各部分的排列要适当，而且要有一定的、不是得之于偶然的体积，因为美取决于体积和顺序。”（陈忠梅，1996：74）这样的美感与歌手们史诗演唱中的故事情节的长度有关，而与歌手们口头表演的繁简长度无关。也就是说史诗演唱活动中模仿主人公的行动变化必须有个极限结尾。这种行动变化整体是故事范型的主要特点。

（一）集群史诗的故事终点

歌手扮演某主人公之行动变化来传递什么？社区观众从歌手扮演的故事中能感悟到什么？这样，必然引出故事的终点与意义问题。

格萨尔歌手桑珠老人对此有自己独到的见解。“他提出史诗《格萨尔》有18个大宗、18个中宗、18个小宗之说。他认为大宗和中宗的区别在于：大宗描述大规模的战争，战争的结局是把战败国的土地和财产收归于岭国所有，如《大食财宗》、《阿狸金子宗》等；而中宗则如《汉地茶宗》这一类，并无大的战事，也并无讲土地划归岭国之举。小宗有许许多多。在18个大宗里，他认为四部降魔是18大宗的开始，是史诗中至关重要的战斗，没有这四次战役，格萨尔王也无法进行后来的征战，因为后来的许许多多战争是在降服四魔之后，借助于四国的人力和财力等进行的。所以，他认为这四部奠定了史诗基础，具有举足轻重的地位。又认为18大宗结束之后才有《安定三界》部。而桑珠的《安定三界》部又非同寻常，其内容与甘肃流传的《安定三界》的本子大相径庭。甘肃本，据希贤先生解释，安定三界系指安定了天界、地界、人界等三界。桑珠则认为格萨尔安定了印度、尼泊尔和汉地这三界。格萨尔王是在征服了岭国的周围国家后，使岭国得以安宁，才完成了人间的使命返回天界的。他说唱这一部（指《安定三界》部）共录了86盘磁带，内容十分丰富。”（杨恩洪，1995：219）

这就是格萨尔故事情节的基本逻辑。不管是安定印度、尼泊尔和汉地等三界；还是安定天界、地界和人界，都是将格萨尔的行动变化视完成使命为故事情节极限。有极限的故事情节就是故事范型。格萨尔完成使命返回天界是格萨尔的基本故事范型。正是这一点格萨尔故事有了终点，并且给故事即主人公的行动变化赋予了意义。

印度史诗《摩诃婆罗多》的故事范型也是这种类型，即主人公般度完成使命返回天界的故事。《摩诃婆罗多》的中心内容是写婆罗多的后代堂兄弟之间的内部斗争。作品采用倒叙手法，先让歌人唱出原诗的内容，中间插入“蛇祭缘起”作楔子，然后正式开篇。

故事的基本情节大致如下：婆罗多的后裔中有一对兄弟，哥哥叫持国，是个瞎子，生有百子，族名叫俱卢族；弟名般度，生有五子，族名般度。持国和般度的父亲死后，般度继承了王位，但不久死去，由其兄持国继任国王。后来，般度的长子坚战长大了，王位应由他来继承，但持国的长子难敌企图霸占王位。于是，婆罗多族内部的纷争便由此开始了。首先，难敌企图纵火将般度五子及其母烧死，由于事先有人通风报信，般度一家得以逃出。在他们下到民间生活的这一期间，般度五子通过婚娶，有了共同的妻子黑公主，并拥有自己的盟国。他们克服种种困难，放火烧荒，开辟国土，扩大了自己的势力。在这种情况下，难敌只得同意分治王国，让般度族在西部荒凉地区称王。

难敌见般度族日趋强盛，便再次耍弄阴谋，派人用假骰子与坚战赌博，坚战在输光一切之后，兄弟五人连同妻子沦为奴隶，流放森林 12 年，第 13 年还得隐姓埋名躲藏起来，若被发现就要重新流放 12 年。13 年流放期满后，般度族五兄弟坚持索还国土，他们在召集盟国举行的军事会议上，决定先派黑天为使者去与难敌谈判。但是，难敌一意孤行，致使和谈破裂。于是，双方各自联络盟国，在古称“俱卢之野”（今德里附近）展开了一场可怕的毁灭性大战，附近的许多国王也分别参加了双方的战斗，经过 18 天的大血战，般度族五子得胜。后来持国的长子也死了，由般度长子继承王位。最后般度五子登雪山修道，四人先死，只有长子到达天堂。

总之，摩诃婆罗多在追向生命的终极意义。

（二）集群史诗中的诗章与故事终点

集群史诗《江格尔》、《玛纳斯》中各诗章的故事也有终点，有完整的故事轮廓。这种轮廓在歌手表演的过程中一般也不会有太大的变动。下面是采访著名玛纳斯歌手居素甫·玛玛依的访谈录片段：

问：这个和您已经出版的书之间会有一些区别吗？

答：在语言表达方面会有一些区别。

问：这怎么理解？

答：故事情节不会改变，但是有一些话（情节）可能会拉长或缩短。在口头演唱时一些地方会缩短，在连续的演唱过程中，如果唱的激情迸发的话，可能会使（史诗的）艺术性提高，篇幅也会拉长。

问：您在演唱时，什么时候最有激情呢？

答：在演唱我自己喜欢、感兴趣的，好的英雄人物出现时（最有激情）。说到我自己，当自己记录的时候，我喜欢一个人静静地进行记录；而演唱时喜欢在能够激起我的情绪，能专心地听，而且数量多的人群中演唱。那些听众越是专心致志地听，就越会焕发起演唱的激情。（阿地里·居玛吐尔地，2006：78）

六　歌手的期盼与命运

1991年11月，格萨尔歌手次仁占堆来到北京，接受《格萨尔》说唱家的命名，他把这看成自己的最高荣誉。虽然正如童年时在山洞中梦见的喇嘛所预言的那样，活佛的命运也降临到了他的头上，于1988年被认定为班戈县桑姆寺（宁玛派）的活佛。然而，他依然看重这说唱家的称号，因为这是在祖国首都得到的最高荣誉。杨恩洪教授曾问他："如果有人再一次问你，你是愿意当一辈子《格萨尔》说唱家，还是当活佛？"他仍旧毫不犹豫地回答要选择前者。是遗传还是偏爱？他自己也说不清楚。（杨恩洪，1995：306）

吉尔吉斯斯坦女玛纳斯奇塞依黛·戴德（Seyde Deyd）的父亲口齿伶俐、思维敏捷，是当地有名的机智人物。与当时很多著名的民间艺人和史诗歌手玛纳斯奇交往，经常邀请他们到家里来演唱《玛纳斯》，自己也经常到各地参加聚会聆听玛纳斯奇们的表演。塞依黛从小就聪明过人，喜欢听《玛纳斯》和其他各类民间文学作品，穿上男式衣服跟随父亲游历四方。

父亲也很喜欢她，到什么地方去都带着她，并将她戏称是自己的"儿子"。由于她多次聆听一位名叫克德尔阿勒（Kilirali）的玛纳斯奇演唱，而且在跟随父亲游历时，观看和吸收了很多民间歌手，包括当时有名的托合托古勒（Toktogul）等民间艺人和玛纳斯奇的演唱风采，耳濡目染，很快也成为一名史诗歌手小玛纳斯奇。

等她长到12岁时，家里人让她脱掉男式服装恢复女装，并在15岁时将她嫁给了早有婚约的人家。她的公婆禁止她演唱《玛纳斯》史诗并指责她有“妖气”，常常责难她。从小好强的她，便想方设法尽快脱离家庭的藩篱。她的公婆看出她的这种心思后，便顿生歹意，在她的碗里投下毒药想把她害死。塞依黛吃几口之后才觉出事情蹊跷，没有把碗里的饭全吃掉。婆家人以为她会死去，就将她单独锁在一个房间里离开。于是，塞依黛便趁机逃离婆家。

后来，她与一个开旅店的名叫乌斯塔交勒多西（Usta Joldox）的即兴诗人结婚，才算安稳下来。她时不时地在自己的店里为往来过路者演唱《玛纳斯》。但一些宗教人士观看她的表演后散布谣言说：“……一个女人家演唱《玛纳斯》，会遭到神灵的惩罚。不仅如此，甚至连她的家人、亲戚、邻居都要遭到惩罚。”塞依黛迫于周围环境的压力发誓不再演唱史诗，但还是忍不住寂寞，独自在家时常常演唱《玛纳斯》，解除自己心中的郁闷。据她儿子的回忆，她能演唱史诗前五部的大部分内容。（阿地里·居玛吐尔地，2006：103）

另一位女玛纳斯奇赛绍东·毛勒多凯（Seydene Molodoke）的命运也基本上与上述塞依黛女史诗歌手相似。根据她自己的说法，她是在梦中学会《玛纳斯》史诗并成为“赛麦台奇”（专门演唱《玛纳斯》中的英雄赛麦台的故事的歌手）的。她出嫁之后，她的外公以“从来就没有听说过女人演唱《玛纳斯》，如果女人唱《玛纳斯》必定会给家人带来不幸”为由，对她的演唱横加干涉和严厉禁止。面对来自家庭的压力，她只好暂时放弃了演唱。但是不久，她得了一场严重的病，而且梦见赛麦台在梦里不停地要求她演唱史诗。这时，正逢她儿子不幸去世。于是，她认为这是自己从小演唱史诗而受到神灵的惩罚。在心灵和现实的双重折磨之下，她只好在无人的夜晚独自出去，在荒野中演唱《玛纳斯》，以此减轻身心的压抑。后来，在一次大型集会上，她跑出去找到一些德高望重、懂事理的老人们，为他们展示了自己的史诗演唱才华，并得到了他们的祝福。从那以后，她不仅摆脱了来自家庭的限制和压力，而且也能够公开地为当地的妇女和其他听众演唱自己的史诗了。（阿地里·居玛吐尔地，2006：104）

第十五章

歌手的收入与传承

一　歌手的收入

史诗歌手一般是不会只靠史诗演唱工作来养活自己的家庭，他们还会有其他的收入来源。史诗歌手把自己的史诗演唱工作当作该社区观众心目中某保护神的保佑和功德。所以，歌手一般不会把史诗演唱当作唯一赚钱的手段，而是当作在故事神保护下完成自己的使命。一般歌手的经济收入不是很高，而且也不稳定。所以有时候歌手的父母从社区寺院的喇嘛那里知道孩子可能成为史诗歌手时，他们都不是很高兴，甚至会阻止自己的孩子成为史诗歌手。因为他们明白如果自己儿子当了歌手意味着一辈子受穷或受苦。因为他们的儿子还可以选择其他职业，从事经商、放牧和从政等。

中国西藏那曲歌手阿达尔刚开始在社区里公开表演史诗演唱时，他的父亲和继母对他非常不满地说："到处去说《格萨尔》，家里的活儿谁干？"父母责骂他是个不务正业的人。"要是你愿意出去唱《格萨尔》，那么就永远也不要回家！"就这样，17 岁的阿达尔被赶出了家门，成了一个无依无靠的流浪儿，开始了他的流浪生涯。虽然早期"他的说唱技艺还不很精深，在说唱之余，主要靠劳动来维持生活。他给别人当用人、放牛、拾牛粪、鞣皮子、捻线，只要是能挣到一口饭，他什么活都干。在苦难中，他认识了生活，也认识了自己，并不断地注意提高自己的说唱技艺"。（杨恩洪，1995：180—181）

中国新疆福海县牧民卡孜姆是哈萨克族有名的史诗歌手，他会唱 70 多部民间叙事诗（史诗）。2002 年 8 月，北京女学者乌日古木勒采访卡孜姆时，他已经 70 岁了，他的老伴 68 岁，有四个姑娘，两个儿子。四个姑娘已经嫁人，大儿子也已成家，安家于县城。卡孜姆老汉夫妇与小儿子、儿媳妇和刚出生3个月的孙子一起生活。歌手卡孜姆全家5口人靠120多只羊、15头牛和5匹马生活。此外，他还可以每月领取当地政府发放的500元人民币的补助工资。

他接受采访时还谈到经济收入和生活困境。卡孜姆把各种荣誉证书给学者看了之后说："虽然伊犁自治州、自治区、国内外经常来人采访我，我积极配合每次采访，把自己记忆中的史诗唱给调查者，但是并没有给我的个人生活带来任何好处，我的生活条件没有得到改善。那年伊犁自治州让我提供史诗稿子，我把脑子里的十几部史诗辛辛苦苦地写出来，自己花费45元钱寄走，后来那本书出版之后，我总共得到了130元钱的稿费。"（乌日古木勒，2008）

卡孜姆在生活中的确面临着不少生活困难，但是这种低收入造成的生活困难不是他一个人的现象。一般，歌手在社区观众那里通过史诗演唱来获得的收入非常有限。西藏女歌手玉梅也遇到过低收入的生活困境，她父亲去世后，母亲无法养活家里人。这时社区居民伸出了援助之手，救济她的母亲，她"一直为乡亲们说唱《格萨尔》，渐渐地有了一点儿人气。人们便经常聚在一起，凑一些肉、酥油、茶等请她去说唱。今晚在这个居民点，明晚又在那个居民点。群众点什么章部，她就说唱什么章部。为此，大家也很喜欢她。听众有时人多，有时人少，但每次说唱过后，大家都凑一点儿钱给她的阿妈。有时听的人多，每人凑上五毛钱，即可得到几十元的收入"。（杨恩洪，1995：181）对此，史诗歌手也有自己的解释。歌手扎巴认为他生活不能太富裕，那样他不会演唱史诗，从事这个行业，也不会太穷，因为这样歌手就无法生活下去。

下面我们看看学者阿地里·居玛吐尔地2003年8月14日在阿合奇县哈拉奇乡阿合奇村采访著名歌手玛纳斯奇满别特阿勒·阿拉曼时的对话：

问：您因为演唱《玛纳斯》而受到人们的尊敬。

答：对，我非常满意。

问：您到色帕尔巴依，到哈拉竣（Karajul）等外乡外县演唱了《玛纳斯》，他们对您有所表示吗？

答：有。特别是外地人对我们特别尊重。

问：他们给您披过大衣吗？

答：披过。

问：给您赠过马吗？

答：哪来的马呵？主要是在婚礼、祭典上给我披上大衣，赠送现金表示感谢。我在加浪奇（Jalanqi）和克孜勒宫拜孜（Kizilgunbez）参加婚礼祭典时演唱，他们也是像要把我举到头顶上一样特尊敬。给我披大衣、给钱表示感谢。

问：最多的时候能给1000块钱吗？

答：不。那怎么可能。连你们都不给，私人怎么能给呢？（在座的人都大笑）

问：那给多少呢？能给100吗？

答：有时候给100块，有时候给50块，有时候就披大衣。他们这些政府派来的人让我们唱完都没给过1000块钱，这些农民有能力给吗？……

阿地里·居发现：“综观国内外众多玛纳斯奇的人生经历，在现当代玛纳斯奇群体中，完全靠自己的史诗演唱职业养家糊口的玛纳斯奇，可能要数吉尔吉斯斯坦著名玛纳斯奇萨恩拜·奥诺孜巴克和我国的玛纳斯奇艾什玛特·玛木别特居素甫。其他玛纳斯奇都或多或少地经营一些畜牧维持生计，但他们却在动荡混乱的年代，为了生存，带着家人到处搬迁，过着漂泊不定的生活，生活曾一度变得极为贫穷，只有不断地用演唱《玛纳斯》所得养活家人。由于战乱，萨恩拜·奥诺孜巴克还曾携家眷到我国阿合奇县地区生活了一年时间。无论他到哪里，他就把自己的歌声带到哪里，并用唱《玛纳斯》所得养家糊口。在饥荒和动荡的年代，居素甫·玛玛依曾经商一段时间也是靠自己演唱《玛纳斯》所得养家糊口。”（阿地里·居，108—109）

总之，很少有史诗歌手专门靠史诗演唱职业来养活一个家庭。

二　歌手的表演风格

各地方史诗歌手在社区或电视观众面前表演自己擅长的某个史诗演唱表演时，大家稍微做个比较，很容易发现歌手们表演风格各有春秋。有的很安静，有的很疯狂，有的很文雅，有的很激情。

这些不同的表演风格与他们的人生经历和获得歌手角色的方式有一定的关联。虽然都是英雄的故事，但是通过他们的口头表演，变成一种风格、形成一种艺术气息。学者角巴东主很好地总结了青海海西歌手才让旺堆老人的表演风格。他说：才让旺堆老人的说唱风格与众不同，很有特色：

（1）开始表演史诗演唱之前要祭祀神灵。才让旺堆每次说唱之前，都要祭奠英雄格萨尔及岭国三十员大将等。随后便趺坐如盘，双手合十，虔诚祷告，尔后开始说唱。每说完一部，也要祭奠。他自从进入《格萨尔》研究所后，先后说唱了11部《格萨尔王传》，每说一部，都是如此。他说，如果不对岭·格萨尔王虔诚礼拜，说唱就不会顺利。

（2）口头表演时使用一些道具。才让旺堆以往说唱时，随身携带弓箭、“仲夏”等物，还备有格萨尔王和岭国三十员大将的唐卡画等。据他称，在说唱时，根据说唱内容中人物的动作，配以一定的手势舞姿，一来可加强说书的乐趣，二来也能吸引观众。在说唱过程中，随着故事情节的变化，他脸上的表情也时喜时悲、时怒时欢，并且手舞足蹈，与口中的唱词配合默契。

（3）口头表演一气呵成，从不中断。才让旺堆在说唱时，精神高度集中，眼睛一动不动地看着观众或合十聚拢的手指。说唱内容总是一气呵成，又急又快。如果让他停下，只要招手示意，他便能自动停止演唱。停唱时间可短可长，或几天或几个月均不妨碍他再次接着演唱。他的说唱不受时间环境等的影响。这可能便是“神授仲肯”的一大特色。

（4）变换曲调，增加气氛。才让旺堆的说唱曲调丰富多彩。他说唱时，能根据不同人物配以不同的唱腔。就格萨尔王来说，在降伏十八大宗时有不同的十八种唱腔。如在降伏魔怪鲁赞时，为“驱赶黑暗的白色六律”调；降伏霍尔国白帐王时，唱腔为“食肉吮血”调；降伏姜国萨丹王时，唱腔为“杜鹃远鸣”调；降伏门国辛迟王时，唱腔为“六变神音”调……

才让旺堆认为格萨尔的说唱又分繁扩、适中、简略三种口头表演形式。史诗演唱的具体时间长度，可由歌手根据社区听众的要求和可听时间限制而定。他演唱的史诗《格萨尔》的口头诗章，如《楠铁宝藏宗》为繁扩，全书共50多万字，120余盒音带；而口头诗章《吉祥五祝福》为适中，约10万字，33盒音带。据他称：一般在喜庆的日子如赛马会等场

合的说唱均属简略。(角巴东主，2010)

我们在田野调查中发现，史诗演唱竞赛和记者采访时歌手的口头表演的时间比较短，一般是10—30分钟。

三　歌手的开场诗与禁忌

史诗歌手完成一次或多次史诗演唱时，使用不同的道具，当然有的时候这些歌手什么道具都没有，他闭上眼睛就能表演一次精彩的史诗诗章。史诗歌手们主要使用的道具有灵性的帽子、托布秀尔琴、马头琴和故事图（唐卡）等。没有伴奏的乐器时，歌手们就使用自己的手或肩膀来表达那些美妙的史诗演唱节奏感或故事情节中的人物动作。这些帽子、托布秀尔琴、朝尔琴、马头琴和故事图（唐卡）等道具都有启动故事的功能。有的歌手开始史诗演唱表演时，他们先演唱开场诗——《帽子赞》，或《朝尔琴赞》、《阿尔泰赞》等。有的歌手会专门演唱史诗的开场序诗。这种开场诗一般不重复，也就是演唱专门的开场序诗后就不再演唱帽子赞或朝尔琴赞。这些开场诗是完全独立故事的短小的诗篇，一般不到100行诗。

歌手是通过这些开场诗来引出史诗故事的口头表演，而且能控制现场观众。这种独特的《朝尔颂》和另一种开场诗《阿勒泰赞》在中国新疆卫拉特蒙古人的史诗演唱中经常出现。中国西藏的歌手经常用一种独特的开场诗《帽子赞》，有时候叫《王冠颂》。格萨尔民间说唱艺人的道具很少，但帽子是必备的。格萨尔说唱帽是民间格萨尔说唱艺人的专用道具，在藏语中称“仲夏”，他们也叫“故事帽”。

这种帽子以羊毛毡、绸缎或布料缝制，其形状呈菱形顶尖、中大下小六棱四面，左右两侧有两个钝角形帽耳，帽顶插有各种禽翎，帽的正面镶嵌有数十种装饰物，每一种装饰物都有一定的象征意义。《帽子赞》还有专门的曲调，藏语叫“厦协”。西藏著名歌手土登认为：“史诗中有一段对霍岭之战的描述最为精彩，其中用了大量篇幅描述格萨尔王佩戴的帽子。这顶非凡的帽子具有包容四大洲、一座桥、一个湖和62座山的夸张样式，35种珍宝和16种飞禽翎子做成的装饰物。这一段长达892行的诗篇，需要近一个小时才能唱完。现在他戴的这顶帽子，完全是按照史诗中的描述做的，光搜集所需的16种鸟的羽毛，就花了好几年的时间。”（朱哲琴，2009）

在古巴比伦的口头史诗中也发现这种开场诗，叫序章。下面是一段完整的开场诗“朝尔颂”：

这是佛祖创造的神物
具有降妖除魔的法力
这是有福气的人们的乐器
用我粗手的技巧来演奏
这是奉献给天王的供品
具有镇压蟒古思的法力
这是蒙古人创造的乐器
具有保护畜群的法力
听到朝尔琴声
天神将会高兴
依达木佛、却忠佛会赞赏
一切都会吉祥
听到朝尔琴声
天父会高兴
众神会赞赏
妖怪会逃遁
牲畜会繁殖
疾病会消失
一切都会吉祥
（瓦尔特·海希西，1988）

中国社会科学院少数民族研究所的史诗学者旦布尔加甫在新疆卫拉特地区做田野调查时也遇到这类史诗演唱禁忌。1986年，他在新疆乌苏县采访过一位叫诺日布巴德切的喇嘛。他在讲述一个故事时，仅仅因为忘记了故事中要出场的一个人物的坐骑的毛色，就取消了这次讲述计划。旦布尔加甫问他，为什么不随便说个毛色而继续讲述？他说：“那怎么行？随意改变会对讲述者及其亲戚带来灾难的。”（旦布尔加甫，1996）“蒙古国的西部卫拉特人认为：‘歪曲史诗主干情节的人总有一天会遭受那些杰出人物、史诗英雄的惩罚。’布尔杜科娃也谈到这个情况，她说卫拉特史诗艺人‘总是力图准确地掌握英雄歌的情节主干，如有不忠实之处就会被认为是一种罪孽，就要受到保护神和所颂扬的勇士们的惩罚’。”（斯钦巴图，2006：224）

俄罗斯卡尔梅克草原上的江格尔歌手，在演唱《江格尔》时严格遵守史诗禁忌。他们认为：“关于江格尔的这些歌，具有一种非凡的魔力。在他们看来，在一个场次里如果演唱江格尔传的所有章节，会带来不幸，甚至有可能招致江格尔奇的死亡。为了开心解闷而在欢乐的酒宴上或者在白昼里演唱，照例是不许可的（说唱只能在晚上进行）。”据报道，鄂利扬奥夫拉曾经说过，像演唱《江格尔》史诗这样重大的事情，需要一定的准备，不然的话演唱起来就特别困难，甚至会给周遭带来不幸的后果，很可能会招致一场旋风等。另外，鄂利扬奥夫拉演唱《江格尔》时总是跪着，这象征着他对所歌颂的英雄人物的英雄事迹表示最大的尊重和敬意。（斯钦巴图，2006：227）

各个地区都有不同的《江格尔》演唱习俗。据卡那拉说：在昭苏、特克斯和尼勒克的厄鲁特人中，演唱前要点香，点佛灯，并向江格尔磕头祈祷。同样，在博尔塔拉的察哈尔人中，晚上演唱前要紧闭蒙古包的天窗和门，点了香和佛灯后才能开始。过去喇嘛们常说：“如果不这样做，老天爷就会生气，给人们带来灾难。”（仁钦道尔吉，2012）

史诗歌手的服饰有两种，一种非常独特，而且有一定的讲究；另一种没有任何讲究。这两种服饰差异主要体现在表演场合。在祭祀比较神圣的正式场合歌手们会注意穿着打扮；但是在帐篷、蒙古包和野外流浪时，歌手们就不会讲究自己的服饰打扮。在这两种情况下，歌手们都会轻松自如地表演自己的史诗演唱。那么，那些奇异而庄严的服饰，到底对于歌手祈祷什么作用？新歌手表演《格萨尔》或《江格尔》时，他们会穿戴独特的帽子或在马头琴上拴着蓝色的哈达。这是一种对于故事神的尊敬和邀请。可是一般不会有这些独特要求。

关于格萨尔歌手在史诗演唱中的服饰打扮，法国学者石泰安在《西藏史诗和说唱艺人》一书中做了详细的研究。他发现这种独特服饰不是一种简单的宗教意义的东西，很可能还携带格萨尔史诗的来源和原初的信息。他说：“我们从一开始就发现，说唱艺人与萨满（我们使用狭义，即指蒙古、西伯利亚、中亚、满洲人中的萨满教信徒，而不是指随便一种什么巫师或通灵人）具有许多共同之处。”（石泰安，2005：409）

四　歌手的史诗观与访谈录

从亚里士多德到洛德的史诗学中很多概念来自史诗歌手的理解和知识。弗里讨论口头理论的主要特点时，他就回到南斯拉夫歌手的理解中寻求答案。这也是现代田野史诗学的主要特点，这里学者必须通过田野调查中获得民族志材料来论证普遍意义的理论以及推导出各种结论。弗里说当被要求说出“一首歌中的一个词”（reupjesmi）时，歌手们从不复述字典中的某个单元或是印刷品上的某个排印单元作为回答。每一次他们都至少提供给你一个完整的诗行，有些时候是完整的一组诗行，这才是他们心目中的“词”。下面的例子来自帕里和洛德的助手尼古拉·伏日诺维奇与歌手穆若·库库如佐维奇（Mujo Kukuruzovi）之间谈论在口头史诗传统中一个 re（词）的特殊本质时的对话：

尼：让我们考虑这一点：“莱卡的木斯塔热别格正在饮酒”，这是单个的 re 吗？

穆：是的。

尼：但怎么会呢。它根本不是一个：“Vino-pije-li ki-Mustajbe e.”

穆：在书写上不是一个。

尼：这里共有四个 re。

穆：在书写上不是一个。但是在这里，试想我们在我的家里，我拿起那把古斯拉（gusle 伴奏乐器——译注）——Pije vino li ki Mustajbe e——对我来说在琴上这就是一个 re。

尼：那么第二个词呢？

穆：第二个词——“Na Ribniku u pjanoj mehani”（“在日比尼克的一个酒店里”）——这就是了。（弗里，1997）

简而言之，歌手库库如佐维奇是将一个“词”看作一个表达的单元。这个单元在南斯拉夫口头史诗中起到结构性作用。对他以及对所有的歌手而言，最小的“词”便是整个诗行。较大的“词”也同样是表达的单元：它们或者是一通讲话（可长达若干行），或反复出现的典型的场景（武装一位英雄、旅行到一座城市、聚集起一支队伍，等等），乃至整首史诗故事。对一位歌手而言，“词”可以意味着全部演唱，或是其中任何有意味的部分——从单行的诗行，经各种较大尺度的单元，直至整个故事形式（story-pattern）。这一观念表明，我们的存在与文本中的、印刷物中的“词”与之有着怎样决定性的差别。（弗里，1997）

下面介绍中国的学者在田野调查中访问歌手时做的访谈录，进一步深化对史诗演唱及其歌手的理解。

（一）塔亚采访冉皮勒的访谈录：冉皮勒的《江格尔》观

这里展示的《冉皮勒的〈江格尔〉观》是学者塔亚采访著名江格尔奇冉皮勒的田野采访记录。塔亚的采访记录最早刊于《内蒙古大学校刊》1992年4月20日蒙古文版，后来朝戈金翻译成汉文，并收录于他的博士论文附录里。以下是其中的一个片段：

10. 在《江格尔》里出现的蟒古思真的是吃人的妖魔吗？

这个世界上从来就没有妖魔。《江格尔》里的蟒古思不是真的妖魔，而是和我们一样的人。《江格尔》里的规矩是把敌对方面有智慧的人和有力气的人叫做蟒古思。蟒古思就是有力量、有能耐的意思。

11. 江格尔是个什么样的人呢？

江格尔是霍尔木斯塔天神为了下界的安定而派遣来的化身。主要使命是统一八方世界，永远没有死亡和永远太平，换句话说就是为了统一全世界，为了带来永生永世的幸福而来的。

12. 如果江格尔是神仙的话，那为什么要兴起杀伐之事呢？

神仙采取两种形式，一种遵循佛法，一种是采用俗人形态出现，江格尔从天神那里下来以后，可以杀戮和娶亲。

13. 江格尔怎么会有那样大的力气和能耐呢？

［以诗句作答］头顶上有金刚佛守护，前额上有宗喀巴显灵；在他的前额上有……（略）

14. 《江格尔》里为什么江格尔亲自出征打仗的事儿不大见得到，反而主要是洪古尔来做？

洪古尔的生命守护神是江格尔。这样一来江格尔不死，洪古尔就不会被打败。实际上是洪古尔依靠江格尔的力量变化法术，代表江格尔去打仗。此外还有一个都知道的事儿，就是江格尔的生命守护神是在天上的阿尔山格日勒神，在霍尔木斯塔腾格里那里。萨纳拉和萨布尔的生命守护神是洪古尔。

15. 江格尔在右肩上长出来的二岁骆驼掌那么大的红痣有什么含义？

他是镇压超过江格尔力气的蟒古思的镇服符。江格尔显露出红痣的时候，就是给天上的阿尔山守护神传递信息。再者，蟒古思的力量虽然很大，但是怕红痣发出的七个太阳的光芒照耀。

16. 江格尔用红痣镇压蟒古思的故事在哪些个故事里出现过？

《大力的胡日胡鲁同阿拉坦索耀之部》和《世间的美男子明彦和江格尔战斗之部》里都有。

17. 江格尔到底有几个孩子？

只有个叫做哈尔吉拉干的独子。

18. 那为什么在《……》里出现某个江格尔儿子？

……总之，他不是江格尔的儿子，而是天神知道有个蟒古思是江格尔不能战胜的，他的守护神就托生为他的儿子，从而战胜了蟒古思。关于这里的曲折，在《江格尔结束之部》里有叙述。

19. 据您说，江格尔是历史上的真人，他所统辖地区的一部分是我们的人间世界，那么能具体指出一些江格尔出现的地方吗？

据前辈江格尔奇说，我们卫拉特蒙古是残暴的希拉蟒古思的儿子厄尔古蒙根特布赫可汗的家乡，喀尔喀蒙古是残暴的西尔古尔古的地方，唐古特是残暴的哈尔黑纳斯的家乡。

20. 江格尔时代是否有过民族、种族的区别？

那时候没有民族和种族的区别，全世界的人都是一个统一的整体。后来从江格尔那里分出了斡根代、黑根代和毛顿三个地方。斡根代的地方发展成俄罗斯，因为把他们安顿在一个漏风的洞穴里，让他们锻造武器，所以他们的眼睛就凹进去了。黑根代的地方发展成为汉人的地方。他们拥有比刀刃犀利、比马鬃还细腻的规矩，所以他们变成富有哲理思想的民族。毛顿变成了蒙古的地方，他们背靠蓝色的山，脚踏着冰块，放牧牲畜，所以强壮矫健，变成游牧民族。

21. 为什么说赫吉拉干精通蒙、汉、俄、哈、唐古特多种语言？

我的老师和我都没有这样说过，只是说他擅长判断是非，是能指出对错的能手。（朝戈金，2000：284—286）

（二）朝戈金采访钟高洛甫的访谈录：钟高洛甫的《江格尔》观

下面是朝戈金在做博士论文时去新疆采访著名江格尔歌手钟高洛甫的访谈录片段。钟高洛甫是新疆静县巴音布鲁克的降边阿木地方的萨嘎人。朝戈金的这次田野作业的地区，主要是在博尔塔拉蒙古自治州的温泉县和巴音郭楞蒙古自治州的巴音布鲁克地区。朝戈金的采访很紧凑，他说“以下是本次田野作业访谈笔记的一部分，根据现场录音进行了整理，原则上保留了原始的对话”记录：

问：您是怎么看江格尔这个英雄的？他是人间生活过的人物吗？还会投生人间吗？

钟：不能啦。现在已经不是能生出那样英雄的时候了。

问：他们的灵魂会投生人间吗？

钟：古代的时候有过那样的事儿，那样的事儿现在就没有了。

问：那他们的灵魂去了什么地方了？

钟：他们的灵魂可能是到上界（上天）上投生去了吧。

问：江格尔的守护神有吗？在哪里呢？

钟：你说呢，不说是江格尔的守护神，说是佛法的上师。

问：佛法上师和江格尔是一个人吗？

钟：佛法上师是早就有的叫法。

问：在阿勒泰的乌梁海那里，有讲了《江格尔》出去打猎就会有好的收获，这里有这个说法吗？

钟：我们这里吗？这里没有。

问：没有这么个说法？

钟：没有那样的东西。我不是有名的江格尔奇。要是有名的江格尔奇演唱《江格尔》，那些东西（精灵）会来听的。

问：普通的江格尔奇是不是预言家？以前有没有那样的人？

钟：没有。

问：普通江格尔奇和讲得好的江格尔奇之间有什么区别吗？有没有区别？

钟：有人是听了别人讲故事，才跟着学会说的。

问：他们没有变得有点儿特别吗？比如有了法力或者法术什

么的?

钟：没有。

问：讲《江格尔》时候用的语言和我们日常生活里的语言，有没有区别?

钟：没有区别。

问：《江格尔》里面的语言是很美呀，那跟我们日常生活里的语言一样吗?

钟：不一样（唱了几句诗句）。

问：这跟我们的日常语言不一样吗?

钟：不一样。

问：有什么不一样?

钟：（笑）蒙古人在过去就是那样讲《江格尔》的嘛。（朝戈金，2000：311—312）

（三）阿地里采访居素甫·玛玛依访谈录：居素甫·玛玛依的《玛纳斯》观

阿地里·居玛吐尔地此次访谈录是他于2001年8月26日在阿合奇县居素甫·玛玛依老人家中用磁带录音设备录音记录的。后来，用柯尔克孜文发表在《克孜勒苏文学（柯尔克孜文版）》2002年第2期。在这里保持了访谈原始的对话方式。后来收录于他的博士论文中，以下是访谈记录：

阿：但是在史诗中，以及在现实中，人们都说玛纳斯的灵魂还活着。塞麦台以及玛纳斯的其他后代在遇到危险时，玛纳斯的灵魂就会帮助他们脱离危险。我们在日常生活中也常常说“愿玛纳斯的灵魂保佑”这样的话来安慰自己和别人。

居：对。玛纳斯的后代常常呼唤玛纳斯的灵魂保佑。在《玛纳斯》中，当祈求玛纳斯的灵魂保佑时，说玛纳斯带着自己的勇士们出现，也说他们正在来临。柯尔克孜人在最危机、最困难的关头不祈求玛纳斯的灵魂就没有办法。就是在今天，我们也要向玛纳斯的灵魂祈祷，崇拜他。就因为我们崇拜他，我们才唱他的故事。为了能永远保存下他的事迹才出版他的书。你们问这问那，想把《玛纳斯》理解透。我认为《玛纳斯》只会越搞越长，不会缩短。它被演唱了近千年，以后还会继续下去。

阿：您说过您所演唱的《玛纳斯》是从您的哥哥巴勒瓦依的手抄本上学习的。

居：对。

阿：那些由巴勒瓦依记录下来的手抄本和您所演唱的内容之间有区别吗？如果有的话，有多少？

居：有区别。不能说没有。他从玛纳斯奇居素甫阿昆和萨恩拜口中记录搜集了《玛纳斯》的前三部，这之间的区别不是很大。后五部是从一个叫额布拉音的人口中记录的。额布拉音的后代现在还健在。额布拉音的亲兄弟的孩子苏来满县长也在。那个额布拉音是不识字的人。他演唱时有些地方用诗有些地方用白话。我不是一个历史学家，所以对史诗中的历史我不可能改动，对自然界中的事物无法改动。我没学过地理，所以对地名、山水更没办法改动。我所做的只是把白话部分改成了诗。我所说的变化也就是在这方面。

阿：您的哥哥在记录居素甫阿昆和萨恩拜的《玛纳斯》时也是用诗来记录的吗？

居：对。

阿：那这些诗和您所演唱的诗之间有区别吗？

居：有区别。

阿：有什么样的区别？

居：由于《玛纳斯》特别长，演唱时很多诗行的位置会改变和交替。会有一些东西被添加进去，也会有些地方被遗漏。并不是说一直在增加。你也知道，有人说柯尔克孜是从夏依克满苏尔繁衍来的。对此，陶阳还给我写了一封信。我还想让你看一看那封信呢。我让孩子们给我念了一下信的内容。陶阳说让我把过去唱过的重新强调一下。他说不光是柯尔克孜，在母系时代每一个民族都不认识自己的父亲，母系时代是最古老的时代。这封信还是你弟弟居玛地力在这儿给我翻译的。说到这样的地方，要想把《玛纳斯》搞清楚是很难的。我们认为没有父亲怎么行，大民族的学者却又这样说，他说各个民族都是从母系时代过来的，还说父系时代是后来才出现的。原来，四十个姑娘的故事就是那个母系时代的事情。（阿地里·居玛吐尔地，

2006：231—232）

（四）记者陈一鸣采访学者杨恩洪访谈录：杨恩洪的《格萨尔》观

《南方周末》记者陈一鸣采访著名史诗学者杨恩洪的一篇报道——《说唱传统是民族的共同记忆——受访全国〈格萨（斯）尔〉工作领导小组常务副组长杨恩洪教授》也是非常珍贵。最早文章发表在《南方周末（城市）》2004 年 8 月 12 日第 1070 期上，后来各大媒体转载报道。

对全国《格萨（斯）尔》工作领导小组常务副组长杨恩洪教授而言，使《格萨尔》跻身于“世界非物质文化遗产”是杨教授退休前的最大愿望。1968 年杨恩洪于中央民族学院毕业后，即分配到西藏那曲工作；1980 年回到家乡北京，一直在中国社会科学院从事格萨尔艺人研究。

20 世纪 80 年代，为探访西藏艺人，她曾独身一人背着录音机和照相机赶路，半夜三更在川藏线上招手拦卡车。6 月中旬，听说昌都一带出了一名 14 岁的“神授艺人”，她又只身进藏，从拉萨出发后遭遇雨天，道路塌方，只好原路返回。以下是当时做的访谈记录：

记者：《格萨尔》说唱艺人是什么时候出现的？

杨恩洪：历史上没有记录，但目前发现的最早的手抄本出现于 14 世纪，内容是《姜岭之战》，讲的是岭国格萨尔与纳西人之间的战争。据此推算，艺人的出现时间应该早于 14 世纪。早在 7 世纪的敦煌文献中，就出现过格萨尔字样，但还没有足够的证据论定敦煌文献中的格萨尔与史诗中的格萨尔是一回事。

记者：如何理解“神授”现象？

杨恩洪：关于“神授”，世界格萨尔学界也有各种不同的观点，有人认为这只是艺人为了抬高自己的社会地位而杜撰的；有人认为这是艺人不明白自己为什么会产生创作冲动，就真心地认为这是神的意愿；当然也有人认为确实是神授……不过这其中确实有一些难以解释的现象。如果说是靠记忆，文盲怎么记忆那么多内容的？如果说是即兴创作，文盲的创作怎么会有如此之高的文学艺术水准？藏区有口耳相传的基础和传统，过去宁玛派和苯教主要都是口耳相传，靠记忆传承。从理论上讲，人类大脑的储藏量是惊人的，现在人们的记忆只占据了大脑的极小一部分，也许神授艺人具有开发大脑记忆的特殊能力？而我们的记忆模式则因为人类产生文字依赖后发生了改变？在没有定论之前，目前的各种观点还都只能被认为是假说。

记者：为什么要保护《格萨尔》，最需要保护的是文本还是其他要素？

杨恩洪：一个社会的文化基因丰富多彩才有可能促成社会文化的总体繁荣，单调的结果就是走向灭亡。如果现在不保护《格萨尔》的口头说唱传统，过去20年的努力也许就要付之东流了。说唱艺人尤为珍贵，他们是研究史诗、打开史诗之谜大门的一把钥匙。我们申请世界非物质文化遗产的具体名称就是“格萨尔艺人及其说唱传统”。说唱艺人中最为珍贵的“神授艺人”，目前剩下的基本上都是老人，新人越来越少。他们的消失，就是民族共同记忆的消失，是一段历史的消失。回想起来，我们当初的保护、研究方式缺乏社会学、人类学研究方法，影像手段也不足，早期我们用的都是盒式磁带，现在有一半都听不清楚了。

另外研究中的个人壁垒、拒绝共享的问题也不容讳言。未来9年内，我们打算办三个艺人传习学校、资料馆。对于衍生类的格萨尔藏戏，唐卡等艺术形式也要给予足够的重视。

记者：采访中记者接触到的每个人都坦然承认，年轻人不像过去那样爱听《格萨尔》了。《格萨尔》保护的合理的期望值是什么？

杨恩洪：像世界其他史诗一样，《格萨尔王传》必然要经历从口头说唱向书面化过渡的过程。当青藏高原逐渐迈向现代社会以后，口头说唱形式受到现代文明的挑战，正在逐渐减少，而史诗流传的书面化形式最终会代替口头说唱。正因为如此，才要对《格萨尔》说唱传统进行保护，就像正因为现在年轻人很少喜欢听昆曲和古琴，所以我们才保护它一样。（陈一鸣，2004）

五　这首歌的传承方式

老一代史诗歌手表演史诗演唱的能力是如何传承到下一代的呢？我们在田野调查中发现有很多种方式。角巴东主根据田野调查中获得的资料认为这首《岭·格萨尔王传》传统的传承至少有神授说、伏藏说、悟光说、释画说、授艺说等6种方式。每一种说唱方法都有自己独特的风格和传承规矩。（角巴东主，2013）但是这种这首歌的传承方式在黄忠祥的专著《哈萨克英雄史诗与草原文化》中总结得更为全面和清晰。他以中国新疆哈萨克族歌手的传承方式为基础讨论了五种比较典型的史诗传统的传承方式。黄忠祥“根据在哈萨克族英雄史诗的传承上发挥过或正在发挥着作用的巴克思、萨勒—赛里、吉劳、吉尔奇、阿肯、安奇—阿肯和黑萨奇等传承人的特点”，把史诗歌手的传承方式分为血缘型传承、业缘型传承、书面型传承和巡回演出型传承、迁徙型传承等几种类型。（黄忠祥，2007：178）

（一）血缘型传承

黄忠详认为：“血缘传承方式是指在具有血缘关系的群体内部进行的传承活动，即指哈萨克族辈分和部落内部的传承关系。哈萨克族部落观念较强，而部落是在血缘关系的基础上逐渐形成壮大的，同一部落的都有着血缘关系，因此哈萨克英雄史诗的传承具有浓厚的血缘色彩。根据哈萨克族英雄史诗血缘传承的特点，可分为直系和旁系亲属之间的传承。”（黄忠祥，2007：178）

（1）直系亲属的传承。中亚和蒙古高原的游牧民族经常迁徙游牧，所以形成一种独具特色的流动社区。这种流动社区中歌手们之间接触和学习史诗演唱技能的方式很多。但是最常见的传承方式就是家族直系亲属之间的传承方法。黄忠祥称之为“直系亲属的传承”，他说：“直系亲属是指与自己有直接血缘关系的人，而直系亲属的传承主要指辈分之间的传承，即长辈传给晚辈的传承关系，哈萨克族是逐水草而居的游牧民族，居住场所分散，平时互相接触的机会有限，家庭成员之间的欢乐居于首要地位。许多哈萨克族家庭中，长辈是能说会唱的，其子女也不示弱，传承和发扬了长辈的特长。”（黄忠祥，2007：179）

（2）旁系亲属的传承。在亲属关系中旁系亲属也很重要。孩子的直接亲属中若没有很有才华的史诗歌手，他可以找经常能遇见的旁系亲属。草原上游牧牧民虽然经常迁徙放牧，但是以某一个宗族为核心形成部落。所以他们日常的交往和聚会中，还可以见到旁系亲属——兄弟、姐妹、伯父、叔父、伯母、婶母。如果他们中有才华的史诗歌手，孩子必然去找他们学习史诗演唱。黄忠祥认为：“旁系亲属是指直系亲属以外在血缘上与自己同出一源的人，而旁系亲属的传承主要指亲属之间的传承，即兄弟、姐妹、伯父、叔父、伯母、婶母等之间的血缘传承关系。在血缘关系传承中，除了直系亲属传承以外，就是旁系亲属的传承。在哈萨克族民间说唱艺人中，有很大一部分是启蒙于自己的兄姐或叔伯。”（黄忠祥，2007：180）

（二）业缘型传承

不管是在游牧社区还是农业社区，居民在婚礼、丧礼或闲暇时对于口头表演存在一定的需求，这也促进了史诗歌手的出现。这些史诗歌手有的不能在家族内部得到学徒，就促成了业缘传承方式。黄忠祥说：“业缘型传承方式就是在同一行业内部所进行的传承活动，即指哈萨克族民间说唱艺人之间的传承关系。这种同行业中的师徒传授是哈萨克族英雄史诗传承的主要方式之一。每一个哈萨克族最基层的社会组织——阿吾勒（牧村）一般都要有一两位说唱艺人，这是生活中不可缺少的，也是哈萨克族传统文化得以传承的前提。这些说唱艺人在有生之年，总要培养几名接班人。有的传授给了自己的子女，有的传授给了自己的亲戚，有的传授给了自己的得意门生，很少出现失传于本身的现象。”（黄忠祥，2007：181）

（三）书面型传承

我们在前面提到过古巴比伦史诗《埃奴玛·埃立什》中把口头史诗转化为文本史诗的书写传承方式。这也是一种书面传承，其本质是以文字记录技术作为一种储存和提取的方式。黄忠祥认为书面传承方式：“根据哈萨克族英雄史诗书面传承的特点可分为手抄、印刷和音像三种文本。”（黄忠祥，2007：184）他还认为：“书面传承方式是通过文本进行传承的形式，确切地说应该称其为非口头传承，因为这里所说的书面传承是针对口头传承相对而言的。书面文本除了手抄文本和印刷文本以外，还包括音像文本。口耳相传是民间文学传承的一般特征，是哈萨克族英雄史诗传承的主要方式。这是相对于民间文学的一般传承特点而言，或者虽说是原始的传承方式，哈萨克族英雄史诗的口头传承可追溯到公元8世纪前后的《霍尔赫特祖爷书》、《阿勒帕米斯》等，虽然期间伴随着口头传承也可能出现过书面传承，但真正意义上的书面传承已经到了18世纪，至于印刷文本形式的书面传承到19世纪才开始。”（黄忠祥，2007：

184）

（1）手抄文本形式的传承。手抄本传承是一种口头史诗很原始的传承方式。即使在口头史诗传统非常活跃的地方，手抄本传承也一直存在。手抄本歌手是背诵和储存口头史诗的一种工具。歌手使用大量的手抄本的原因主要有两方面：一方面，歌手可以随时随地将所需要的口头史诗记录下来以便以后使用和参考；另一方面，歌手可以长期地储存自己或别人的口头史诗的基本信息。于是出现了专职抄写史诗的职业。这些专门抄写史诗文本的人，不仅把别人的口头史诗和文本史诗抄写保存下来，而且有时候对在口头表演过程中出现的前后不一致等非常明显的错误进行修改。

黄忠祥说："手抄文本形式的传承是哈萨克族英雄史诗的主要传承方式之一，在史诗的传承、丰富等方面上发挥着举足轻重的作用。手抄文本的出现一般基于两个目的：一是为了自己保存和爱好，甚至作为一种传家宝一代一代地传下去：二是为了发扬民族精神，鼓舞人民的斗志，由官方组织抄写。哈萨克族英雄文待手抄文本的出现至少有四五个世纪了，但目前能见到的是19世纪以后抄写的。手抄文本的形成主要有两个途径：一是自己演唱自己抄写，也就是说自唱自写。这样可以互相补充，丰富史诗的内容。这种手抄形式不仅是早期民间艺人所常用的，而且如今仍然在使用。二是自己演唱别人抄写，即不是演唱者自己抄写，而是由另外一位抄写。这种状况的形成主要有两个原因：一是演唱者是文盲，只有依靠别人记录下来自己的唱段：二是出于崇拜和爱好，把民间说唱艺人所演唱的史诗抄写下来，自己进行演唱和传承。现流传在哈萨克族百姓中的手抄本大多属于后一种。"（黄忠祥，2007：185）

（2）印刷文本形式的传承。古希腊荷马史诗《伊利亚特》和《奥德赛》是最早以印刷文本形式传承下来的口头史诗。目前，世界各地的口头史诗都有这种印刷文本的传承。

黄忠祥发现："印刷文本形式的传承是指以印刷文字为载体的传承形式，属书面传承的范畴。哈萨克族英雄史诗的印刷文本形式传承得比较晚，目前能见到的是19世纪中叶，如俄国学者N. 伊里明斯基（H. Ilminskiy）根据哈萨克族著名民间说唱艺人玛拉拜·库勒佳拜（Marabay Quljabay）的演唱，整理出了哈萨克族的英雄史诗《勇士塔尔根》，并于1862年在俄国喀山出版了这部史诗。"（黄忠祥，2007：

185）

（3）音像文本形式的传承。口头史诗记录技术的进步导致出现一种全新的传承方式。这就是某口头史诗的音频和视频传承。黄忠祥认为："音像文本形式的传承是指以录音图像为载体的传承形式，属书面传承的范畴。随着信息社会的到来，音像、光盘、多媒体和网络等新技本得到了突飞猛进的发展。这些先进技术的出现使民族口头文学传承的载体形式日益多样化。目前已经对哈萨克族的部分英雄史诗进行了录音和摄像，使人们不仅能听到素不相识的民间艺人演唱的声音，而且能看到向往已久的民间艺人的演唱风采，如哈萨克斯坦科学院文学与艺术研究所早在20世纪五六十年代就对哈萨克族《帕米斯》、《库布兰德》、《英雄塔尔根》等英雄史诗的抄本进行了拍照，做成了微缩胶片；对著名演唱艺人的版本进行了录音，保留了他们的声音。现准备把这些胶片和录音刻成光盘，永久保存。"（黄忠祥，2007：186）

（四）巡回演出型传承

这是口头史诗最早的也是最原始的传承方式。很多人在某一个著名歌手来到他们社区表演史诗演唱之后学会了这首歌的口头表演技能。交通工具发达，全球交往频繁的当今世界，很多史诗歌手到世界各地巡回演出，传播和传承自己的口头史诗。

俄罗斯卡尔梅克歌手察汗扎姆在2003年的戛纳国际音像博览会上崭露头角，3000名专业人员被他的魅力和嗓音所征服，他们长时间起立鼓掌，为这位来自中亚草原的喉麦大师欢呼。他在世界各地演唱《江格尔》得到了各国人的欣赏。他是卡尔梅克共和国巴图特（Baatud）部落人。黄忠祥发现："巡回传承方式是通过民间说唱艺人走村串户的演唱方式来进行传承的一种形式，属口头传承的范畴。哈萨克族的居所一般都比较偏僻，接触的人也比较少，他们的性格应该内向守旧，但事实并非如此。他们性格开朗，待人诚实，四海为家，热情好客，喜欢到他乡去联络交流，处处表现出大草原的粗犷豪放和游牧民族的大度性格。这些民族特征在哈萨克族的民间说唱艺人的身上得到了体现。他们走村串户地给群众演唱，招收徒弟，真传演唱艺术，结交志同道合的朋友，其中最为突出的是哈萨克族民间文学的演唱艺人萨勒—赛里。"（黄忠祥，2007：186）

（五）迁徙型传承

在世界各民族的生活中迁徙等人口流动是一种非常普遍的现象，游牧民族的生活中更为常见。所以黄忠祥称为“游牧生活生成的传承方式”。实际上，笔者讨论所有口头史诗的传承方式时，这个概念有一些局限性，所以改为“迁徙传承方式”，主要是指集体或分散的人口流动导致这首歌的传承和传播到其他地区的居民当中。黄忠祥认为：“一部英雄史诗在漫长的历史长河中经过若干代艺人的演唱，会形成具有时代特色的历时唱本；一部英雄史诗在同一时期只经过不同艺人的演唱，会形成具有个体特色的共时唱本。不论是历时唱本，还是共时唱本，都离不开听众的参与和艺人的再创作。演唱艺人是民间的，来自普通的游牧人家，必定受生活环境和文化氛围的影响，形成具有游牧生活特色的演唱形式和传承方式。”（黄忠祥，2007：190）

六　优秀歌手群、博物馆与生态区

对歌手的史诗演唱活动进行保护大家采取了很多方法。由专家和专业机构对于优秀歌手的史诗演唱活动进行评估和专门研究会引起当地政府的注意，于是当地政府会专门派人考察和组织专家重新评估，确认是个优秀歌手之后，政府出资保护这个优秀歌手的史诗演唱活动。但是政府面对一大群这样的优秀歌手时，他们就没有办法采用单人保护政策，而是采用社区保护方法。这是中国政府在保护江格尔、格萨尔和玛纳斯等史诗演唱活动时常用的一种保护方法——那就建立史诗博物馆、建立史诗生态区。目前在中国建立了很多这样的博物馆与生态区。

色达县格萨尔文化博物馆位于四川省色达县色柯镇。千年的传承和创新造就了色达十大优秀的格萨尔文化。土生土长的格萨尔说唱艺人，说唱技艺精湛，并有以各种千奇百怪之石为说唱道具的格萨尔说唱新形式；色达格萨尔藏戏团首次将英雄史诗《格萨尔王传》搬上舞台，开创了“格萨尔藏戏”这一独特的艺术形式，其演出节目在海内外享有盛誉，多次受到褒奖。

格萨尔石刻、绘画艺术和格萨尔遗迹、遗址遍布全境，独具魅力；各种传说栩栩如生、形象生动；拟人化的色尔坝藏民居就是为纪念英雄的大将色尔哇·尼崩达雅而建，并至今保留着格萨尔庆功宴上的敬酒习俗，色达也因此被誉为“格萨尔藏剧之乡”、“格萨尔文化艺术之乡”、“英雄庆功之地”。格萨尔博物馆是色达县标志性建筑之一。博物馆内设英雄塑像厅、格萨尔文物展览厅、格萨尔唐卡展览室、格萨尔唐卡研究室、格萨尔彩绘石刻研究室、格萨尔文化研究室，以格萨尔文物多、收集完整、文物质量和研究价值高、格萨尔文化研究功能全等为特点，成为重要的格萨尔文化研究、观赏中心。（唐小波，2012）

第五篇

史诗演唱的竞赛、演变与调查

第十六章

史诗演唱与歌手竞赛会

一 歌手与奖励

与任何一个职业一样，歌手这个职业也需要观众、专业机构和政府的奖励。但是世界各地的观众、专业机构和政府奖励的物品和奖励的方式很不一样。朱乃是中国新疆卫拉特蒙古族著名歌手，他1923年出生，主要以演唱史诗《江格尔》而出名。在这里，学唱《江格尔》的人，绝大部分是牧民。放牧是他们的主要职业，而演唱《江格尔》是他们的业余爱好。一般他们从老一辈的江格尔歌手那里学习演唱史诗《江格尔》的技巧和故事范型。也有少数识字的年轻人结合使用将手抄本《江格尔》背下来的方法，学会了表演史诗演唱。在这个阶段，年轻的歌手需要观众的理解、鼓励和支持。

朱乃“7岁时，父亲将他送到王爷的文书勃代·乌里吉图千户长那里读书学习，一直到14岁。勃代·乌里吉图千户长是个有文化、有地位的人，经常让著名的江格尔齐到家中说唱《江格尔》，朱乃开始向老江格尔齐学唱，还从各种手抄本上背诵。王爷外公对他要求相当严格，背错了或是忘记了，王爷就让江格尔齐用马鞭子打他的手心。14岁时，朱乃能背32章《江格尔》。朱乃演唱《江格尔》时先用大嗓门，然后慢慢降调，唱得抑扬顿挫，唱到高兴时，就情不自禁地挪到王爷面前，喝他的酒，吃他的糖。”（沈桥等，2008）给他这些酒和糖是一种奖励。

类似的情况在演唱玛纳斯的歌手中也有。

玛纳斯歌手奇奥满·玛木提认为：“除了物质上的奖励之外，听众的评价和鼓励，以及其他形式的激励机制对于玛纳斯奇来说也是一种很大的鼓舞。”我们来听一听新疆阿合奇县的年轻玛纳斯奇奥满·玛木提（Omon

Mamit）的说法：

问：人们让你们唱《玛纳斯》有什么奖励吗？

答：当然有。

问：用什么进行奖励？

答：在婚礼、祭典时，按照柯尔克孜族的礼仪披大衣。

问：你是否也得到过奖品？

答：我多次获得过奖励。比如说上一次参加《玛纳斯》演唱会时我因演唱《玛纳斯》而获得过一台收音机和一本红色大证书。

问：你说的是1992年举办的演唱会吗？

答：对，是那次。您又到阿合奇来了。如果可以的话把我们唱的说的连照片一起在书报上发表，我们会特别高兴，也会更加努力。我就是因为我的一篇即兴诗歌在《新疆柯尔克孜文学》上发表才更加用功地学唱《玛纳斯》和进行即兴诗歇创作了。如果我们的照片和简历在其一个报刊上发表的话，我们会比现在更努力，这样可以激发我们的激情。如果我们的这些事上面没人关心，那我们慢慢就会失去信心……”（阿地里·居玛吐尔地，2006：110）

格萨尔歌手也是这样。“有一次，绒布寺来了一位边坝县的艺人，洛达便被召回与其进行一场《格萨尔》说唱比赛，讲定胜者将得到粮食、茶叶和钱。洛达和那位艺人便住在寺里，开始了各自的说唱，大约历时一个月。他们说唱相同的部，分别被记录成文字。当喇嘛们将两部记录本放在一起比较以后，人们发现洛达唱的《格萨尔》无论在故事情节方面抑或语言方面都优于边坝艺人。而那位从边坝来的艺人也惊叹洛达的说唱技艺，心服口服地认输了，于是洛达得到了一份丰厚的奖品。这次比赛以后，当地的人们更加崇拜洛达。消息很快传到了索宗，索宗便让洛达到他家中说唱。在那里一住就是近3个月，他受到了礼遇并得到了报酬。”（杨恩洪，1995：162）

新疆和静县江格尔奇扎拉的徒弟李·普尔拜曾对仁钦说，扎拉曾告诉他，在20世纪30年代有一次南部土尔扈特汗宝音孟克之子满楚克加甫汗派人来叫扎拉演唱《江格尔》。扎拉连续几天演唱了《江格尔》许多部，满楚克加甫汗高兴地赏赐他价值50两银子的纸票、一匹缎子和一块茶砖，

并赐给他“专职江格尔奇”的称号。(仁钦道尔吉，2012)

扎拉曾多次受到奖赏。1933 年巴音布鲁克的官吏们在朱鲁图斯叫他去演唱《江格尔》，他从前一天晚上演唱到第二天早晨，受到听众的称赞，官吏们赏给他骏马及价值 50 两银子的纸票和茶砖。(仁钦道尔吉，2012)

二　歌手与史诗演唱比赛

专业机构和政府的奖励对歌手起到了很好的鼓励和促进作用。我们发现在记者和学者的田野调查或采访记录中歌手们经常谈到这个话题。

2012 年 1 月 29 日新疆精河县举办了江格尔歌手说唱比赛，15 名小江格尔选手咏唱《江格尔》十二勇士章节，让古老的史诗传唱艺术吐露了春芽，比赛在喜庆祥和的气氛中进行。在比赛中，小选江格尔手们身着蒙古族传统服饰，唱出了对古老江格尔说唱艺术的理解和传承，精心编排的说唱选段和扎实的唱功博得了在场观众的阵阵掌声。此次比赛中，年龄最大的选手 13 岁，年龄最小的选手只有 6 岁。经过紧张比赛，来自精河县一小的阿日布吉尔获得了第一名。(金多布热，2012)

2013 年 8 月 19 日，在欢快的舞蹈和美妙的歌声中，新疆和布克赛尔蒙古自治县第六届江格尔文化旅游节暨第十四届那达慕大会激情开幕。当晚的开幕式晚会吸引了很多观众。此次新疆和布克赛尔蒙古自治县第六届江格尔文化旅游节暨第十四届那达慕大会为期一天，除了骑马、摔跤和射箭三项那达慕基本项目外，还设有 5 个分会场，同时进行江格尔说唱、长调、萨吾尔登等丰富多彩的表演。(陈颖、张瑞麟，2013)

学者阿地里·居玛吐尔地发现：“以竞赛为目的的《玛纳斯》演唱活动虽然不是频繁发生，但它在群众中的影响很大，所以在《玛纳斯》史诗传播中所发挥的重要作用是显而易见的。这种演唱在特别选定的日子和场所中进行，而且还有特别指定的评判人员，在演唱内容和演唱时间上均有限定，因此是一种比较严肃、比较正规的演唱形式。历史上，有关《玛纳斯》演唱竞赛的记录并不多见，这主要是因为举办一次规模较大的史诗演唱竞赛活动需要宰杀不止一匹肥壮的母马和一大群绵羊来招待客人，同时还要支起数十顶毡房安排客人住宿。这会让那些讲究脸面的牧区头人们，或牧主们着实浪费一大笔财富。但是，尽管这样，一些讲究声誉的部落头人和财主们也会在自己的门下豢养一些卓有才华的玛纳斯奇，领着他们游历四方，参加一些婚宴、集会和庆典，让他们同其他地区的玛纳斯奇一比高下，为自己赢得荣耀和声名。于1917年春，在阿合奇县哈拉奇乡举办的，我国阿合奇县著名玛纳斯奇居素甫阿昆·阿帕依和吉尔吉斯斯坦著名玛纳斯奇萨恩拜·奥诺孜巴克之间的史诗演唱竞赛活动是比较典型的以竞赛为目的的史诗演唱活动。那一次《玛纳斯》演唱竞赛一直到今天还被人们津津乐道。”（阿地里·居玛吐尔地，2006：85）

这里，我们介绍一个史诗比赛案例，它是一次盛大的演唱《玛纳斯》的比赛。

1917年年初，大逃亡时，交毛克奇萨恩拜也随避难者到了我们这边（指中国引用者）。当时，从那边来的人中有巴依萨尔开·切热克、萨哈勒·巧勒攀，来自伊塞克湖畔的克德克部落；苏联驻乌什县的代表阿布德·卡德尔，他是维吾尔族；考其阔尔卡热，他是乌兹别克族；中国柯尔克孜族中巴克特土克巴西、奥木尔扎克、苏赖依满巴依等评委，在阿热泽汗的阿依勒（牧村）——哈拉奇村支起毡房、宰杀母马、准备足够的燃料和草料。晚上开始了歌手萨恩拜和局素普阿昆的演唱《玛纳斯》史诗比赛。演唱的内容由评委来选择决定。那些德高望重的评委们首先让歌手萨恩拜演唱“玛纳斯召集七汗商议并率军远征”的诗章。萨恩拜从晚上开始演唱，一直到第二天天亮日出，他才唱到“军队的前锋在塔布勒噶山的顶部，军队后卫还在布拉纳盆地”那一段并结束了自己的演唱。

第二天晚上，评委们让歌手局素普阿昆开始演唱。规矩则是让他接着歌手萨恩拜前一天唱到天亮日出时结束的地方开始演唱“玛纳斯召集七汗商议并率军远征”的诗章。歌手局素普阿昆也是从晚上开始演唱一直演唱到第二天天亮日出时，他演唱到“阿勒曼别克和色尔哈克与卡拉古里相遇”的这一段情节。然后，评委们让他们两个歌手休息一天。从第四天开始，让歌手局素普阿昆将萨恩拜演唱过的内容重新演唱一遍。歌手局素普阿昆从晚上到第二天天亮演唱到“玛纳斯的队伍出发，卡妮凯恋恋不舍地欢送祝愿他们”的这一段情节。然后，评委又让歌手萨恩拜重复演唱歌手局素普阿昆前一天晚上演唱的内容。歌手萨恩拜把局素普阿昆前一天晚上演唱的内容唱到

“玛纳斯的队伍进入别依京城”一段时停下来。

史诗比赛的规定内容演唱部分结束之后，两位歌手说：“他们还会演唱赛玛纳斯孙子——依特克故事和演唱玛纳斯重孙——凯耐尼木的故事。”根据他们知道的玛纳斯演唱传统，玛纳斯重孙——凯耐尼木用马驮着一个英雄的尸体上了开别斯套山。他们只知道玛纳斯里有这个故事情节，之后的部分他们说都不会演唱。

这时，坐在火塘旁边的阿克楚瓦克部落的额布拉音把我叫到身边，拉住我的衣角对我低声说：“孩子，……玛纳斯重孙——凯耐尼木之后，还有五位英雄，但因为是阿斯勒巴恰和别克巴恰是双胞胎兄弟，属于同辈，所以算四代。从玛纳斯开始一共有八代英雄。歌手额布拉音是我舅舅，他是我奶奶的弟弟，我比较熟悉。”我立刻就恳求他给我演唱（玛纳斯）。他说：“我可不能在这些魔鬼面前演唱。”我缠着他给我唱，并提出我要将他演唱的内容记下来时，他才答应给我演唱《玛纳斯》史诗。他说：“等没有人时给我唱一段，到时候你来做记录。”就在这一年，我以出去打猎为名，和舅舅一起到了一个偏僻的地方，把他的演唱《玛纳斯》史诗进行了记录，一直持续到冬天。在冬天，因害怕有人发现我们，于是对外说我们不在家里，然后让家人锁住我们住的房子的门继续记录我舅舅演唱的《玛纳斯》史诗。

舅舅额布拉音演唱的《玛纳斯》史诗内容一半是韵文形式，一半是散文形式。我把他演唱的大部分散文部分改写成韵文形式，这样改写成韵文之后史诗的篇幅就拉长了。

……

歌手萨恩拜和局素普阿昆的规定内容演唱结束后，听众和评委们都说：“萨恩拜演唱七汗的故事内容比较完整，而且很精彩。局素普阿昆则将远征的内容演唱得很精彩。”当时萨哈勒巧勒攀说：“今天演唱史诗的两位交毛克奇（歌手），一个来自切热克部落，而我自己也是自切热克部落人。要让我说，你们刚才的评价都对。但是萨恩拜演唱的内容中玛纳斯邀请七汗的地区基本上是环绕阿拉套山、伊色塞湖畔、经过阿拉木图达到塔拉斯等地区。这些都是自己喝着马奶、吃着马驹肉常常穿梭往返的地方，而且他演唱得还略简洁，唱到布拉纳城，又让玛纳斯远征到别依京城。……居素甫阿昆则把（玛纳斯率领军队）去别依京途中的情况唱得比较好。我们在座的都听说过别依京，但没有人见过。居素甫阿昆唱这一段唱得比较细腻。但唱七汗时却还没有能让他们全部都出现；唱远征时也没也让队伍到达，而是才唱到阿勒曼别特和色尔哈克与卡拉古勒见面。从他们的演唱来看、应该说居素甫阿民的演唱略胜一筹。”大家对居素甫阿昆的评价相当高，我自己也认为他唱得好。所以，我把他演唱的内容完整地记下来。(阿地里·居玛吐尔地，2006：85—87)

古希腊时也会经常举办史诗演唱比赛，这个信息在亚里士多德的《诗学》中有明确记载。在中国各地经常举办史诗演唱比赛，但是因为评估的标准、地域和语言的缘故，这些史诗演唱比赛都是在同一个社区中举办。这样评委给参赛的歌手评价和打分的时候就比较方便。

目前，在中国经常举办各种各样的史诗演唱比赛。这些史诗演唱比赛有很多种形式。有的史诗演唱比赛是专业的史诗演唱比赛，有的是在民歌比赛中把史诗演唱作为一个参赛项目。在这样的比赛中，歌手的史诗演唱表演时间常常比较短，大概是15分钟或30分钟。尤其是作为民歌比赛的一个参赛项目，歌手的口头表演时间更短。这种时间压力，在古希腊的悲剧比赛中也经常遇到，但是亚里士多德认为艺术质量与时间长度没有直接的联系。他说："情节也须有长度（以易于记忆者为限），正如身体，此活东西，须有长度（以易于观察者为限）一样。(长度的限制一方面是有比赛与戏剧的时间而决定的与艺术无关。——如果一百出悲剧，则每出悲剧比赛时间应以漏壶钟来限制)。”（陈忠梅，1996：25）

现在很多口头歌手的史诗演唱比赛也采取时间限制。可是很多歌手，尤其是老一代歌手，由于强调故事的完整性或故事人物的神圣使命特点而不太赞赏中断史诗演唱。他在比赛中会按自己的节奏和时间唱下去。这表明史诗的故事情节长度不仅取决于史诗演唱中的故事轮廓，还取决于比赛时间。时间的合理分配是举办史诗演唱比赛的组织者和策划者需要认真对待的问题。每一个参赛项目的故事轮廓和长度可能有一些差异，这样的话选择比较短小片段的歌手会占便宜，他会在固定的时间内顺利完成自己的口头表演，而选择故事内容较长的歌手可能会因为规定时间中没有唱完而被扣分。

三　史诗演唱比赛的组织者与参与者

一般，歌手们的史诗演唱比赛的比赛周期并不固定。有一年一次的，也有好几年一次的。这种史诗演唱比赛活动——在当地政府或民间机构举办大型庆典活动和学术会议时作为一个项目或节目的形式而出现，但是也有专门的史诗演唱比赛会。

西藏那曲地区是优秀格萨尔歌手集聚的地方。仅2010年“格萨尔之家”就在牧区发现了65名说唱艺人，并为他们建立了数据库，收集他们说唱的故事并录制唱腔。“格萨尔之家”是一个政府主办的旨在传承和保护格萨尔艺术的机构，它既向群众和游客表演格萨尔艺术，又采取了各项保护研究措施。

罗吉是那曲地区最年轻的格萨尔说唱自治区级传承人。2011年6月新华社记者胡星、陈国洲采访他时，他说：“‘格萨尔之家’的艺人，每个月有上千元的收入，他们和他们的家人都很满意。这里有固定的演出场所和稳定的收入。每天都有很多人来看我的表演，有当地的藏族人，还有很多游客，喜欢我的人比以前更多了。”更让罗吉更高兴的是，格萨尔说唱艺术正在得到全面的保护和传承。他说现在“格萨尔之家”专门为他录制了磁带，还安排他和老艺人交流，不断提高说唱水平。罗吉如今是“格萨尔之家”的“红人”，许多观众慕名前来听他的说唱。罗吉说：“格萨尔王是我崇拜的英雄，我会利用现在好的机会，把他的故事一直说唱下去。”（胡星、陈国洲，2011）

《江格尔》是新疆蒙古族英雄史诗，在乌苏市蒙古族群众中广泛流传，有一定的群众基础。一代代乌苏江格尔齐（江格尔歌手）以他们超群的记忆、丰富的知识传唱《江格尔》，不断增删、加工、改进，融入地域特色，形成了乌苏现在独特的《江格尔》说唱风格。2009年10月，新疆乌苏市江格尔说唱艺术被新疆维吾尔自治区人民政府列入第二批自治区级非物质文化遗产名录。2010年，赛力克提牧场被列入第四批自治区民间文化艺术——《江格尔》之乡。

2013年5月，新疆乌苏市在新区群众广场舞台举办了乌苏市首届江格尔说唱比赛，这是乌苏市首次将江格尔这种靠口传心授的方式传承下来的民间艺术搬上文艺舞台，以比赛的形式展示给广大各族群众。《江格尔》史诗演唱比赛中，年轻的史诗歌手们（江格尔齐）身着蒙古族传统服饰，唱出了对古老江格尔说唱艺术的理解和传承，一曲曲优美动听的江格尔博得了在场观众的阵阵掌声。此次比赛共20名选手参加，这些选手都是乌苏市老一辈仅有的四名江格尔齐近几年发挥传、帮、带作用，培养出来的一批年轻江格尔齐的代表。经过半天紧张的角逐，塔布勒合特乡的孟克巴特、赛力克提牧场的那森巴特、古尔图镇的托拉分别获得了一、二、三等奖。（山吉尔格力、赛尔格林，2013）

2013年8月，在新疆和布克赛尔蒙古自治县那仁和布克牧场举办了“达楞托布齐江格尔”演唱比赛。在辽阔的草原上，身着深蓝色蒙古族服装的老人娴熟地弹起三弦，唱起来了。江格尔齐们最老的64岁，最小的4岁，他们时而悠扬、时而激昂、时而轻松愉悦、时而剑拔弩张的演唱，仿佛让大家亲历了《江格尔》的情境。所有人都沉浸在老人与小孩儿的歌声、动作所营造出来的氛围中。中间还有当地本土BMB乐队，斯尔青等歌手献唱歌曲，也有喝马奶子的游戏，男一组四人，女二组四人。

演唱比赛结束，冠军得主是15岁的小女孩儿，他们中最小的江格尔歌手获得第三名。主持人说希望今后江格尔齐们继续努力，为本民族做一份贡献，也发扬自己民族的文化。（金多布热、思青，2013）

四　歌手的荣誉称号

很多地方都重视当地的史诗演唱活动和歌手，所以当地政府和民间机构都是积极地推动保护、整理和研究史诗演唱的工作。这种保护工作中最重要的就是发现当地的著名史诗歌手，并进行鉴定和奖励。

（1）才让旺堆老人的荣誉称号。才让旺堆是青海海西州著名的史诗歌手。他被发现之后多次参加各种学术会议和社会活动，他的才华得到了当地政府和民众的认可。

1989年3月，青海省《格萨尔》研究所的同志专程带他去北京参加汇报演出，得到了北京史诗学界专家的好评。后又把他从海西州格尔木接到西宁，专门进行录音和整理他所演唱的格萨尔史诗。

1989年11月，他应邀参加了在四川成都举行的首届《格萨尔》国际学术讨论会，第一次在国内外从事《格萨尔》研究的专家面前一展风采，引起了广泛的关注。

1991 年 11 月，才让旺堆第二次来到北京，在中国社会科学院、国家民委、文化部、中国民间文艺家协会联合召开的说唱命名大会上获得了“《格萨尔》说唱家”称号。（杨恩洪，1995：202）

（2）年轻歌手斯塔多吉的荣誉称号。斯塔多吉是一位年轻的格萨尔歌手。他 1990 年出生在西藏昌都地区边坝县沙丁乡支内村普通的牧民家中，自小与母亲相依为命，过着简朴的游牧生活，他还有一个哥哥，在西藏那曲地区索县县城南端俗称“布达拉宫”的藏传佛教格鲁派著名寺院赞丹寺里出家学习。记者采访他时，他的家中只有 15 头牛和 2 匹马，这就是他们家的全部财产。

斯塔多吉 2010 年参加高考，被西藏大学录取，成为第一位进入高等学府接受教育的《格萨尔》说唱艺人。斯塔多吉自 9 岁起便能说唱《格萨尔王传》，经昌都地区文化局申报，2007 年被列为自治区级非物质文化遗产保护项目传承人，是迄今为止西藏最年轻的格萨尔王传说唱艺人，同时也是学历最高的说唱艺人。

2006 年、2007 年中国社科院及西藏社科院的专家专程前往边坝对他的格萨尔说唱艺术进行了专题调研，得到了当时调研专家的一致认同。

2009 年斯塔多吉代表昌都参加了在拉萨举办的全国“格萨尔说唱”论坛，得到了专家及同行们的一致认同。

2011 年他参加国际西藏文化论坛并说唱《格萨尔》史诗，得到了国内外专家的高度评价。2012 年参加西藏自治区藏历新年晚会，说唱《格萨尔》史诗，再次成为新年晚会的一大亮点。他曾获“昌都地区格萨尔说唱传承人”、“昌都地区第一中学优秀学生干部”称号。

2012 年他荣获“全国大学生自强之星”荣誉称号。

斯塔多吉已在西藏昌都地区边坝县文化局录制《格萨尔》史诗专辑，共计 30 多盘磁带，每盘磁带长约 90 分钟；在昌都地区文化局录制《格萨尔》史诗专辑，共计 25 盘磁带，每盘磁带长约 90 分钟；在西藏人民广播电台康巴语频道录制《格萨尔》史诗专辑近 40 个小时节目；在西藏大学格萨尔研究所录制格萨尔研究所史诗专辑 45 个小时，并在西藏大学格萨尔研究所录制《格萨尔》史诗专辑，并书写《格萨尔》史诗。到目前为止，他自称能说唱《格萨尔》史诗 80 多部。（斯塔多吉，2013）

（3）著名歌手朱乃的荣誉称号。朱乃是蒙古族著名江格尔歌手。1923 年他出生于新疆和布克赛尔的一个七代说唱《江格尔》的世家。朱乃在王爷府里长大，但也和同龄的小朋友一起玩。他们拾牛粪、摔跤、骑马。朱乃随时会唱，他一唱起来，那些个蒙古族小孩子牛粪也不拾了，摔跤的也停下来，取下马鞍子往草地上一放，围成圈坐在四周安静地听小朱乃说唱。中国“文革”初期，朱乃手抄的一些《江格尔》被烧毁了，看到人们糟蹋这些珍贵的东西，他担心把祖先留下来的珍宝丢掉。下放牧羊时，他一边放牧，一边偷偷地手抄，整理《江格尔》。10年间，他共抄了45章。

1981年，新疆第一次《江格尔》演唱会在和布克赛尔举行。沉寂20多年的朱乃首次隆重登台演唱。朱乃从江格尔出生一直唱到江格尔金戈铁马，时而铿锵激越，时而从容裕如的优美旋律，令听者泪流满面，掌声雷动。自此，朱乃再也没有停止过演唱。唱得最多的时候，往往是冬天的夜里，在蒙古包里，远近的牧人骑马赶来，有时一唱就是一天一夜。

进入晚年，朱乃决定把前人留下的东西整理出来。他总是唱一段，手抄一段。全国的江格尔抢救工作开始后，朱乃将自己几十年整理和珍藏的手抄本全都贡献出来了。令他感到遗憾的是，还是有一些失传了。朱乃一生获得殊荣相当多，因为他在抢救搜集整理英雄史诗《江格尔》的光荣事业中作出了巨大贡献。1998年，中国《江格尔》研究会授予他“著名江格尔齐”称号，文化部曾授予他“在英雄史诗《江格尔》的传唱事业中作出突出成绩”的荣誉；同年受中国少数民族对外交流协会组织的“中国蒙古族民间艺术家小组”赴国外进行友好访问演出。

现在朱乃有8个传人，两个是自己的孙子。和布克赛尔县文体局在县城给他安排了住房，但老人离不开草原，多数时间生活在牧场，给牧民演唱《江格尔》，和他们一起喝酒。（沈桥等，2010）

（4）著名的玛纳斯歌手居素甫·玛玛依的荣誉称号。居素甫·玛玛依是柯尔克孜族著名的史诗歌手，被德国波恩大学教授卡尔·赖希尔赞誉为“活着的荷马”。他1918年出生，是新疆阿合奇县哈拉布拉克乡米尔凯奇村人。

1958年夏天，中共克孜勒苏柯尔克孜自治州党委在阿合奇县召开牧业现场会，当地人极力推荐居素甫·玛玛依演唱《玛纳斯》。那一次，是他第一次在众人面前演唱《玛纳斯》，他一口气唱了四天三夜，震惊了所有听众，也震惊了中国文坛。人们从四面八方骑马赶来，聆听他的演唱。

他也经常通宵达旦地忘情演唱，连续唱几天几夜，最长时超过了 20 天，就靠喝一碗碗酥油茶解乏充饥。

从 1961 年到 1983 年，居素甫·玛玛依曾先后三次完整地演唱《玛纳斯》。第一次是 1961 年，为新疆维吾尔自治区文联《玛纳斯》普查搜集组演唱史诗前五部的内容。当时唱了《玛纳斯》38000 多行、《赛麦台依》27000 多行、《赛依铁克》18000 多行、《凯耐尼木》16000 多行、《赛依特》28000 多行。第二次演唱是 1964 年，在阿图什市，他对史诗前五部进行补唱，而且唱出了史诗的第六部《阿斯勒巴恰与别克马恰》45000 多行。第三次演唱是在 1978 年 11 月，他被邀请到北京。这次是他自己记录、自己演唱的内容，除了“文革”中没有丢失的第二部《赛麦台依》外，老人将其余各部都重新演唱和记录了一遍。《玛纳斯》为 53287 行、《赛麦台依》为 35246 行、《赛依铁克》为 22590 行、《凯耐尼木》为 32922 行、《赛依特》为 24000 行、《阿斯勒巴恰与别克巴恰》为 36780 行、《索木碧莱克》为 14868 行、《奇格泰》为 12325 行。目前，这些史诗已全部出版发行。

居素甫·玛玛依 1947 年后任牧区小学教员。1961 年参加自治区文联《玛纳斯》工作组，为《玛纳斯》的记录而演唱。1980 年后任自治区文联副主席、中国文联第四届委员、中国民间文艺研究会第三届理事。

1983 年，他演唱的史诗获自治区文联、民委、新疆民间文艺家协会联合举办的 1977 年至 1982 年新疆民间文学作品荣誉奖。同年，《凯耐尼木》获 1979—1982 年全国优秀民间文学作品奖。

1991 年 4 月，他因在抢救、整理、出版《玛纳斯》工作中作出贡献而获文化部、国家民委的表彰。

1990 年 12 月，他因在《玛纳斯》搜集、演唱工作中作出突出贡献而受到自治区《玛纳斯》工作领导小组、自治区文联、新疆民间文艺家协会的表彰。

1991 年 11 月，他因多年来在开拓、发展中国民间文艺事业中辛勤耕耘、贡献卓著而受到中国民间文艺家协会的奖励。

1992 年 11 月《玛纳斯》（第二部）获首届中国民族图书奖一等奖。1995 年 8 月《凯耐尼木》（《玛纳斯》第四部）获第二届中国北方民间文学一等奖。

从 1982 年起他任自治区政协委员，政协常委，现为新疆维吾尔自治区文联名誉主席、研究员。曾三次出访吉尔吉斯斯坦，并受到特殊的礼遇。

如今，老人回到了阿合奇县与两位外孙享受着天伦之乐。由于年纪的原因，老人已很少再演唱《玛纳斯》了，但老人还是喜欢读书，一有空，他还要给自己新的传人——外孙女教唱《玛纳斯》。（王瑟，2010）

五　歌手的采访与史诗书写本的流传

在一个社区之中某史诗的口头表演与书写本是同时存在的两种传承方式，它们是以相互促进、相互制约的方式不断地再生成这首歌的演唱传统。但是也有无口头表演的这首歌是通过手抄本来流传下来的。

（一）没有口头表演下的史诗手抄本的流传

古希腊《荷马史诗》和古巴比伦《吉尔伽美什》都是以这样一种方式流传的史诗传统。《荷马史诗》的抄写本及其流传至今天所能看到的荷马史诗的旧抄本，最早约在公元10世纪产生。两部史诗都保存了不少手抄本，但是内容都相同，它们所根据的都是公元前2—3世纪间亚历山大城的几位学者的校订本。史诗手抄本还有不少残缺不全的片段，其年代有的早到公元前1世纪，内容也是完全相同。这就是说，在公元前2—3世纪间亚历山大城几位学者校订之后，史诗已经有了最后定本，此后它的内容就没有任何改动了。最后校订《荷马史诗》的学者，最著名的有三人，一是泽诺多托斯（公元前285年左右），据说泽诺多托斯对原诗的文字做过不少加工，内容上也凭自己的判断有所增减；现在两部史诗都分成24卷，就是泽诺多托斯编定的。这表明他对原诗的结构做过一些重大增删，原来这两部史诗的长短大概没有这样整齐。第二个校订《荷马史诗》的著名学者是阿里斯托芬（公元前195年左右），他校订史诗比较慎重，更尊重旧抄本，没有做很多主观的增删。第三个著名学者是阿里斯托芬的弟子阿里斯塔科斯（公元前160年左右），他也很尊重旧抄本，认为一切改动都要有所依据。这三位学者都是当时希腊学术中心亚历山大城著名的图书馆的主管人，有机会看到很多藏书，有很好的条件来进行校订工作。由此可见，在他们那个时代，这两部史诗还存在繁简不同的抄本，文字上也有出入。

现代西方学者曾辑录了古代著作里的荷马史诗引文，共有480多行片段，都是公元前4—5世纪的。这些引文有的与现在定本完全相同，有的大致相同，有的不见于今本。一般来说，不同的约占到一小半。古希腊许多作家，如希波克拉忒斯、埃斯库罗斯、品达罗斯、色诺芬、亚里士多德、阿里斯托芬和柏拉图都引用过《荷马史诗》，那些引文往往与今本不完全相同。如亚里士多德引了《奥德赛》卷9的一段关于独目巨人的描写，文字与今本一样，但是他说那段是出自《伊利亚特》卷10，是描写一头野猪的。还有他说在《奥德赛》卷23奥德修斯对佩涅洛佩的一段话有60行，但是从现在的本子看来，这段只有33行。这些变动和内容繁简不同，说明在公元前4—5世纪通行的史诗抄本同今本还有不少差异。

此外，荷马在《伊利亚特》第14卷第246行里提出了众神之源（即催生所有神灵）的新观点。从上下文来看，荷马似乎不认为这一观点的提出是首创性的，所以合乎情理的解释是，荷马采用了当时流行的关于创世的另一种传说。我们注意到，印度古代文献《吠陀经》里有大神梵天原本是一只蛋的记载，而更为有趣的是，据说这只金蛋是从大水中生出的。古代埃及有开天辟地之前的混沌是一个巨蟒深渊的说法——在这个深渊里流动着一望无际的“原始之水”。水在古代创世神话里的作用不言而喻。荷马之后200年间，米利都哲人泰勒斯形成了水是万物本原的重要思想，开始了用逻各斯（logos）取代秘索思（mythos），用科学的、旨在从自然界本身寻找创世成因的可证伪论断，取代老资格但本质上不受经验检验的神话叙事的艰难历程。（陈中梅，2008：128）

《吉尔伽美什》的泥版及其破译《吉尔伽美什史诗》出现以来的2000年中又出现很多版本，包括4种语言：阿卡德语、古巴比伦语、胡里安语和赫梯语。它最早来源于苏美时期的第三乌尔王朝（公元前2150—前2000年），以楔形文字写成，而后又流传发展至古巴比伦时期。公元前2000年早期出现了最早的阿卡德版本。

《吉尔伽美什史诗》围绕乌鲁克（Uruk）国王吉尔伽美什（Gilgamesh）和他的朋友——半人半兽的恩奇都（Enkidu）之间的友谊故事展开。一般可分为四个部分：第一部分讲述了半人半神的吉尔伽美什是乌鲁克的君主，但暴虐无度。他的人民只能求助于诸神。创造女神阿鲁鲁（Aruru）便制造了恩奇都。在神妓（Shamshat）的诱导之下来到乌鲁克与吉尔伽美什大战一场，英雄相惜，结为好友。第二部分讲述了吉尔伽美什和恩奇都在日神沙马什（Shamash）帮助下打败衫树林怪兽洪巴巴（Humbaba）。女神伊丝塔（Ishtar）为吉尔伽美什的魅力所倾倒向他求爱被拒绝，于是以死威胁其父神安努（Anu）派出带来旱灾的天牛（Bull of heaven）下凡复仇，被两人杀死。吉尔伽美什和恩奇都成为众人拥戴的英雄。第三部分讲述了恩奇都梦见他因为杀死洪巴巴和天牛被众神惩罚，病重而死。吉尔伽美什受到触动开始了艰难跋涉，向乌特纳比西丁（Utnapishtim）——大洪水唯一生还者和永生者探索生死奥秘。他趁着黑夜翻过通向太阳的马什山，不顾半蝎人帕比尔萨格的阻拦，在用尽了 120 根船桨以后终于渡过死亡之海来到目的地。乌特纳比西丁接待了他但并未直接解答生与死的疑问，而是让他经历六天七夜不睡觉的试练。吉尔伽美什没有成功，但是由于乌特纳比西丁妻子善心，他去海底得到了永生之草，但不幸被蛇偷吃。吉尔伽美什只得返回乌鲁克。第四部分是吉尔伽美什通过沙马什创造的生死通道与恩奇都对话，恩奇都向他描述了死后世界的阴暗悲惨。史诗中比较著名的一段内容是水神伊亚要用洪水毁灭人类的故事，被后人称作诺亚方舟的美索不达米亚版本。

1849 年，英国考古学家奥斯丁·亨利·莱亚德和他的伊拉克助手霍姆兹德·拉萨姆在亚述古都尼尼微发现了亚述国王亚述巴尼拔的图书馆。在之后 3 年的挖掘中，他们发现了大量的刻有楔形文字的泥版，其中就包含有《吉尔伽美什史诗》。挖掘出的泥版被运回并保存到大英博物馆，等待学者们的研究。直到 1872 年，乔治·史密斯在这些泥版中发现了记载有大洪水故事的碎片，《吉尔伽美什史诗》才开始被人们所知，记载有史诗的泥版碎片随后相继被发现。史密斯所发现的史诗版本是在公元前 1300—前 1000 年时期由法师（excortist）Sin-liqe-unninni 编写完成的标准阿卡德版本，共 11 块泥版，计约 3600 行，史诗内容又为第 12 块泥版补全。一直到公元 600 年《吉尔伽美什史诗》渐渐传到小亚细亚。其中 12 块泥版的版本成为历史研究的标准版。很大一部分泥版现存于柏林史前史和早期历史博物馆。

在 20 世纪初楔形文字得到破译后，史诗的文字被发现并由小碎片拼成。由于记录语言多，历史流传的版本不同和损坏原因，专家只能依靠对古文字的经验和感觉。苏美尔学家 S. N. Kramer，第一个把苏美尔传说部分破译。到 20 世纪 20 年代，所有泥版已基本复原，译注也基本完成，包括中译本。

（二）在口头表演背景中的手抄本流传

中国的三大史诗《江格尔》、《格萨尔》和《玛纳斯》史诗都是在口头表演背景下通过手抄本流传下来诸多的史诗演唱的书写传统。这种史诗演唱的书写传统给我们提供了一个储存平台，通过它我们可以跨越时间听到过去的声音。这个书写传统可能损失这首歌的口头表演的很多信息，但还是能看到基本的轮廓，尤其是史诗演唱中的故事情节。

史诗《江格尔》的采访与印刷本19世纪初最早发现。德国人贝格曼是第一个记录和翻译《江格尔》诗篇的学者。他曾于1802—1803年到俄国阿斯特拉罕地区的卡尔梅克草原，实地考察了卡尔梅克人的生活、风俗和民间口头创作，并用德文发表了《江格尔》两部长诗的内容。

在19世纪中叶，喀山大学教授阿·波波夫和科瓦列夫斯基曾有过《江格尔》的手抄本。他们的学生阿·鲍勃洛夫尼科夫，曾把两部《江格尔》译成俄文于1854年发表，并在序言中谈到了《江格尔》和江格尔奇的一些情况。1857年，埃尔德曼又把这两部由俄文译成德文发表。此后不久，喀山大学教授卡·郭尔斯顿斯基曾到阿斯特拉罕地区卡尔梅克人当中去寻找江格尔奇，他观看了江格尔奇的演唱，于1864年发表了“沙尔古尔格汗之部”和“哈尔黑纳斯汗之部”。这是第一次用卡尔梅克人的托忒文发表的原作。后来，阿·波兹德涅也夫教授曾多次再版过这两部作品并把它们选入大学教科学，作为学习卡尔梅克语教材。

彼得堡大学教授弗·科特维奇及其学生奥奇洛夫在搜集出版《江格尔》方面作出了重大贡献。学生时代的科特维奇于1894年到了卡尔梅克地区，并翻译过“哈尔黑纳斯之部”，对《江格尔》产生了浓厚的兴趣。1908年派他的学生奥奇洛夫回家乡阿斯特拉罕调查《江格尔》。奥奇洛夫用基利尔文字记录了著名江格尔奇鄂利扬·奥夫拉演唱的《江格尔》10部，后经科特维奇审稿，于1910年在彼得堡用托忒文出版。这在江格尔学发展史上是具有划时代意义的重要事件。从此以后，各国学者才知道并承认《江格尔》是一部伟大的长篇史诗。时过30年之后，于1940年发掘了哈尔胡斯地区的土尔扈特江格尔奇巴桑嘎·穆克宾演唱的6部，大朝胡尔地区的土尔扈特江格尔奇莎瓦利·达瓦演唱的2部，并第一次发表了伊·波波夫在顿河卡尔梅克人中记录的1部。过了1/4世纪，到1967年，才有人记录了小杜尔伯特地区的巴拉达尔·那生卡演唱的1部。

从19世纪初到1967年，先后在卡尔梅克人中记录的《江格尔》有30多部长诗，其中最重要的版本是阿·科契克夫对《江格尔》的各部作校勘，并于1978年在莫斯科出版的25部《江格尔》（卡尔梅克文），全诗长达近3万诗行。在苏联还出版了乌克兰、白俄罗斯、格鲁吉亚、阿塞拜疆、爱沙尼亚、哈萨克、图瓦和阿尔泰等文字的部分译文。

1901年以来各国学者在蒙古国境内先后记录并出版近30种文本，其中有韵文体、散文体和韵散结合体作品。最早记录的是芬兰著名的比较语言学家和蒙古学家格·拉姆斯特德（汉名兰司铁）。他在进行语言和口头文学的调查过程中，于1901年在大库伦（现乌兰巴托）记录了《博克多·诺谚江莱汗》和《博克多·道克森江格莱汗》两个片段。格·拉姆斯特德搜集的蒙古民间文学作品，后来经过芬兰蒙古学家哈里·哈林整理，1973年在赫尔辛基出版，这两篇《江格尔》的故事也在其书中。就在和格·拉姆斯特德同一时期，蒙古著名学者策·扎姆察莱诺也在大库伦搜集到喀尔喀人满乃讲述的《博克多·诺谚江莱汗》，几年后收入阿·鲁德涅夫和策·扎姆察拉诺所编的《蒙古民间文学范例》，于1908年在俄国出版。苏联科学院院士、著名的蒙古学家鲍·雅·符拉基米尔佐夫于1910年记录了一位巴亦特喇嘛演唱的《江格尔》的片段，也已编入了1926年在苏联出版的另一本《蒙古民间文学范例》中。苏联科学院通讯院士尼·波佩在20世纪20年代记录了《江格尔》片段，并于60年代在德国发表。当然，其余部分主要是在40年代以后，由蒙古国的学者在各地搜集的。

蒙古国学者乌·扎嘎德苏伦对他们搜集到的各部《江格尔》进行了编辑整理，于1968年和1978年先后由蒙古科学院出版社出版了《史诗江格尔》和《名扬四海的洪古尔》两本书。其中共有25种片段（还附有从图瓦人中记录的史诗《博克多·昌格尔汗》）。1977年乌·扎嘎德苏伦和哲·曹劳等人记录了科布多省江格尔奇普尔布扎拉演唱的《汗苏尔之部》。此外，蒙古国学者特·杜格尔苏伦把12部卡尔梅克《江格尔》长诗改写成蒙古国文字，1963年在乌兰巴托出版。

欧洲一些国家和日本也翻译出版了《江格尔》的部分诗篇。除上述德译文《江格尔》外，尼·波佩还把蒙古学者乌·扎嘎德苏伦出版的《史诗江格尔》翻译为德文，发表在瓦·海希西主编的《亚细亚研究》杂志上（1977 年）。日本学者若松宽把 1990 年在莫斯科出版的《江格尔——卡尔梅克英雄史诗》（11 部长诗）翻译为日文，1995 年平凡社出版。

上海商务印书馆在 1950 年即出版了边垣编写的《洪古尔》一书，1958 年由作家出版社再版。这是第一次向中国各民族读者提供《江格尔》这部长篇英雄史诗的个别故事。边垣在编写时没有擅自改动史诗的情节结构，所以《洪古尔》一书对了解《江格尔》具有一定的价值。据边垣说，他 1935 年去新疆工作，后被军阀盛世才逮捕入狱。在狱中他结识了一个蒙古族朋友叫满金。满金在狱中给同胞们演唱《江格尔》史诗里的英雄洪古尔的故事，以激励大家的革命意志。边垣暗记于心，他出狱后从 1942 年开始便根据记忆把它写成文字。满金在狱中演唱这个故事时约 50 多岁。据说他 8 岁被送到寺庙当小喇嘛，后因不满潜逃，给商队拉骆驼，往来于新疆、张家口和乌兰巴托。在此期间他学会演唱《洪古尔》的故事。此外，中国内蒙古老学者莫尔根巴尔和铁木耳杜希两人把俄国出版的 13 部《江格尔》，由托忒蒙古文转写为回鹘式蒙古文，将书定名为《江格尔传》，由内蒙古人民出版社 1958 年出版，新疆人民出版社于 1964 年用托忒文出版。中国学者色道尔吉把这 13 部长诗与新疆记录的长诗一起翻译为汉文，1983 年由人民文学出版社出版。

在中国，《江格尔》的正式搜集记录是从 1978 年开始的。在这一年，托·巴德玛、宝音和希格二人到新疆天山南北 12 个县的蒙古族聚居地区进行了 5 个月的调查，他们记录的 15 部《江格尔》，先于 1980 年用托忒文在乌鲁木齐新疆人民出版社出版，后于 1982 年在呼和浩特用蒙古文出版，1978 年 7—8 月，笔者和道尼日布扎木苏曾到新疆巴州，记录了巴桑、乌尔图那生和额仁策演唱的 4 部《江格尔》。后来在新疆成立了《江格尔》工作领导小组和工作组，由自治区副主席巴岱任领导小组组长。从 1980 年 3 月开始在巴岱的领导下，以巴德玛、贾木查（贾木措）为首的《江格尔》工作组深入巴音郭楞蒙古自治州、博尔塔拉蒙古自治州、伊犁哈萨自治州和塔城地区的 20 多个县的蒙古族聚居地区进行普查。据他们统计，共录制了民间口头流传的《江格尔》187 盒录音磁带（约 187 小时），其中有 157 部长诗及异文，约 20 多万诗行。（仁钦道尔吉，2012）

（三）史诗《玛纳斯》的采访与印刷本传统

研究发现：乔坎·瓦利哈诺夫于1856年搜集的“阔阔托依的祭典”这个传统诗章是《玛纳斯》史诗到目前为止已知世界上最早的正式记录文本。1902年，当时负责整理乔坎·瓦利哈诺夫文集的维谢洛夫斯基（A. N. Vecelovsky）在圣彼得堡东方考古学的一次会议上向参会者介绍了乔坎所搜集的《玛纳斯》史诗俄译文稿的情况，并通报了此译文手稿是著名突厥学家波塔宁（G. N. Botanin）经过多方努力、在乔坎的一个朋友家中找到的。

1904年，维谢洛夫斯基在《俄罗斯东方学刊》上刊布了乔坎的俄译文，并加了一些简短的注释。此后，这个译文又有多次重印，比如1904年，编入乔坎·瓦利哈诺夫俄文一卷本中出版，1958年又收入其5卷本中出版。乔坎的俄文译稿原件目前保存在俄国中央文学档案馆第159号档案袋中。从第一次刊布俄文译文以来，乔坎·瓦利哈诺夫所搜集的《玛纳斯》史诗的传统诗章“阔阔托依的祭典”已经以英文、土耳其文、哈萨克文和吉尔吉斯原文陆续发表，长期以来受到各国学者的关注。

拉德洛夫已经被公认为是世界《玛纳斯》和突厥语民族民间文学与史诗研究的奠基者。从1866—1896年这30年间拉德洛夫搜集编选出版了题为《突厥语文学的典范》（*Specimens of Turkic Litera-ture*）的丛书。丛书共10卷，第1卷《阿尔泰诸民族的方言》（1866年）；第2卷《阿巴坎（哈卡斯）方言》（1868年）；第3卷《哈萨克方言》（1870年）；第4卷《巴垃宾（*Barabiner*）、鞑靼（塔塔尔）、塔布勒和土满塔塔尔（*Toboler and Tumen Tatar*）方言》（1872年）；第5卷《卡拉柯尔克孜（吉尔吉斯）方言》（1885年）；第6卷《塔兰齐（维吾尔族）方言》（1886年）；第7卷《克里米亚突厥民族的方言》（1896年）。这7卷由他本人亲自搜集并翻译成俄文和德文于1866—1896年由俄国科学院（圣彼得堡）出版。其中收录了柯尔克孜（吉尔吉斯）、哈萨克、南西伯利亚诸突厥语族民族、阿尔泰等诸突厥语族民族以及我国维吾尔族的史诗、民间故事、歌谣资料。后3卷则由其弟子们搜集并翻译成俄文，于1899—1907年由拉德洛夫编辑，在圣彼得堡出版。

在拉德洛夫所搜集、编选出版的这一套丛书中，其中最引人注目且对后世史诗及民间文学研究者产生广泛影响的，是他于1862年在我国新疆北部特克斯地区和1868年在吉尔吉斯斯坦的伊塞克湖西部以及楚河地区搜集的，有关柯尔克孜（吉尔吉斯）族史诗《玛纳斯》及其他史诗资料而编撰的第五卷以及他为此卷撰写的一篇翔实的长篇序言。《玛纳斯》史诗的资料占据了第五卷的大部分篇幅，其中包括《玛纳斯》史诗第一部《玛纳斯》、第二部《塞麦台》、第三部《塞依台克》的主要传统章节。此卷于1885年在圣彼得堡出版后又由他本人亲自翻译成德文，随后在德国莱比锡出版。书中收入的有关《玛纳斯》史诗的资料共计12454行，其中《玛纳斯》第一部9449行，其余的3005行为史诗第二部和第三部。除此之外，这个卷本还包括《交老依汗》、《艾尔托西图克》等另两部柯尔克孜（吉尔吉斯）传统史诗。

拉德洛夫所刊布的这些资料以其全面性和系统性，从刊布之日起就成为西方学者了解和研究《玛纳斯》最重要的资料，在欧洲东方学家、古典学家中引起轰动，打开了欧洲学者了解《玛纳斯》史诗的第一扇窗口。西方的很多东方学家、古典学家通过这些资料开始对柯尔克孜（吉尔吉斯）史诗发表各自的看法或对其进行研究。彼得堡大学教授艾·皮特里、维·维·罗森，法国学者巴尔比耶·玛约尔、帕费·库尔特里，德国学者特赫·穆尔·库尼等都认为《玛纳斯》史诗在西方世界的刊布是一件巨大的文化事件。帕费·库尔特里通过对这个文本的分析后提出："《玛纳斯》史诗中，伊斯兰教和原始的苍天崇拜习俗都有鲜明的印记，游牧民族的史诗中狩猎是极为重要的内容，史诗英雄的坐骑、猎鹰和猎犬是他不可缺少的助手和朋友。玛纳斯去世后，他的阿克库拉（Ak-kula）骏马、白隼鹰阿克匈卡尔（Ak-xumkar）、猎犬库玛依克（Kumayik）比人还伤心。"英国剑桥大学教授诺拉·察德维克、牛津大学教授亚瑟·哈托、苏联学者日尔蒙斯基等也曾对这个卷本进行过系统的研究。我们将在下文中对此进行探讨。除了卷本中收入的资料外，拉德洛夫为这一卷本撰写的长篇序言对那些专门研究古希腊史诗《伊利亚特》和《奥德赛》的古典学者以及其他史诗学家们产生了巨大的启发，甚至对世界民俗学研究新方法新理论的产生也起到了启发和推动作用。比如在当今民俗学界具有深远影响的"口头程式理论（帕里—洛德理论）"的创立者，美国学者帕里和洛德就曾深受拉德洛夫影响。（阿地里·居玛吐尔地，2010）

20世纪末期以后，在《玛纳斯》研究方面有影响的西方学者有法国巴黎大学教授雷米·岛尔（Remy Dor）、德国波恩大学教授卡尔·莱谢尔（Karl Reichl）和美国印第安纳大学教授丹尼尔·普热依尔（Daniel Prior）等。雷米·岛尔教授于20世纪70年代在阿富汗北部山区的柯尔克孜族地区，从一位名叫阿西木·阿菲兹（Ashim Afez）的玛纳斯奇口中记录下了《玛纳斯》史诗的一个阿富汗变体。这个变体共包括史诗的四个小的情节，共计616行。这是从阿富汗柯尔克孜族中记录下的唯一一个《玛纳斯》史诗的文本，因此具有弥足珍贵的研究价值。雷米·岛尔教授根据自己调查的第一手资料对当地柯尔克孜族中流传的《玛纳斯》唱本进行了研究。他的主要研究成果是：《帕米尔流传的〈玛纳斯〉片断》、《新疆柯尔克孜族的〈玛纳斯〉》等。

德国波恩大学古典学教授卡尔·莱谢尔是西方突厥语族民族口头史诗研究的后起之秀。他专长于对突厥语族民族口头史诗的综合研究。他于1992年出版的《突厥语民族的口头史诗：传统、形式和诗歌结构》全书条理清晰，论述充分而细致，堪称目前世界上突厥语族民族口头史诗研究的经典之作。

丹尼尔·普热依尔教授的主要研究成果为《坎杰·卡拉的〈赛麦台〉：留声机录下的一部柯尔克孜（吉尔吉斯）史诗》、《包克木龙的马上之旅：穿越柯尔克孜（吉尔吉斯）史诗地理的旅行报告》、《保护人、党派、遗产：吉尔吉斯（柯尔克孜）史诗传统文化史笔记》等。这位美国学者用锐利的批判眼光审视了苏联学者及政府在不同历史时期对《玛纳斯》史诗的评价和态度，探讨了政府行为如何对一部口头史诗的文本产生影响的问题，试图回答史诗歌手与学者是如何在彼此互动中提升民众的史诗情感，各种不同的社会权力阶层对史诗的命运施加了怎样的影响，不同社会阶层在对史诗施加影响的同时达到了什么目的等问题。

中国从20世纪中叶开始进行《玛纳斯》史诗的搜集、翻译、研究工作，到目前为止已经取得了世人瞩目的成就。（阿地里·居玛吐尔地，2010）

六　一种传播模式：史诗演唱的书写传统

史诗传统是庞大的再生传播系统。这首歌的传播不管是采用书写传统，还是采用口头传统，都是一个复杂的自我复制系统（self-duplication)。这种自我复制系统通过这首歌的书写传统和口头传统之间的裂开与结合来完成。当然，这首歌的书写传统与口头传统有相对独立的自我传播能力。这种独立的自我再生能力相互缠绕，从而形成一种完整的自我复制系统。

一部史诗的搜集、整理、出版和翻译是一条龙式的自我传播体系。谁(Who)？说什么（What)？对谁（Whom）说？通过什么渠道（Whatchannel)？取得什么效果（Whateffect)？这就是著名的拉斯韦尔5W模式。一部史诗或这首歌的书写传统有自己的传播特点，它不同于这首歌的口头表演中的传播特点。这首歌的口头表演的表演者——歌手（Who）把某一个这首歌（What）对社区听众（Whom）通过口头表演的形式（Whatchannel）使听众获得耳听快感（whateffect)。这首歌的出版者是学者或爱好史诗的个人或集体，他们（Who）把某一个这首歌（What）向某国的读者(Whom）印刷出版（Whatchannel）以获得读者的阅读快感和认同(Whateffect)。这里存在两个相对独立的传播体系，一种是书写传播模式，另一种是口头表演传播模式。

下面我们介绍史诗演唱的书写传统及其两种传播体系，一种是歌手们的汇集版本，另一种是某歌手的个人说唱版本。

（一）歌手们的史诗演唱与汇集版本

20世纪后期，书写传播者开始关注蒙古族史诗《江格尔》、藏族史诗《格萨尔》和柯尔克孜族史诗《玛纳斯》，在短短的60多年的时间里记录并出版了大量的书写版本，形成了一个强大的史诗演唱书写传播体系。根据仁钦道尔吉的研究，最近几年在中国整理出版的《江格尔》书写版本有以下几种。

（1）由托·巴德玛、宝音和希格等人搜集整理的15部《江格尔》(简称15部本)，长达近2万诗行。这15部本是作为文学读物提供给广大读者的，与科学资料本不同。搜集整理者进行了不少加工，与原文有一定的出入，其中有的长诗是根据多种异文改编而成的。霍尔查把这15部本译成了汉文，于1988年由新疆人民出版社出版。他使用的人名和部名与别人（如色道尔吉）有一定的出入。

（2）1982—1996年先后分几批出版了《江格尔》托忒蒙古文资料本1—12卷，其中有124部长诗和异文。第1—2卷是中国民间文艺研究会新疆分会编印的内部资料，约于1982年印刷。第3—5卷同样由中国民间文艺研究会新疆分会编撰，新疆人民出版社于1985年在乌鲁木齐出版。第6—9卷是由中国民间文艺家协会新疆分会、新疆古籍办公室合编，中国民间文艺出版社出版，新疆新华印刷厂印刷（约于1988年出版，缺少出版时间）。第10—12卷也是由上述两个单位合编，新疆人民出版社于1993年出版第10卷，于1996年出版第11—12卷。

（3）整理加工的文学读物《江格尔》1—3卷，其中有70部长诗。第1—2卷是中国民间文艺研究会新疆分会和新疆维吾尔自治区《江格尔》工作组搜集整理，新疆人民出版社以托忒文形式于1985年出版，黑勒、丁师浩二人把其中的前26部译成汉文，1993年于新疆人民出版社出版。

（4）内蒙古科学技术出版社于1996年在赤峰以经卷式版本影印了《江格尔手抄本》。书中有两种不同的手抄本，第一种书名为《博克多·额真·江格尔、道格森·沙尔·古尔格、哈尔·黑纳斯之部》，第二种书名为《博克多·额真·江格尔与哈尔·黑纳斯征战之部》。此外，还有其他一些手抄本的影印件。

不仅上述文学读物与资料本中有大量重复作品，而且在资料本中的124部长诗和异文中，也有近10部完全重复的诗篇。

（5）玛德丽娃主编的《中国江格尔奇演唱精选本》（托忒文）于2009年由新疆科技出版社出版，其中有伊犁地区江格尔奇演唱的23部《江格尔》。

总之，在中国、蒙古和俄罗斯三国境内近200年来记录出版了《江格尔》的200多种不同故事，其中的绝大多数都是韵文体作品（长诗），计20多万行诗。（仁钦道尔吉，2013）

（二）优秀歌手的演唱与个人说唱本

近年在中国出版的优秀歌手个人说唱本并不多。2013年由内蒙古出版集团和内蒙古出版社联合出版的《冉皮勒演唱的23章江格尔》是在中国出版的第一本个人说唱本。该书收入了23章江格尔和江格尔曲调、坡·冉皮勒小传及其采访对话等，共899页。

冉皮勒演唱《江格尔》的经历非常丰富。1980年，内蒙古大学蒙语系语言学家确精扎布教授到和布克赛尔时，最先录制的就是他演唱的《江格尔》。1981 年 7 月，新疆召开阿尔泰塔城地区的《江格尔》演唱会上，冉皮勒演唱了《江格尔》。1982 年 8 月在乌鲁木齐举行的新疆首届《江格尔》学术讨论会，他也前往参加。同年 12 月，他被接纳为中国民间文艺研究会新疆分会的会员。

后来，他先后多次参加在和布克赛尔县涅林赫布可牧场举行的《江格尔》演唱会与卫星公社举行的演唱会并演唱《江格尔》。1984 年 6 月，和布克赛尔县第五届人民代表大会上，他被选为政协委员。同年 7 月，和布克赛尔县成立 30 周年庆祝会上，他演唱了《江格尔》。1988 年 8 月，新疆举办了国际“江格尔”研讨会，会议组织在乌苏县萨里亨台牧场举行演唱会，他应邀参加并演唱。1989 年 8 月，新疆组织在北京召开的《江格尔》搜集、整理、出版展览会上，也邀请他出席，他的演唱受到国内外学者和各族听众的赞扬。在北京开幕的史诗展览上，他的照片和传略都曾陈列。1989 年 9 月，文化部给他颁发了一等奖。1991 年 1 月，在乌鲁木齐成立了新疆“江格尔研究会”，对作出贡献的人员和单位给予奖励，他获得了一等奖。1994 年 5 月 20 日，他在和布克赛尔县镇子上病逝，享年 71 岁。

《格萨尔》是横跨蒙古族和藏族的集群史诗。在西藏、青海和四川等地区的藏族社区非常盛行史诗《格萨尔》的口头表演，有非常多的优秀的格萨尔歌手，可迄今没有一套完整的藏族《格萨尔》个人说唱本。但是最近中国正在整理出版的《格萨尔艺人桑珠说唱本》填补了这个空白。《格萨尔艺人桑珠说唱本》计划先出版藏文版，随后出版汉文版。

格萨尔说唱艺人桑珠曾是一个四处流浪的卖艺人，1922 年出生于西藏昌都地区丁青县的一个贫困牧民家庭，幼时因生活所迫，四处漂泊，以卖艺为生，11 岁开始说唱《格萨尔王传》故事。在长期背井离乡的日子里，他说唱的部数不断增多，说唱技艺日趋成熟。

1979 年，桑珠被西藏社会科学院请来作为重点艺人对他的说唱本录音，他曾被国家民委、文化部、中国文联、中国社会科学院四部委授予“格萨尔说唱家”荣誉称号。

桑珠生前能说唱 65 部《格萨尔王传》，是目前公认说唱《格萨尔》篇目最多的艺人，他目前已经录制 45 部磁带共 2500 小时，录音部数居全国之首。2000 年 4 月，西藏社会科学院和中国社会科学院少数民族文学所达成共识，决定合作抢救、整理、出版《格萨尔艺人桑珠说唱本》约 45 部，计划在 5—8 年内出齐。《格萨尔艺人桑珠说唱本》依序编排，忠实记录，保持了民间艺人说唱的原始形态，具有很高的学术价值。以下目录是 2002 央西采访时已经录制完成的（带#号为表示已完成）和尚未录制完成的目录。（见表 16 - 1）

表 16 - 1　　桑珠说唱本目录

#1《天界篇》	#23《米努绸缎宗》	#45《北方鲁赤马宗》
#2《岭国形成史》	#24《白热绵羊宗》	46《果洛黄金宗》
#3《果岭》	#25《尼泊尔青铜宗》	#47《达林》
#4《诞生篇》	26《厅绒粮食宗》	#48《杂日药过》
#5《赛马登位》	27《阿里金子宗》	49《阿吉铁宗》
#6《北魔鲁赞》	28《松巴犏牛宗》	50《达木绒红铜宗》
#7《霍岭之战》	#29《南太斯王黄牛宗》	#51《卡林之战》
#8《姜岭之战》	#30《玛西扎宗》	#52《卡其尺赞王》
#9《门岭之战》	#31《拉林药宗》	53《猛兽五部》
#10《大食财宝宗》	#32《罗刹肉宗》	54《甲木绒大米宗》
#11《象雄珍珠宗》	#33《年曲木绒粮食宗》	55《北方上达域绸缎宗》
#12《阿扎宝石宗》	#34《天界宝藏》	#56《东魔长角鹿》
#13《齐日珊瑚宗》	#35《贡魔阿琼木扎》	#57《辛丹内江》
#14《止其松石宗》	#36《斯林马宗》	#58《木雅黄金宗》
15《木古骡过》	#37《加岭之战》	#59《阿吉食品宗》
17《印度药宗》	#39《嘎德大鹏宗》	#61《洛绒药宗》
#18《祝古盔甲宗》	#40《查瓦绒箭宗》	#62《拉达药宗》
#19《由本理赤珍珠宗》	#41《丹玛青稞宗》	#63《移林黄金宗》
#20《蒙古马宗》	#42《阿吉绵羊宗》	#64《斯玛马宗》
21《米林朱砂宗》	43《北方加木绒牦牛宗》	#65《安定三界》
#22《其地铁宗》	44《下蒙古狗宗》	66《地狱篇》

注：带#号者为已录制完成的篇目。

迄今为止已录制 45 部（2114 盘磁带）的《格萨尔王传》，其中有《天界篇》、《岭国形成史》、《果岭》、《诞生篇》、《赛马登位》等格萨尔称王之前的故事，也有《北魔鲁赞》、《霍岭之战》、《姜岭之战》、《门岭之战》等讲述格萨尔王登位后南征北伐的丰功伟绩的故事，且由《地狱篇》和《安定三界》两部故事来圆满结尾。（央西，2002）

从20世纪80年代起，西藏自治区社科院开始着手把散落在民间的格萨尔说唱艺人桑珠、曲扎、玉梅、阿达、次旺俊美等聚在一起，将他们说唱的史诗作为重点抢救和保护对象，进行录制、笔录，并于2000年正式启动了《格萨尔艺人桑珠说唱本》的录音整理和编辑出版工程。2011年，由桑珠老人说唱的《天界篇》等首批5部6本《格萨尔王传》正式出版。经过十余载不懈努力，截至2012年，西藏自治区已录制桑珠老人说唱的《格萨尔王传》45部（2114盘磁带），并正式出版了其中《格萨尔桑珠说唱本》43本。2011年，由桑珠老人说唱的藏文版《格萨尔艺人桑珠说唱本》有2001年出版的《天界篇》，2002年出版的《才瓦箭宗》，2002年出版的《魔岭》，2003年出版的《东魔长角鹿》，2003年出版的《辛丹内江》和2004年出版的《齐日珊瑚宗》等首批5部6本《格萨尔桑珠说唱本》由西藏藏文古籍出版社正式出版。

最近，西藏自治区《格萨尔》研究中心为了永久保存桑珠演唱的《格萨尔》，将2114盘磁带原始资料录刻为光盘，完成录音声带全部数字化；并对《格萨尔》桑珠本藏文原著进行审读、筛选，在此基础上具体规划《格萨尔》藏译汉项目；初译《格萨尔》桑珠本20部22本；对《格萨尔》桑珠本藏译汉文稿进行校译、润色；编辑和出版《格萨尔》汉文文本精品成果；对出版后汉文本《格萨尔》史诗进行宣传推介等工作。目前，《格萨尔》桑珠本藏译汉项目的录音带数字化整理工作，藏文原著的审读、精选和藏译汉的各项准备工作已完成。按照相关方案，从2013年12月起到2016年12月的3年间，项目进入初译阶段。2015年1月至2017年12月为校译、润色阶段。2017年6月至2018年10月为编辑、出版阶段。2018年10月为推介阶段，将以召开推介会、研讨会等形式，积极宣传推介《格萨尔》桑珠本藏译汉史诗。（晓勇，2013）

第十七章

史诗演唱与变异模式

一　认同表达与变化

劳里·航柯（1997）提出了史诗的认同表达概念。他认为口头史诗是以某社区观众的道德需求而出现的一种故事。在此之前前，大家把某口头史诗本身当作虚构故事的演唱，或者当成社区生活的质朴的描写。但是，从未把它当作一种社区观众期待的某英雄角色的行动。但劳里·航柯认为歌手扮演的某英雄角色正是该社区观众心目中真正的男子汉（英雄）。

劳里·航柯曾说："这个社区接受史诗并把它与其成员的认同表达联系在一起，那么下一个相对简明的定义似乎是可能的。"这个定义的优点是把社区观众的愿望和歌手扮演的英雄之行动变化结合起来，重新定义了口头史诗。他把社区观众的期待称为"认同表达"，这样劳里·航柯就摆脱了抽象而孤立的史诗定义，从而引进了社区情境之中定义口头史诗的方法。他还引用波任·达贝克（Bren Dabeck）的史诗定义说："有五个特征清楚地说明兄弟故事属于高层面的类型；它由专业的史诗唱者讲述，它的内容特别长，远远超出流传于该地的最长的故事；它的英雄是神圣的人物，在当地的庙宇中被崇拜；它较广泛地与神话和文化传统相联系；它的听众和讲述者都相信史诗的描写是真实的历史事件。所有这些性质都表明这个讲述要比一般的故事或传说更重要。"（劳里·航柯，2001）

他在题目为"史诗与认同表达"演讲的开头讲道："这个讲演有两方面的目的。首先我想说明，传统史诗不仅因为它的长度和诗歌容量，也因为它们是表达认同的故事，才作为文化群体自我辨识的寄托而成为超级故事。这一观点直接导致对史诗功能的确认。……我谈话的另一个内容是就从分类类型的全球性和地方性之间的密切联系展开的，如在可变层面（EFIC）和不变层面（EMIC）之间，在学术分类和土著分类之间，存在着鲜明的区别，我们是否需要这双方面的类型划分。”（劳里·航柯，2001）这里提出一个很重要的问题，史诗演唱中，哪部分是可以变化的，而哪部分是不可以变化的。当然这个和社区观众的需求有一定关系。劳里·航柯（1997）发现：“从实质上看，这意味着要把史诗术语限定在它同放大了的人生范例和道德准则源头方面的文化功能关系之中。这就再一次假设了一个传统社会的存在，而在其中，这种功能是有效的……作为史诗叙事的资格就取决于语境和它那被接受的故事形式。”（劳里·航柯，2001）这种歌手的史诗演唱中的普遍的真正男人的故事主题与地方小社区的“人生范例和道德准则”需求导致了史诗演唱的诞生。

这一点在口头史诗仍然非常流行的传统社区中很容易观察到。史诗演唱一般在具体社区中进行，虽然也有外地演出。所以某歌手史诗演唱的观众是固定的群体，大多是该社区的常住居民。这种社区不会很大。但是歌手演唱的是一个普遍意义的主题——真正男人的故事。这个真正男人本身具有尼采式强力意志，他们都是自己行动后果由自己承担的男英雄。劳里·航柯还说根据他课题小组中的史诗歌手——“高帕拉·奈喀的说法，认为史诗的道德含义并不依赖于社会等级的稳定性或社会等级派生的力量，而在于孪生武士兄弟卓越的个人品质。他称主人公为‘satyavanteru’即‘真正的男人’（satya 意为真实，真理；vnat 为具有，ru 是敬语后缀）：他们是真正的男人（MEN OF TRUTH）”。（劳里·航柯，2001）蒙古史诗中英雄都有 ere 的前缀。比如 ere 加英雄名字，意思是真正男人×××（谁谁）。蒙古人有一句谚语说“男子汉是人的分类、男人是性别的分类”。蒙古史诗中英雄都是男人，而且是真正的男子汉。虽然对男子汉的理解有所不同，崇拜男英雄这一点和其他地方的史诗传统很相似。

这种史诗认同所表达真正男子汉的主题是全球性的。所以只要不存在语言或方言的障碍，他们都很喜欢史诗演唱中的真正男人角色，准确地讲观众喜欢的是某史诗英雄的行动变化产生的快感。但是，听不懂语言的异民族或外国观众是最外围的观众，他们喜欢歌手的节奏感和富于激情的表演。不变层面（EMIC）可变层面（EFIC）只有相对于这首歌而言才有效。对这首歌而言社区观众认同的主题是一种稳定的“真正的男人”的主题，这是这首歌的不变层面（EMIC）；而这首歌的可变层面（EFIC）

是歌手在史诗演唱中表达这个主题的方式。比如，这首歌的演唱模式变化（扩展叙事或简略叙事）、演唱语域变化（散文演唱与韵文演唱的变化）、故事范型变化（故事顺序变化）；还有神话素的变换即这首歌故事中的场景和道具变化。故事中的这些场景和道具一般都是通过某一些神话要素来表现，这是这首歌的可变层面（EFIC）部分。

二　这首歌的史诗题名变异

在诸多的口头史诗中，歌手和观众要快速找到其中的某一部史诗，就必须使用搜索工具——史诗题名。史诗题名是史诗演唱活动中最稳定的一个部分。这首歌的题名即使有变化，大家也可以辨认出来。但是它不影响这首歌的故事范型和典型场景的变化，因为史诗题名只是大家一种快速提取某一口头作品的口头数据的索引工具，在集群史诗中更是这样。蒙古族史诗《江格尔》由70多个口头诗章组成，要选取其中某一个诗章，必须需要一种快速简便的索引工具，这就是诗章的题名。所以史诗和诗章的题名都是比较稳定的。当然这种索引工具在使用的过程中形成不同的使用习惯。这是史诗题名变化的主要原因。

（一）语音变化型史诗题名

这首歌的史诗题名变化的种类很多。一般可以分为语音变化型、词汇变化型、程式变化型等几种。最常见的是语音变化型题名。这首歌在藏族中称为格萨尔；在蒙族族中称为格斯尔，在土族中称为格赛尔等。蒙古族的史诗《江格尔》也在不同的地方有不同的语音差异。比如，中国和布克赛尔地区称为“jianggar”；另一些地方，如蒙古国西部称为“zanggar”等。因为各地使用的文字不一样，方言存在差异，所以史诗《江格尔》题名的书写形式也不一样。但是江格尔题名好像有一个非常强的语音凝聚力，总是把各种语音差异拉回到中心题名上。

（二）词汇变化型史诗题名

史诗《汗哈冉贵》是在蒙古国西部、俄罗斯卡尔梅克共和国和中国新疆的巴雅特、杜尔伯特、喀尔喀、乌梁海、土尔扈特等部落中广泛流传着的一首口头史诗。虽然史诗题名有着不同的变化，但是学者根据程序、典型场景、故事范型来判断为它是属于同一个“这首歌”。（旦布尔加甫，2006）随着部落的迁徙和在交往的过程中，不同的史诗题名流传和传承在不同地域之中。比如蒙古国奥布苏省搜集到的《汗哈冉贵》与蒙古国阿如杭盖省搜集到的《好汉英雄汗哈冉贵》是同一部这首歌。泽·齐鲁从蒙古国奥布苏省收集到《汗青格勒英雄》与从青海和硕特人乌泽尔老人那里搜集到的《汗青格勒台吉》也是同一部这首歌，它们只是个别词语发生了变换。

此外，著名的江格尔歌手朱乃不仅会演唱集群史诗《江格尔》的20多诗章，还会演唱《格斯尔》、《汗哈冉贵》等其他多部英雄史诗以及很多民歌、祝词赞词等。在朱乃会演唱《江格尔》26部长诗中，向他的老师胡里巴尔·巴雅尔学的有《江格尔与汗哈冉贵激战之部》、《英雄和顺·乌兰征服色乃汗之部》等5部诗章；向父亲加甫学的《洪古尔的婚事之部》等诗章。此外，还从阅读手抄本学会8部诗章和外向柯克·衮尊等江格尔奇学的几部诗章。

学者研究发现：史诗集群中一个诗章《江格尔与汗哈冉贵激战之部》中汗哈冉贵与史诗《汗哈冉贵》主人公汗哈冉贵不是一个人。（斯钦巴图，2006）

（三）程式变化型史诗题名

在蒙古国西部、俄罗斯卡尔梅克共和国和中国新疆的巴雅特、杜尔伯特、喀尔喀、乌梁海、土尔扈特等部落中广泛流传着史诗《汗哈冉贵》有不同的题名变化。比如，《独发黄脸的疯狂英雄》（蒙古国中央省）、《一千五百岁的无为可汗的儿子汗哈冉贵》（蒙古国奥布苏省）、《那仁汗克布恩》（中国卫拉特）等。这些题名完全变成另一种程式题名了。蒙古卫拉特的另一部史诗《汗青格勒》中也采用这种题名变化模式。1956年道布和曹鲁孟两位学者从额济纳土尔扈特中搜集到的叫《胡达尔阿尔泰汗》的史诗与1980年格·才仁巴力和达·哈达宝力格分别从青海和硕特人乌泽尔老人那里搜集到的《汗青格勒台吉》都是同一部这首歌。这里史诗题名程式本身发生了根本的变化，但史诗英雄或主人公没有发生变化。

有的时候，题名发生变化的同时，史诗英雄也发生了替换变化。比如，《汗青格勒》的另一部异文史诗《古纳金青基斯》中，不仅史诗英雄

的名字发生了替换，而且他的父王的名字也发生了变换。（昭日格图，2001：21）

三　这首歌的程式与典型场景变异

口头史诗是通过口头表演来创造的这首歌。它在一次性口头表演中成型，又在一次性口头表演中消散。除非歌手们通过严格的训练和良好的记忆来保存这首歌，我们是无法保持原来的精彩面貌的。所以在史诗歌手的口头表演的学习和训练中老师会严格要求学生训练，保持优秀口头作品的原貌。老一代歌手除采用这种口耳相传的口承方式以外，还采用书写传承。这种书写传承，即使在口头史诗非常活跃的地区仍然有很强的生命力。在古代也一样，歌手们非常关注书写传承。比如，古代苏美尔人的史诗《埃奴马·埃立什》中唱道："愿这些（话）得以保存下来，倍提兰好教给（人们）聪明伶俐者，博学多识者同样可以互（教）互助。父亲可以反复讲授给儿子，让牧羊的、看守家畜的耳朵灵童，相诸神的（恩利尔）最高神玛尔杜克唱起赞歌。……倍提兰将在他（书吏）面前所说的话，为了让后世的人听（到），他才记录下来的。"（赵乐甡，1999：226）

这里很清楚地记载了口头史诗以书写史诗形式传承的原因。史诗演唱的传承——不仅有口耳相传方式，还有书写传承的方式。现在互联网中视频传送也成为史诗演唱的一种传承方式。这些不同的传承机制，虽然保证了这首歌保持原貌，但在史诗演唱中还经常出现变化。在题名、程式与典型场景和故事范型中经常出现变异。在这首歌的传承机制中必然出现程式与典型场景变异。这些变异，一般与题名变异没有直接的联系，独立出现变异。

比较研究多文本史诗时，大家很容易看到这些变异。文本史诗的比较只能以偶然的记录到的不同的文本史诗为基础，所以与口头表演中的变异比较起来文本史诗变异就比较大。但实际上，这是一种错觉。这些变异是口头表演中出现的，有的变异被记录下来，有的变异没有记录下来。所以，变异大还是变异小，很难对比。即使这样，我们比较不同的地方记录的文本史诗的差异中发现，歌手们以这些书写文本为基础参考，学习这首歌的口头表演时必然产生更多的变异。

实际上，目前对这首歌的程式与典型场景变异的田野调查研究很少。

帕里和罗德赴南斯拉夫做田野调查的时候，遇到过这个问题。但是他们把精力放在史诗演唱中重复出现的口头程式和歌手的训练，对典型场景和故事范型的概念没有做详细的实证研究。后来他们在进一步考察的过程中不断地细化和改进典型场景与故事范型概念的内涵和外延。

这首歌的典型场景和故事范型也是一种在史诗演唱的过程中重复出现的口头单位。弗里发现这种口头单位的特征，采用了“大词”这个概念。但是他也没有像程式的频密度那样有针对性地实证研究。这可能是因为对于这些学者而言，这些口头史诗不是他们的母语。这个原因的影响是深远的。

四　这首歌的道德功能与故事范型变异

某个社区观众的道德需求和价值认同是促使史诗歌手诞生的第一动力。这种道德迫力和价值认同驱动力转为歌手自己的角色使他们出现奇异的梦境和人格的精神分裂，于是出现了疯子歌手。（石泰安，2005：363）劳里·航柯（1997）发现：“史诗的道德含义并不依赖于社会等级的稳定性或社会等级派生的力量，而在于孪生武士兄弟卓越的个人品质。”（劳里·航柯，2001）没有道德压力和意志强力的冲突，不会有疯子歌手。整个社区中有一种真实的想象力，那就是英雄格萨尔或江格尔，它是一种集体无意识的意象力量，而且能影响社区观众的困境和运气。这样，在社区观众中的小孩子很容易把他人的道德迫力转化为自己在他人面前的印象管理。如同社会学家戈夫曼（1959）说的那样：“一个个体扮演的角色迎合其他在场人扮演的角色，然而这些他人同时构成了观众。”（戈夫曼，1989：1）

在社区中观众相信格萨尔或江格尔这些英雄是他们当中的真男人。这使该社区中小孩子尽力地成为社区期待中的真男人或者成为真男人的同伴。这使他也有非凡的能力。可是在这种道德迫力下，小孩子把他人期待转为自己想象世界中的真实力量时，便自然进入一种精神分裂的人格状态。

他一方面接近英雄，另一方面这些英雄却是一种拉康式的他者，小孩子又无法靠近他们。只有一个渠道，那就是遵从这些英雄的命令或成为这些英雄身边的某一个角色的化身——那么他就可以心安理得地、没有罪恶感地进入这个角色。小孩子采用“逆向投射”，设想他们这些英雄或英雄的随从来找他，让他成为一名史诗歌手，所以他也就无法反对和抵抗这个力量。于是名正言顺地扮演这个自己的新角色——史诗歌手。

这样社区道德迫力——转化为自己的角色，从此小孩子就虔诚而真实地扮演这个新角色。然而这个扮演角色是正式的还是真实的呢？这还需要有一个监督者——喇嘛或长者帮助他确认和支持，不然，这个新角色的扮演是不稳定的。小孩子成为一名新歌手时，他这个歌手角色是独一无二的。因为他演唱的英雄故事——“某英雄的征服行动或保家卫国的行动”不是靠文字书写来获得史诗演唱的故事范型，也不是自己胡乱编造的故事情节，而是歌手直观的某英雄的行动变化，他的任务就是以这个直接感觉到的“某英雄之行动变化感”来指导自己演唱的每一个英雄的故事。这时歌手就会开始唱一些简单的史诗曲调。

若没有史诗曲调，歌手无法连续地驱动口头表演，若没有直接感觉的或先天的“某英雄之行动变化感”，歌手无法组织并演唱英雄的丰功伟绩。而这种英雄的丰功伟绩是社区观众的想象力中已经存在的期待或愿望。所以，新歌手反观自己社区中观众的生活期望或将愿望转化为自己故事中的“某英雄的行动”就可以了，至于什么样的行动变化并不太重要了。

某英雄的行动可能是征服异族的行动或者英雄保家卫国的行动或是娶亲结婚的故事。具体是什么样的故事范型，这个已经变得不重要。重要的是这个英雄的行动变化感，是否是一个真正男人的行动。对于社区的观众和道德迫力来说这才是第一重要的问题。

当然，故事范型变异会使行动变化感更加具体化或多样化。要使这个英雄的行动变化感转化为具体故事范型时，歌手需要在表演中进行创造。歌手的题材可能来自迁徙事件的故事、某一次战争、某宗教故事，又可能来自道德故事等。歌手是以大家都可以直观到的“某英雄之行动变化感”为引导，在表演中进行创造。歌手需要做的工作就是将各种不同的现成题材加工为某一种富于节奏感的具体英雄行动变化的故事。

所以歌手先记住故事即以“某英雄之行动变化感”为引导，具体编造的故事概况，然后用有节奏的语言程式在表演中进行创造就可以了。下面用居素甫·玛玛依的话可以证明这一点。

问：那么，您最初学唱《玛纳斯》时，先记住的是这些固定的诗行的呢？还是故事内容的呢？

答：先记住的是故事。

问：然后呢？

答：开头词。

问：什么是“开头词”呢？

答：我说的“开头词”，就是玛纳斯、阿勒曼别特、阇克确、古里巧绕等这样的英雄的名字。无论他们中的哪一个，在什么场合出现，这些“开头词”就会自己来到（嘴边）把故事引出来。

问：这就是您刚才所说的那些固定的待行？

答：对。就是它们马上到你嘴边来。如果想跳过这些词去唱后面的内容，那就很难把后面的诗句编排出来。可能还唱不下去。我演唱《玛纳斯》的方法就是这样……（阿地里·居玛吐尔地，2006：166）

歌手在表演中创造某故事情节，因为取材不同故事情节也不同。有时候同一个歌手对于同一个“某英雄之行动变化感”因不同演绎而形成不同的故事情节。不同歌手对于同一个“某英雄之行动变化感”的演绎必然是不相同的。这样这首歌就出现在不同变异的故事范型里。所以这首歌的故事范型有很多不同的变异模式。而且这种变异模式，必然与地方社会或社区生活有着非常密切的联系。这种变异必须具有地方社会或社区观众的认同表达——以真正的男人主题为基础出现。我们在第九章专门讨论了口头史诗的变异分类原则。从各地方社会观众的认同表达之间亲属关系出发分类，而非从泛泛类型出发分类口头史诗。

五　印刷本、翻译本与史诗传播

古代苏美尔人的史诗是靠在泥版上书写文本传承下来的。同样古希腊的《奥德赛》、《伊利亚特》和古印度史诗《摩诃婆罗多》与《罗摩衍那》也都是通过书写文本才流传到今天。几千年前的古代的史诗歌手们都知道，与口头传承比较书写文字传承传播更久远，他们似乎明白这个书写文本的传承优势。当然书写传承经过了很多人的抄写，不能保持原有的面貌。

所以在古代苏美尔人的史诗《埃奴马·埃立什》中唱道：

愿这些（话）得以保存下来，
倍提兰好教给（人们）聪明伶俐者，
博学多识者同样可以互（教）互助。
父亲可以反复讲授给儿子，
让牧羊的、看守家畜的耳朵灵童，
相诸神的（恩利尔）最高神玛尔杜克唱起赞歌。
他的土地繁荣，他的诸事成功。
他的话坚定，他的命令无可变更。
……
倍提兰将在他（书吏）面前所说的话，
为了让后世的人听（到），他才记录下来的。（赵乐甡，1999：226）

这里，很多书写文本常用的方法是鼓励书写者做更多的抄写工作，这样会有很大的回报，同时也提醒不要更改书写文本原有的面貌。《圣经》、《古兰经》和《法句经》等很多宗教经典都是以这样的方法来鼓励大家准确而更多地抄写经文。这是以人类的美好愿望为工具，通过更多的人参与抄写和诵读工作，以此把文本信息传播到更久远的将来。这是一种非常巧妙的信息传播方式。

翻译也是一种传播信息的基本渠道。但是大量的翻译口头史诗好像是近代的事情。尤其是工业革命和印刷书籍出现之后，世界各地的文化交流突然猛增，于是各国大量地翻译文学、哲学、历史和科学书籍，广泛地学习其他民族的文化。工业革命出现之前，也有翻译和文化交流，但主要局限在宗教和科学领域。在中国翻译史上曾出现过三次翻译高潮。第一次高潮始于东汉至唐宋时期，佛经翻译盛行。第二次高潮为明末清初，欧洲的一批耶稣会士相继来华进行翻译活动，主要以传教为宗旨，同时也介绍了西方学术。第三次高潮当属鸦片战争至“五四运动”期间的西方思想和文学作品的翻译。在第三次翻译高潮中才翻译了《奥德赛》、《伊利亚特》、《摩诃婆罗多》、《罗摩衍那》和《卡拉瓦拉》等史诗作品。

最近，中国大量地翻译、出版中国少数民族口头史诗。比如 2009 年 9 月云南出版集团公司和云南教育出版社联合出版的《云南少数民族古典史诗全集》（上册），收录了彝族、白族、哈尼族、壮族、傣族的 16 部口头史诗，共有 883 页。2010 年出版中卷，收录了苗族、傈僳族、拉祜族、佤族、纳西族、瑶族、景颇族、布朗族、阿昌族、普米族、怒族、基诺族、德昂族、独龙族、彝族、傣族的 29 部口头史诗。

通过翻译本和印刷本中国少数民族口头史诗传播到世界各地，同时开始出现动漫版《江格尔》、漫画版《格萨尔》，促进了中国的史诗传播。

把原始语言的语音信息转变为文字信息有两种方法。一种是把原始语言的语音信息转变为该语言的文字拼写形式。还有一种是把原始语言的语音信息转换为拉丁字母或其他拼音文字。但是为了避免出现误解和错误，搜集者必须把原初语言的语音信息与转写文字拼写之间的对应关系明确地指出来。这样，大家就可以通过相同的对应规则来阅读转写信息。朝戈金在他的专著《口传史诗诗学：冉皮勒江格尔程式句法研究》中使用的是蒙古文转写规则。他写道："本书中所提到的'蒙古文'，是指在中国内蒙古和部分分布在其他地区的蒙古人中使用的文字。'托忒文'指在新疆卫拉特蒙古人中使用的，在'蒙古文'的基础上改革以适应卫拉特方言的书写系统。本书在使用拉丁字母转写蒙古文的文本时，采用以下的宽式对音规则与诗句标号法。"（见图 17－1）

图 17—1　蒙古文转写拉丁文对应规则

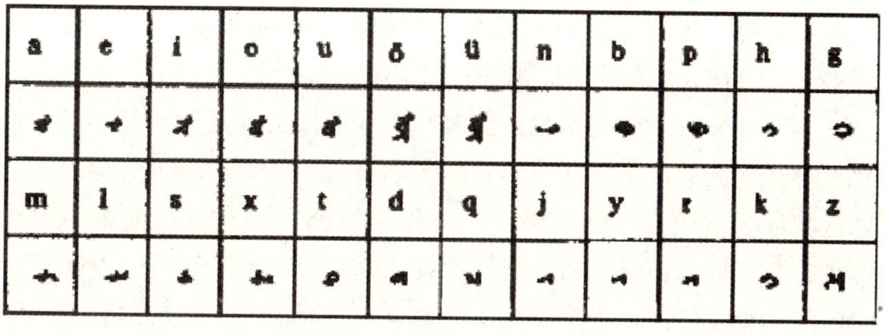

资料来源：《口传史诗诗学：冉皮勒江格尔程式句法研究》。

朝戈金还指出了具体的标注诗句的方法。他说："使用国际史诗学界通用的方法，也是西文著述中常见的办法：在首行引诗后表明句例属原诗第几行，并加括号，格式为：××××（152），表明引文出自《江格尔·铁臂萨布尔》样例的第152行。需要说明的是，在论述中，在一些例句的后面没有标注句号，这是因为对于特定的分析而言——例如韵式——诗句标号没有作用。另外，通过附录中两个‘样例’，可以很容易查找到诗句的出现次数和在演唱文本中的位置。”（朝戈金，2000：116）

六　史诗年代学分析

这首歌的产生年代也是史诗学研究的重要领域。在谈论过去的时候，如何表达不同的时间跨度？或许会用到世纪、年代、年、月、星期、天、小时、秒等时间单位。但是地质学家对于悠远的地质年代使用的却是代、纪，年代学分析是来自早期的地质学。

地质学认为地质年代开始于前寒武纪。前寒武纪占地球历史的88%，结束于5.44亿年前。地质学家又把前寒武纪以后到现在的时间划分为古生代、中生代和新生代三个单元。古生代就是指远古早期有生命的时代，许多生活在古生代的动物都没有脊椎，也就是无脊椎动物。人们常常称中生代为恐龙时代，其实恐龙只是中生代众多生物中的一种，哺乳动物就是在中生代开始进化的。地球最近的代是新生代，它开始于6500万年前并持续到现在，新生代也叫哺乳动物时代，我们人类就生活在新生代。

每个代又被划分为几个纪，例如三叠纪、侏罗纪、白垩纪，你可能很好奇这些纪的名字从哪里来的。它们的名字大多来自地质学家第一次发现这个地质年代的岩石和化石的地名。比如说，寒武纪中的“寒武”是英国威尔士的名称，“侏罗”指的是法国侏罗山脉。

同样，在史诗学研究中也遇到时间跨度的问题。近代史诗学有大量的研究表明这首歌的产生年代与黑格尔美学有一定关系。黑格尔认为：“至于史诗以叙事为职责，就须用一个动作（情节）的过程为对象，而这一动作在它的情境和广泛的联系上，须使人认识到它是一件与一个民族和一个时代的本身完整的世界密切相关的意义深远的事迹。”（黑格尔，1996：114）他还说：“全部史诗艺术，特别是正式史诗，基本上分成下列三重的发展阶段：第一是东方史诗，其中心是象征型的；第二是希腊古典型史诗以及罗马人对希腊史诗的模仿；第三是基督教的各民族的半史诗半传奇故事式诗歌的丰富发展。这类诗开始出现在日耳曼异教民族中。另一方面也有一批诗，除掉中世纪所特有的骑士诗以外，也借鉴于古希腊罗马，或是用古典作品作为提高文艺趣味的一般教养工具，或是用它们作为模范。最后，正式史诗便让位于小说了。”（黑格尔，1996：182）黑格尔认为某绝对精神的显现过程经历意识、自我意识、理性、精神、宗教和绝对知识等几个阶段。其中宗教阶段可以分为自然宗教、艺术宗教和天启宗教三个阶段，而艺术宗教阶段的美就是绝对精神或理念的感性显现。

在这种绝对精神的感性显现过程中，出现象征型艺术、古典型艺术与浪漫型艺术几个阶段。史诗是属于浪漫型艺术阶段的产物。黑格尔认为："每一个伟大的民族都有这样绝对原始的书，来表现全民族的原始精神。”（黑格尔，1996：115）但是这种原始精神的显现也经历了三个阶段。这样史诗演唱就成了在时间之中的一种原始精神。这里史诗年代学变得非常重要。

当然，很多地方，尤其是在中国，研究各民族的史诗作品时大家也非常重视这首歌产生的年代问题。这种假设不仅来自黑格尔的理论，还来自马克思的社会发展理论。大家把某口头史诗当成该社会的发展阶段的产物，于是在史诗文本中找一些蛛丝马迹，认定是什么时代的作品。一般认为史诗产生的具体年代规定为几百年的时间。比如仁钦道尔吉认为卫拉特蒙古族史诗《江格尔》产生于14—16世纪。（仁钦道尔吉，2007：114）

口头程式理论出现之后，这种年代学分析方法似乎衰落了。口头程式理论突出了普遍意义的口头表演和口头创造活动。他们认为每一次口头表演都是有效的，每一天的创造都是可能的。对于这种口头表演中的创造史诗理论而言，这首歌几百年的形成时间理论似乎显得并不那么重要了。

第十八章

田野调查与科技进步

一　田野调查中的记录技术

田野调查中的记录技术主要指记录技术、储存工具和输入工具。在田野调查中记录某歌手的史诗演唱文本的记录技术很多。目前，主要用写字笔、录音机、摄像机、笔记本、磁带、电脑硬盘、U 盘、录音笔等。其中笔记本、磁带、电脑硬盘、U 盘、录音笔等都是储存工具，而写字笔、录音机和摄像机是一种输入工具。学者做史诗学田野调查时，他必须学会使用这些记录技术和工具。

但是在古代做田野调查时使用的记录技术就和现在的技术有很大的不同。在古希腊使用的记录工具主要是纸和笔；纸张是储存工具，而笔是输入工具。在古巴比伦使用储存工具主要是泥版；而输入工具主要是三角芦苇笔。在古埃及经常使用莎草纸和芦苇笔。在古代中国，很多人使用龟甲、兽骨和竹子当作储存板，而刻字刀当作输入器。古巴比伦的抄写者把史诗歌手演唱的《吉尔伽美什》各诗章用 12 块泥版写下来储存的，他们使用的输入器就是三角芦苇笔。具体记录技术非常复杂——包括选好泥版、写完字烘干等。

不管是真实历史的写作还是史诗作品的抄写都是通过作者在一些田野中的调查记录来完成的。人类历史上从未停止过田野调查和记录。古希腊希罗多德是个伟大的历史学家。他从小就勤奋好学，大约 30 岁开始长期漫游各地做田野考察。他每到一个地方不仅是感慨往事、游览古迹名胜，还考察地理环境，了解当地风土人情。他非常喜欢听当地人讲述民间传说和历史故事，并把这一切都记下来。公元前 443 年，希罗多德前往意大利，在一个海湾建立的新城即图里奥伊住下来开始写他的《历史》著作。

司马迁是中国古代著名的历史学家，他撰写《史记》之前也做过大量田野考察，重新确认当时官方文献中的很多历史事件。司马迁使用的记录工具就是纸张和毛笔。古希腊许多作家，如希波克拉忒斯、埃斯库罗斯、品达罗斯、色诺芬、亚里士多德、阿里斯托芬和柏拉图都引用过荷马史诗，那些引文往往与今天的文本不是完全相同。如亚里士多德引了《奥德赛》第9卷中的一段关于独眼巨人的描写，文字与今天的文本一样，但是他说那段是出自《伊利亚特》第10卷，原是描写一头野猪的。还有，他说在《奥德赛》第23卷中奥德修斯对佩涅洛佩的一段话有60行，但是从现在的本子来看，这段只有33行。这些变动和内容繁简不同，说明在公元前4—5世纪通行的史诗抄本同今本还有不少差异。也就是说目前我们看到的《荷马史诗》是通过了抄写者的编辑的。现在的田野工作证明抄写者对某口头史诗进行抄写和编辑是非常普遍的现象。但是人们抄写和编辑水平和能力必然会影响那些口头史诗的记录质量。

科技进步一方面促进田野调查中记录水平的提高，另一方面对于记录者提出新的要求。那么，我们如何提升使用这些记录工具的能力和记录水平呢？除了储存版和输入器，还有一个东西很重要，那就是某种信息的储存的方式或程序，这就是文字技术，是古代人类的伟大发明。古代人类把某歌手的史诗演唱信息如何储存到第一块泥版上的？这就需要发音单位的转换器——文字。有了发音单位的转换字母，人们很轻松地把某口头史诗写在泥版上了。没有文字技术，抄写者无法使用记录工具，它还缺一个东西——那就是文字信息技术。有了这种特定的“文字信息技术”，抄写者把发音信息（口头史诗）转换成文字史诗，然后才能将文字史诗输入到泥版上储存。于是人类第一部文字史诗诞生了。

二　文字记述:文本史诗形成

文本《荷马史诗》出现是一种巨大的信息和技术进步。以前大家只能通过口耳相传的方法来完成口头史诗的储存和提取，现在非常简便的口头史诗储存和提取方法——文字记录技术出现了。有了这个文字记录技术，我们今天才能看到古希腊的《荷马史诗》——《伊利亚特》和《奥德赛》。古巴比伦的《吉尔伽美什》等诸多的口头史诗也靠楔形文字记录技术来传承到今天。

《荷马史诗》是两部长篇史诗《伊利亚特》和《奥德赛》的统称。两部史诗都分成24卷，《伊利亚特》共有15693诗行，《奥德赛》共有12110诗行。《伊利亚特》和《奥德赛》的主题分别是在特洛伊战争中，阿喀琉斯与阿伽门农间的争端，以及特洛伊沦陷后，奥德修斯返回伊萨卡岛上的王国与皇后珀涅罗珀团聚的故事。

在公元前3100年，苏美尔发明了象形文字。"公元前约1500年，中国使用表意文字；克里特使和希腊使用线形文字乙；安纳托利亚赫梯人使用楔形文字。"（杰弗里·巴勒克拉夫，1985：16）又过了几百年，腓尼基人发明字母书写体，这是现在欧洲书写体的基础。目前发现的人类最早的文本史诗《吉尔伽美什》是用楔形文字记录下来的一种文本史诗。另一个史诗《埃奴玛·埃立什》中明确地指出文字记录技术在史诗传承中的作用。

文字记录技术的贡献是巨大的。19世纪初，德国的雅各布·格林（Jakob Grimm）和威廉·格林在浪漫派作家阿尔尼姆和布仑塔诺合编的民歌集《儿童的奇异号角》的启发下，于1806年开始合作研究语言学、搜集和整理民间童话与传说，并于1814年、1815年、1822年陆续出版了3卷本的《德国儿童与家庭童话集》。现在《格林童话》已经成为世界儿童文学中的宝贵财富。于是原来小小的德国家庭故事变成全世界儿童所喜欢的名著《格林童话》。19世纪初，在欧洲各国出现口头史诗的搜集、整理和出版运动。它带动了一次出现全球性的用文字记录口头史诗运动，一直到现在这种趋势还在扩张。

当时来自黑塞哥维纳的卡拉季奇（V. Karadizic）于1814—1815年出版了塞尔维亚民族史诗。此时受德国浪漫主义影响的格林（Jakob Grimm）于1823—1824年再版了卡拉季奇的史诗，受到科学研究界的注意。1934年在法国巴黎出版的《卡拉季奇辑录之塞族民歌》（2卷本），它是真正的口头史诗。这期间一系列塞族和克族的史诗也结集出版。其中《克罗地亚中心出版社资料集》（第一卷）（*Matia Hrvatska*）收入了丰富的史诗文本，尤其是1898—1899年出版的第二卷和第四卷，收入了波斯尼亚西北部的穆斯林歌。瓦西里·拉德洛夫在中亚突厥人中所做的田野调查的第一手材料结集为5部出版，名为《北方突厥部族民间文学考》，其中的第五卷《论卡拉—吉尔吉斯方言》的前言中谈到口头诗歌一些基本特点，包括如何解释口头史诗的问题。

民族志学者马提亚·穆尔库（Matija Murko）在前南斯拉夫的波斯尼亚、黑塞哥维纳、克罗地亚、达尔马提亚从事田野工作，搜集到了大量的口头史诗。但是后来第一次世界大战阻止了他的田野调查工作。1924 年他回访新帕扎尔，这里曾经受到土耳其和奥匈帝国的统治。1927 年他又回到米奥希奇的故乡达尔马提亚，却发现那里的口头传承史诗已经死亡。根据穆尔科的观察，在前南斯拉夫的伏衣弗丁那、斯洛文尼亚、克罗地亚北部地区口头史诗正在消亡，而山区仍然有一定的口头史诗存活。

穆尔库发现歌手可以加长演唱时间或加长歌的长度，这取决于观众。根据记载，1887 年 12 月 17 日，一位波斯尼亚的歌手连续表演，唱出了 90 部歌，共计 8 万行的诗歌，超过荷马史诗的两倍还多！人们惊奇一个歌手的脑子里可以装下整个荷马的诗。歌手的腹藏量更是很难统计。被访谈的歌手往往说不出歌的数量；或言可唱 30 个歌，或言一个晚上一个歌，可以连唱 3 个月。歌的变异问题也是他所关心的。人们一直认为歌手不会改变他的歌，但是，穆尔科的实验结果却与此相反。他用维也纳科学院提供的录音设备，重复录制了同一个歌手对同名歌的数次表演，结果歌的开头 15 行诗都不一样。对此，学者们认为，穆尔库从相同的歌里至少找到了 3 种不同的文本——抄本、录音文本和口述记录本。

20 世纪 30 年代，帕里和洛德在他们的田野工作中采用了同样的方法，他们经常要求歌手重复延长歌的开头几行诗，称为 proba。穆尔库和帕里的工作策略是相同的，就是为了获得同一个歌的不同的变体，以供比较研究。

实际上，帕里和洛德口头史诗方向是沿着拉德洛夫、马提亚·穆尔库的道路走过来的。但是帕里和洛德使用了全新的记录技术——声学录音技术，获得了大量可比较的口头史诗材料。当然，帕里的口头程式理念也在使用新技术的过程中起到了决定性的作用。他认为歌手每一次口头表演都是有效的，都是录音记录的对象。

人类有了文字记录技术，必然出现这些文字信息储存到哪里、如何把信息输入到泥版上的问题。所以，某信息的储存版技术和输入器技术都是以信息转换技术即信息储存与提取为前提出现的。某信息的转换记录技术是第一位的信息技术，而是某信息的储存与提取物技术是第二位的信息技术。

口头史诗的语音信息转化为文字信息记录在泥版上，然后读取这个文字信息——把它又变成口头史诗。这种文字书写技术包括楔形文字、拉丁字母、拼音文字、国际音标等几种书写记录技术。在史诗记录中采用楔形文字记录技术最早。后来，拉丁文字成为记录史诗演唱中的文本的主要工具。德国学者瓦·海希西调查蒙古史诗时采用拉丁文字记录技术。这样学者在田野调查时，采用的拉丁文字与史诗演唱所用的原语言的字母之间的对应关系必须要清楚地标出来，以便其他学者阅读或撰写时能正确地拼写原语言的发音。

三　音频与视频:采访技术

从20世纪30年代开始，学者们在口头史诗的田野调查工作中大量使用声学录音技术。从声学录音技术诞生的那一天起，一批负责操纵设备的技术人员就开始加入到了音乐艺术创造的环节中。1877年7月18日美国科学家爱迪生发明了一种录音装置。10年之后，1888年5月16日，伯利纳制作的世界第一张碟形唱片和留声机在美国费城展出。

在20世纪30年代，美国学者米尔曼·帕里和艾伯特·洛德在塞尔维亚—克罗地亚地区进行口头史诗田野调查时开始采用录音技术。帕里考察荷马史诗中的重复出现的“苦难深重的奥德修斯”、“头盔闪亮的赫克托耳”等诗行“常备的片语”（stock phrases）发现《荷马史诗》可能不是简单的一个人创作或几代人积累的传承，而是一种口头程式来创造口头传统。帕里初步认为，荷马史诗必定是传统的产物，也必定是口头创作的产物。然而，文本分析并不足以验证在《荷马史诗》的文本背后有一个口头的诗歌传统。于是他们需要在当代仍然存活着的口头史诗传统中去做调查，以期与荷马史诗的分析做类比对照的研究。

带着这样的理论假设，帕里以1933年夏天的一次短期的实地勘察拉开了整个计划的序幕。帕里于1934年6月到1935年9月再次访问南斯拉夫，进行了为期15个月的田野调查。帕里和助手们搜集了12500个文本，大都为抄本，还有大量的录音资料，大约有3500个12英寸铝制音盘。帕里的助手9名，包括洛德还有歌手、打字员若干名。在记录手段方面，他们所使用的，在当时是先进的电子录音装置——由发电机或是电池提供能源，将口头演唱录制在铝盘上。但是，他们同时还使用了在那时更为常规的口述记录的方式。通过这两种记录手段的交互使用，他们发现，在声学录音和口述记录之间，是有着差异的。

与我们现在还经常使用的“一过性”调查和记录不同的是，他们不仅记录了同一歌手的数量可观且互不重复的歌，还记录了大量来自同一歌手或不同歌手的同一首歌的不同版本或不同演唱。对歌手佐季奇（Demail Zogic）的同一首歌的三个演唱（1934 年演唱录音、1934 年口述记录、1951 年演唱录音）版本的比较；或是对阿夫多著名的《斯麦拉季奇·梅霍的婚礼》在 1935 年和 1951 年的两次演唱版本差异的比较，以及其他类似的做法，为史诗的田野作业树立了典范。（朝戈金，1999）

录音技术的使用为口头史诗的田野调查提供空前的方便，也促进口头程式理论的诞生。为了获得与荷马史诗进行类比的第一手资料，帕里在 1933 年到南斯拉夫进行田野调查，后来又于 1935 年进行了长达 5 个月的田野调查。这次他利用了新的录音设备，对西巴尔干的南斯拉夫语地区的口头传统史诗进行了充分的采集。其资料的规模、完整性、耐久性，对口头文学研究历史来说都是空前的。帕里 1933 年至 1935 年速记的规模宏富的资料，就是今天哈佛大学图书馆“米尔曼·帕里口头文学特藏”的精华部分。它包括 12000 个独立的文本，3500 个录制 12 英寸铝制录音圆盘。此外还珍藏采录的最长最完整的史诗歌，最长的一部超过 13000 行。

在田野调查的过程中采访也是很重要的一个环节。这种技术是把歌手的史诗演唱信息转化为音频和视频信息记录下来的互动技术。当然音频和视频技术本身也很重要。所以，我们下面主要关心在田野调查工作中采用新技术时的采访技巧。

摄影拍摄技术是随着影视人类学的出现而开始被大量地使用的。中国学者庄孔韶的人类学纪录片《一位藏族格萨尔王传说唱艺人：仲巴昂仁》是一个比较专业的歌手民族志。它通过这位格萨尔歌手的生活画面、访谈画面和口头表演画面来体现相关内容的一种歌手民族志。不管是用录音技术还是用影视技术，制作某歌手的文本史诗记录或歌手民族志都需要比较复杂的采访技术。

如果记录者缺少采访技巧就可能导致口头史诗的记录严重失真或无法获得完整的作品。因为记录者面对的是有感情和情绪的活人，所以必须懂得恰当地互动和满足被采访者的情感和生理需求。不能一味地获取材料而损害被采访者的身心健康。下面介绍一个极端的采访例子。阿地里·居玛吐尔地在他的专著《〈玛纳斯〉史诗歌手研究》中写道：“吉尔吉斯斯坦的著名玛纳斯奇萨思拜·奥诺孜巴克在没有听众的场合为记录者单独演唱将近4年时间，由于他不习惯长时期的紧张工作以及只对着一个记录者作不间断的、单调的讲述而引起的过度疲劳，最终导致他出现了思维枯竭、失去记忆的精神失常现象。”（阿地里·居玛吐尔地，2006：92）

不仅在采访吉尔吉斯斯坦著名玛纳斯歌手萨思拜·奥诺孜巴克时遇到过采访技巧的问题，在对中国著名的玛纳斯歌手居素甫·玛玛依的采访过程中也遇到过类似的问题。阿地里·居玛吐尔地提到：“1961年，居素甫·玛玛依看到政府派出专人开展对史清的搜集、记录、翻译工作，十分激动，第一次为搜集人员演唱《玛纳斯》时，就滔滔不绝地唱了6个月时间，把史诗前五部的内容唱完了。史诗五部的具体现模为：第一部《玛纳斯》38000诗行；第二部《赛麦台》27000诗行；第三部《赛依特克》18360行；第四部《凯耐尼木》16000行；第五部《赛依特》2800行。这种日复一日的演唱工作实在太累，几个月连续不断地演唱下来，43岁、年富力强、身体健壮的居素甫·玛玛依已经变得脸色蜡黄、两腮也塌陷下来。他回忆当时的情景时说：‘我觉得头昏脑涨，身体也变得虚弱。史诗中，性格鲜明的人物有几百个，英雄们的坐骑光毛色就有30多种，还有几十个大场面的征战。平时，我大多只是唱一唱其中的一些受人欢迎的片段和章节，现在要唱完20多万行，真是有些承受不住了……’。”（阿地里·居玛吐尔地，2006：92）所以，我们采访歌手时必须懂得区分歌手的表演和歌手；对歌手应该尊重和体谅，对歌手的表演要认认真真地采录整理。

四　文本史诗、歌手与网络技术

网络技术是从20世纪90年代中期发展起来的新技术，它把互联网上分散的资源融为有机整体，实现资源的全面共享和有机协作，使人们能够提升使用资源的整体能力，也使按需获取信息成为可能。

这种新技术对于歌手的学艺工作和田野调查工作产生了深远的影响。这种网络技术可以把歌手的史诗演唱片段转化为视频信息，上传到各种网络空间里，然后个人可以通过下载获得这些视频信息，进行分享和研究。它是把歌手的口头史诗信息转化为视频信息，然后再转化为口头信息的一种技术。从某种角度看，网络技术与抄写者在泥版上储存某口头史诗的文字记录信息是一样的一种输入和提取技术。

但是，文字记录技术无法把动态的可视信息储存和提取。视频技术把歌手的口头表演、谈话、服饰、居住和表情信息转化为视频信息，然后随意地储存和提取。处在这两信息技术之间的就是音频记录技术。它克服了文字记录技术的各种缺陷，比如文字记录会费时间，跟不上歌手的口头表演速度，储存歌手正在口头表演某个口头史诗的转化为文本信息时会带来各种信息损失。于是记录者具备非常快速的记录技能才能满足完整记录现场信息要求。这样记录者除非有特殊的训练，一般是跟不上歌手的史诗演唱速度的。

我们在20世纪30年代的拉萨的政府秘书中就有这样训练有素的业余记录者。西藏那曲格萨尔歌手阿达尔回忆："有一年，拉萨四大林之一的达吉林派出两个秘书来到那曲，找到了我，叫我说唱《霍岭之战》，由两位秘书轮流速记，大约40多天就全部用楷书抄好了。"阿达尔回忆起当时的情景时说："那两个人写起藏文快得很，我这边唱，他们在那边写，我唱完了一段，他们也写完了一段，哪里像有的人写字像刻石头一样费劲。他们先用草书记下来，再用楷书抄好。完成时上部约有740页，下部有770页。"（杨恩洪，1995：183）

随着互联网的发达、数字革命的进步，传统社区里通过口口相传得以传承的传统文化逐步转移到网络空间。史诗歌手、观众和学者利用新的传播媒介——互联网来传播、学习和欣赏口头史诗成为一种趋势。这产生了口头史诗传统的数字化产业。这种口头传统的数字化主要是通过两个驱动力来启动的：一是数据库作为一个数字化的展示平台，有一些科研机构持续投入资金，建设各种数据库和数字博物馆，展示自己的科研成果或实力；二是科技迅猛发展，使得歌手和观众通过利用互联网的上传、下载和浏览功能，进行传播、学习和欣赏口头史诗。

五　弗里的通道项目与电子伴侣

通道项目（Pathways Project）是弗里开创的一种全新的互联网口头传统传播技术。他将口头传统（Oral Tradition）简写为OT，而互联网（Internet Technology）简写为IT，与简写为TT的文本技术（Text Technology）形成对比。弗里教授认为OT和IT是类似的，因为它们的运作都是在网络世界里航行、冲浪；它们都是虚拟的而不是现实的；它们包含多重的作者和受众；它们包含多样的演述；它们都是即兴发生的。OT 和 IT 的运作都是在网络世界里航行、冲浪，这是指口头传统在叙事的“网页”中航行，而互联网是在不同的网址之间航行。

这两种航行中，每一次的选择将产生更多的选择。网络世界允许有无限的可能性，口头传统中有各种版本的故事，而互联网中也有不同的对话。OT 和 IT 都是一种体验，口头传统寻找一个进入故事的路径（pathway），互联网则是通过点击交互的链接来航行，不是事物本身，而是带着体验的演述。OT 和 IT 都包含多重的作者和受众，口头传统的作者是那些运用传统的历代歌手，而互联网的作者是那些推动互联网发展的人，等等。综上所述，这三种媒介中，口头传统（OT）和互联网（IT）都是虚拟的，由各种“路径”组成，要求通过“航行”来完成。而文本技术（TT）是具体的，缺失“路径”的，并且消除了航行和选择的可能。

以上所说的三种媒介技术产生了相应的三种集市（agoras）：oAgora 是口头集市，eAgora 是电子集市，tAgora 是文本集市。oAgora 是可以冲浪的口头网络，它含有诸多口头词汇和专门化的语言；口头集市是共享的，没有具体的作者，或者它的原作者是分部的。口头集市的变异限制在一定的传统中，演述是自然地进行，归集体共享而不是私人。eAgora 是可以冲浪的电子网络，通过相关联的系统来航行。读者可以登录该项目的网页（www. pathwaysproject. com）来体验。（屈永仙，2011）

电子伴侣开发主要有三个目标：第一，促进将口头传统视为多媒体事件的理解；第二，提供印刷文本不能传递的一些资源；第三，为文本媒体提供电子媒介。以下是口头传统中心电子伴侣开发的三个重要项目：

项目一：如何阅读口头诗歌。该项目于 2002 年上载，目标如下：（1）为传统书籍难以上载或者最适合网络呈现的材料提供例子和附加信息；（2）利用两种媒体——书籍和网络；（3）强调诗歌与网络之间的关联性。

项目二：电子版本（eEdition）。示范《Mustajbey 儿子的婚礼》的电子版本。该项目目标如下：（1）提供一项书籍或报刊难以传达完整的经验；（2）超越无声的非语境化的文本；（3）提供一项手段，使读者能够选择加入到“史诗的听众”中去。

项目三：《口头传统》之电子期刊。该杂志于1986年创刊，2006年就开始实现网络下载。其目标是：（1）让每篇文章的经验能够以综合集成的方式获得；（2）提供真实生活的语境和经验作为背景；（3）帮助读者成为讨论中的口头传统的更好更忠实的听众。接着，马克先生对《口头传统》电子期刊的主页（包括照片、视频、音频、参考书目等）进行了详细示范。

电子伴侣的未来发展方向是令人鼓舞的。2011年2月15日，国际数字出版论坛发布其公开草案即新一代的电子阅读器（EPUB3），它将基于第5版超文本标记语言，包括音频、视频、誊写、互动等内容。（马克·贾维斯，2011）

六　口头传统与全球性的史诗学田野调查研究

美国密苏里大学口头传统研究中心有四个数字化项目。这些项目对全世界开放，只要您能链接到互联网，便可免费获取这些项目提供的信息。这四个项目分别是：（1）《口头传统》期刊；（2）国际口头传统研究协会；（3）通道项目（Pathways Project）；（4）最新田野调查论文专著的展示。

作为国际口头传统研究领域的核心学术刊物，《口头传统》学刊于1986年在美国密苏里大学口头传统研究中心（Center for Studies in Oral Tradition，CSOT）正式创刊。20多年来，作为该中心的创建人，弗里生前一直担任主编之职。近年来，该团队力图在口头传统与互联网之间的结点上拓展这一跨学科领域的学术空间和国际交流。弗里生前主编的《口头传统》学刊已经全面实现数字化与网络共享，读者可以免费下载该刊自创刊以年来的所有电子版论文；与此同时，弗里创办的e研究中心顺利实施“通道项目：口头传统与互联网”，供大家分享信息。

弗里研究发现：人类最早、最广泛的交流媒体是口头传统，而它和网络媒体之间具有共性。二者的运作都必须通过虚拟世界的网络来实现。两者的技术手段包括多重作者、多重观众和多重演述三个因素。此外，这两种媒体都包括了多重路径或多重可能的关联系统，这使操演者和受众有了多重的选择。以上的特征将口头传统和互联网以文本技术区别开来。文本技术是在具体的世界里运作，由静态的、预定时间的事物组成，而不是进行中的体验。弗里通过《口头传统》学刊的网页，展示了口头传统与网络技术相似的运作方式，并介绍了《口头传统》的数字化成果、书籍与文章的电子版本使用情况。

在中国，数字化技术起步比较晚，但是有很好的发展势头。比如，柯尔克孜族英雄史诗《玛纳斯》的田野调查以及搜集、整理、翻译和研究工作起始于20世纪60年代初。第一阶段时间为1961年3—10月，地点为新疆克孜勒苏柯尔克孜族自治州阿合奇县、乌恰县、阿图什县和阿克陶县各乡镇。此次访问玛纳斯奇30多人，记录《玛纳斯》史诗文本20多万行及其他相关民间文学作品多部。第二阶段时间为1964年6月至1966年7月，地点除了新疆克孜勒苏柯尔克孜族自治州阿合奇县、乌恰县、阿图什县和阿克陶县各乡镇之外，还调查了阿克苏地区的温宿、乌什县的柯尔克孜族乡村。

《玛纳斯》史诗的第三次田野调查及记录工作开始于1978年12月，并且一直延续至今。从1995年至今，学者开始用比较先进的采录方式，比如用磁带录音机、摄像机以及数码相机等手段采录史诗歌手的资料，并开始立体式、多方面地搜集各种手抄本、图片以及与史诗相关的各种资料，开始建立《玛纳斯》史诗的档案库和资料库。从1961年第一次调查采录到20世纪末，共发现并记录在案的《玛纳斯》史诗歌手玛纳斯奇120位。

在调查采录的基础上，许多口头文本资料得以刊布和出版。其中最重要的成果是1984—1995年历时11年由新疆人民出版社出版的，被国内外史学界誉为“当代荷马”的新疆阿合奇县的《玛纳斯》演唱大师居素甫·玛玛依（Jusup Mamay）演唱的《玛纳斯》史诗8部23万多行的柯尔克孜文文本。这一文本于2004年出版了两卷本柯尔克孜文本和一卷本吉尔吉斯文本。

这些著作标志着我国《玛纳斯》史诗目前的研究水平。对各种资料的保存和数字化，以及把各种资料在网络上呈现都是我们所面临的挑战。我们希望能把《玛纳斯》史诗各个时期所搜集的不同玛纳斯奇的异文和变体，包括与此相关的各类民俗资料都纳入我们的资料库中，并用柯尔克孜文原文及拉丁文转写、汉译文及英文等呈现出来，让全世界学界都能深入了解《玛纳斯》，并让那些有兴趣的学者开展对《玛纳斯》的研究。（阿地里·居玛吐尔地，2011）

芬兰文学学会的民俗学档案内容非常丰富，大约有 400 万份文本手稿，25000 小时的录音，1400 个小时的录像，14 万张照片和绘图。在计算机广泛使用之前的老的系统，以文类分类，包括 a 散体叙事，其中又分 a1 民间故事和逸事，a2 宗教传说，a3 信仰传说，a4 地方性和历史性传说；b 诗体文类，其中又包括 b1 卡勒瓦拉诗体传唱，b2 “新” 民谣，b3 咒语，b4 民间信仰和魔法，以及 c 俗语，d 谜语，e 歌曲，e 民族志描写等。传统归档系统使用卡片索引，原始收藏保持原样不变，而索引卡则采用字母顺序、收集者姓名的特定 ID 等。然而，即便是专业人员，也不太容易识别这套编码系统。（尤卡・萨里宁，2011）

从 20 世纪 80 年代至今，中国社会科学院民族文学研究所的研究人员连续不断地采录各种珍贵的中国少数民族口传文学的录音、录像、图像和文本资料。遵循资料库、基地、网络三位一体的循环建设思路，该所的资料库进入信息化时期。其进程又可分为一期（2000—2005 年）、二期（2006—2010 年）两个阶段，涵盖了中国少数民族文学媒资库管理系统和“媒资网”。2003 年，该所启动了“口头传统田野研究基地”项目。2008 年，基地从预设的 8 个增长到 9 个，即内蒙古扎鲁特乌力格尔（本子故事的口头说唱）、青海果洛藏族史诗与口头传统、四川德格藏族史诗与藏戏表演、广西田阳壮族布洛陀文化与口头叙事、四川美姑彝族克智口头论辩与史诗演述、贵州黎平侗族大歌、新疆阿合奇柯尔克孜族史诗《玛纳斯》、新疆和布克赛尔蒙古史诗《江格尔》、甘肃玛曲藏族史诗《格萨尔》等口头传统田野研究基地。这些田野研究基地为学术研究和人才培养提供了得天独厚的条件，为资料库提供了丰富的材料。目前，“资料库”已经入库的资料为 8 类，8000 余项，包括格式文本、数字文档、表格、报告，尤其是图片和音频、视频等多媒体类型的文件。

媒资系统为该所资料库提供了一个较为先进的管理技术手段。其数据依托是中国少数民族文学资料库，侧重“资料库”中的口承部分，包括史诗、叙事诗、歌谣、神话、传说、故事等；主要工具是成都索贝公司开发的 Enet3 媒体资产管理系统；工作重点是抢救和保护口头传统和非物质文化遗产及其传承人；目的是进行民族文学、文化保护，实现数字化存储和合理的开发应用，并通过这项工作，为今后规模化的田野普查和采集保存奠定数据管理基础。其流程主要包括了田野调查、实体资料库、媒资库和数据交换四个阶段。田野研究与媒资系统之间存在着良性的互动关系。

“媒资库”的设计基于学者从田野中采录的资料特征及学者的田野研究实践。“媒资库”为学者的田野调查、资料收集提供了参考。学者的田野研究实践又不断地检验着“媒资系统”设计的科学性与合理性，促使其改进、臻于完善。“媒资系统”在一定程度上影响并规范了学者的资料收集工作。

当前，中国社会科学院民族文学研究所正以“中国少数民族文学资料库”为依托，建立“民族文学媒体资源网”。其一，是要面向社会大众的少数民族文学展示平台。整合多种介质资料，对具有相对成熟研究成果的重要少数民族文学资料打包，进行立体展陈，力图再现少数民族文学的生态状貌，反映现阶段少数民族文学研究的成果和发展趋势。其二，开发专业检索平台解决教学和辅助研究需求。以“媒资系统”为基础，向少数民族文学及其相关学科的研究人员提供选择查询功能。先期开发以下几种查询方式：（1）主题词查询；（2）学科分类查询；（3）介质查询；（4）民族查询；（5）语种查询；（6）地名查询。（尹虎彬，2011）

2003 年以来，中国社会科学院民族文学研究所与西部民族地区的基层州、县展开实质性合作，相继启动了 9 个口头传统田野研究基地。这 9 个口头传统田野研究基地包括内蒙古扎鲁特乌力格尔口头叙事传统（2003 年 8 月）、贵州黎平侗族大歌（2004 年 4 月）、广西田阳壮族布洛陀文化与口头叙事传统（2004 年 4 月）、青海果洛格萨尔史诗传统（2004 年 8 月）、四川德格格萨尔史诗传统（2004 年 8 月）、四川美姑彝族克智口头论辩传统（2005 年 4 月）、新疆阿合奇玛纳斯史诗传统（2005 年 8 月）、甘肃玛曲格萨尔史诗传统（2006 年 7 月），以及新疆和布克赛尔江格尔史诗传统（2006 年 9 月）等田野研究基地，初步实现了该所“重点打造民族文学研究的‘四梁八柱’”的工作目标。（朝戈金，2011）

七 口头传统与朴素归纳方法

史诗学研究是口头传统学科的核心，但是口头传统学科的研究领域比史诗学更为广泛。

1986 年，弗里教授在美国创办了名为《口头传统》的半年刊，这个刊物的出现，标志着一个新的人文学术领域——口头传统学科——正式走上前台。口头传统是一个民族世代传承的史诗、歌谣、神话、传说、民间故事等口头文类以及相关的表达文化和其他口头艺术。按照美国学者朱姆沃尔特的说法，西方口头传统研究的前辈，可以追溯到18世纪和19世纪。德国的赫德尔和格林兄弟、芬兰的伦洛特、挪威的阿斯比约森等人是这些前辈学者中的翘楚。按照当时的学术思考，他们试图解决的问题是：口头传统究竟起源于何时、何地？口头传统在人类从原始到野蛮再到文明的进程中，发挥了什么样的作用？进入20世纪后，追随口头传统研究的有“历史—地理”学派和“地域—年代”假说，还有“文化方法论”和“功能主义”流派。在“文本模式”的研究趋向中，俄国普罗普的“形态学”研究和美国帕里和洛德开创的“口头程式理论”至今影响不衰。与上述潮流和学派比肩而行的，还有结构主义、解释学、精神分析法、民族志诗学、表演理论、女权主义理论等，总之，在口头传统这个方向上，学说迭出，大师蜂起，一派繁荣景象。

在国际上，“口头传统”作为一个新的人文学术领域，已有规模。以美国为例，在全美大学中讲授与口头传统相关课程的，涉及许多科系和专业，如英语、外国语、民俗学、人类学、宗教学、历史学等。其中，下面这些课程反响热烈：口头与书写文化的理论、一般民俗学理论、民俗与文学关系、非洲口头传统、美洲口头传统、圣经研究、英语传统、古典学、言语和故事讲述、妇女研究等。可见，口头传统作为一个重要的和晚近出现的学术方向，得到了人文学界诸多领域的重视和积极响应。在我们这个拥有丰厚民间文化遗存和活形态少数民族口头传统的国度中，口头传统的研究也当能大放异彩。

2010年3月15日弗里教授在兰州西北民族大学综合教学楼做的讲座“口头传统：理解多样性”中明确地提出：口头传统学科正在从单一口头传统向多种口头传统的研究方向转变。这种转变主要体现在以下五个方面：第一，口头传统学科从简单、单一的口头传统的研究转向多样性与复杂性的口头传统的研究。第二，我们逐步关注口头传统瞬间的无限变化现象，从而摆脱以前口头传统的关于“最好”、“最先”、“典型”的错误理解。口头传统是很多“瞬间画面”构成多样性现象，就像从电影或视频中截取出来的单一画面一样，任何口头表演都有局部的具有代表性，所以它从来不是完整的也不是唯一的口头传统。第三，我们需要复活文本化的口头传统，因为我们面对的口头传统是活态系统，而不是死气沉沉的博物馆的陈列。第四，我们的“口头文化”并不是单一通用的概念，它存在于多样性的文化与个体之中。口头传统本质上是多样的，而非单一的同质的现象。第五，口头传统与“文学”之间存在多种不同的交流。多种口头传统模式与多种文学形式同时存在于同种文化甚至是同一个人身上，具有多重的社会功能。在实地考察的田野工作者发现的多样性口头传统有着跨学科的特征。

自从米尔曼·帕里创立口头传统理论之后，有无数个学者通过田野调查获得了数以千计的口头传统，并试图归纳出比较完善的口头传统理论。这种归纳研究纲领通过阿尔伯特·洛德一直延续到弗里那里。弗里教授说：“对于口头理论的未来而言，什么是最紧迫的问题呢？在我看来，最首要的问题，是急需加强对活形态口头传统进行调查的田野作业。”（弗里，2000：10）“急需加强对活形态口头传统进行调查的田野作业”的潜台词是“已收集到的材料还嫌不足”。那么，这种归纳研究纲领是否令人满意呢？答案是否定的。

早在1928年，俄国学者弗拉基米尔·雅可夫列维奇·普罗普明确地否定这种“材料的数量”假设。他指出：“鲍里特和波利夫卡的材料在某些情况下还可能会增加。但若如此，那么究竟一共有多大数量的故事供我们支配呢？还有，那种已经发表的材料连一条都不知道的研究者还多吗？在这种条件下说‘已收集到的材料还嫌不足’颇不恰当。总之，问题不在材料的数量。问题在于别的方面：在于研究的方法。”（普罗普，2006：2）

40年后，加拿大学者诺思罗普·弗莱研究文学批评时提出了同样的问题：“批评家与数学家处于同一地位，后者面对源源不断而来的庞大数字，即使仅仅用传统的整数形式来写，直写到下一个冰河期，也不一定写得完。批评家和数学家一样，将在某一程度上不得不发明一种不那么笨重的概念。”（弗莱，1998：21）所以这里唯一的出路是以有限数量的样本考察假设来取代搜集无限数量的作品考察假设。诺思罗普·弗莱于是提出了不同于朴素归纳方法的“一个中心的假说方法”。他认为：“（文学）批评看起来急需一个坐标系的原则，一个中心的假说，它就像生物学中的进化理论一样，将视它研究的现象为整体的一部分。像任何科学一样，这种归纳飞跃的第一个基本原理是对全部的连贯的假定。这一假定看起来虽然很简单，但每门科学都要花很长时间才能发现它事实上是一个完全清晰可见的知识体。在它达到这一发现之前，它还不成其为一门独立的科学，而仍旧是其他某一学科躯体中的内孕的一个胚胎。”（弗莱，1998：20）我们用这句话来评价口头传统理论发展现状是非常合适的——因为目前口头传统理论仍然孕育在民间文学学科之中。朝戈金明确指出“口头传统”不等于“口头文学”，“因为民间文学的学科对象和学术理路，不足以涵盖这个新的学术方向”。（朝戈金，2011）朝戈金指出了这个缺陷，但是没有提供答案。

帕里创立口传传统理论之后，洛德仍然沿着帕里开创的方向继续对世界各地的口头传统进行比较研究。后来，弗里也沿用这种比较世界各地口头传统的归纳研究纲领，把它推广到世界各地民间文学研究中。但是在世界各地的田野调查中观察到的各种不同的口头传统——例如，口头史诗、宗教口诀传统、口头常识、地名口述史等，这些不同类型的口头传统无法用单一的艺术类口头传统理论来解释。如果口头传统理论还没有一个整体的理论假定，那它仍然是一种文学科学的躯体中内孕的一个胚胎，无法摆脱这个狭小的文学科学蛋壳。所以，我们应该建立统一解释的多样性的口头传统的总体理论。这种理论需要一个中心假说，我们可以由这个中心假说推导出统一解释的各种口头传统形态，获得一种全新的口头传统理论。（敖东白力格，2012）这里，口头传统理论的归纳研究纲领被假设、推导及经验验证纲领所取代。

口头传统是口述者口头表演的产物，而非历史进化的产物。因此，一切口头传统形态都可以由它推导出来。因为这个口述者只要在时间之中，就能预期将来、回忆过去、言谈现在和描述常态；而这些构成口述宗教、口述历史、口头艺术和口述常识，将成为口述者之口头表演的所有形态。这样，目前世界各地观察到的口头传统——艺术类口头传统（口头史诗、民歌）、宗教类口头传统（宗教口诀）、常识类口头传统（谚语、民俗知识）、历史类口头传统（口述史）等都可以得到统一的解释。

参考文献

第一篇　史诗学观点

第一章　认识史诗学

1. 亚里士多德：《诗学》，陈忠梅译，商务印书馆1996年版。
2. 杨丽慧：《理查德·鲍曼及其表演理论》，《民俗研究》2003年第1期。

第二章　何谓史诗研究方法

3. 朝戈金、弗里：《口头诗学五题：四大传统的比较研究》，《东方文学研究集刊》(1)，湖南文艺出版社2003年版。
4. 冯骥才：《发现〈亚鲁王〉》，《中华读书报·书评周刊·文学》2012年4月4日。
5. 曾梅：《新奇、瑰丽、多彩的乐章——非洲史诗传统》，《外国文学研究》2006年第5期。
6. 范诗蒙：《〈圣主格斯尔可汗〉惹纠纷　蒙古族说书老人状告社科院》，中国法院网，2009-03-31（http://www.chinacourt.org/article/detail/2009/03/id/351867.shtml）。
7. 赵乐生译：《吉尔伽美什巴比伦史诗与神话》，译林出版社1999年版。
8. 祁万强、刘星海：《土族英雄史诗发掘记》，《西海都市报》2005年6月5日。
9. 朝戈金：《远行的"故事歌手"——追怀弗里》，《中国社会科学报》2012年12月31日。
10. 格尔茨：《文化的解释》，纳日碧力戈等译，上海人民出版社1999年版。

第二篇 史诗演唱与分析

第三章 史诗演唱

1. 王沂暖：《藏族文学简史》，青海民族出版社 1988 年版。
2. 亚里士多德、贺拉斯：《诗学诗艺》，罗念生译，人民文学出版社 1962 年版。
3. 约翰·迈尔斯·弗里：《口头诗学：帕里—洛德理论》，朝戈金译，社会科学文献出版社 2000 年版。
4. Henrik Gabriel Porthan, *Suomalaisesta runoudesta*: *1778*, Vaasa: Suomalaisen Kirjallisuuden Seura（Finnish Literature Society）, 1983.
5. 阿地里·居玛吐尔地：《〈玛纳斯〉史诗歌手研究》，民族出版社 2006 年版。
6. 苏珊·朗格：《艺术问题》，中国社会科学出版社 1988 年版。

第四章 这首史诗与大词

7. 亚里士多德：《诗学》，陈忠梅译，商务印书馆 1996 年版。
8. 仁钦道尔吉：《蒙古英雄史诗诗论》，唐山出版社 2007 年版。
9. 朝戈金：《约翰·弗里与晚近国际口头传统研究的走势》，《西北民族研究》2013 年第 2 期。
10. 朝戈金、弗里：《口头诗学五题：四大传统的比较研究》，《东方文学研究集刊》（1），湖南文艺出版社 2003 年版。
11. 特伦斯·霍克斯：《结构主义和符号学》，瞿铁鹏译，上海译文出版社 1987 年版。

第五章 史诗演唱中的口头程式

12. 亚里士多德：《诗学》，陈忠梅译，商务印书馆 1996 年版。
13. 阿尔伯特·洛德：《故事的歌手》，尹虎彬译，中华书局 2004 年版。
14. 约翰·迈尔斯·弗里：《口头诗学：帕里—洛德理论》，朝戈金译，社会科学文献出版社 2000 年版。
15. 亚里士多德：《诗学》，陈忠梅译，商务印书馆 1996 年版。
16. 约翰·迈尔斯·弗里：《口头程式理论：口头传统研究概述》，《口头传统研究概述》，《民族文学研究》1997 年第 1 期。
17. 朝戈金、弗里：《口头诗学五题：四大传统的比较研究》，《东方文学研究集刊》（1），湖南文艺出版社 2003 年版。
18. 朝戈金：《口传史诗诗学：冉皮勒〈江格尔〉程式句法研究》，广西人民出版社 2000 年版。
19. ［德］卡尔·赖希尔：《突厥语民族口头史诗：传统、形式与诗歌结构》，阿地里·居玛吐尔地译，中国社会科学出版社 2011 年版。
20. 王靖献：《钟与鼓——〈诗经〉的套语及其创作方式》，谢谦译，四川人民出版社 1990 年版。

第六章　这首歌的主题与典型场景

21. 朝戈金：《口传史诗诗学：冉皮勒〈江格尔〉程式句法研究》，广西人民出版社 2000 年版。
22. 阿尔伯特·洛德：《故事的歌手》，尹虎彬译，中华书局 2004 年版。
23. 傲东白力格：《史诗演唱与史诗理论——从亚里士多德到洛德》，甘肃人民美术出版社 2012 年版。
24. 阿尔伯特·洛德：《故事的歌手》，尹虎彬译，中华书局 2004 年版。
25. 约翰·迈尔斯·弗里：《口头诗学：帕里—洛德理论》，朝戈金译，社会科学文献出版社 2000 年版。
26. 朝戈金、弗里：《口头诗学五题：四大传统的比较研究》，《东方文学研究集刊》（1），湖南文艺出版社 2003 年版。

第七章　故事范型、变体史诗与集群史诗

27. 朝戈金：《媒体对〈亚鲁王〉报道不科学》，《中国社会科学报》2012 年 3 月 23 日。
28. 昭日格图：《英雄史诗〈汗青格勒〉研究》，内蒙古人民出版社 2001 年版。
29. 朝戈金：《口传史诗诗学：冉皮勒〈江格尔〉程式句法研究》，广西人民出版社 2000 年版。
30. 仁钦道尔吉：《蒙古英雄史诗诗论》，唐山出版社 2007 年版。
31. 朝戈金、弗里：《口头诗学五题：四大传统的比较研究》，《东方文学研究集刊》（1），湖南文艺出版社 2003 年版。
32. 约翰·迈尔斯·弗里：《口头诗学：帕里—洛德理论》，朝戈金译，社会科学文献出版社 2000 年版。
33. 朝戈金：《口传史诗诗学：冉皮勒〈江格尔〉程式句法研究》，广西人民出版社 2000 年版。

34. 仁钦道尔吉:《蒙古英雄史诗诗论》,台北:唐山出版社 2007 年版。
35. 约翰·迈尔斯·弗里:《口头程式理论:口头传统研究概述》,《民族文学研究》1997 年第 1 期。

第八章 演述场域与史诗语域

36. 朝戈金:《媒体对〈亚鲁王〉报道不科学》,《中国社会科学报》2012 年 3 月 23 日。
37. 巴莫曲布嫫:《叙事语境与演述场域——以诺苏彝族的口头论辩和史诗传统为例》,《文学评论》2004 年第 1 期。
38. John Miles Foley, *The Singer of Tales in Performance*, Bloomington: Indiana University Press, 1995.
39. 阿地里·居玛吐尔地:《玛纳斯》史诗歌手研究,民族出版社 2006 年版。
40. 朝戈金、弗里:《口头诗学五题:四大传统的比较研究》,《东方文学研究集刊》(1),湖南文艺出版社 2003 年版。
41. [德] 卡尔·赖希尔:《突厥语民族口头史诗:传统、形式与诗歌结构》,阿地里·居玛吐尔地译,中国社会科学出版社 2010 年版。

第三篇 史诗演唱与全球分布

第九章 史诗演唱的世界分布体系

1. [德] 卡尔·赖希尔:《突厥语民族口头史诗:传统、形式与诗歌结构》,中国社会科学出版社 2010 年版。
2. 阿尔伯特·洛德:《故事的歌手》,中华书局 2004 年版。
3. 石泰安:《格萨尔史诗和说唱艺人的研究》,中国藏学出版社 2005 年版。
4. 陆蕴联:《印度史诗〈罗摩衍那〉在老挝的流传和变异》,《东南亚》2006 年第 3 期。
5. 巴莫曲布嫫:《南方史诗传统与中国史诗学建设——钟敬文先生访谈录》(节选),《民族艺术》2002 年第 4 期。
6. 中国大百科全书语言文字委员会,《中国大百科全书(语言文字卷)》,中国大百科全书出版社 1988 年版。
7. 阿地里·居玛吐尔地:《玛纳斯史诗在西方的流传和研究》,《伊犁师范学院学报》（社会科学版）2010 年第 3 期。
8. 朝戈金、弗里：《口头诗学五题：四大传统的比较研究》，《东方文学研究集刊》（1），湖南文艺出版社 2003 年版。
9. 仁钦道尔吉：《蒙古英雄史诗诗论》，唐山出版社 2007 年版。
10. 曾梅：《新奇、瑰丽、多彩的乐章——非洲史诗传统》，《外国文学研究》2006 年第 5 期。
11. 约翰·迈尔斯·弗里：《口头诗学：帕里－洛德理论》，社会科学文献出版社 2000 年版。
12. 张宏超：《艾尔西丁·塔特勒克英雄史诗〈艾米尔古尔乌古里〉》，《民族文学研究》1984 年第 1 期。
13. 仁钦道尔吉、朝戈金、旦布尔加甫、斯钦巴图等：《蒙古英雄史诗大系》，（第三卷）（第四卷），民族出版社 2007 年版。
14. 旦布尔加甫：《卡尔梅克〈江格尔〉校注本》（古籍整理），民族出版社 2002 年版。
15. 仁钦道尔吉：《国内〈江格尔〉的搜集、翻译和出版》，2002－08－01，http：//iel. cass. cn/news_ show. asp？ newsid＝1352。
16. 斯钦巴图：《青海卫拉特蒙古史诗传统调查》，2006－04－08，http：//iel. cass. cn/news_ show. asp？ newsid＝2462&pagecount。
17. 陈岗龙：《鄂尔多斯史诗和喀尔喀、巴尔虎史诗的共性》，《民族文学研究》1999 年第 2 期。
18. 陈岗龙：《关于察哈尔史诗的发掘与研究》，2013－01－28：16：22，http：//www. wulanchabu. gov. cn/information/wlcbzfw34/msg10631170620. html。
19. 王军涛：《裕固族〈格萨尔〉故事类型解析》，《西藏大学学报》（社会科学版）2013 年第 3 期。
20. 吴刚：《达斡尔族史诗传统与“乌钦”》，《国际博物馆》（中文版）2010 年第 1 期。
21. 江帆、《陈维彪．锡伯族的活态史诗——何钧佑锡伯族长篇故事》，《西北民族研究》2010 年第 3 期。
22. 艾绥迈伊：《安塔拉传奇》，李唯中译湖南文艺出版社（第 1 版）2009 年版。
23. 曾梅：《新奇、瑰丽、多彩的乐章——非洲史诗传统》，《外国文学研究》2006 年第 5 期。
24. 佚名：《松迪亚塔：非洲史诗》，李永彩译，译林出版社出版 2003 年版。
25. 阮春径：《越南对于史诗的理论认识及搜集过程》，2008－09－11，http：//iel. cass. cn/news_ show. asp？ newsid＝7778&pagecount＝3。
26. 史阳：《菲律宾英雄史诗与中国南方少数民族史诗比较研究》，大学东方文学研究中心，http：//www. eastlit. pku. edu. cn/show. php？ id＝6393。
27. 吴伟杰、石阳：《菲律宾史诗翻译研究》，北京大学出版社 2013 年版。
28. 蒲达摩：《越南占婆史诗：因拉帕特拉（Inra Patra）探秘》，黄秀莲和刘志强译，《东南亚纵横》2010 年第 6 期。
29. 潜明兹：《中国少数民族英雄史诗》，商务印书馆 1996 年版。
30. 佚名：《吉尔伽美什——巴比伦史诗与神话》赵乐甡译，译林出版社 1999 年版。

第十章　史诗曲调、学艺期与神授歌手

8. 苏珊·朗格：《艺术问题》，中国社会科学出版社 1988 年版。
9. 亚里士多德：《诗学》，陈忠梅译，商务印书馆 1996 年版。
10. 阿尔伯特·洛德：《故事的歌手》，尹虎彬译，中华书局 2004 年版。
11. 边多：《浅谈格萨尔音乐艺术》，《西藏研究》2002 年第 4 期。
12. 谢·尤·涅克留多夫：《蒙古人民的英雄史诗》，徐昌汉等译，教育科学出版社 1992 年版。
13. 杨恩洪：《民间诗神——格萨尔艺人研究》，中国藏学出版社 1995 年版。
14. 贝拉·巴托克：《匈牙利民歌研究：试论匈牙利农民曲调的体系化》，金经言译，中央音乐学院出版社 2004 年版。
15. 李晓玲：《藏族史诗〈格萨尔〉音乐研究》，西北民族大学 2005 年版。
16. 乔迁：《〈格萨尔〉之〈辛丹内讧〉音乐初析》，上海音乐学院 2004 年版。
17. 王建民、黎阳：《法国 M. 艾尔费〈藏族格萨尔王传·赛马篇歌曲研究〉一书评介》，《西南民族大学学报》1995 年第 2 期。
18. 李小庆、高莉等：《探究汉民族史诗“缺位”现象》，《内江师范学院学报》，2009：116—117。
19. 刘守华：《再论〈黑暗传〉——〈黑暗传〉与敦煌写本〈天地开辟以

来帝王纪〉》，《民俗研究》2012 年第 4 期。
20. 乔健：《印第安人的诵歌》，广西师范大学出版社 1996 年版。
21. 亚里士多德：《诗学》，陈忠梅译，商务印书馆 1999 年版。
22. 角巴东主：《〈格萨尔〉说唱艺人研究》，《青海社会科学》2006 年第 1 期。
23. ［美］伯纳德特：《弓弦与竖琴：从柏拉图解读奥德赛》，程志敏译，华夏出版社 2003 年版。

第十一章　地域分布、史诗意象与精灵

24. 李连荣：《〈格萨尔〉史诗在西藏的传播特点》，《中国藏学》2005 年第 5 期。
25. 贾木查：《史诗〈江格尔〉研究新进展》，《西北民族研究》2007 年第 4 期。
26. ［德］卡尔·赖希尔：《突厥语民族口头史诗：传统、形式与诗歌结构》，阿地里·居玛吐尔地译，中国社会科学出版社 2011 年版。
27. 约翰·迈尔斯·弗里：《口头程式理论：口头传统研究概述》，《民族文学研究》1997 年第 1 期。
28. 降边嘉措：《〈格萨尔〉的两种传播方式口头传唱和手抄本与木刻本之比较》，《民族文学研究》1997 年第 4 期。
29. ［蒙古］热·娜仁托娅：《蒙古英雄史诗的口头与书面文本关系》，民族出版社 2004 年版。
30. 旦布尔加甫：《汗哈冉贵——卫拉特英雄史诗文本及校注》，民族出版社 2006 年版。
31. 角巴东主：《〈格萨尔〉说唱艺人类型以及艺人才让旺堆》，2010 年 11 月 17 日（http：//blog. amdotibet. com/11062/archives/7379. aspx）。
32. 亚里士多德：《诗学》，陈忠梅译，商务印书馆 1996 年版。

第十二章　史诗的听众、认同与文物

33. 亚里士多德：《诗学》，陈忠梅译，商务印书馆 1996 年版。
34. 杨恩洪：《民间诗神——格萨尔艺人研究》，中国藏学出版社 1995 年版。
35. 阿地里·居玛吐尔地：《〈玛纳斯〉史诗歌手研究》，民族出版社 2006 年版。
36. 萨仁格日勒：《蒙古史诗生成论》，中央民族大学出版社 2001 年版。

37. 马永强：《悲剧史诗〈玛纳斯〉》（第八章“西部口传文学的现代传播”内容之一），《中国西部现代文学史》，人民文学出版社 2004 年版。
38. 黄元勋、黄龙、黄凤：《苗族英雄史诗〈亚鲁王〉与其他民族英雄史诗的比较之研究》，2012 年 10 月 27 日（27，http：//bbs. 3miao. net/thread - 216397 - 1 - 1. html）。
39. 欧祖艳：《辽阔草原上聆听江格尔齐演唱一旦开始不能中断》，2006 年 7 月 28 日（http：//cache. baiducontent. com/c？ m = ）。
40. 胡军：《〈格斯（萨）尔〉与口传史诗国际研讨今日大阪召开》，《内蒙古晨报》2013 年 8 月 12 日（http：//www. nmgcb. com. cn/chengshi/chifeng/2013/0812/43419. html）。
41. 苏会祖：《那仁和布克牧场政府网新疆塔城地区和布克赛尔县举办“江格尔”培训班》，亚心网，2012 年 3 月 27 日（http：//news. iyaxin. com/content/2012 - 03/27/content_ 3409769. htm）。
42. 《果洛中国格萨尔文化之乡》，青海果洛州政府网，2010 年 11 月 28 日（http：//www. guoluo. gov. cn/html/1772/136851. html）。
43. 陈一鸣：《〈格萨尔〉“神授艺人”》，《南方周末精选》2004 年 8 月 12 日第 1070 期，2004 年 8 月 12 日（http：//www. southcn. com/weekend/city/200408120033. htm）。
44. 杨恩洪：《民间诗神——格萨尔艺人研究》，中国藏学出版社 1995 年版。
45. [蒙古] 热·娜仁托娅：《蒙古英雄史诗的口头与书面文本关系》，民族出版社 2004 年版。
46. 海英：《阿尔泰乌梁海部族史诗濒危的考察》，《青海民族研究》2011 年第 2 期。
47. 石泰安：《格萨尔史诗和说唱艺人的研究》，耿升译，中国藏学出版社 1994 年版。
48. [德] 狄兹·奥托·爱扎德：《吉尔伽美什史诗的流传演变》，《国外文学》（季刊）2000 年第 1 期。
49. 李连荣：《〈格萨尔〉史诗在西藏的传播特点》，《中国藏学》2005 年第 5 期。
50. 角巴东主：《〈格萨尔〉风物遗迹传说》，青海人民出版社 2002 年版。

51. 角巴东主：《格萨尔遗迹遗物综述》，2012 年 9 月 16 日（http://www.gesaer.net/html/gseyw/2012916/4406.html）。

第四篇 史诗歌手

第十三章 歌手表演的生命史

1. 杨恩洪：《民间诗神——格萨尔艺人研究》，中国藏学出版社 1995 年版。
2. 乌日古木勒：《史诗艺人的生活史研究——对哈萨克族民间艺人卡孜姆的访谈》，《河南教育学院学报》2008 年第 2 期。
3. 塔亚搜集整理：《冉皮勒演唱的 23 诗章〈江格尔〉》，内蒙古出版集团、内蒙古人民出版社 2013 年版。
4. 恰嘎·觉如：《访西藏昌都最年轻说唱艺人斯塔多杰》，2009 年 12 月 1 日，http://www.zdwh.gov.cn/culture/display.php?aid=1422。
5. 杨恩洪：《民间诗神——格萨尔艺人研究》，中国藏学出版社 1995 年版。
6. 陈燕：《山旮旯牧民乌龙巴依尔获"江格尔"传承人称号》，中广网新疆频道，2011-08-16 11：39，http://xj.cnr.cn/jjxj/szyw/201108/t20110816_508374742.shtml。
7. 杨恩洪：《民间诗神——格萨尔艺人研究》，中国藏学出版社 1995 年版。
8. 朝戈金：《传承人档案：冉皮勒》，http://iel.cass.cn/expert.asp?expertid=129&details=1。
9. 杨恩洪：《民间诗神——格萨尔艺人研究》，中国藏学出版社 1995 年版。

第十四章 歌手的信仰与知识

10. 杨恩洪：《民间诗神——格萨尔艺人研究》，中国藏学出版社 1995 年版。
11. 阿地里·居玛吐尔地：《〈玛纳斯〉史诗歌手研究》，民族出版社 2006 年版。
12. 杨恩洪：《民间诗神——格萨尔艺人研究》，中国藏学出版社 1995 年版。

13. 杨恩洪：《民间诗神——格萨尔艺人研究》，中国藏学出版社 1995 年版。
14. 亚里士多德：《诗学》，陈忠梅译，商务印书馆 1996 年版。
15. 杨恩洪：《民间诗神——格萨尔艺人研究》，中国藏学出版社 1995 年版。
16. 阿地里·居玛吐尔地：《〈玛纳斯〉史诗歌手研究》，民族出版社 2006 年版。

第十五章　歌手的收入与传承

17. 杨恩洪：《民间诗神——格萨尔艺人研究》，中国藏学出版社 2005 年版。
18. 乌日古木勒：《史诗艺人的生活史研究——对哈萨克族民间艺人卡孜姆的访谈》，《河南教育学院学报》2008 年第 2 期。
19. 阿地里·居玛吐尔地：《〈玛纳斯〉史诗歌手研究》，民族出版社 2006 年版。
20. 角巴东主：《〈格萨尔〉说唱艺人类型以及艺人才让旺堆》，2010 - 11 - 1714：21：33，http：//blog. amdotibet. com/11062/archives/7379. aspx。
21. 朱哲琴：《朱哲琴西藏音乐调查收获丰富，新疆之旅正在开始》，新浪音乐，2009 年 7 月 3 日，http：//ent. sina. com. cn/y/2009 - 07 - 03/15102594654. shtml。
22. 瓦尔特·海希西、佛罗尼卡法依特、尼玛搜集整理：《阿拉坦嘎拉巴汗》，内蒙古文化出版社 1988 年版。
23. 旦布尔加甫、乌兰托娅搜集整理：《萨丽和萨德格》，民族出版社 1996 年版。
24. 斯钦巴图：《斯钦巴图著蒙古史诗：从程式到隐喻》，民族出版社 2006 年版。
25. 仁钦道尔吉：《〈江格尔〉的传承与保护》，中国民间文艺家协会，2012 年 7 月 13 日（http：//www. cflas. com. cn/_ d275109952. htm）。
26. 石泰安：《格萨尔史诗和说唱艺人的研究》，耿升译，中国藏学出版社 2005 年版。
27. 约翰·迈尔斯·弗里：《口头程式理论：口头传统研究概述》，《民族文学研究》1997 年第 1 期。

28. 朝戈金：《口传史诗诗学：冉皮勒〈江格尔〉程式句法研究》，广西人民出版社 2000 年版。
29. 阿地里·居玛吐尔地：《〈玛纳斯〉史诗歌手研究》，民族出版社 2006 年版。
30. 陈一鸣：《〈格萨尔〉"神授艺人"》，《南方周末精选》，2004 年 8 月 12 日第 1070 期，2004 年 8 月 12 日（http：//www. southcn. com/weekend/city/200408120033. htm）。
31. 黄忠祥：《哈萨克英雄史诗与草原文化》，中央编译出版社 2007 年版。
32. 黄忠祥：《哈萨克英雄史诗与草原文化》，中央编译出版社 2007 年版。
33. 唐小波：《策马扬鞭金马飞——色达县格萨尔文化工作巡礼》，四川新闻网，2012－10－0711：18，http：//www. newssc. org。

第五篇　史诗演唱的竞赛、演变与调查

第十六章　史诗演唱与歌手竞赛会

1. 沈桥等：《第十三代〈江格尔〉传唱人——加·朱乃》，2008 年 5 月 19 日，天山网（http：//www. ts. cn/big5/special/content/2008－05/19/content_ 2593192. htm）。
2. 阿地里·居玛吐尔地：《〈玛纳斯〉史诗歌手研究》，民族出版社 2006 年版。
3. 杨恩洪：《民间诗神——格萨尔艺人研究》，中国藏学出版社 1995 年版。
4. 仁钦道尔吉：《〈江格尔〉的传承与保护》，中国民间文艺家协会，2012－07－13（http：//www. cflas. com. cn/_ d275109952. htm）。
5. 金多布热：《新疆精河县举办"江格尔"说唱比赛》，亚心网，2012 年 1 月 29 日，http：//news. ifeng. com/gundong/detail_ 2012_ 01/29/12163095_ 0. shtm。
6. 陈颖、张瑞麟：《和布克赛尔蒙古自治县第六届江格尔文化旅游节开幕》，《新疆经济报》2013 年第 8 卷第 19 期（http：//www. xjce. cn/Article_ Show. asp？ ArticleID＝99920）。
7. 阿地里·居玛吐尔地：《〈玛纳斯〉史诗歌手研究》，民族出版社 2006 年版。

8. 亚里士多德：《诗学》，陈忠梅译，商务印书馆 1996 年版。
9. 胡星、陈国洲：《西藏格萨尔说唱艺人从“流浪”到“定居”》，新华网，2011 年 6 月 15 日，http：//news. xinhuanet. com/politics/2011 - 06/15/c_ 121540710_ 2. htm。
10. 山吉尔格力、赛尔格林：《乌苏市举办首届江格尔说唱赛》，新疆文明网，2013 - 05 - 28（http：//xj. wenming. cn/dzpd/tc/201305/t20130528_ 1256429. shtml）。
11. 金多布热、思青：《新疆精河县举办“江格尔”说唱比赛》，亚心网，2012 年 1 月 29 日（http：//news. cntv. cn/20120129/111421. shtml）。
12. 杨恩洪：《民间诗神——格萨尔艺人研究》，中国藏学出版社 1995 年版。
13. 斯塔多杰：《格萨尔王说唱艺人斯塔多杰》，青海湖网，2013 - 10 - 109（http：//www. amdotibet. com/html/2013 - 08/13083. html）。
14. 沈桥等：《第十三代〈江格尔〉传唱人——加·朱乃》，中国民俗学网，2010 - 03 - 09（http：//blog. sina. com. cn/s/blog_ 47174dd8010194y3. html）。
15. 王瑟：《居素甫·玛玛依：国宝级的“玛纳斯奇”》，《光明网—光明日报》，2010 - 02 - 05（http：//www. gmw. cn/content/2010 - 02/05/content_ 1051072. htm）。
16. 陈中梅：《神圣的荷马：荷马史诗研究》，北京大学出版社 2008 年版。
17. 维基百科：《自由的百科全书，吉尔伽美什史诗》（http：//zh. wikipedia. org/wiki/）。
18. 仁钦道尔吉：《〈江格尔〉的传承与保护》，中国民间文艺家协会，2012 - 07 - 13（http：//www. cflas. com. cn/_ d275109952. htm）。
19. 阿地里·居玛吐尔地：《〈玛纳斯〉史诗在西方的流传和研究》，《伊犁师范学院学报》（社会科学版）2010 年第 3 期。
20. 央西：《优秀艺人桑珠说唱本工程》，《中国西藏》，2002 年 12 月 1 日（http：//www. tibet. cn/periodical/zgxz/2002/06/200504/t20050401 _ 21580. htm）。
21. 晓勇：《传唱民族史诗弘扬民族文化》，《西藏日报》2013 年 12 月 6 日（http：//q. 115. com/t - 188046 - 25651. html）。
22. 劳里·航柯：《史诗与认同表达》，《民族文学研究》2001 年第 2 期。

23. 戈夫曼：《日常生活中的自我呈现》，浙江人民出版社 1989 年版。

第十七章　史诗演唱与变异模式

24. 劳里·航柯：《史诗与认同表达》，《民族文学研究》2001 年第 2 期。
25. 旦布尔加甫编：《汗哈冉贵——卫拉特英雄史诗文本及校注》，北京民族出版社出版 2006 年版。
26. 斯钦巴图：《蒙古史诗：从程式到隐喻》，民族出版社 2006 年版。
27. 昭日格图：《英雄史诗〈汗青格勒〉研究》，内蒙古人民出版社 2001 年版。
28. 赵乐甡译：《世界英雄史诗译丛：吉尔伽美什》，译林出版社 1999 年版。
29. 阿地里·居玛吐尔地：《〈玛纳斯〉史诗歌手研究》，民族出版社 2006 年版。
30. 朝戈金：《口传史诗诗学：冉皮勒〈江格尔〉程式句法研究》，广西人民出版社 2000 年版。
31. 黑格尔：《美学》（第 3 卷下），朱光潜译，商务印书馆 1996 年版。
32. 仁钦道尔吉：《蒙古英雄史诗诗论》，唐山出版社 2007 年版。

第十八章　田野调查与科技进步

33. 朝戈金：《口传史诗的田野作业问题——南斯拉夫和蒙古史诗田野作业评述》，《民族文学研究》1999 年第 3 期。
34. 阿地里·居玛吐尔地：《〈玛纳斯〉史诗歌手研究》，民族出版社 2006 年版。
35. 杨恩洪：《民间诗神——格萨尔艺人研究》，中国藏学出版社 1995 年版。
36. 劳里·哈维拉提（Lauri Harvilahti）：《世界濒危语言与口头传统跨学科研究》（二），《屈永仙综述》，中国社会科学论坛（2011，文学），2011 年 6 月 24 日（http://iel.cass.cn/news_show.asp?detail=1&newsid=9410）。
37. 马克·贾维斯：《世界濒危语言与口头传统跨学科研究》（三），《邓佳玲综述》，中国社会科学论坛（2011，文学），2011 年 7 月 14 日，http://iel.cass.cn/news_show.asp?detail=1&newsid=9477。
38. 尤卡·萨里宁：《民俗的描述——芬兰文学学会民俗档案之元数据》，《前沿报告—世界濒危语言与口头传统跨学科研究》，2011 年 5 月 18

日（http：//iel. cass. cn/news_ show. asp？ detail = 1&newsid = 9273）。

39. 尹虎彬：《中国少数民族口头传统资料数字化典藏实践》，《世界濒危语言与口头传统跨学科研究》，《李斯颖综述》（四），中国社会科学论坛（2011，文学），2011 年 7 月 14 日（http：//iel. cass. cn/news_ show. asp？ detail = 1&newsid = 9478）。

40. 朝戈金：《世界濒危语言与口头传统跨学科研究开幕式致辞》，中国社会科学论坛（2011，文学），2011 年 5 月 30 日（http：//iel. cass. cn/news_ show. asp？ detail = 1&newsid = 9345）。

41. 约翰·迈尔斯·弗里：《口头诗学：帕里—洛德理论》，朝戈金译，社会科学文献出版社 2000 年版。

42. 普罗普：《故事形态学》，贾放译，中华书局 2006 年版。

43. 诺思罗普·弗莱：《批评的剖析》，陈慧、袁宪军、吴伟仁译，百花文艺出版社 1998 年版。

44. 敖东白力格：《风、雅和颂：口头诗歌的形态结构——兼论口头传统的形态特点》，《民族论坛》2012 年第 16 期。

45. 梁昕照：《“口头传统”不等于“口头文学”——访中国民俗学会会长朝戈金》，《社会科学报》2011 年 9 月 7 日（http：//www. sinoss. net/2011/0907/35998. html）。